Anne, enfant de la Grande-Lande

À mon oncle Laurent, dont les carnets de guerre m'ont permis de ressentir la vie des poilus au quotidien, et de mesurer les effets dévastateurs de tant de carnages sur leur humanité. À la belle Anne Saintmont, l'héroïne romanesque de ce récit.

http://www.terresdelouest-editions.fr
email : benjamin.jugieau@orange.fr
ISBN : 979-10-97150-15-0

Philippe SENTUCQ

Anne, enfant de la Grande-Lande

Roman

Carte du 19e siècle du coeur de la Haute-Lande (Argelouse, Belhade, Belis, Brocas, Callen, Canenx-et-Réaut, Cere, Commensacq, Escource, Garein, Labouheyre, Labrit, Le Sen, Liposthey, Luglon, Luxey, Maillères, Mano, Moustey, Pissos, Sabres, Saugnac-et-Muret, Solférino, Sore, Trensacq)

Préface

Pissos. Onze novembre 1948. J'ai sept ans. La commune célèbre le trentième anniversaire de l'Armistice du onze novembre 1918. Une brume tenace enserre le village et forme un écrin triste qui persiste à stagner en nuées denses et drues que le soleil ne parvient à percer. C'est une morne journée d'automne. Pourtant, la matinée se termine. Les douze coups de midi sont pour bientôt, mais le brouillard refuse de se lever.

La population du village s'est rassemblée dès dix heures du matin au sein de l'église, qui est comble, pour participer à une messe solennelle, c'est-à-dire chantée, en l'honneur de tous les enfants du village, morts pour la France, gravement blessés ou handicapés sur les fronts du nord et de l'est du Pays. La fanfare qui comprend une cinquantaine de musiciens est installée sur la nef droite de l'église et a interprété deux morceaux qui ont secoué les murs de la belle maison de Dieu, notamment au moment de la consécration pour glorifier l'élévation vers le ciel de la grande hostie par le prêtre. Dans le chœur, autour de l'autel, drapeaux et étendards sont portés dignement par des anciens et glorieux combattants. Voir ces hommes, marqués dans leur chair par les stigmates de tant de souffrances, au garde-à-vous, bannières levées puis inclinées respectueusement, me touche au plus profond de moi-même.

À la fin de la messe, toute la population s'est dirigée en procession, menée par les airs engageants de la clique, de l'autre côté du pont battant, sur la petite place triangulaire qui se trouve devant la mairie. Cette foule compacte entoure maintenant le Monument aux Morts commémoratif de la Grande Guerre qui y est implanté. Ce monument porte, sculpté dans la pierre, un vaillant soldat dans son habit de Poilu, figé dans un élan d'assaut, casque sur la tête, ceint d'une cartouchière, regard engagé, un bras levé en avant, tenant fermement dans une main son fusil et une grenade dans l'autre, un ennemi mort à ses pieds. Depuis le premier jour de son érection au cœur de notre village, cette sculpture a exercé sur moi une fascination sans borne, sans doute à l'origine de ma passion dévorante pour tout ce qui touche à la Grande Guerre...

Quatre-vingt-douze noms sont sculptés sur cette pierre, tous de très jeunes gens morts pour la France au cours de cette terrible guerre de 1914–1918.

La foule a envahi tout l'espace et occupe même les deux routes qui encadrent la place. Le Maire fait un discours, le représentant des anciens combattants lit un communiqué national, des gerbes sont déposées au pied du Monument aux Morts par les autorités et par les enfants des écoles. Puis arrive le signal de la Sonnerie aux morts. C'est un moment de fierté pour moi, observateur intéressé par cette poignante cérémonie, car je vois arriver mon père sur le perron pour interpréter la sonnerie. Trompettiste, il est le chef de la fanfare. Il joue également du clairon qu'il porte haut et fier.

Le délégué à la cérémonie proclame : « *Sonnerie aux morts.* »

Instinctivement, tous les hommes rectifient leur position et se mettent au garde-à-vous. Quant aux femmes, elles adoptent une position déférente et ajustent leurs mantilles de deuil sur leur tête.

Alors s'élève dans un silence profond et respectueux le doux son du clairon qui saisit la foule de cette mélodie lente, modulée sur quelques notes à peine, mélancolique, tragique. Elle met en émoi les cœurs, les âmes et prend aux entrailles. Je ne suis pas seul. Je tiens ma main dans celle d'un homme pour lequel j'éprouve une grande tendresse, tant il est d'une gentillesse naturelle empreinte d'une immense générosité. Il s'agit de mon oncle Laurent. À ce moment précis, il serre très fort ma petite pogne, presque à me faire mal, la sienne se crispe, me semble-t-il. Je lève mes yeux vers les siens pour essayer de comprendre ce qu'il se passe. Je lis sur son visage une émotion irrépressible. Il me semble dans un autre monde. Je ne peux comprendre ce qu'il ressent intérieurement. En effet, à mon jeune âge, je ne sais pas vraiment ce qu'est une guerre et j'ignore tout de celle de 14–18. Je ne sais pas ce que cet oncle a vécu ni comment il a souffert dans les tranchées, mais je sais qu'il a perdu beaucoup de compagnons, dont il se souvient encore des visages martyrs aujourd'hui. Il s'est battu sur le Chemin des Dames et à Saint-Mihiel, il était sur le terrain lors de la prise du Fort de la Malmaison en octobre 1917, et sur d'autres lieux du front que vous aurez l'occasion de connaître en lisant ce livre.

Il a aussi perdu un fils d'une leucémie alors que celui-ci n'avait que quatre ans. Nous avions presque le même âge, mais je ne l'ai jamais connu. Aujourd'hui, je me demande si la maladie qui l'a emporté ne serait pas une conséquence dramatique des séquelles de gazages que son père a subis sur les champs de bataille... Plus tard, devenu adolescent, il m'est arrivé d'accompagner mon oncle et ma tante sur la tombe de ce cousin. Je les vois, encore, se tenir serrés l'un contre l'autre pour se soutenir dans ces moments de souvenirs douloureux. Mon oncle a certainement reporté l'affection qu'il avait pour son enfant sur ses neveux et nièces, dont je fais partie. Tous, sans exception, lui ont voué, en retour, une admiration et une vénération sans limites. Puis un jour, j'ai découvert les notes de guerre qu'il a écrites les soirs de bataille sur deux petits carnets noirs et qui sont soigneusement rédigées au crayon.

L'oncle Laurent parlait peu de cette période. Il est né et a habité à Sète, qui s'écrivait Cette encore au début du 20e siècle, puis il a vécu à Tournemire, à Bédarieux, à Béziers, puis à Narbonne, mais lui et ma tante venaient passer une grande partie de leurs congés d'été dans nos Landes. Je l'emmenais souvent avec moi pour de longues promenades à travers la forêt dont je lui faisais découvrir tous les charmes secrets et qu'un promeneur trop pressé ne saurait voir. En de rares fois, il a tout de même évoqué, en ma présence, cette période de guerre qui me semblait bien lointaine. Et notre communication pour être belle et riche n'avait nullement besoin de s'embarrasser de vaines paroles. Le partage du plaisir de jouir pleinement de la nature s'échangeait avant tout par le langage du cœur.

Lorsque mon oncle est mort, au début de l'année 1969, il était dans sa soixante et onzième année. Il a beaucoup souffert. Son départ a été pour moi un déchirement tant j'avais pour lui un amour indéfectible. Celle qui allait devenir ma femme a compris ma détresse et l'attachement que je vouais à ce parent chéri. Spontanément, elle m'a dit : « *Si un jour nous avons un fils, si tu veux, nous l'appellerons Laurent* ». Nous avons eu un fils : il se prénomme Laurent.

J'ai souhaité, dans ce récit, rendre un hommage appuyé à ce héros de mon enfance, mais aussi à tous ces héros anonymes qui avaient à peine vingt ans et qui ont été ses compagnons d'infortune. Oui, tous sans exception, même ceux qui ont fléchi un jour sous le joug de l'injustice, de la haine et de la cruauté humaine, car tous ont offert et sacrifié leur jeunesse et, beaucoup, leur vie pour que la liberté demeure un droit sacré sur notre formidable sol de France.

Ainsi, dans ce récit, je vous transporte, lecteurs, dans ces folles années, un monde à jamais révolu tant les progrès technologiques ont été rapides et ont façonné nos campagnes, et plus particulièrement nos Landes.

Pour réaliser ce livre, j'ai tenu à conserver une grande part de vérité. Et pour ce faire, j'ai utilisé plusieurs sources d'écritures qui m'ont permis de raconter cette histoire. Pas tout à fait romance, pas tout à fait témoignage, ce récit fait la part belle aux protagonistes qui l'ont vécu. Grâce aux écrits qu'ils ont laissés et qui m'ont inspiré, c'est à travers leurs yeux que vous allez découvrir cette histoire de la Grande-Lande.

Prologue

Anne et Joanis, les principaux acteurs de ce roman ont assisté pendant leur jeunesse à une transformation physique et économique radicale de leur région natale : Les Landes de Gascogne, qui s'est réalisée grâce au dynamisme et à la détermination de toute une population. Le présent prologue propose à ceux que l'histoire des Landes intéresse d'acquérir des connaissances complémentaires permettant de mieux comprendre le récit qui suit.

La métamorphose de nos Landes s'est déroulée au cours de la deuxième partie du dix-neuvième siècle et s'est poursuivie au début du vingtième, sur une période globale de moins de soixante années. Antérieurement, une grande partie de cette région, notamment la Haute-Lande, était surnommée le désert landais, étant justement considérée comme une des plus déshéritées de France. Le poète Théophile Gautier la décrivit en 1840 comme *« un vrai Sahara français poudré de sable blanc »*. En effet, elle offrait au regard des passants étrangers des espaces immenses et arides et des paysages de désolation sans limites, coupés de bouquets d'arbres épars. Ceux-là pressaient le pas en traversant ce pays qui leur paraissait hostile et hanté par des sortes de géants solitaires vêtus de peaux de bêtes. En vérité, ces géants n'étaient que de braves bergers couverts de chauds manteaux fabriqués en peaux de mouton, juchés sur leurs hautes échasses particulièrement utiles pour leurs déplacements en toute sécurité dans les marais et pour la surveillance de leurs troupeaux d'ovins occupés à brouter une maigre pitance.

Ainsi, au début du vingtième siècle, les jeunes enfants de la Lande vécurent au milieu d'une belle et immense forêt principalement constituée d'une essence reine, le pin maritime, qui envahit inexorablement les Landes de Gascogne.

Bien des faits permettent de supposer qu'une forêt très étendue occupa déjà cette région en des temps anciens. Les auteurs latins avaient signalé dans leurs écrits l'existence de grandes forêts en Gascogne, très certainement exploitées pour le bois, mais aussi pour la résine. Les causes de leur disparition ne sont pas bien établies, mais il semblerait qu'elle ait été accélérée par les invasions barbares du IVe au IXe siècle ainsi que par les guerres du XIIe au XVe siècle qui engendrèrent saccages et incendies destructeurs.

La faute également à un régime pastoral extensif ; le parcours des bêtes, libre sur la propriété privée et sur les vacants seigneuriaux et communaux, contribua certainement à cette régression inexorable de la forêt. Au XVIIIe siècle, il ne restait que quelques massifs, surtout le long du littoral, couvrant environ deux cent mille hectares. L'économie était alors essentiellement pastorale. La lande, sous l'eau l'hiver, trop sèche l'été, était insalubre et pauvre, et les points d'eau potable étaient très rares. Sur la côte, les dunes de sable, poussées par les vents d'ouest, pénétraient à l'intérieur, obstruant les ports, provoquant la formation d'étangs immenses et l'ensablement des villages. La population, regroupée autour de quelques bourgs, était de densité très faible.

Ces deux fléaux, mobilité des dunes du littoral atlantique et landes marécageuses du vaste plateau central, furent combattus et vaincus grâce à l'implantation du pin maritime. En effet, cet arbre s'adapta au sol sablonneux et présenta le triple avantage de contribuer à fixer les dunes, favoriser l'assainissement d'une région inculte et permettre de coloniser toute une contrée dépeuplée, car l'activité du gemmage, profitable économiquement pendant plusieurs années à cheval sur les XIXe et XXe siècles, allait fournir travail et revenus. Des hommes s'illustrèrent dans la réalisation de ces grands chantiers tels Brémontier, de Ruat, les frères Louis et Guillaume Desbieys, ou bien encore Crouzet et Chambrelent. En outre, dès 1801, l'intervention de l'État, qui engagea 12 millions de francs de l'époque pour entreprendre les travaux de fixation et de boisement des dunes, s'avéra exemplaire. Plus tard, la loi du 19 juin 1857 imposa, notamment, aux communes d'assainir et d'ensemencer les terrains qui leur appartenaient et prévoyait la construction, aux frais du Trésor, de « routes agricoles » destinées à desservir les terres conquises sur les eaux. Enfin, l'influence de Napoléon III fut certainement déterminante, et le domaine de Solférino qu'il décida de créer dans les Landes fut un modèle convaincant.

La nature du climat, bénéficiant des effets combinés de la chaleur du soleil et de la fréquence de pluies douces, s'avéra favorable à la culture des céréales, mais les premières tentatives d'agriculture s'avérèrent infructueuses et se soldèrent par des échecs.

Dès la fin du XIXe siècle, le paysage d'étendues désertiques et désolées était donc transformé en une immense forêt verte et aérée, consacrant la victoire du régime forestier sur le régime pastoral dominant jusque-là et qui était ainsi amené à disparaître, malgré les affrontements parfois durs et inévitables opposant partisans et adversaires de ces deux modèles économiques antagonistes à cause, plus particulièrement, du défrichement des parcours des troupeaux.

L'assainissement ainsi réussi des Landes de Gascogne fut une victoire de l'ingéniosité et du labeur des hommes du pays sur les marais, le feu et la pauvreté des sols. En cette fin de XXe siècle et début de XXIe siècle, ces Landes nouvelles accueillent désormais retraités et vacanciers qui viennent jouir du calme, de la beauté et de la salubrité de l'immense forêt. Une telle transformation engendra le bouleversement de l'univers économique des habitants de la Grande-Lande.

***

L'économie forestière est donc devenue dominante dans cette région au cours de la seconde moitié du XIXe siècle et le pin maritime fut, à l'origine, le support d'une production de gemme qui apporta pendant des années l'essentiel de leur revenu aux sylviculteurs. Par la suite, il a été cultivé pour sa production ligneuse et, par un renversement de tendance, l'exploitation de la gemme a été progressivement rétrogradée au rang d'accessoire, cessant totalement dans le massif avant la fin du XXe siècle. La culture du bois s'est alors imposée comme le vecteur économique fondamental.

Qu'est-ce que la gemme, ou résine, et qu'en fait-on ? Elle constitue une substance visqueuse sécrétée par les cellules résinogènes qui tapissent les canaux verticaux du pin, reliés entre eux par des canaux horizontaux. L'ensemble forme un réseau dans le bois. La gemme se trouve en pression dans ce réseau de sorte que, lorsque le gemmeur[1] procède à une incision dans l'arbre à l'aide de son hapchot en formant ainsi ce que l'on appelle une care, elle s'écoule vers l'extérieur. À partir de 1844, elle fut recueillie dans un pot à pin, appelé pot Hugues du nom de son inventeur, qui était fixé au bas de la saignée à raison d'un rendement par care d'environ 1,8 litre par campagne. Plus tard, de nouvelles techniques furent appliquées et permirent d'améliorer ces rendements de plus de 10%.

La campagne de gemmage s'étalait chaque année sur dix mois, de février à novembre. Après préparation préalable de l'arbre, les résiniers procédaient toutes les fins de mois à la collecte, dite amasse, de la gemme écoulée. Ils vidaient chaque pot dans un récipient en bois ou en zinc appelé escouarte d'une contenance de seize litres, puis déversaient leur escouarte dans des barriques en métal. Celles-ci, une fois remplies, étaient à leur tour transportées sur des charrettes de muletiers depuis les lieux de récolte jusqu'aux usines de distillation.

Les distilleries, après épuration de la résine de l'eau et des débris végétaux qu'elle contenait, traitaient le produit pour séparer l'es-

1. *Que l'on appelle également résiniers.*

sence de térébenthine des acides résiniques formant un résidu d'aspect vitreux appelé brai ou colophane suivant que la couleur était plus ou moins foncée. Les rendements en essence de térébenthine pouvaient varier selon la qualité de la gemme brute de 19,5% à 22,10% de la quantité de résine livrée et, concernant les colophanes ou brais, ils atteignaient environ 70% de cette même quantité.

L'essence de térébenthine, particulièrement riche en alpha et bêta pinène, trouvait des débouchés industriels dans la fabrication de produits d'entretien, de cires et cirages, de peintures et vernis, de produits de synthèse tels que les caoutchoucs et les parfums, ainsi que dans les industries chimiques et surtout pharmaceutiques. Colophanes et brais étaient utilisés pour l'encollage dans la papeterie, dans la fabrication des colles industrielles, du caoutchouc synthétique, des adhésifs, des encres d'imprimerie, d'isolants en électricité, de savons, de linoléums, de plastifiants, d'huiles et graisses industrielles, et quelques produits de moindre importance comme certains goudrons utilisés pour calfater les bateaux.

Pendant de nombreuses années, le gemmeur, ou résinier exerça son métier sous le statut juridique de métayer et recevait, en principe, cinquante pour cent du prix de la gemme. Comme les prix du marché furent souvent fluctuants, les modalités de répartition de ce prix et surtout des charges provenant des travaux furent régulièrement la source de tensions entre gemmeurs et propriétaires des pins exploités, provoquant des luttes acharnées et des grèves dures, et même, parfois, des émeutes.

Au cours de la seconde partie du XIXe siècle, les cours de la gemme furent élevés en certaines périodes, ce qui apporta aux exploitants des revenus réguliers et parfois importants. À ces revenus s'ajoutèrent d'autres ressources provenant des ventes de bois d'éclaircie destinés à la transformation en poteaux de mines, et de celles des bois adultes. Ceci valut au pin des Landes d'être surnommé : « *l'arbre d'or* ».

Si la révolution économique profita à la population du pays par l'apparition des nouveaux métiers de gemmeurs, ouvriers forestiers et ouvriers sylvicoles, elle permit à la plupart des communes, souvent propriétaires de domaines forestiers, de se moderniser et de réaliser des projets d'aménagements d'une ampleur qu'elles ne pouvaient imaginer à l'aube de cette révolution.

***

Ce fut le cas pour le village qui nous intéresse dans ce roman : Pissos, commune de la Haute-Lande.

Implantée au cœur de la Haute-Lande, ce sont des dispositions préfectorales du département des Landes et la mise en œuvre de la Loi du 19 juin 1857 qui poussèrent, voire contraignirent, les autorités municipales à prendre des décisions qui entraînèrent la modernisation et l'embellissement de la commune, surtout de son centre où les changements les plus profonds furent réalisés.

Ainsi, la rénovation d'un réseau de communication terrestre presque médiéval eut nombre d'incidences. Jusqu'en 1840, il n'existait que des chemins ruraux reliant les communes entre elles et des chemins vicinaux tracés entre les quartiers, plus ou moins bien entretenus selon leur fréquence d'utilisation. Dans les années 1840, la Préfecture des Landes décida la création d'un chemin de grande communication « numéro 20 » de Parentis-en-Born à Sore passant par Liposthey et Pissos, puis, plus tard, il fallut appliquer une disposition de la loi de 1857 qui stipulait que : « pour desservir les forêts, des routes dites agricoles seront construites et entretenues par l'État. Les communes fourniront gratuitement les terrains nécessaires ». La construction de « la route agricole » n°5, confiée à la Compagnie des chemins de fer du Midi, concerna la liaison des communes d'Ychoux à Sore via Pissos. Cette route fit une percée directe sur le centre du village pour arriver au cœur du bourg, provoquant d'importantes transformations foncières. En outre, l'infrastructure des communications dans cette région de

Haute-Lande s'enrichit également de l'implantation de lignes de chemins de fer secondaires ; ainsi la ligne d'Ychoux à Pissos fut mise en service le 27 octobre 1890 et suscita la construction d'une gare au sud du village.

La réalisation d'ouvrages communaux s'enchaîna avec grande régularité pour restaurer et moderniser tout le bourg du village. À partir de 1860 fut construit un bâtiment assez vaste pour comprendre à la fois une nouvelle mairie, une école destinée aux garçons et le logement de l'instituteur, ainsi qu'une salle d'audience avec cabinet attenant pour le greffe de la Justice de Paix. En 1872, installation d'un bureau de télégraphie électrique ; en 1878, construction d'un bureau de Poste, complété, en 1900, d'une première ligne téléphonique, et, de 1905 à 1906, d'une caserne de gendarmerie avec accueil d'une brigade de gendarmes ; construction de 1897 à 1901 d'une nouvelle église dont le clocher de trente-cinq mètres, élégant dans son habit de pierres de taille blanches d'Angoulême, dominait de toute sa prestance la grande place rénovée.

Un passager étranger qui aurait traversé le village au milieu du XIXe siècle y venant à nouveau soixante années plus tard aurait perdu tous ses repères.

Dans ce cadre de vie nouveau et totalement restauré, la révolution économique d'un régime agropastoral à un régime sylvicole généra aussi de nouvelles activités industrielles qui s'ajoutèrent à celles qui existaient déjà. Ce renforcement industriel incita d'ailleurs des habitants à quitter leurs hameaux et quartiers pour se rapprocher du bourg près duquel les usines tournaient. L'outil industriel de la commune de Pissos comprit dorénavant des forges avec son haut fourneau, trois tuileries qui exploitaient des carrières d'argile, trois moulins, trois fabriques de produits résineux qui distillaient la gemme[2], une usine « huilerie » qui traitait aussi les produits rési-

---

2 (1) Référence : « Quand la Grande-Lande changeait. LA MÉTAMORPHOSE DU BOURG DE PISSOS entre 1840 et 1906 » de Guy CHAMPAGNE. Les Éditions du Pont Battant.

neux. Plus tard, plusieurs scieries créées employèrent nombre de personnel aux qualifications multiples.

L'activité agricole et sylvicole se maintint et se développa. L'économie pastorale régressa régulièrement, mais l'élevage de moutons et brebis perdura encore pendant de nombreuses années. Des bergeries demeurèrent disséminées dans toute la lande, au centre d'airiaux dorénavant cernés par la forêt de pins. Les champs de maïs et d'autres cultures et prairies couvrirent toujours des superficies importantes. Et la forêt de pin maritime devint omniprésente, concurrencée çà et là par les feuillus, surtout dans la zone parcourue par la Grande Leyre qui longe la partie est de la commune de Pissos puis file vers la Gironde, pour aller se jeter dans le bassin d'Arcachon en formant un delta.

Voici chère lectrice ou cher lecteur les conditions dans lesquelles naquirent Anne et Joanis, au sein d'un milieu familial et social procurant une quiétude relative, dans l'environnement protecteur de cette région de Haute-Lande en pleine mutation et expansion économiques, loin d'imaginer que l'avènement de conflits futurs entre nations s'annonçait sournoisement.

.1.
Éveil d'un amour d'enfance

Je m'appelle Anne Saintmont. Ce récit, c'est l'histoire d'une existence foisonnante, pleine de rebondissements, tantôt dramatique, tantôt d'une douceur extraordinaire ; une destinée aux ressorts nationaux, pourtant inextricablement liée à la vie d'un petit village situé dans les Landes. Et que seraient mon histoire personnelle et celle de Pissos, le village dont il est question, sans l'un des personnages centraux de cette romance : Joanis, mon grand ami de jeunesse, celui qui deviendra mon grand amour ?

Natifs de Pissos, Joanis et moi sommes venus au monde le même jour d'octobre 1898, presque à la même heure, dans deux maisons voisines.

Au cours des premières années de notre existence, c'est ainsi tout naturellement que nous avons grandi l'un à côté de l'autre, partageant nos jeux, nos rires et nos douces illusions d'enfants. Nous étions toujours ensemble. Presque inévitablement, on nous a surnommés pendant des années : les jumeaux, puis plus tard : les amoureux ! D'ailleurs, nous avons toujours vécu dans une complicité totale, faite d'une tendresse mutuelle que l'on retrouve effectivement chez d'authentiques jumeaux. Très tôt, je m'en souviens encore, par une belle soirée de l'été 1906, je lui fis cette déclaration péremptoire :

— Quand je serai grande, je serai princesse, et je me marierai avec toi !

Cette soirée de juillet 1906, Joanis et moi étions assis côte à côte, comme souvent, au pied d'un chêne séculaire planté tout près de la nouvelle église du village. Cette dernière, récemment construite en pierre blanche d'Angoulême, dominait de son clocher haut de trente-cinq mètres la grande place qui nous avait servi de champ de jeux, à nous et à nos amis, quelques instants auparavant. Nos visages demeuraient encore empourprés après les courses folles d'une partie de cache-cache acharnée et disputée. Reprenant notre souffle, nous observions en silence la disparition lente du soleil, vers l'ouest, derrière la ligne de crête déjà sombre que formaient les cimes des pins de la forêt voisine. Les derniers rayons enflammaient le ciel dans un rougeoiement étincelant.

— Mon grand-père, dit Joanis, m'a appris que quand le ciel est rouge comme ça, le soir, eh bien, c'est signe de beau temps pour le lendemain.

— J'ai entendu mon père dire la même chose, lui confirmai-je.

Amusés, nous suivîmes du regard des groupes d'hirondelles virevoltant dans les airs dans un jeu de poursuite comme si elles cherchaient à imiter à leur tour nos jeux d'enfants. Surgissant du haut du clocher de l'église, elles plongeaient à une vitesse folle vers la place puis remontaient avec la même célérité au-dessus des marronniers avant de disparaître au-delà des toits des maisons dans un concert de gazouillis stridents. Un peu plus loin, c'étaient des martinets qui s'ébattaient en de semblables jeux, ignorant les hirondelles sans toutefois leur manifester d'animosité.

Joanis se tourna vers moi, je lui souris et je le sentis comme intimidé et subjugué par mon regard doux et apaisant. Bien entendu que nous nous marierons quand nous serons grands ! Mais…

— Mais si tu n'étais pas princesse ? s'inquiéta Joanis.

Offusquée, je lui assénai, catégorique :

— Je serai princesse !

— Pour devenir princesse, il faudrait que tu épouses un prince, et si tu épouses un prince, tu ne pourras plus te marier avec moi, me rétorqua-t-il.

Je piaffais devant l'ignorance de mon ami. Il ne connaissait manifestement pas le monde des princes et des princesses ! Pourtant, je lui avais souvent proposé de lui prêter des livres passionnants qui racontent si bien les histoires de princes et de princesses. Il me fallait donc lui donner quelques explications :

— J'irai me promener en forêt, toute seule, et, là, je rencontrerai une fée. Je serai très gentille avec elle, alors elle me demandera si je désire quelque chose. Je lui répondrai que j'aimerais être princesse. Eh bien, tu vois, une fée, avec sa baguette magique, elle peut faire ce qu'elle veut, et de moi, elle fera une princesse !

— Je vais souvent en forêt, me répondit Joanis. Je n'y ai jamais croisé de fées, quelquefois des animaux, surtout des biches, mais...

— Justement, les fées se transforment souvent en biches pour qu'on ne devine pas qui elles sont !

Agacée par le scepticisme de mon ami, je changeai brusquement de sujet et l'interrogeai sur un incident de jeu survenu au cours de la soirée :

— Est-il vrai que tu as triché quand tu as découvert Ernest ? Tu sais, quand c'est toi qui clumais au cours de la partie de cache-cache.

— Non et non, je n'ai pas triché, se défendit Joanis avec véhémence. J'ai bien deviné que c'était Ernest qui était tapi dans les herbes hautes du chemin du ruisseau.

Puis, en souriant, il ajouta d'un air malicieux :

— Tu veux que je te dise comment j'ai deviné ?

***

En début de cette soirée d'été, Joanis avait été désigné par tirage au sort pour être le premier *clumeur*[3] de la grande partie de cache-cache traditionnelle se déroulant après le dîner sur la grande place de l'église. Il était furieux, car il n'aimait pas ce rôle. En effet, du haut de ses huit ans, il était le plus jeune et le plus petit de la bande des dix enfants

3. Terme pour dire : celui qui compte, et donc celui qui cherche dans la partie de cache-cache.

habitant le bourg, et partait de ce fait toujours nettement désavantagé. En outre, il était sûr que son mauvais tirage résultait d'une entourloupe d'Ernest qui aurait dû se trouver à sa place. Il *cluma* donc en se tournant contre le vieux chêne, compta lentement de un à vingt pour laisser le temps à ses camarades de trouver une planque, obsédé par l'idée de découvrir en premier la cachette d'Ernest pour se venger. Ce dernier était un mauvais perdant et détestait *clumer*. Or, le premier découvert serait celui qui prendrait le relais au « *clumage* ».

En criant le chiffre vingt, Joanis se retourna brusquement et scruta attentivement le vaste espace devant lui. Et en priorité les alentours qui offraient de nombreuses possibilités de cachettes. Il fallait inspecter du regard les abords de l'église et ses contreforts. Le porche et ses deux énormes piliers, ou encore les arbres plantés ci et là, pouvaient également fournir de redoutables planques aux participants. Surtout, ne pas oublier le chemin qui menait au ruisseau dit « du bourg » et dont les hautes herbes formaient un rempart opaque.

De prime abord, Joanis ne releva aucun indice indiquant la présence de l'un d'entre nous, chacun avait eu le temps de se cacher correctement. Il s'avança prudemment, sur le qui-vive, car trouver un participant au jeu n'était pas suffisant, il fallait non seulement le confirmer en annonçant son prénom, le lieu de la cachette, mais ensuite courir vers le chêne et être le premier à frapper trois coups contre l'arbre. Si le « clumeur » se faisait devancer, il avait perdu. Or tous les autres, hormis moi, étaient plus grands et donc plus rapides que Joanis. Ernest avait quatorze ans, Julien, le plus grand et le plus costaud, en avait quinze, et les autres avaient entre dix et douze ans. Les participants à ce jeu ne partaient pas tous sur un pied d'égalité, ce qui agaçait à juste titre notre clumeur actuel.

Arrivé vers le milieu de la place, je vis Joanis s'arrêter un moment. C'était un point névralgique pour lui, au-delà il serait battu à la course faute d'avoir une avance suffisante sur les « grands ». À ma robe rose qui volait au vent, il devina bien ma présence cachée derrière un pilier de l'église, mais il feignit de n'avoir rien remarqué. Berthe profita d'ailleurs de cette position de Joanis, pour surgir d'un contrefort de l'édifice et aller frapper les trois coups sur le chêne. Mais Berthe n'était pas la préoccupation de Joanis. Lui, c'est Ernest qu'il voulait châtier.

Ernest, suivi comme son ombre par Juliette, ma sœur aînée, avait choisi pour planque les hautes herbes du chemin creux, de l'autre côté de la place. Allongé près d'Ernest, Juliette vint se serrer contre lui et lui demanda au bout d'un moment :

— Tu m'embrasses ?

— Tu es folle, on pourrait nous voir et nous entendre, murmura Ernest, qui, tout net, refusa la proposition.

Juliette, vexée par cette rebuffade, se tut un instant. Mais, après un bref temps de silence, elle revint à la charge, approcha sa bouche de l'oreille de son copain et répéta d'une voix câline, mais ferme :

— Embrasse-moi !

— Mais tais-toi, tu vas nous faire repérer ! Tu vois bien que Joanis a commencé ses recherches et qu'il vient dans notre direction.

Frustrée, ulcérée, Juliette se retourna vivement du côté opposé pour manifester son mécontentement, présentant son dos à Ernest en signe de bouderie.

Ernest guettait à travers les herbes hautes les mouvements du chercheur, attendant le moment propice pour bondir.

***

Devant mes suppliques pour comprendre ce qu'il s'était passé ce jour-là au cours de cette partie de cache-cache, Joanis raconta l'évènement tel qu'il l'avait vécu de l'intérieur :

— Et bien voilà, j'ai aperçu quelque chose de blanc qui bougeait dans les herbes du chemin. J'étais presque certain qu'il s'agissait de la robe claire de ta sœur. Je me suis dit : « *Si Juliette est là, Ernest ne doit pas être loin* ». Je me suis encore un peu avancé, puis j'ai crié : « *Ernest, vu, tu es dans le chemin du ruisseau.* »

— Ça, je l'ai bien entendu, mais la suite ?

— À ce moment-là, j'ai vu Ernest se lever et jaillir de sa cachette puis foncer comme un dératé vers le vieux chêne. Avec ses six ans de plus, l'avance que j'avais sur lui fondait comme neige au soleil et moi, j'actionnais mes petites jambes comme un fou, mais j'avais l'impression que lorsque je parcourais un mètre, lui en faisait deux. Pourtant, grâce à l'avance que j'avais dès le départ, je le devançai de très peu au chêne. Énervé, Ernest ne sut se contenir et me hurla dessus : « *tricheur, tu n'es qu'un tricheur, tu ne pouvais pas me voir* ».

— Et alors, tu peux me le dire à moi, tu avais triché ?

— Non je n'ai pas triché, et lui il a continué de me traiter de tricheur. Je lui ai répété que je l'avais bien vu, mais en moi j'étais fier de le voir en colère. C'était un peu une victoire pour moi, d'autant que tous les autres participants en ont profité pour quitter leurs cachettes et pour se rassembler autour de nous.

— Et tu devais être encore plus heureux quand Julien, que tout le monde respecte parce que c'est le plus costaud de la troupe, a tranché la dispute en ces termes : « *Ernest, qu'il t'ait vu ou pas, Joanis a bien indiqué le lieu où tu étais caché sans se tromper et il est arrivé à l'arbre avant toi. Tu n'es qu'un mauvais perdant. C'est maintenant à toi de clumer. Peut-être faudra-t-il que tu règles tes affaires avec Juliette et que vous restiez plus discrets. Allez, on continue le jeu !* »

— Oui, je dois l'avouer.

— C'est pour ça qu'Ernest a jeté un regard dur à ma sœur ? Mais elle, je l'ai vu fixer son regard vers l'horizon, comme si de rien n'était.

— Tu vois, je n'ai pas triché, conclut Joanis à la fin de son histoire.

— Un peu, quand même, rectifiai-je.

À cet instant, je me rapprochai de Joanis et lui murmurai doucement à l'oreille :

— Tu sais, Ernest et Juliette, ils s'embrassent, je les ai vus.

— Ah !

— Ils s'embrassent même sur la bouche.

— Mais c'est dégoûtant !

— Pourquoi dis-tu que c'est dégoûtant ? Tous les gens qui s'aiment s'embrassent sur la bouche.

— Ce n'est pas vrai !

— Tu n'as jamais vu ton papa et ta maman s'embrasser sur la bouche ?

— Non !

— Peut-être qu'ils ne s'aiment pas.

Désappointé d'entendre une telle ineptie, Joanis, montant le ton de sa voix, démentit mon allégation :

— Si, ils s'aiment, d'ailleurs ils m'ont dit que c'est parce qu'ils s'aimaient beaucoup que je suis né ! Et puis ce n'est pas vrai que tous les gens qui s'aiment s'embrassent sur la bouche.

— Chut, plus bas, on va nous entendre.

Joanis baissa sensiblement le ton de sa voix, mais continua son raisonnement :

— Tu vois, moi, j'aime beaucoup ma vieille mémé. Eh bien, je n'ai pas du tout envie de l'embrasser sur la bouche. Déjà que ça me pique quand je l'embrasse sur la joue !

— Mais ce n'est pas pareil. Je te parle des gens qui s'aiment pour se marier ensemble. Tu ne vas pas te marier avec ta mamie.

— Non, elle est déjà mariée avec mon pépé !

Après quelques instants de silence, je me décidai à le pousser dans ses retranchements :

— Tu vois, si tu m'aimais, eh bien, tu voudrais m'embrasser sur la bouche.

Joanis me regarda, inquiet :

— Mais ce serait un péché, il faudrait que je me confesse à Monsieur le Curé !

Et moi d'insister :

— Tu crois que ça te dégoûterait, de m'embrasser sur les lèvres ?

Si tu m'aimais, je ne le crois pas.

Alors, par réflexe sans doute, Joanis porta son attention sur mes lèvres. Dans sa position, il pouvait bien les observer malgré la pénombre envahissante annonçant le crépuscule. Il faut dire que mes lèvres sont harmonieusement dessinées, que leur couleur, d'un rouge suave, lui rappelait sans doute les belles fleurs du jardin de sa mère, surtout à la saison des roses et des tulipes. À moins qu'il ne les confondît avec les framboises de notre jardin dont nous aimons nous délecter avec malice en pleine saison. Toujours est-il qu'en cet instant il fut pris d'un insatiable désir de venir humer mes lèvres qui lui étaient manifestement acquises. À son regard paniqué, je devinai son cœur battre à cent à l'heure. Puis il sembla se calmer et retrouver une sérénité qu'il n'avait jamais connue auparavant.

— Je t'aime, marmonna-t-il.

Saisi par un émoi qu'il ne comprenait pas, subissant un attrait irrépressible, il approcha son visage tout près du mien et posa ses lèvres sur ma joue, puis les fit glisser subrepticement vers ma bouche. Nos lèvres se nouèrent enfin avec douceur et tendresse. Joanis fut alors comme saisi d'un étourdissement. Pris d'une sorte de vertige, il semblait couler dans son cœur une étrange félicité.

Quand il revint sur terre et se détacha de moi pour m'admirer à nouveau, je pense qu'il sut à cet instant que je serai l'unique femme de sa vie. Une intense chaleur envahit mon visage et tout mon être. Deux grosses larmes belles comme des perles coulèrent lentement le long de mes joues, dorées à la faveur d'un rayon de lune qui était venu s'y enchâsser comme dans un écrin.

.2.
Un amour plus puissant que le feu

De leur côté, les anciens profitaient des soirées estivales sur une place voisine de celle où nous nous amusions.

Cette soirée d'été ressemblait jusque-là à toutes les autres. Selon un rituel bien rodé, après leurs dures journées de labeur, et après le repas, la plupart des habitants du bourg se rassemblaient, comme nous, les enfants, sur cette grande place. Cela faisait maintenant trois ans que ce vaste espace avait été entièrement réaménagé par la municipalité qui avait fait planter des marronniers et avait déployé plusieurs espaces verts, couverts d'un gazon bien gras.

Les voisins s'étaient confortablement installés sur leurs propres chaises qu'ils avaient fait suivre et conversaient à bâtons rompus sur les sujets les plus divers. Ainsi, ils commentaient les évènements de toute nature de la journée tels que l'avancement des travaux agricoles et forestiers, ils parlaient de chasse, de pêche ou encore de la cueillette des champignons, la tue des cochons, et en profitaient pour évoquer les dernières rumeurs. Tout ceci dans une étrange cacophonie, car tous les sujets s'entrecroisaient, les interlocuteurs parlant souvent en même temps de choses différentes. Pour celui qui voulait s'intéresser à tout ce qui se disait, cela ne devenait que confusion, quiproquos, et enchaînements cocasses. Si l'on ajoute à cela la présence du pauvre Adolphe qui était bègue, voici un peu ce que cela pouvait donner :

— La journée a été chaude aujourd'hui, dit l'un des participants. Et maintenant le temps est bien lourd. Je m'attends à un orage violent dès cette nuit. Et même, peut-être avant.

— You, tabé[4] !

— Mais il fait déjà nuit, et je ne vois pas d'orage.

— J'ai vu une chose extraordinaire dans l'après-midi sur la route de Liposthey où je me trouvais : une voiture automobile qui allait à la vitesse d'un cheval au galop : au moins soixante-dix kilomètres à l'heure, presque aussi vite que le train !

— Je me comprends, l'orage est pour bientôt, et crois-moi, il fera peur à nos troupeaux !

— Mais un cheval ne court pas à soixante-dix kilomètres à l'heure. Tu as vu des mules courir aussi vite ? Elles se traînent !

— Cela me rappelle quand mon frère Dominique, celui d'Ychoux, est allé un jour en ville, à Bordeaux. Au retour, il a annoncé un évènement inimaginable, il avait vu une voiture qui avançait toute seule, sans être tirée par des chevaux !

— Je ne parle pas de mules, je parle des chevaux spéciaux, des chevaux qui font des courses.

— Et bien, là, il paraît que les chevaux étaient sous un capot, qu'il disait mon frère.

— Beaucoup de champs sont endommagés actuellement par une bande de sangliers qui serait menée par une énorme bête puissante et dangereuse, ils font de gros dégâts.

— Les coureurs cyclistes du Tour de France passent demain dans le coin pour une étape qui va de Bayonne à Bordeaux. Ils sont arrivés hier à Bayonne.

— Qui a gagné, à Bayonne ?

— C'est encore le père Auguste qui, à plus de quatre-vingts ans, est passé deux fois aujourd'hui sur son vieux vélo pour aller cultiver son jardin du bas, il traverse le bourg sans rien regarder, un de ces jours il va se faire surprendre par une charrette et il va rentrer dans une mule ou se faire écraser par elle.

— Mais une battue a été organisée par les chasseurs pour l'éli-

4. *Traduction : Moi aussi !*

miner, lui et sa meute.

— Moi...moi...j'y...j'y... é... é..., étais..., essayait de dire péniblement Adolphe le bègue.

— En tous cas, le jour où la première voiture sans cheval est passée dans la localité d'Ychoux, il a bien fallu, du moins pour ceux qui l'avaient vue, convenir qu'il ne s'était pas trompé.

— Jules, écoute-nous. Tu nous écoutes ? Sais-tu ce qu'est devenu le gros sanglier ?

— C'est ce sacré de Lucien Petit-Breton qui a gagné l'étape de Bayonne. C'est sa troisième victoire. Il est premier au classement général.

— Pour lui, c'est fini, on l'a tué à la chasse.

— On a beaucoup de travail cette année avec l'entretien des cares. Il fait tellement chaud que la résine coule fort et a tendance à boucher les cares, il faut passer souvent pour rafraîchir les saignées.

— Boucher, quand commences-tu ta tournée dans les familles pour saigner les porcs ?

— Et tous les autres sangliers ?

— é...é...tais...tais...a...a...avec

— Moussu le curé, qu'il avait l'air bien fébrile aujourd'hui ! On l'a vu passer et repasser en traversant le bourg à plusieurs reprises, d'un pas rapide et pressé comme si le diable lui courrait après, en allant de chez lui vers l'église, puis, la dernière fois, à son retour, il était suivi de toute la horde de ses enfants de chœur.

— Eux aussi, on les a tous tués, à coups de fusil !

— a...a...avec...mon...mon...fu...fu..., arreum...avec mon fufu...fusil !

— Moi, je les saignerai tous, dès qu'on m'appelle.

C'est alors que le grand Marcellin surgit en plein bourg et cria :

— Lou huc, lou huc[5] !

Ce Marcellin était un homme de haute taille, mais sec comme une trique. Il exerçait principalement les métiers de teinturier et de

5. *Le feu, le feu !*

tisserand et officiait accessoirement en tant que sacristain auprès de la paroisse. À ce titre, il détenait les clés de l'église et avait la responsabilité de faire sonner des cloches.

Le feu annoncé provoqua une forte anxiété chez toutes les personnes présentes, même les enfants qui se reposaient après la fin de leurs jeux, assis sur l'herbe de leur aire d'amusement, se redressèrent, inquiets, et se rapprochèrent des adultes pour assister à leur réaction face au danger annoncé.

C'est que le village de Pissos, situé en plein cœur de la Haute-Lande et de la forêt landaise, était cerné de futaies de pins maritimes et les incendies récurrents constituaient, et c'est certainement toujours le cas, une menace permanente pour les habitations, sans doute autant redoutée que la présence d'un volcan en semi-activité chez les populations environnantes. De plus, la commune est très étendue avec les nombreux hameaux plus ou moins éloignés du centre du village, tels que Sauboua, Camelebrey, Genthieu, Pignada, Bidaou, Blasions, Chambret, Testarouman, Menroux, Le Biredis, Naucet, Escoursolles, Daugnague, Bern, Gruey, Demenjon, généralement cernés par la forêt. Ils furent ravagés à plusieurs reprises par ce redoutable fléau. En outre, n'oublions pas que la forêt était une source majeure de travail pour les gens du pays qui vivaient avec la hantise des feux de forêt, malheureusement fréquents et représentant pour eux un risque majeur de récession économique.

Au passage de Marcellin, Adrien lui cria :

— Où se situe le feu ?

— Entre Bern et Gruey. Le feu avancerait assez vite vers l'école de Bern.

Marcellin entra dans l'église et actionna le tocsin. Cette alerte, bien connue de tous les villageois, se propagea assez loin, en tout cas jusqu'aux quartiers les plus proches du bourg.

Partout, ce fut le branle-bas de combat. Très vite, des hommes, le chef couvert de vieux casques qui devaient remonter à la guerre de 1870, arrivèrent et se rassemblèrent sur la place, équipés de faux, haches, pelles, râteaux et outils divers. Le maire du village et d'autres personnes vinrent avec leurs équipages de chevaux et carrioles.

Je me souviens encore très bien de la scène.

— Rassemblement autour de moi et silence, hurla le maire, juché, debout, sur la carriole de son équipage.

Le mot d'ordre se propagea. Ils étaient déjà là entre cent cinquante et deux cents volontaires, mais d'autres arriveraient certainement plus tard. Le maire fit signe au garde champêtre, homme assez jeune et d'esprit vif, de se placer à ses côtés. Puis, d'une voix puissante, il donna rapidement des ordres précis :

— Nous sommes là près de cent cinquante hommes, nous en trouverons une cinquantaine sur place. La situation est la suivante. Le feu a pris entre Bern et Gruey. Un léger vent le pousse vers le nord, c'est-à-dire vers Bern. Il risque de menacer bientôt les premières maisons situées de ce côté-là et notamment l'école. Par contre, il ne devrait pas avancer vers l'est où il ne trouvera pas matière à se développer dans les champs dénudés et bordés de fossés encore remplis d'eau. Gruey ne semble pas menacé.

Puis il expliqua à tous la manière dont ils allaient procéder. Il scinda la troupe en deux groupes, désigna Daniel, le garde champêtre, à la tête d'un premier groupe et lui donna des directives d'intervention précises. Celui-ci choisit ses hommes en un très court instant, fit charger les outils nécessaires sur trois attelages tirés par des chevaux vifs et nerveux, et tous partirent vers Bern d'un pas rapide. Tous les restants formèrent un deuxième groupe emmené par le maire qui les avertit ainsi :

— Nous devrons empêcher le feu de franchir le chemin Bern-Gruey, et de s'étendre vers la Leyre. Nous aurons un bon kilomètre tout en longueur à défendre. Voilà ce que nous allons faire.

Et il poursuivit en distribuant ses directives aux bûcherons présents, à ceux équipés de faux, pelles et autres instruments équivalents, rappela la disposition des lieux en réalité bien connus de tous et indiqua les équipements se trouvant déjà sur place.

— Enfin, dit-il, si les circonstances s'y prêtent, nous aviserons sur place, nous tenterons de lancer un contre-feu, si l'incendie gagne vers nous. À tous : prudence, prudence, prudence ! Travaillons en ligne. Il faut éviter de se faire entourer par le feu. Ne jouez pas les héros, cela compliquerait la tâche des autres. Le départ est donné, allons-y.

En peu de temps, la place se vida de tous les hommes venus pour combattre le fléau. Les gens qui y demeurèrent observèrent dans le ciel, au loin, vers le sud-est du village, une sorte de halo immense et rouge qui s'installait et se développait. Notre curé, présent dès le début du rassemblement, prit le chemin de l'église et fit sonner la cloche d'appel pour nous inviter à venir prier pour les combattants du feu.

— Ce temps me pèse, dit la vieille Anna à sa fille qui l'aidait à monter les marches du porche.

— Oui maman, ça sent l'orage.

L'église se remplit rapidement des femmes en mantilles, de personnes âgées et d'enfants. Nous, les enfants, nous nous installâmes le long de la balustrade qui sépare la nef et le chœur, et nous nous assîmes sur les marches, les filles d'un côté, les garçons de l'autre. Avec Joanis, on se cherchait régulièrement du regard et on se souriait. Quelques personnes allumèrent des cierges et bougies. Le prêtre posa le Saint-Sacrement sur l'autel et prit la parole :

— Nous allons prier pour les nôtres qui sont partis combattre le feu, pour que Dieu les protège.

Dans la pénombre nocturne de l'église, les quelques cierges allumés çà et là apportaient une ténébreuse clarté. Un murmure de prières coulait régulièrement dans la récitation du chapelet, entrecoupé de chants en patois landais.

Pendant ce temps, à l'extérieur, des nuages noirs et lourds arrivèrent de l'ouest, c'est-à-dire de l'océan, et s'amoncelèrent dans le ciel, bouchant à la vue tout l'horizon.

Soudain, un immense éclair embrasa tout l'espace et, pénétrant par les vitraux, illumina un court instant l'intérieur de l'église d'une lumière aveuglante. Un coup de tonnerre brutal, d'une violence effrayante, succéda à la lumière et se propagea par ondes successives dans le lointain. Les vitraux de l'église en résonnèrent d'effroi. Instinctivement, les échines des priants se courbèrent comme pour chercher une protection. Puis une pluie lourde et dense se mit à tomber en cataractes puissantes et en vagues énormes, comme portées par une houle déferlant de l'atlantique tout proche, balayant tout sur son passage et emportant la terre nue, les branches des arbres environnants qu'elle brisait et les pierres qui jonchaient le sol. La place de l'église fut inondée et le clocher ressembla à l'arche de Noé émergeant des eaux, perdue dans le déluge.

La prière s'arrêta spontanément. Tous guettèrent la force des éclairs à travers les vitraux, écoutèrent l'ardeur de l'orage et la fureur de la pluie, et pensèrent aux sauveteurs qui bataillaient en ce moment sur le front du feu. Leurs sentiments se partagèrent entre la crainte qu'ils soient victimes de ce nouveau cataclysme, et l'espoir que la nature ainsi déchaînée se chargeât elle-même de vaincre rapidement un feu ravageur qui allait trouver son maître.

— Prions, reprit le prêtre. Espérons que cette pluie d'orage s'étende jusqu'aux forêts en feu et que nos frères puissent trouver un refuge salvateur.

Le temps de la prière parut encore long. La tempête se calma.

Enfin ! La silhouette d'un homme grand et longiligne se profila sur le seuil de l'église. Tout le monde reconnut Albert qui s'avança vers le chœur, un casque sous le bras. Il s'agenouilla devant le Saint-Sacrement, puis alla parler à l'oreille du prêtre, sous le regard attentif et impatient de tous les gens présents. Après ce conciliabule, le prêtre se plaça à l'entrée de la nef, face aux gens, et fit cette annonce :

— Mes bien chers frères, les nouvelles reçues sont bonnes. Aucun blessé n'est à déplorer. L'orage a été bienfaiteur en gagnant la zone d'incendie et les eaux du ciel se sont déversées abondamment et ont vaincu le fléau. Je vous propose, en action de grâce de chanter le *Tantum ergo* et d'élever le Saint-Sacrement à notre adoration.

La cérémonie se termina. Nous sortîmes par l'allée centrale, tous pressés d'obtenir des nouvelles plus précises des nôtres.

Je rejoignis Joanis dans la file, et nous nous observâmes mutuellement dans la pénombre d'un regard scrutateur. Le souvenir de notre premier baiser nous habitait pleinement, à jamais. Et nous avons serré bien fort nos mains qui s'étreignirent.

À la lueur tremblante d'un cierge, nous découvrîmes la lumière de nos sourires. Nous savions que le feu qui brûlait au fond de notre cœur, personne, ni l'homme ni la nature, ne pourrait jamais l'éteindre.

.3.
Une jeunesse insouciante

Dans notre campagne landaise, la vie suivait son cours, paisiblement. Ma famille et celle des parents de Joanis habitaient des maisons presque voisines, proches de l'église du village. Nous, les enfants, avons vite pris l'habitude de partager nos jeux. De mon côté, il y avait Juliette, ma sœur aînée de quatre ans, et Jean, mon frère, plus jeune que moi d'une année. Joanis, lui, avait seulement une sœur, Marie-Thérèse, plus âgée de deux ans.

Juliette était vraiment un phénomène d'intelligence. Très jeune, elle surprenait la maîtresse de son école par sa capacité à résoudre très vite tous les problèmes d'arithmétique et à répondre presque instantanément aux calculs posés. Elle obtint dès onze ans le certificat d'études primaires avec la mention très bien. Vers seize ans, notre médecin, intrigué par sa soif de connaissances et par la sagesse de ses questions, lui prêta des livres ardus d'auteurs que l'on appelle des philosophes. Ainsi, elle lut Platon, Aristote, Saint-Augustin, Blaise Pascal, Jean-Jacques Rousseau. Elle m'agaçait parfois par des questions et des réflexions qui me dépassaient complètement. Plusieurs personnes incitèrent mes parents à lui faire continuer des études poussées. Mais il n'en fut pas question ! Que de temps perdu serait-ce là pour une jeune fille, alors qu'il y avait tant de travail dans les fermes !

Juliette avait une autre particularité, c'était de tomber facilement amoureuse. Son premier amour d'enfance pour Ernest ne dura pas, peut-être parce que celui-ci, par pudeur, refusait de l'embrasser comme le font les amoureux. Quand, à ses seize ans, elle prêta enfin attention à Julien qui la courtisait pourtant depuis longtemps, elle se sentit séduite par le charme et la gentillesse de ce jeune homme grand et fort, dont les parents exploitaient en tant que propriétaires une ferme du quartier de Menroux et quelques hectares de pins implantés au Nord et au-delà du centre du village pour la production de résine. L'attrait et les sentiments ne firent que se renforcer au fil du temps. Les fiançailles furent fêtées dès le début de l'année 1910 et le mariage fut annoncé pour septembre de la même année.

C'est en juin 1910 que j'accompagnai pour la première fois, en compagnie de Joanis, mes parents à la grande foire de printemps qui se tenait chaque année à Labouheyre et qui drainait presque toute la population des communes de la région autour de marchands de toute nature qui venaient y exposer. J'étais fière de prendre le train, ce qui était rare, qui nous transporta jusqu'à la gare d'Ychoux. De là, à midi et demi, un train spécial, appelé « *le train de plaisir* », était organisé pour convoyer tous ses passagers jusqu'à la gare de Labouheyre, le tout pour le prix de vingt et un sous par personne aller-retour. Tous étaient chargés à l'aller de plusieurs paniers vides avec l'intention de les remplir, bien souvent de la volaille vivante, des lapins vivants, et quelques autres produits inattendus. D'autres y allaient en bros traînés par des vaches de trait ou des bœufs, en charrettes tirées par des mules, ou en attelages de puissants chevaux. Cela provoquait bien des embouteillages sur les routes.

Avec Joanis, nous fûmes laissés libres de nos mouvements sur le champ de foire, et nous partîmes à sa découverte avec de grands yeux étonnés. Nous admirâmes surtout l'exposition de bœufs énormes que convoitaient plusieurs bouchers et, tout à côté, se tenait une sorte de basse-cour géante remplie de volailles, oies, canards, dindes et dindons, poussins tout jaunes et tout mignons qui, apeurés, cherchaient leur mère, le tout piaillant en un concert assourdissant. Des commerçants avenants nous firent goûter les premières cerises de l'année, délicieuses, vendues trois à quatre sous la livre selon la qualité, et des petites poires de la Saint-Jean, succulentes. Nous tombâmes sur des aubergistes qui avaient planté leur tente et y vendaient du vin à dix et quinze sous le litre. Pourtant, ils n'avaient installé qu'une seule barrique, avec un robinet placé à chaque bout opposé. À un bout, c'était le vin à dix sous, à l'autre bout, c'était le vin à quinze sous. Mais, au demeurant, on sut plus tard que c'était le même !

Puis nous avons croisé ce que l'on appelait un « matioüec », une de ces personnes qui, à l'occasion des foires, cherchaient à marier garçons et filles n'habitant pas la même commune en facilitant une première rencontre de jeunes gens. Il nous interpella et plaisanta :

— Bonjour, jeunes gens de bonne famille, je sens que je vais pouvoir vous faire marier.

Je vis le visage de Joanis rosir puis virer au rouge. Moi, je gardai mon sang-froid et lui répondis :

— Bien sûr que nous allons nous marier, mais ensemble ! Nous sommes d'ailleurs presque déjà mariés !

— Houla ! répliqua le « *matioüec* », et qu'avez-vous donc fait pour être presque mariés ?

— C'est notre secret à tous les deux, et, un secret, cela ne se dit pas, surtout à quelqu'un que l'on ne connaît pas.

— Tu as raison, charmante jeune fille, me dit-il, il ne faut pas dire un secret, même à quelqu'un que tu connais. J'avais des gens charmants à vous présenter, pour l'un et pour l'autre, mais ils ne vous valent pas, vous êtes si mignons tous les deux. Allez vous distraire. Vous trouverez un peu plus loin un magicien.

.4.
Us, coutumes et fêtes

Au retour de la foire, nous participâmes à la préparation de la fête de la nuit de la Saint-Jean. Comme tous les autres enfants des écoles, avec Joanis, nous partîmes le jeudi suivant, jour sans école, dans les bois pour ramasser des branches mortes, des estrocs, des gemelles, et pour ensuite venir les entasser à l'endroit de la place de l'église où le feu de la Saint-Jean aurait lieu. Nous prîmes le chemin qui contournait l'église et entrâmes dans les sous-bois envahis de fougères et de ronces. Nous remplîmes vite nos paniers. Nous continuâmes alors notre promenade par un sentier qui menait à une dune constituée d'un sable d'une étonnante blancheur, surnommée pour cette raison le « Mont-blanc » par les gens du pays. Celle-ci descendait en une pente relativement raide vers le lit de la rivière qui arrive au bourg du village et va se jeter près de cinq cents mètres plus loin dans la Grande Leyre. Nous nous assîmes l'un contre l'autre, bras enlacés, au bord de l'eau. La rivière n'était pas large à cet endroit, mais son courant violent et tumultueux rompait le silence profond des bois. Nous y restâmes sans parler pendant un long moment, savourant la quiétude que nous apportait la nature luxuriante qui nous entourait, et comme hypnotisés par la lutte de l'eau contre quelques troncs d'arbres qui obstruaient son passage. Nous n'avions pas besoin d'échanger de paroles pour vivre intensément cet instant de plénitude totalement partagée. Puis, spontanément et simultanément, nous tournâmes nos têtes l'une vers l'autre, croisant nos regards.

Joanis rompit le premier le silence, mais il me parut hésitant, comme s'il n'arrivait pas à dire une chose qu'il tenait absolument à demander, sans doute depuis longtemps :

— Anne…

Mais il s'arrêta. Intriguée, je l'observai et le relançai :

— Tu veux me dire quelque chose ?

— Oui…

— Pourquoi tu t'arrêtes, alors ? Je t'écoute.

Finalement, Joanis approcha son visage tout près du mien, et se décida à poser ses lèvres sur les miennes. Puis il eut l'audace de glisser sa langue entre mes lèvres pour les caresser. C'était la première fois qu'il s'enhardissait ainsi. Je répondis à son appel.

Joanis m'avoua par la suite qu'il avait été surpris et subjugué par la douceur et le plaisir de cette caresse qu'il découvrait et qu'il avait senti tout son corps envahi d'une chaleur intérieure merveilleuse et troublante qu'il avait prise, à juste raison, pour de l'amour.

De retour vers le village, nous avons rencontré en chemin un muletier, conduisant un attelage chargé de barriques pleines de résine, qui me fit asseoir sur le siège avant et installa Joanis à cheval sur le dos d'une des deux mules. La bête, placide, ne présentait aucun danger. Nous accompagnâmes le muletier jusqu'à l'atelier de résine du bourg où il devait livrer son chargement. Nous y restâmes quelques instants pour assister à une manœuvre que nous connaissions déjà, mais qui ne cessait de nous captiver. À l'arrivée de la charrette, les barriques pleines furent roulées sur des traverses posées sur la largeur d'un immense réservoir, appelé « barque », d'une contenance de près de huit cents mètres cubes et servant à stocker la gemme brute, puis vidées de leur contenu.

Une fois cette opération terminée, nous revînmes à l'endroit de la place où le feu de la Saint-Jean serait allumé pour y vider nos paniers de notre butin de bois, pignes, estrocs et gemelles ramassés au cours de l'après-midi. Tous les autres enfants firent de même. Ce fut ainsi que petit à petit un monticule imposant de produits combustibles s'éleva, sur lequel seraient ensuite posés d'énormes bûches et troncs de pins.

Le feu de la Saint-Jean était une tradition très ancienne. Le 23 juin de chaque année, la population du village se réunissait sur la place du bourg autour d'un feu qui était entretenu pendant une grande partie de la nuit. À neuf heures du soir, un coup de fusil était tiré pour marquer le point de départ des réjouissances. Puis, le feu allumé, le curé du village venait le bénir, et la fête commençait. Des musiciens accordéonistes animaient un bal auxquels jeunes et moins jeunes participaient avec enthousiasme, dansant autour du feu. Bière et limonade coulaient à flots. Une marchande de gâteaux, réputée pour son talent de pâtissière, était assaillie par les gourmands. Son pastis landais et ses tourtières parfumés à l'anis et à l'armagnac connaissaient tous les ans un succès démesuré. Les flammes montaient très haut dans le ciel pendant les premiers instants, illuminant la nuit qui venait de tomber, et répandaient autour d'elles une douce chaleur. Progressivement, leur hauteur baissait sensiblement. Commençait alors un festival d'hommes lestes qui s'élançaient au-dessus du feu en des sauts dangereux. Les meilleurs étaient applaudis, ceux qui se frottaient aux flammes déclenchaient la risée générale.

Quand le feu s'assoupissait enfin, la plupart des hommes se rabattaient vers le café du bourg pour y disputer des parties de cartes pendant une bonne partie de la nuit, « jusqu'à plus soif ».

Quelques jours plus tard, Joanis m'invita chez lui pour assister à la *tuaille* du cochon et participer au repas qui s'ensuivait. Je pense que cet évènement, considérable chez les familles qui élèvent des porcs, existe toujours. Il consistait, dans nos Landes, à réunir au cours d'une journée entière toute la famille, aidée d'un boucher, de voisins et d'amis, pour dépecer et découper le cochon élevé, et le transformer en mets qui feraient le délice de bien des repas : jambons, confits, graisserons, divers abats et pâtés. Le soir, tous les invités se retrouvaient autour de la table pour se régaler d'un repas copieux ouvert par la consommation d'une garbure, puis continué par des plats de triperie du cochon et clôturé avec l'*escoton* ou *cruchade* cuisiné à base de farine de maïs ou de blé, de sel et d'eau, et de gâteaux préparés par les grands-mères pendant toute une semaine. Le boucher, qui allait de famille en famille assurer la « tue » du cochon, était généralement rémunéré en nature, recevant boudins, « coustoun » ou ventrèche, se constituant ainsi une grande provision de produits porcins pour une année entière.

***

Enfin, septembre arriva, et le jour du mariage de Juliette et Julien se précisa. Tous les invités avaient sorti leurs plus beaux habits, ceux des grandes occasions. Le samedi matin, après l'union prononcée par Monsieur le Maire, un cortège se forma pour se rendre de la mairie jusqu'à l'église. Pendant la cérémonie, je me tins près de mon cavalier, Joanis, bien entendu. À l'instant du consentement des deux époux, on ne put s'empêcher de saisir et serrer nos mains. La sortie de l'église se passa dans l'allégresse, sous un soleil chaud, un ciel serein, des hourras accueillirent les mariés sur le parvis. Puis un apéritif fut servi sur la terrasse du Café du bourg auquel tous les gens du village étaient conviés. Ce moment de convivialité terminé, les mariés entraînèrent à leur suite jusqu'à la ferme de Menroux les quelques deux cents parents et amis appelés à venir festoyer, chanter, rire et danser jusqu'au lendemain matin.

La ferme avait été, pour cette occasion, réaménagée, la grange la plus vaste ayant été transformée en salle de banquet, complétée d'une piste de danse et d'une estrade destinée aux musiciens, à savoir deux joueurs d'accordéon et un trompettiste enfants du village, chargés d'animer le bal champêtre. Le menu fut digne des festins organisés lors de grandes fêtes et comporta pas moins d'une vingtaine de plats. Je me souviens que l'on servit des poissons, des viandes bovines et agneaux, de la volaille, du gibier, puis plusieurs desserts. Je ne saurais dire quels vins furent offerts, mais je suis certaine qu'il y avait qualité et quantité, et que leur choix convint bien aux plats du moment. Pour les adultes, un trou normand s'imposa au milieu du repas pour relancer le désir de poursuivre. Au petit matin, les plus courageux toujours en piste dégustèrent le tourin. Puis les amis des mariés partirent à leur recherche pour leur apporter le tourin, car, selon la tradition, ces derniers avaient déjà quitté la noce en catimini pour aller se réfugier en un lieu tenu secret. Ils les retrouvèrent chez un oncle qui leur avait prêté sa maison. Le lendemain, nouveau rassemblement des invités, mais venus moins nombreux, pour célébrer ce qu'on appelait la « refête ».

Nous, les plus jeunes, et nous étions nombreux, nous avons abandonné les adultes à leur débauche alimentaire pour nous évader dans la vaste nature environnante et organiser des jeux à la mesure des grands espaces que l'airial, les champs et la forêt nous offraient. Et la tombée de la nuit nous apporta un intérêt supplémentaire par l'esprit d'aventure que les ténèbres suscitaient par la crainte de pièges qu'elles étaient censées camoufler.

Avec Joanis, nous en avons profité pour nous évader sur le chemin qui contournait la ferme et nous promener ensemble, seuls, sans plus nous préoccuper de nos camarades de jeu. À un moment, nous avons bifurqué dans un sentier assez court, car il se terminait au bout de quelques mètres devant un portail sommaire et fermé donnant accès à un airial d'importance moyenne, totalement clôturé et occupé par une vieille masure et quelques granges.

— Je sais qui habite là, dis-je à Joanis. C'est une vieille dame que les gens appellent Mante-la-sorcière, lorsqu'ils parlent d'elle. Il paraît qu'elle sait faire passer les enfants.

Je vis que Joanis demeurait perplexe et songeur.

— Faire passer des enfants, que cela peut-il bien vouloir dire ? me demanda-t-il. Et où les fait-elle passer, les enfants ?

— Je ne sais pas très bien. Quand j'ai entendu parler de cela, j'ai demandé à ma mère une explication, mais elle m'a répondu que j'étais encore trop jeune pour comprendre.

— C'est toujours la même chose avec les vieux. Ils ne nous considèrent pas assez à notre juste valeur. Pourtant, il faudra bien que nous fassions des enfants nous aussi, s'ils veulent des jeunes pour prendre leur suite et les aider dans leur vieillesse. S'ils ne nous disent pas comment il faut s'y prendre, cela leur pend au nez de se retrouver seuls. Si en plus il faut savoir comment faire passer les enfants, et qu'il faut pour cela aller voir cette vieille femme, que se passera-t-il le jour où elle mourra, ce qui peut vite arriver si elle est vieille ?

— J'ai quand même compris que c'était grave, ce qu'elle fait, et que ce n'est surtout pas bien !

— Voilà un mystère de plus, notre vie en est déjà pleine. Tu sais, toi, comment faire un enfant ?

— J'ai une petite idée sur cette question. Ma sœur Juliette m'en a un peu parlé. Mais je préfère ne pas en parler encore, car je n'ai pas très bien compris. En tout cas, il faut un homme et une femme, j'en suis sûre, et il faut qu'il arrive à l'homme des choses bizarres.

— Ah bon ! Et c'est dangereux ?

— Non, au contraire, ma sœur m'a même dit que c'était agréable pour les deux.

Mais la promenade durait depuis un bon moment. Nous avons estimé qu'il était temps de rentrer pour ne pas éveiller des soupçons sur notre comportement, au demeurant nullement répréhensible. À notre retour, les flonflons de la fête emportaient au loin l'écho du bonheur des jeunes époux et personne ne semblait s'être préoccupé de notre absence.

Nous ne pouvions deviner, en ces temps heureux, que nous allions pour bon nombre, être confrontés, de 1914 à 1918, au drame humain le plus terrible qu'ait jamais connu l'humanité, et qui allait bouleverser notre félicité.

.5.
Mobilisation générale

Quel choc avons-nous subi, grands et petits, le samedi premier août 1914 ! Il était environ quatre heures de l'après-midi quand le tocsin du clocher de l'église sonna d'un air lugubre la mobilisation générale décrétée par le gouvernement. Jusque dans les points les plus reculés du village, les paysans furent saisis en pleines moissons par cette alerte funeste et comprirent que, cette fois-ci, ils étaient appelés non pour combattre le feu, mais pour se battre contre des hommes qui, comme eux, allaient devoir abandonner les travaux venant récompenser une année de dur labeur, et tout cela pour partir à la guerre.

Dans la soirée, l'affiche de mobilisation fut placardée sur le devant de la mairie et le garde champêtre, équipé de son tambour, partit de cette mairie en tournée pour proclamer le message officiel annonçant la mobilisation. Les gens l'attendaient déjà depuis un bon moment quand il arriva sur la place du bourg, mais il battit cependant son tambour pour alerter d'éventuels absents. J'étais présente, bien entendu en compagnie de Joanis. Le garde déroula une feuille et déclama avec beaucoup de gravité et de solennité :

« *Avis à la population. Je proclame que, par décret du Président de la République, la mobilisation des Armées de terre et de mer est ordonnée, ainsi que la réquisition des animaux, voitures et harnais nécessaires au complément de ces armées. Le premier jour de la mobilisation est le dimanche deux août mille neuf cent quatorze. Tout français soumis aux obligations militaires doit, sous peine d'être puni avec toute la rigueur des lois, obéir aux prescriptions du fascicule de mobilisation à lire aux pages coloriées placées dans son livret. Sont visés par le présent ordre tous les hommes non présents sous les drapeaux et appartenant : Premièrement, à l'Armée de terre, y compris les troupes coloniales et les hommes des services auxiliaires ; deuxièmement, à l'armée de mer, y compris les inscrits maritimes et les armuriers de la marine. Les autorités civiles et militaires sont responsables de l'exécution du présent décret. Signés : Le Ministre de la Guerre, Le Ministre de la Marine. Le présent avis est affiché à la Mairie. Fin d'avis.* »

Le garde champêtre marqua la fin de cette déclaration solennelle par un roulement de tambour, puis il partit à travers tout le village et vers les quartiers pour réitérer partout son annonce.

L'évènement ainsi publié d'une guerre entre la France et l'Allemagne confirma des rumeurs qui couraient depuis quelques mois sur la détérioration des relations diplomatiques entre plusieurs nations européennes. Mais, jusqu'à ce jour, les craintes d'un possible conflit avaient toujours été réglées et désamorcées par les politiciens. L'information d'un attentat survenu le 28 juin 1914 à Sarajevo, en Bosnie, au cours duquel l'archiduc François-Ferdinand, héritier du trône d'Autriche-Hongrie, avait été assassiné ainsi que son épouse morganatique était alarmante, toutefois sans soulever de craintes particulières que l'évènement puisse provoquer une guerre.

Et pourtant, signe avant-coureur de cette catastrophe mondiale s'il en était, je me souviens avoir assisté à une discussion inopinée qui se tint entre quatre notables de notre village de manière totalement inhabituelle sur la grand' place. Plusieurs personnes, intriguées, formèrent d'ailleurs un petit attroupement à leur écoute, pour s'informer, mais sans oser intervenir.

L'initiative de cette concertation fut prise par l'abbé Vincent, curé de la paroisse. Celui-ci était très apprécié par ses paroissiens pour sa mansuétude et son altruisme récurrent ; en outre, il était un grand connaisseur de la forêt car fils de forestiers et pour avoir travaillé une bonne partie de sa jeunesse dans les bois auprès de son père avant de partir suivre ses études au petit séminaire d'Aire-sur-Adour. Il était un homme de décision.

Ainsi, après la messe solennelle du dimanche 5 juillet, il aborda quatre de ses paroissiens, Jean, Monsieur Jean comme l'appelaient les gens du pays, important propriétaire forestier, Gaston et Raoul qui étaient à la fois propriétaires forestiers et docteurs en médecine, tous les trois conseillers municipaux et anciens conseillers de la fabrique, et François, très respecté pour avoir été fait prisonnier à Sedan en 1870 en tant que trompette de l'Empereur Napoléon III et s'en être évadé.

Une fois tous réunis à l'ombre d'un marronnier de la place, l'abbé Vincent leur déclara : « *Je veux vous faire part de mes vives inquiétudes, l'heure est grave, nous avons des décisions à prendre* ».

.6.
Itinéraire d'une guerre

M'étant immiscée dans le groupe des curieux, je pus entendre une bonne partie du conciliabule qui dura un bon moment. Je puis, de ce fait, en rapporter l'essentiel autant qu'il m'en souvienne.

D'emblée, l'abbé Vincent introduisit ainsi l'entretien :

— La situation politique actuelle de notre vieille Europe me préoccupe. On prétend, sans doute à juste raison, que notre époque est bénie : pas de guerres depuis quarante ans, de grandes innovations techniques favorisant le développement économique, amélioration des conditions de travail des ouvriers, la vie culturelle se développe, la vie mondaine s'étale dans certains milieux, et nous pouvons constater sur nos terres landaises un chamboulement avec le développement de la forêt. C'est le progrès partout. Eh bien, je conteste, ici, une telle vision monolithique de la situation. La situation réelle est, à mon avis, moins paisible qu'on ne le pense.

On qualifia ultérieurement cette période de « *Belle Epoque* ».

L'abbé Vincent ajouta avant toute autre intervention :

— Je crains que l'attentat de Sarajevo du vingt-huit juin dernier soit le prélude à une explosion des rivalités entre nos Nations, un évènement que les partisans de la guerre vont utiliser pour parvenir à leurs fins.

— Allons, allons ! mon cher curé, je pense que vous exagérez, contesta Gaston, bonhomme souriant au fort embonpoint. Je ne partage pas un tel pessimisme. En commentant l'assassinat de l'archiduc autrichien, l'ambassadeur anglais à Saint-Pétersbourg aurait déclaré que « la tragédie de Sarajevo ne conduira pas à des complications ultérieures », car cet archiduc serait peu populaire, même dans son pays.

— Un instant, intervient François.

François, âgé de soixante-six ans, est le plus ancien des membres de la réunion. Petit propriétaire forestier, il a passé l'essentiel de sa vie à arpenter la vaste forêt de la région et à y exercer ses activités de gestionnaire. Habitué à passer des journées entières dans la solitude des bois et dans un relatif silence, il en est pénétré d'un caractère taciturne. Ses paroles, rares, sont imprégnées de sagesse. Plutôt grand, « *sec comme une trique* » comme on dit dans le pays, il prit un peu de temps avant de reprendre la parole comme s'il souhaitait se préserver un temps supplémentaire de réflexion

— Moi, continua François, qui vis un peu comme un ermite dans mon lieu de retraite, j'aimerais avoir des explications sur ce que vous êtes en train de nous parler. Qu'est-ce que cette histoire de Sarajevo ?

— Mon cher ami, lui répondit Monsieur Jean, la ville de Sarajevo se situe en Bosnie-Herzégovine. Apprends, François, que le 28 juin dernier viennent d'y être assassinés l'archiduc François-Ferdinand qui est l'héritier du trône d'Autriche-Hongrie, et son épouse Sophie Chotek de Chotkowa et Wognin, duchesse de Hohenberg. L'assassin a été arrêté, il s'agirait d'un certain Gavrilo Princip. On le dit membre d'une organisation terroriste serbe connue sous l'appellation de « *la Main noire* ». Bien qu'originaire de Bosnie, il serait nationaliste serbe. Or il s'avère qu'Autriche-Hongrie et Serbie sont deux nations aux relations actuelles hostiles. Le parti militaire autrichien considérerait que cette agression attribuée, sans doute volontairement à tort, à la Serbie, est une opportunité pour justifier de déclarer une guerre préventive contre ce pays.

— Je vois, l'interrompit François.

— Attends, je n'ai pas fini, le plus grave serait à venir. La Russie qui aurait passé un accord de défense avec cette même Serbie risque, en représailles, d'intervenir à son tour. Comme l'Allemagne soutiendra l'Autriche, la guerre peut s'étendre à la France parce que nous sommes alliés avec les Russes et que les Allemands, pour éviter d'avoir deux fronts à défendre, souhaiteront nous éliminer promptement de la lutte.

— Ce n'est pas possible, s'insurgea François, on ne va pas recommencer 1870 !

— Décidément, intervint Gaston, vous broyez tous du noir. Les ententes scellées nous permettent tout de même de vivre actuellement en paix !

— En paix ? rebondit Raoul sur ce terme qui le choqua. Déjà notre curé vient de dire que nous n'avons pas connu de guerre depuis quarante ans ! Sur notre territoire, c'est vrai. Mais cette période fut hautement troublée par de vives tensions opposant dangereusement plusieurs Nations européennes.

— De quelles tensions parles-tu ? demanda François.

— Je pense, par exemple à l'incident diplomatique qui opposa en 1898 France et Royaume-Uni à Fachoda, au Soudan. Certes, il se termina par un accord entre les deux pays laissant la Grande-Bretagne libre de mener sa politique en Égypte et la France d'instaurer un protectorat au Maroc. Mais, conséquence : un tel accord déplut à l'Allemagne qui avait des prétentions sur cette région de l'Afrique et fut à l'origine de réactions vives de l'empereur Guillaume II qui intervint lui-même à Tanger en mars 1905 pour y rencontrer le sultan, puis en 1911 la marine de guerre allemande envoya une canonnière menaçante dans la baie d'Agadir. Des points de friction ont aussi opposé la France et l'Italie concernant la Tunisie. Ces crises graves auraient pu déboucher sur des déclarations de guerre. Heureusement, elles furent apaisées ou réglées plus ou moins par la diplomatie.

— N'oublions pas, dit Monsieur Jean, les évènements actuels et les deux guerres des Balkans de 1912 et 1913. Les traités de paix signés à Londres et à Bucarest n'auraient pas donné satisfaction à tous les signataires. Beaucoup considèrent la situation actuelle dans les Balkans comme une « poudrière », qu'une simple étincelle peut faire exploser, et que cette explosion va se ressentir dans l'Europe entière.

— Et que penser, ajouta Raoul, des minorités nationales et nationalistes comme la Croatie, la Bohême, la Slavonie et d'autres qui ont des volontés séparatistes.

Les débatteurs évoquèrent ensuite d'autres faits de nature à envenimer les relations entre grandes puissances européennes.

— Vous oubliez toujours, j'y reviens, intervint Gaston, les alliances qui se sont nouées au fil du temps. Il existe actuellement deux blocs de forces sensiblement égales qui se craignent mutuellement.

— Tu penses, je présume, à la Triple Alliance, d'un côté, avec l'Allemagne, l'Autriche-Hongrie puis l'Italie, qui bénéficient de la sympathie de l'Empire ottoman, et la Triple Entente avec la France, la Russie et le Royaume-Uni, d'un autre côté, le reprit Monsieur Jean.

— Bien entendu.

— Je conteste ton argument sur le prétendu équilibre des forces et des craintes réciproques qui freineraient l'humeur guerrière des uns et des autres. Il n'est pas du tout certain que les forces des deux pays soient réellement comparables. À terme, les effectifs allemands dépasseront obligatoirement les nôtres, car nos voisins ont une population de soixante-sept millions d'habitants alors que la France n'en compte même pas quarante millions. Et il existe actuellement une supériorité des Austro-Allemands dans le domaine de l'armement. Qu'en penses-tu François ?

— Oui, oui, tu me vois m'agiter, mais je partage ton point de vue, cependant il me paraît incomplet, lui répliqua François. Vous le savez, je dus partir bien malgré moi faire la guerre contre les Prussiens en 1870, et je ne suis pas fier d'avoir été coincé à Sedan, même si je réussis à m'évader. Je n'ai toujours pas digéré cette défaite et la situation ridicule dans laquelle nous nous sommes retrouvés, avec la capture de Napoléon III, fait prisonnier. Les Prussiens nous ont pris l'Alsace-Lorraine pour l'intégrer à l'Allemagne, et tant que cette question ne sera pas réglée, pour moi la guerre n'est toujours pas terminée. On dit que les Alsaciens-Lorrains luttent et résistent pour redevenir français.

— Oui, les points de friction sont nombreux, enchaîna Monsieur Jean. Je crains que l'Autriche n'attende que l'aval de l'empereur allemand Guillaume II pour mettre son plan contre la Serbie à exécution.

— Eh bien, moi je maintiens, intervint Gaston, que je ne vous suis pas dans toutes vos idées guerrières. Les hommes ne sont quand même pas assez fous pour se lancer dans un conflit qui risquerait d'être terrible. Non, non, je ne peux croire que les chefs militaires de tous les pays soient assez stupides pour déclarer une guerre qui pourrait durer très longtemps, car, cette fois-ci, ce sont des millions d'hommes qui s'affronteraient et ce serait une hécatombe qui concernerait toute la jeunesse de chez nous. Quels seraient alors l'avenir et le dynamisme de nos nations ?

C'est l'abbé Vincent qui eut le mot de la fin :

— Mon opinion est que notre pays va se trouver en guerre dans un délai que je crains plus proche qu'on ne l'imagine. La France n'est pas prête militairement, à mon avis, pour un tel conflit. Mais quand l'Allemagne prévoit de neutraliser le danger français en un laps de temps très court, je pense qu'elle nous sous-estime.

Un instant de flottement s'installa.

L'abbé Vincent décida d'ajouter un mot :

— Je ne pense pas que nos compatriotes de la commune réalisent que nous sommes sous la menace d'un danger imminent. Quand on parle de guerre avec eux, cette question est prise un peu à la légère, beaucoup pensent que l'on peut donner une leçon aux Prussiens et que cela ne durera pas longtemps.

— Que suggérez-vous, Monsieur le curé ? interrogea Monsieur

Jean, comme pour conclure.

— Gardons l'espoir, et nous prierons pour cela, pour que la paix demeure entre les nations. Je conseille, à nouveau, et par prudence, que nous prenions l'initiative d'avertir dans le calme nos compatriotes du village, en évitant de les affoler, qu'un risque de guerre existe fortement pour des jours prochains et qu'ils prennent toutes mesures utiles dans le cas où ce malheur surviendrait...

En juillet 1914, nous n'avions pas encore seize ans, Joanis et moi. L'annonce d'une guerre prochaine contre l'Allemagne circulait. Notre pensée se tournait exclusivement vers nos parents et amis qui risquaient de devoir partir sans délai, en espérant qu'ils seraient de retour assez tôt pour que nous fêtions Noël ensemble. Nous étions convaincus que la guerre ne pourrait se prolonger au-delà d'une date aussi lointaine. Nous n'avions jamais envisagé à ce moment-là qu'un avenir cruel allait mettre à mal notre petit monde rural si paisible.

.7.
Déclaration de guerre

En effet, les évènements précurseurs de la guerre survinrent dès le mois de juillet 1914. À la suite de l'assassinat de l'archiduc héritier d'Autriche François-Ferdinand de Habsbourg et de son épouse, le parti militaire autrichien considéra qu'il fallait profiter de cette agression attribuée, sans doute volontairement à tort, à la Serbie, pour engager une guerre préventive contre ce pays.

Pour mettre un tel projet à exécution, l'Autriche avait besoin du soutien de l'Allemagne. Or, lors des conflits récents dans les Balkans, cette dernière avait toujours refusé de s'engager. Cependant, l'État-major militaire et des membres influents du ministère des Affaires étrangères allemands réfléchissaient sur l'opportunité de lancer une offensive contre la Russie tant que celle-ci demeurait fragile militairement. Début juillet, au vu du rapport qu'il reçut sur l'attentat, l'empereur Guillaume II décida qu'il fallait « *en finir avec les Serbes, vite, maintenant ou jamais* ». Simultanément, d'autres militaires de tous pays poussaient également à l'engagement d'un conflit généralisé alors que les diplomates s'évertuaient à l'éviter.

Convaincu de l'appui et du concours de son allié allemand, et en accord avec lui, le gouvernement austro-hongrois fit parvenir à Belgrade le jeudi 23 juillet 1914 une note diplomatique qui constituait une mise en demeure très agressive et pratiquement inacceptable. Ce fut le point de départ d'évènements que l'on ne pourrait plus arrêter.

En un peu plus d'un mois, l'univers européen allait basculer d'un état de calme relatif vers une folie guerrière comme seul l'orgueil démesuré et l'ambition destructrice des hommes peuvent les y conduire.

28 juin 1914 : Assassinat de l'archiduc héritier d'Autriche François-Ferdinand et de sa femme à Sarajevo.

23 juillet 1914 : Le gouvernement austro-hongrois fait parvenir au gouvernement serbe sous forme de note diplomatique « verbale » une mise en demeure agressive en dix points.

28 juillet 1914 : L'Autriche-Hongrie déclare la guerre à la Serbie.

30 juillet 1914 : La Russie lance un ordre de mobilisation générale.

31 juillet 1914 : L'Autriche-Hongrie décide la mobilisation.

1er août 1914 : L'Allemagne déclare la guerre à la Russie.

1er août 1914 : La France décrète la mobilisation générale pour le 2 août.

3 août 1914 : L'Allemagne déclare la guerre à la France.

4 août 1914 : L'Angleterre entre en guerre.

5 août 1914 : L'Autriche déclare la guerre à la Russie.

12 août 1914 : La France et l'Angleterre déclarent la guerre à l'Autriche.

Seule l'Italie manifesta sa neutralité, du moins en ce début de conflit. Les grandes puissances européennes ont bien définitivement lancé sans espoir de retour un cataclysme que l'on appellera la Grande Guerre. Près de soixante-cinq millions de combattants participeront à ce conflit.

.8.
Après l'annonce de la mobilisation générale

Le premier août toujours, après le passage du garde champêtre et l'annonce de la mobilisation générale, je partis, seule, comme cela était prévu, vers les prés de la vallée de Bidaou pour apporter aux faucheurs des boissons fraîches. Il s'agit de cette vallée, large et profonde, creusée depuis des années, peut-être des siècles, par le ruisseau qui la longe, celui qui traverse le bourg. En entendant sonner le tocsin, tous les faucheurs suspendirent, comme un seul homme, leur dur labeur, et s'interrogèrent sur la raison de cet appel. Tous pensèrent à la même chose : « *Est-ce la guerre ?* » La nouvelle leur fut vite apportée par les membres de leur famille : « *Oui, c'est la mobilisation immédiate !* »

Ils parlaient de plus en plus entre eux, ces derniers jours, des risques qu'une guerre éclate prochainement, mais tous gardaient en eux le secret espoir qu'il ne s'agissait que de fausses rumeurs. Beaucoup, même, crânaient et disaient : « *Maintenant, on fauche le foin, eh bien, si on nous appelle, on ira faucher du Prussien et on reviendra fêter Noël tous ensemble. Il faudra se dépêcher.* »

Dorénavant, face à la réalité, ce fut la stupeur qui les saisit, et le fait de devoir partir dès le lendemain consterna tous les jeunes appelés qui étaient présents sur la prairie. Parmi les femmes qui étaient là pour les aider à ramasser et entasser le foin en meules, il se trouvait des mères, des épouses, des fiancées ou des copines. Elles ne purent masquer leur inquiétude ni retenir des larmes en se rapprochant de ceux qui leur étaient chers et dont la présence allait leur être volée très bientôt. Pourtant, je vis un ancien réagir durement et commander de façon abrupte : « *Tous les jeunes vont partir et il reste encore beaucoup de travail. Vous ne partez que demain, allez, au boulot, il faut avancer la moisson au maximum, nous avons encore du temps devant nous.* » Tous, sans rechigner, reprirent leurs faux, le cœur lourd, mais avec courage. Leurs muscles puissants, formés par les exercices agricoles, luisaient de sueur au soleil qui brillait encore sur le vallon.

Alors que le soleil déclinait rapidement à l'horizon et que les derniers rayons, frôlant légèrement encore les cimes des pins, au loin, les illuminant d'un vert flamboyant, je remarquai que les hommes, malgré leur concentration au travail, se retournaient instinctivement vers la hauteur qui surplombait la vallée, du côté opposé au lit de la rivière. Je regardai donc, également. Marchant sur le chemin qui serpentait depuis le sommet jusqu'à la lisière de la prairie, j'aperçus une jeune femme élégante et racée qui dévalait la pente et venait vers nous d'un pas léger et aérien, accompagnée d'un enfant. Je reconnus tout de suite Juliette, ma sœur, et son fils Jean qui avait alors deux ans, que tout le monde appelait « petit Jean ». Elle me fit penser à une ballerine en cours d'échauffement avant le spectacle. Par son sourire et la beauté de son visage, elle était très séduisante, ma sœur. Beaucoup enviaient Julien, son mari, de posséder un tel trésor. Au demeurant, beaucoup de gens nous confondaient souvent tant, paraît-il, nous nous ressemblions, comme des sœurs jumelles. Pourtant, nous n'avions pas la même taille, Juliette était un peu plus grande que moi, et surtout la couleur verte de mes yeux donnait, disait-on, à mon regard une sensation d'énergie et de magie, alors que la couleur plus sombre de ses yeux donnait au regard de Juliette une grande douceur, toujours d'après nos amis.

À son arrivée, je me rendis compte que Juliette dévoilait un visage crispé, l'anxiété se lisait par les plis de son front et la moue inquiète qu'elle ne pouvait cacher. Julien se détacha du groupe de faucheurs pour aller à sa rencontre. Elle se jeta avec son enfant dans ses bras virils, elle se serra bien fort contre lui.

— Je viens, dit-elle, d'apprendre l'avis de mobilisation. J'espère que tu vas rester, dis-moi, cela fait à peine un an que tu es revenu du service aux armées, tu y es resté trois ans, c'est fini pour toi ?

Julien ne répondit pas de suite, il posa une joue sur les cheveux de sa bien-aimée, la couvrit de baisers et caressa les cheveux de leur enfant.

— Hélas ! dit-il, je pense que je vais être obligé de repartir. Je crains, même, étant déjà formé, de faire partie des premiers qui seront envoyés vers le front. Ne t'inquiète pas – affirma-t-il sans en penser un mot – nous sommes les plus forts cette fois-ci, et nous vaincrons en quelques mois ces foutus Prussiens.

Juliette releva son visage. Il était inondé de larmes, des sanglots la secouaient, elle s'accrocha, désespérée, à son mari et défaillit subitement dans ses bras. Celui-ci l'étendit sur la prairie et la berça comme un enfant qui succombe à un gros chagrin. Je me précipitai auprès de ma sœur, bouleversée, mais je n'osai intervenir. Des femmes arrivèrent avec un récipient empli d'eau fraîche et lui bassinèrent le visage, jusqu'au moment où Juliette recouvra ses esprits. Le soleil plongeait à l'horizon, derrière les arbres. Julien prit Juliette dans ses bras puissants et s'adressa au groupe de travailleurs :

— Au revoir, les amis ! Je vous quitte. En espérant que cette fichue guerre ne nous empêchera pas de nous revoir tous un jour pour fêter nos retrouvailles après la paix.

Puis il partit, sans se retourner une dernière fois ni vers ses amis de toujours ni vers les champs qui l'avaient tant accaparé. Je les suivis.

Le lendemain, dimanche 2 août 1914, ce fut jour d'une effervescence exceptionnelle à la petite gare de Pissos. Plus de cent jeunes étaient concernés par un départ immédiat. Tous les appelés étaient entourés de leurs familles et de leurs amis.

Le convoi comprenait trois wagons classés voyageurs, alors qu'habituellement un seul wagon était ajouté à ceux réservés au transport de marchandises. Comme partout en France, les chemins de fer avaient organisé des trains supplémentaires pour répondre aux besoins créés par la mobilisation. Le train de Pissos allait partir en direction d'Ychoux où un autre train, plus important, était prévu pour amener les futurs soldats jusqu'à Mont-de-Marsan, via Labouheyre et Morcenx. En effet, la destination de la plupart des jeunes de la région, landais, basques et béarnais, était la caserne Bosquet de Mont-de-Marsan, et leur affectation au 34ème Régiment d'Infanterie.

Sur le petit quai de la gare de Pissos, Julien passa ses derniers instants à serrer sa femme contre son cœur et à couvrir de baisers son petit garçon, à le sentir, à le humer, pour bien s'imprégner de son odeur et pour ne jamais l'oublier.

Le chef de gare siffla l'instant du départ. Julien embrassa toute sa famille, donna une forte brassée à ceux de ses copains qui ne partaient pas encore, puis, en apercevant Joanis qui se tenait blotti contre moi, il lui dit :

— Ne t'inquiète pas petit, tu n'as que seize ans. On part donner une leçon à ces Prussiens qui veulent envahir notre pays et le piller. À Noël, pour fêter la victoire ! Tu n'auras pas à aller te battre.

En cet instant d'insouciance et de gravité, Julien ne savait pas encore qu'il ne connaîtrait pas la fin de la guerre. Comme la plupart de ses compagnons de jeunesse qui s'entassaient dans le convoi qui s'ébranla lourdement et lentement au signal du coup de sifflet strident qu'actionna le conducteur du train, qui hurlait à la mort.

.9.
Premières batailles

Immédiatement après le départ du train et des futurs soldats, la désolation envahit le village. Ce fut, dès les premiers jours qui suivirent, la chasse aux nouvelles. Tous ceux qui recevaient des journaux étaient sollicités pour divulguer les informations qui y étaient propagées, même si on devinait que les autorités militaires ne livraient pas l'intégralité des évènements du front, surtout quand ceux-ci n'étaient pas favorables à nos armées. En outre, des écrits haineux envers l'ennemi remplissaient les colonnes, on pouvait ainsi lire que celui-ci « *s'était mis au ban de l'humanité, que sa déloyauté cynique, sa férocité monstrueuse, les atrocités sans nombre et sans nom commises par le ramassis de fauves qu'il appelle son armée, provoquaient partout l'horreur* ».

Il était également affirmé que « *le monde entier s'était fait son juge, et la conscience universelle l'accuse, le condamne, le flétrit, et que, sous le peuple allemand, si infatué de la supériorité intellectuelle qu'il s'attribuait, s'est retrouvée la horde farouche, sans règle, sans frein, sans honneur, qui marque son passage par l'incendie et par la destruction, et qui jalonne sa route de cadavres de femmes et d'enfants* ».

Souvent, les nuits, je voyais en rêve ces hordes sauvages déferler sur mon corps, baïonnettes en avant pleines de sang, et m'éveillais en sursaut et en transe de ces affreux cauchemars. Et puis les familles se rendaient visite régulièrement les unes aux autres à l'affût des dernières lettres reçues des combattants. Même si la censure militaire sévissait, on se contentait des quelques nouvelles qui nous parvenaient. Malgré mon jeune âge, je me sentais d'autant plus impliquée que mon beau-frère, que j'aimais beaucoup, devait se trouver en grand danger en sa qualité de fantassin.

« *La guerre sera brève !* » Tous, au départ, gouvernants des nations et des royaumes et leurs populations civiles et militaires, en étaient convaincus.

L'armée allemande mit à exécution dès son entrée en guerre les dispositions du plan SCHLIEFFEN, lequel prévoyait l'invasion de la France et la conquête du Pays en six semaines[6]. Conformément à ce plan, trois armées allemandes furent engagées sur les territoires pourtant neutres de Belgique et du Luxembourg en vue d'envahir le nord de la France et de déborder l'armée française sur son flanc gauche. Mais les évènements ne devaient pas se dérouler avec la promptitude et la limpidité d'action attendues, du fait de la solide résistance de l'armée belge.

D'après les informations des journaux sur les batailles en cours, l'on comprit dès lors que le conflit s'annonçait long et meurtrier. C'est pourquoi les familles des soldats attendaient impatiemment les lettres des leurs pour connaître leur véritable sort spécifique dans ce conflit.

Comme beaucoup de soldats, Julien décida de consigner dans un carnet personnel ses faits et gestes et ses commentaires sur ce qu'il vivait. Les premières lettres qu'il envoya à Juliette passèrent la censure et arrivèrent à leur destinataire. Les nouvelles que reçut ainsi Juliette de son mari lui permirent de suivre ses pérégrinations de l'Est au nord du pays, si loin, si loin de son cœur. Voici quelques passages de ces missives, ne citant que les seuls extraits qui traitent de sa participation aux batailles, laissant de côté les aspects privés de la correspondance.

---

6. L'ébauche de ce plan était ancienne et avait été élaborée par le Maréchal prussien Alfred von Schlieffen, que ce dernier ne cessa de faire évoluer jusqu'à sa mort en janvier 1913, mais toujours construit ou modifié sur les fondements stratégiques et tactiques d'origine.

La bataille de Charleroi

Toul le 10 août 1914,

« Juliette ma chérie, mon fils aimé,

J'ai quitté Mont-de-Marsan dès le 7 août. Notre Régiment d'infanterie a été envoyé par train dans la région de Toul, dans le département de Meurthe-et-Moselle. Nous sommes passés par Paris, mais on ne nous a pas laissé le temps de visiter la ville. Je n'ai même pas vu la Tour Eiffel. Tu regarderas sur une carte, ce n'est pas très loin de Nancy. Comme j'ai déjà rempli mes obligations militaires et reçu une formation, on m'a attribué le grade de caporal et on m'a désigné chef d'une escouade. Je ne m'attendais pas à avoir une telle responsabilité. J'ai quinze soldats sous mes ordres. Je n'ai aucun copain de Pissos avec moi. Il va falloir que je m'habitue à commander et surtout à me faire obéir. Pour l'instant, tout est calme pour nous, mais nous savons que nous allons partir vers une autre destination, sans pouvoir deviner laquelle. Je ne cesse de penser à toi, tous les jours, et à mon cher fils, c'est dur d'être loin de vous... Je vous embrasse tous. Julien. »

Du côté de Hirson, le 5 septembre 1914

« Nous avons eu un premier contact avec l'ennemi le 15 août, à Mandres-aux-quatre-Tours, en Lorraine, mais mon escouade n'a pas été conviée à cette manœuvre, des éclaireurs de notre Régiment ont mis en fuite des uhlans allemands. Depuis, nous avons été transportés en Belgique, sur la Sambre, le 20 août. Ce pays, pourtant neutre, a été envahi par plusieurs armées allemandes. Il a offert une résistance farouche à l'ennemi. Ainsi, la ville de Liège, attaquée, et les forts des alentours ont tenu du 5 au 16 août. Cette bataille a fortement retardé l'exécution de leur plan pour les Allemands, et, de plus, ils ont subi des pertes en hommes qui seraient

évaluées à près de 5000 soldats. Furieux, les boches se sont sauvagement vengés sur des civils sans défense. Au village belge de Tamines, six cents hommes civils auraient été massacrés, tués par fusil, mitrailleuse, et auraient été achevés à la baïonnette, à la hache, et autres armes de fortune. Le village a été incendié. C'est terrible, incroyable, pourquoi une telle cruauté, une telle sauvagerie et tant d'atrocités, venant d'un peuple pourtant civilisé ? L'humanité ne l'oubliera jamais.

Notre cinquième armée commandée par le Général Lanrezac est partie au-devant de la deuxième armée allemande du Général Von Bulöw. Nous nous sommes battus pendant trois jours, les 21, 22 et 23 août au sud de la ville de Charleroi. Mais l'ennemi était supérieur en nombre, en matériels, et en armes. Leur artillerie lourde et leur puissance de feu avec leurs mitrailleuses bien placées nous ont fait subir, me semble-t-il, beaucoup de pertes en vies humaines. En outre, il me paraît mieux au point que nous sur le plan tactique. Nos attaques de masse ont été meurtrières pour nous, et la progression de l'ennemi, sur le terrain, était bien organisée.

Cette guerre s'annonce plus dure qu'on ne le pensait. Et plus longue, aussi, car nous saurons nous reprendre et rejeter l'ennemi hors de nos frontières.

Je suis revenu des combats avec tous les soldats de mon escouade, seulement deux blessés étaient à déplorer. Le capitaine de ma compagnie en fut étonné, tant il y eut de disparus par ailleurs, j'ai senti qu'il nous a soupçonnés de nous être planqués. Cela me mit dans une colère que je ne pus extérioriser, pour ne pas être accusé de rébellion. Moi, j'ai fait avancer mes hommes en réfléchissant constamment sur la meilleure tactique à employer. Au lieu d'avancer en formant une masse compacte et donc une cible facile à atteindre pour les redoutables mitrailleuses allemandes, nous avons progressé sur le terrain de trous d'obus en trous d'obus, *calculant les moments opportuns pour en sortir, c'est-à-dire à la fin des rafales et pendant que les mitrailleuses étaient en cours de réalimentation. En outre, j'ai dans l'escouade deux Basques qui sont d'excellents pelotaris. Ils se sont montrés des lanceurs de grenades efficaces grâce à la longueur et à la précision de leurs jets. Je pensais être un bon lanceur de grenades, eh bien, mes deux lascars arrivaient régulièrement à en lancer au moins deux fois plus loin que moi ! Par ailleurs, j'ai remarqué que le secteur où nous étions se trouvait moins exposé au feu ennemi, plus intense sur notre gauche. Nous avons pu arriver, ainsi, au contact des boches que nous avons chassés de leurs emplacements. Mais une vive contre-attaque en nombre et en armes de leur part nous contraignit à nous replier, comme le reste de l'armée. Je me suis expliqué de cette situation et de nos actions avec mon capitaine, car j'avais du mal à avaler sa suspicion alors que nous venions de vivre des instants périlleux.*

Cette bataille est-elle une défaite ? On verra. En tout cas, le général a ordonné une retraite dans la journée du 24 août. Tout s'est bien passé, sans panique, en bon ordre. Notre régiment a assuré le travail d'arrière-garde de notre division. En cours de retraite, nous avons à nouveau combattu à Guise, en Picardie, où nous sommes venus en aide le 29 août au 28ème régiment d'infanterie qui subissait dans ce combat de très lourdes pertes sous la puissance de feu de l'artillerie allemande. Nous avons repoussé pour un temps les forces ennemies, mais nous avons dû poursuivre notre retraite. Depuis peu, nous sommes repliés sur une ligne La Capelle-Hirson-Charleville. Tu pourras voir sur une carte où je me trouve. Mais je ne pense pas que nous restions longtemps ici.

J'attends toujours avec impatience de vos nouvelles [...]. Reçois mes plus tendres baisers, et tendres bises à mon fils chéri. Julien. »

La bataille de Charleroi fut bien une défaite pour l'armée française. D'une façon générale, toutes les armées françaises et alliées cédèrent du terrain sur l'ensemble des frontières du Nord, du Nord-est et de l'Est. Toutefois, les première et deuxième armées réussirent à tenir leurs positions en Alsace et en Lorraine, mais durent se replier sur de nouvelles bases de défense pour éviter ainsi toute cassure sur le front et pour briser le mouvement d'enveloppement des forces alliées que l'ennemi était en train d'amorcer.

Lors de la bataille de Charleroi, le Corps expéditionnaire britannique positionné sur la gauche de la cinquième armée française dut affronter au sud de la ville de Mons la première armée allemande du général von Kluck, lui résista et même la repoussa, lui infligeant de lourdes pertes. Puis, il fut contraint de se replier face à de nouveaux assauts allemands et pour calquer une retraite ordonnée sur celle de la cinquième armée française.

La résistance acharnée des Belges surprit l'envahisseur, notamment à Liège, ainsi qu'à Anvers où le combat se poursuivait toujours. Cette défense impétueuse du territoire et la bataille de Guise retardèrent la progression allemande et eurent ainsi des incidences bénéfiques sur la préparation de la grande bataille que les Alliés allaient très prochainement livrer plus au sud.

Du fait du repli des forces alliées, les troupes allemandes déferlèrent du nord de la France et arrivèrent le 2 septembre à Senlis, à près de cinquante kilomètres au nord de Paris. Le gouvernement français décida alors de quitter la Capitale et de partir se réfugier à Bordeaux. Près de cinq cent mille Parisiens abandonnèrent également Paris. Le général Gallieni fut rappelé de sa retraite le 26 août et nommé gouverneur militaire de la Capitale et se vit chargé d'assurer la défense de la ville. Il mit celle-ci en état de défense et proclama aux Parisiens : « *J'ai reçu le mandat de défendre Paris contre l'envahisseur; ce mandat je le remplirai jusqu'au bout.* »

Les combattants français sortirent exténués et fourbus des mouvements de retraite ininterrompus qui se poursuivirent pendant plusieurs jours sous la menace incessante de l'ennemi, depuis la Belgique et les bords de la Sambre jusqu'aux environs de la région parisienne. La cinquième armée et son chef le général Lanrezac supportèrent pendant cette retraite l'essentiel des combats[7]. Du côté anglais, sur les cent mille hommes partis initialement au combat, vingt mille d'entre eux seulement demeuraient encore valides. Globalement, on estimait déjà à deux cent mille le nombre des morts ou disparus parmi les un million six cent mille soldats alliés appelés depuis le début de la campagne.

Devant la supériorité numérique de l'aile droite de l'armée allemande, les troupes françaises subirent donc le plan de l'ennemi, mais répondirent par la manœuvre et se replièrent par des mouvements coordonnés de manière à retarder le plus longtemps possible la progression des armées allemandes vers Paris. Ainsi, ce laps de temps précieusement gagné permit au général Joffre de regrouper ses forces et de mettre en place une nouvelle stratégie.

---

7. Le général Franchet d'Esperey, nommé en remplacement du général Lanrezac à la tête de cette cinquième armée, réclama pour ses troupes, au général Joffre, une période de repos d'au moins vingt-quatre heures avant l'engagement de toute nouvelle offensive

.10.
La bataille de la Marne[8] selon Julien

Entre Hurtebise et Craonnelle, le 15 septembre 1914

« Ma Juliette chérie, mon fils aimé,

Je devine ton inquiétude. Cela fait plus de vingt jours que je n'ai pas donné de nouvelles, je devrais dire : que je n'ai pu donner de nouvelles. Nous avons marché, marché et marché encore en ne cessant de reculer, et quand nous arrêtions de marcher et de reculer, c'était pour combattre l'ennemi. Aussi, quand un temps de repos se présentait enfin, nous tombions tous sur le sol, écrasés de fatigue et de sommeil, et nous nous endormions instantanément. Sans rêves ni cauchemars. Nous n'avions même plus la force d'écrire ne serait-ce que quelques lignes. Nous n'avons cessé de reculer depuis le 24 août, c'est-à-dire depuis que nous avons quitté la Belgique. Depuis ma dernière lettre, nous avons continué à battre en retraite, mais sans cesser de harceler l'ennemi et de protéger notre division. Le 5 septembre, nous sommes arrivés dans une zone située à l'est de Paris et au nord de Provins. Le 6 septembre, nous avons enfin reçu des ordres d'attaquer et de recommencer à avancer. Ce genre de nouvelles nous a redonné du courage et a été un excellent remède contre la fatigue. Car le périple que nous venions d'accomplir en position de recul et talonnés par les armées allemandes, sous un soleil de plomb et privés d'un sommeil réparateur régulier, avec en plus la faim au

8. *Bataille de la Marne : voir en annexe n°1 les principales lignes de la bataille de la Marne du 05 au 12/09/1914.*

ventre, nous a tous exténués. Mais j'ai tenu le coup et n'ai jamais perdu le moral. Au commencement de la nouvelle et grande bataille, nous étions au sud de la Marne, épaulés sur notre flanc gauche par le Corps britannique et par la 6ème armée nouvellement constituée. À ce moment-là, les Allemands ignoraient, semblait-il, l'existence de cette nouvelle armée que notre Chef suprême le Général Joffre a rapidement créée et mise en place. Nous savions qu'en face de nous se trouvaient la première armée allemande et leur redoutable 2ème armée que nous avions déjà affrontée au sud de Charleroi. Ce n'était pas un cadeau. Mais cette fois-ci, c'est surtout notre neuvième armée, située sur notre droite et, elle aussi, nouvellement créée et menée au combat par le Général Foch, qui allait se la coltiner. Quand on se trouve au cœur d'une bataille, comme cela a été mon cas, on a du mal à en suivre son évolution, surtout que l'étendue du front sur lequel elle s'est déroulée était immense, peut-être sur une longueur de 300 kilomètres. On a cependant vite su que sur notre gauche et sur notre droite, les combats étaient violents, âpres, disputés et incertains. Pour ma part, je trouve que notre façon de combattre n'est pas bien adaptée pour contrecarrer la tactique ennemie. Nous n'arrêtons pas d'attaquer à tout va, en fonçant vers les lignes ennemies, et nous sommes cueillis par les tirs en rafales de leurs mitrailleuses, qui sont précédés de leur puissante artillerie lourde et celle-ci cause des dégâts considérables dans nos rangs avant même que nous ayons lancé la moindre action. Nos morts sont innombrables.

Voir tomber autour de soi des hommes avec lesquels nous avions commencé à sympathiser, ou avec lesquels nous avions tissé un lien d'amitié, est une épreuve qui durcit notre cœur. Je suis surpris par les sensations que j'éprouve quand je me trouve en pleine action. On pourrait croire que l'on est habité par une angoisse permanente, mais ce n'est pas le cas ! Pourtant, pendant nos courses, on entend siffler les balles autour de nous, éclater les obus, les cris de détresse des hommes qui tombent et les appels à l'aide des blessés. Curieusement, une sorte de griserie, une exaltation, une sauvagerie intérieure me poussent en avant et me donnent un étrange sentiment d'invincibilité.

Et je veux tuer du boche ! Boche, voilà comment nous appelons régulièrement l'ennemi entre nous, comme déjà, paraît-il, en 1870. Pour nous, le mot a une connotation de mépris, surtout de haine. Mais, franchement, pourquoi de la haine ? Après tout, ces hommes qui sont en face de nous ont été appelés malgré eux, comme nous, pour porter un uniforme de guerrier, on leur a donné un fusil, on leur a dit : « Il faut aller tuer le vilain Français qui vous veut du mal et veut violer vos femmes. Tirez, tuez-les jusqu'au dernier, car vous, vous êtes les plus grands, les plus forts, les plus beaux, des chefs, les Français deviendront vos esclaves, ils en sont à peine dignes. » Et ils le croient ! Pourtant, ils sont certainement, pour la plupart, comme nous, de braves gars, de gentils garçons, qui aiment leurs femmes, leurs amies, leurs enfants, et qui ne rêvaient que d'une chose jusque-là, les rendre heureux. Mais on a fait de nous tous des tueurs !

Le soir, quand je me retrouve un moment tranquille dans un trou de tranchée, je me dis : « Mais qu'as-tu fait aujourd'hui, est-ce que tu as tué des hommes ? ». Je me souviens, alors, des leçons de papa quand j'étais enfant et qu'il me faisait prier le soir, avant de me coucher, pour la famille, pour les amis, mais aussi pour tous les pauvres, et pour tous les hommes parce ce que, me disait-il, nous sommes tous frères en Jésus-Christ, ayant un même Père. Je me dis : « Ai-je tué des boches, aujourd'hui, ou des frères ? ». Il m'arrive de douter, puis de pleurer.

Quand nous étions gamins, je me souviens que nous par-

tions en forêt avec les copains pour jouer, disions-nous, « à la guerre ». Je prenais souvent sur ma tête le vieux casque que mon grand-père avait dû ramener de la guerre de 1870. Des branches taillées et préparées nous servaient de fusils. Mais nos batailles ne faisaient pas de morts. Ici, ce n'est plus un jeu. Des morts tombent chaque jour. Curieusement, ces jeux en forêt m'ont été utiles. Nous apprenions à nous camoufler pour arriver à surprendre le camp adverse et pour faire des prisonniers. Ici, nous traversons régulièrement des bois, dans la région où nous sommes. J'ai montré à mes hommes comment se faufiler en se cachant bien pour ne pas être vus de l'ennemi.

Je sais que, le 9 septembre, la 5ème armée dont nous faisons partie commença une marche de contournement de la 2ème armée allemande sur son flanc droit, faisant peser sur l'ennemi une menace d'encerclement. Mais cet encerclement ne put être mené à son terme, car l'ennemi s'était retiré de ses positions, semblait-il, dès le 9 septembre, en tout cas il n'était plus là le 10 septembre au matin. Nous sommes partis, le 34ème RI, à leur poursuite. Le 11 septembre, nous avons passé la Marne, du sud au nord, à Château-Thierry. Nous avons traversé des champs de bataille sinistres. Que de tombes avons-nous vues sur notre chemin, sous forme de légers monticules! Souvent, deux simples branches d'arbre liées en croix y étaient sommairement plantées. Des mains appliquées avaient écrit au crayon sur un feuillet accroché les noms des soldats étendus là dans leurs seuls vêtements de combat, au-dessous les numéros des régiments et les dates de la mort. J'ai regardé une tombe : 7 septembre. Il y a 4 jours, la chose pourrissante qui soulevait la glèbe était un homme en pleine force de vie avec toujours au cœur l'espoir de revoir les siens. Quatre jours et les parents ne savaient sûrement pas encore! Nous sommes arrivés dans une plaine nue que trouaient des entonnoirs de mines. Des chevaux crevés, pattes raidies, croisaient leurs sabots contre terre ou se dressant tout droit vers le ciel. La poussée des entrailles en décomposition ballonnait leurs flancs, un liquide visqueux avait coulé par le coin de leur gueule et leurs dents apparaissaient longues et jaunes. La pluie se mit à tomber, drue, sur notre secteur. Le lendemain, nous avons marché un long moment, toujours sous la pluie, entre deux files de cadavres français. Dure épreuve pour tous. Ils semblaient habillés de neuf tellement la pluie avait coulé sur eux. Ces hommes étaient manifestement tombés là depuis plusieurs jours. Leur chair en décomposition avait gonflé démesurément. Ils avaient des bras, des jambes, énormes et courts, et les vêtements se tendaient à craquer. Ils avaient des visages noirs, de grosses lèvres tuméfiées ! Beaucoup les prenaient pour des nègres et disaient : « Tiens, des turcos ! » C'est ainsi que l'on appelle souvent les tirailleurs algériens.

Notre poursuite de l'ennemi en fuite aurait été une réussite si nous avions pu l'anéantir. Nous sommes arrivés jusqu'à la vallée de l'Aisne, nous avons franchi cette rivière à Maizy, et nous avons repris contact avec les Allemands en un lieu qui s'appelle le Chemin des Dames. Nous nous sommes trouvés au pied de fortes pentes, d'accès difficile, en haut desquelles et derrière lesquelles les Allemands avaient aménagé un système de défense redoutable. Tu regarderas sur une carte, c'est une sorte de plateau orienté d'est vers l'ouest, d'une altitude d'environ 200 mètres, donc bien plus haut que la dune du Pyla, qui domine vers le sud la vallée de l'Aisne, et vers le nord une autre vallée formée par la rivière de l'Ailette. La ville de Soissons se trouve au sud-ouest, et celle de Laon au nord. Cette espèce de massif qui serait d'une longueur de près de 30 kilomètres, parfois étroit, parfois large de 8 kilomètres, recèle sur ses faces ce qu'ils appellent ici des creutes, ce sont des espèces de carrières souterraines, souvent naturelles, *creusées profondément dans la roche. Elles favorisent la mise en place d'un système défensif quasiment imprenable. Aussi nos attaques sur ce site ont été régulièrement repoussées par les Allemands. Mais, des deux côtés, beaucoup de combattants ont été tués. Concernant mon escouade, je compte deux morts, deux disparus, et deux blessés légers. Notre colonel a été gravement blessé. Mes amis basques, dont mon copain Iban, le plus proche, avec lequel je partage tout, sont toujours là. Ils m'ont encore épaté par la longueur et la précision de leurs jets de grenades. Ils ont fait des dégâts chez l'ennemi. Nous sommes installés près de Craonnelle et en retrait des combats, ce jour.*

Je ne t'ai rien caché de la situation. La lecture de ma lettre va forcément t'inquiéter. Mais je sais que je peux compter sur tes prières, et jusqu'à ce jour, je me suis senti bien protégé. Pense à me donner des nouvelles de toute la famille, et des amis du village et des environs partis eux aussi au combat [...]

Avec tout mon amour, je t'envoie mes plus tendres baisers ainsi qu'à mon cher fils.

Julien. »

Après cette dure bataille des environs de la Marne, le général Foch déclara : « *C'est une victoire incontestable.* »

Le chef suprême de l'armée allemande[9] annonça au Kaiser le soir de la défaite : « *Votre Majesté, nous avons perdu la guerre.* »

Les armées françaises et allemandes étaient, en effet, dans un état de fatigue et d'épuisement extrêmes. Pourtant, de nouveaux plans de guerre allaient être élaborés après le constat d'échec du plan allemand « Schlieffen ». La lutte allait se poursuivre pendant quatre longues années.

9. Von Moltke fut remplacé au grade de Chef suprême de l'armée allemande par Erich von Falkenhayn.

Le général von Kluck dira au sujet des soldats français : « *Que des hommes ayant reculé pendant quinze jours, que des hommes couchés par terre et à demi-morts de fatigue puissent reprendre le fusil et attaquer au son du clairon, c'est une chose avec laquelle nous autres Allemands n'avions jamais appris à compter : c'est là une possibilité dont il n'a jamais été question dans nos écoles de guerre.* »

.11.
Julien raconte Verdun[10]

Quand ma sœur Juliette reçut en juin des nouvelles de Julien, nous lûmes et relûmes fiévreusement ensemble sa missive qui nous fit prendre conscience de l'horreur du drame de la bataille de Verdun mêlée aux états d'âme de notre cher Poilu. Je rêvais la nuit de me mêler à cette lutte et de repousser l'envahisseur. Ce n'était pas bien : j'avais la haine au cœur.

Julien avait écrit une très longue lettre.

Rosnes, le 31 mai 1916

« Ma Juliette adorée, mon fils chéri,

Je suis sorti de Verdun. Dois-je dire la vérité, toute la vérité ? De toute façon, les journaux doivent raconter tout ce qui se passe sur les rives de la Meuse, au nord de Verdun. Je reviens de l'enfer. À nous tous qui y sommes passés, c'est l'image qui nous vient, de comparer ce que nous y vivons à l'enfer. À mon avis, c'est même pire que l'enfer, car, ce que nous y subissons, ce sont des épreuves inventées par l'imagination fertile et cruelle de l'homme.

Notre 34ème régiment est arrivé dans la cuvette de Verdun le 21 mai et nous sommes montés immédiatement en ligne. Nous avons enchaîné des combats au bois de la Caillette, vers l'étang de Vaux et au fort de Douaumont. La violence

10. *Batailles de Verdun et de la Somme en 1916 : voir annexe n°2 « Batailles de Verdun du 21/02 au 15/12/1916 et de la Somme du 1/07 au 10/11/1916 »*

des combats a été inouïe ! Nous avons regagné Verdun le 26 mai, peu nombreux. Mon escouade est revenue réduite à deux, moi et mon copain basque, Iban, dont je t'ai déjà parlé. J'ignore ce que sont devenus mes autres compagnons, j'en ai vu se faire tuer pas loin de moi, d'autres, j'espère ne sont que blessés. Quand j'écris : « j'espère », encore faudrait-il que leurs blessures ne s'avèrent pas d'une trop grande gravité. J'ai vu autour de moi des hommes, la tête fracassée, sans mâchoires, sans nez, le front enfoncé, les oreilles brûlées, les jambes arrachées, les bras emportés je ne sais où, et pourtant vivants, dramatiquement vivants. Leurs cris de souffrance, leurs appels au secours, leurs plaintes lancinantes, leurs prières pour qu'on les achève, leurs bras tendus vers leur mère qui ne peut les consoler, tous ces évènements hors du commun ont déchiré mon âme, je n'ai pu en assister aucun, pris sous le feu de l'ennemi, j'ai été incapable moralement de répondre à leur désir de la mort ! Ai-je été lâche ou trop respectueux de la vie ?

Nous avons traversé le premier jour des terres bouleversées, faites de trous d'obus successifs et de tranchées démolies. Nous nous sommes dirigés vers le bois de la Caillette, au sud du fort de Douaumont. Là, nous étions déjà exposés au feu de l'ennemi. Nous avons fait un arrêt dans un fossé pour nous protéger momentanément. Autour de nous, que de morts abandonnés sur le champ de bataille, suppliciés de plaies horribles qu'ils exhibaient malgré eux à nos regards que nous n'arrivions pas à détourner ! Il en émanait une odeur épouvantable qui nous soulevait le cœur.

Pendant toute la journée, des obus ne cessaient de tomber autour de nous. En fin de journée, un orage violent éclata, emplit d'eau les fossés qui n'arrivaient pas à l'absorber, et nous avons été trempés jusqu'aux os. Avec la nuit, la température chuta nettement. Nous nous sommes retrouvés plusieurs dans une fosse pleine d'eau, immobiles, serrés les uns contre les autres, sans rien nous dire, nous grelottions alors que nous avions souffert de la chaleur dans la journée. Nos vêtements humides glaçaient notre chair.

Au cours de cette nuit, j'ai été désigné pour être de poste de garde. Arrivé au poste, je me suis abrité derrière des troncs d'arbres abattus par les bombardements de la journée, des balles sifflaient autour de moi. Parfois, un cri se faisait entendre, un homme s'en venait vers nous serrant sa poitrine à deux mains, regardant avec des yeux effarés le sang couler au bout de ses doigts. Plus tard, j'ai ramené un « cabot » blessé, une balle avait traversé l'aine de part en part. Ce fut un dur trajet sur un chemin de boue. Le blessé geignait, la tête ballante et la face livide. Pendant le trajet, je suis tombé, alors une plainte tremblante jaillit, que j'entendais encore après qu'elle se soit tue. Je décidai de manger, je disposai de morceaux de viande froide mouillée, affadie, et, aussi, de quelques pommes de terre vertes qui avaient cuit un peu, depuis un bon moment, sous des cendres. Cinq longues heures de poste à assurer. Notre rude vie nous a façonnés pour supporter ces épreuves. Il semble à présent que nous sommes nés pour faire la guerre, coucher dehors par n'importe quel temps, manger chaque fois que l'on trouve à manger.

Puis vint l'heure de la relève. Les pétarades de nos canons 75 nous cassaient la tête. J'entendais les blessés que l'on avait pu ramasser crier leur souffrance et leur détresse. Ces gémissements étaient aussi un supplice pour nous. J'entendais crier :

— À boire. Est-ce qu'on va me laisser mourir là ? Brancardiers !

Et devant, ce qui restait de la plaine semblait gémir de ces plaies qui saignaient et n'étaient point pansées. Une voix cria :

— Qu'est-ce que j'ai fait, moi, pour qu'on me fasse tuer à la guerre ? Maman ! Oh, maman ! J'ai soif.

Plus loin, une voix révoltée :

— Je ne veux pourtant pas crever là, nom de Dieu !

Une nuit affreuse !

Je retrouvai une place dans le fossé que j'avais quitté pour partir en poste, tentai, en vain, de trouver le sommeil. Mais je fus vite sorti de ma torpeur par des balles qui sifflaient au-dessus de nos têtes. Il me sembla qu'elles avaient été tirées de tout près. Pourtant, je croyais qu'il n'y avait plus de monde devant nous. Je n'eus pas le temps de chercher à comprendre. Brusquement, une fusillade abondante éclata. Une voix rugit :

— Tous à vos postes !

Je devinai puis aperçus une masse hurlante, compacte, qui fondit sur nos lignes, poussant des cris hystériques pour exciter l'intrépidité des assaillants et sans doute impressionner l'ennemi, comme devaient le faire jadis les hordes sauvages lors d'attaques désordonnées.

— Hurrah ! Hurrah ! Worwärts ! vociféraient les boches sans discontinuer.

Cette vague immense déferla sur nous, avança inexorablement malgré notre fusillade fournie, se reformant sans cesse, nous cerna.

Entouré de toute part, je me sentis perdu, serrant mon fusil devenu inutile contre moi. Je vis un soldat allemand chuter près de moi, sans doute blessé à mort. Son casque roula à mes pieds. Une idée me traversa brusquement l'esprit. Je ramassai le casque, le mis sur ma tête. Je me lançai dans une course forcenée vers nos lignes. Je dépassai vite les groupes boches, pris entre deux feux. Mais les balles me dépassèrent et filèrent devant moi. Enfin, je tombai sur un français, sautillant et geignant. Il avait été touché à la cuisse gauche, mais, semblait-il, sans gravité. Puis, je retrouvais une *vingtaine d'hommes à genoux dans la boue. Je fus soulagé en apercevant nos hommes partir en contre-attaque, en force et bien décidés. À la fin, les boches furent refoulés. Beaucoup de nos soldats du 34ème restèrent sur le carreau et succombèrent à leurs blessures lors de cette offensive ennemie.*

Le surlendemain, nous nous sommes retrouvés à nouveau en ligne. Encore une fois, ça bardait. Les débuts furent mauvais. Des bombes, des shrapnels éclataient autour de nous, des grenades aussi, ce qui voulait dire que le Boche n'était pas loin. À mes côtés, j'aperçus un camarade qui n'avait plus de nez. À la place, un trou béant qui saignait abondamment. La moitié de son visage, ou presque, n'était plus qu'un morceau de chair informe. Je fus bouleversé, jusqu'aux larmes, puis une colère démesurée me submergea contre ceux qui nous faisaient faire la guerre, ceux par qui et pour qui tout ce sang coulait, ceux qui massacraient et mutilaient. Livide et titubant, un autre camarade tenait à deux mains ses intestins qui glissaient de son ventre crevé. Un autre encore serrait son bras d'où le sang giclait à flots réguliers. Et il en passait toujours devant et autour de nous avec les mêmes yeux agrandis, la même démarche zigzagante et rapide pour sortir de ces ravins où la mort sifflait à travers les feuilles.

Derrière nous, une mitrailleuse crachait furieusement. Les balles allemandes ripostaient, elles frappaient sec dans les troncs d'arbres, elles fracassaient les branches. Nous étions tous couchés au fond d'un fossé. En voilà deux autres qui venaient d'être touchés. Le plus proche de moi vomissait du sang et haletait.

Notre première ligne battit en retraite. Nous restions dans le fossé. Un sergent, devant nous, mortellement blessé, griffait l'herbe. Une balle claqua contre mon oreille et m'assourdit. Les Fritz arrivaient, leurs balles tombaient comme de la grêle. C'était l'assaut.

« Feu à répétition! » gueula un officier. La mitrailleuse derrière nous pétarada à démolir son trépied. « Les voilà! Les voilà! ». Une de mes cartouchières pendait, détachée de mon ceinturon. Mon sang battait à grands coups égaux. À présent, j'étais sûr de moi-même, tranquille, comme heureux. J'avais envie de rire aux balles. Les mausers ne tiraient qu'à petits coups. Que faisaient-ils, les Boches? Je les sentais cachés, nombreux et invisibles. Étaient-ils fatigués d'avancer? Il avait dû en dégringoler des masses pendant qu'ils montaient la crête. Notre côté gauche avait dû commencer à les déborder sur leur droite, et à menacer de les cerner. Ils s'étaient donc retirés. Une fois de plus leur offensive avait été bloquée et ils avaient été repoussés.

Un éclat d'obus m'avait légèrement touché à la jambe droite. J'ai dû abandonner le combat. Mais rien de grave, le major ne m'a pas évacué. Je suis remonté en ligne.

Le 26 mai, nous avons été relevés et avons regagné Verdun. Nos compagnies, nos bataillons ont été décimés. Notre régiment a dû perdre plus de mille cinq cents hommes. Je suis vivant. Par quel miracle? Peut-être Dieu a-t-il veillé sur moi? J'ai toujours dans une poche le chapelet que ma mère avait glissé dans mes affaires sans me le dire le jour de mon départ à la guerre. J'en embrasse la croix chaque matin et chaque soir. Il est dur de penser à nos camarades disparus, certains étaient devenus de vrais amis, nous avions plaisir à plaisanter ensemble, à rigoler, à chanter, avec d'autant plus de chaleur que nul n'était sûr de pouvoir recommencer le lendemain. Quel vide, soudain, de ne plus découvrir en regardant autour de soi le gai sourire de ces compagnons, quelle profonde tristesse en pensant à leur jeunesse enthousiaste envolée à jamais!

La vie de Poilus que nous menons pendant les combats, en ligne, est inimaginable pour ceux qui vivent dans des conditions normales. Demeurer en permanence sous une voûte d'acier construite au-dessus de nos têtes par les artilleurs des deux camps et dans un vacarme assourdissant soumet nos nerfs à rude épreuve et peut nous rendre fous. Pour ma part, contrairement à certains, je n'arrive pas à m'y habituer. En outre, les privations sont multiples.

Partis bien nourris de Verdun-ville vers le front, nous avons été vite confrontés aux difficultés d'approvisionnement liées aux bombardements incessants, et nous avons souffert de la faim et de la soif. Le plus dur, c'est la soif. Il faut éviter de résister à la tentation de récupérer de l'eau qui stagne dans les fossés, tant elle est boueuse, voire pestilentielle. Ceux qui n'ont pas su résister, leurs intestins le leur ont fait payer très cher. Heureusement, des pluies bienvenues nous ont permis par moments de nous rafraîchir. Mais pas de nous laver.

Au front, pas question de se laver, de se doucher, de se raser, les poils poussent drus sur nos visages, la crasse nous envahit rapidement, mais les mauvaises odeurs de nos corps sont dominées par d'autres odeurs nauséabondes encore plus fortes que le vent du nord nous emmène, celles dégagées par les armes en furie, celle des gaz asphyxiants que contiennent certains obus, celle de la puanteur des grenades de phosphore et de souffre, celle de la putréfaction des corps de cadavres en décomposition, celle des charniers dans lesquels nous couchons parfois. Car nous vivons souvent en compagnie ou à proximité de morts qui n'ont pu être ni ramassés ni enterrés, impossible de rester blasé devant une telle ignominie, et cela nous fait ruminer sans cesse une pensée que l'on ne peut chasser de notre esprit : quand mon tour va-t-il arriver ? Serai-je, moi aussi, abandonné sans sépulture ?

En outre, ce qui est inouï, ce sont toutes les bestioles qui surgissent autour de nous, puis nous assaillent. Le labourage profond de la terre par les obus, de même l'abattage des forêts, doivent débusquer de leurs trous toutes ces bêtes qui vivent habituellement cachées. Nous sommes envahis par des colonies de rats. Ils sont voraces. Si on laisse traîner une paire de chaussettes étendue au séchage à leur portée, danger ! Ils aiment ça, il en est de même pour nos solides godillots, leurs dents acérées sont capables de les transformer en charpies. Et les poux, comme ils se complaisent dans nos corps crasseux, dans tous les plis et replis de notre peau ! Toute cette vermine s'insinue en nous insidieusement et doit se repaître de notre crasse. La chasse aux poux occupe nos temps de calme. Ah ! Si l'on pouvait plonger un bon coup dans la Meuse pour se récurer et noyer tous ces parasites !

La vie du Poilu au front est vraiment très dure, et le fait que le Feldgrau soit soumis aux mêmes conditions n'est pas du tout une consolation pour nous. Terminés tous les plaisirs qui agrémentaient notre existence ! Nous sommes régulièrement confrontés au risque de mort sans préavis ! Notre mental et notre moral subissent des influences nouvelles en conséquence de ce milieu humain barbare et déconcertant, à cause d'une alimentation souvent insuffisante, froide et déséquilibrée, de boissons trop excitantes. Il y a aussi la tristesse d'observer une nature dévastée, ou encore les réactions d'égoïsme de certains prétendus camarades et de la pauvreté de notre vie intellectuelle et spirituelle.

Sur ce dernier point, je dois cependant apporter une précision. Vivre avec l'idée que la mort rôde en permanence autour de nous, influence forcément notre façon de penser et nous amène à réfléchir sur les conséquences d'un avenir à court terme. Comme bien d'autres de mes camarades, je suis souvent préoccupé pendant mes temps de repos ou lors des longues heures de garde par des questions qui ne m'effleuraient jamais l'esprit auparavant. Et tu serais étonnée *de nous entendre discuter assez souvent entre nous, malgré notre situation miséreuse, sur nos croyances d'enfance et sur ce qui nous attend après notre disparition. Quand nous sommes témoins d'épreuves cruelles, nos cœurs sont remplis de rage, de désespoir, d'incompréhension et surtout de doute. Certains se révoltent et interrogent : « Dieu, pourquoi nous abandonnez-vous dans nos tranchées ? »*

D'autres affirment : « Si Dieu existait, tout cela serait impossible ! » Alors qu'en est-il ?

Une certitude pour moi, j'ai bien découvert ici un univers duquel Dieu a été chassé par l'orgueil et le mal qui habite le cœur des hommes. Et un monde sans Dieu, j'en ai la cruelle expérience, c'est celui que je viens de te décrire. Il est un état de mal absolu, d'absence totale de liberté, de haine, de souffrance, de détresse, d'horreur, de tourments et de désespoir éternel.

Pour autant le Dieu de mon enfance nous a-t-il vraiment abandonnés ? Nous délaisse-t-Il dans nos égarements, demeure-t-Il sourd aux complaintes de ceux qui L'appellent à leur aide ?

Non, rien n'est perdu pour l'Homme ! Car j'ai vu œuvrer sur les champs de bataille des hommes tellement généreux, auteurs de multiples actes héroïques motivés par leur esprit d'altruisme ! J'en ai vu partir secourir des blessés au péril de leur vie, les ramener à l'abri du danger, leur parler, les consoler, les soigner. J'ai vu des brancardiers poursuivre leur mission au milieu de bombardements pour tirer d'affaire parfois des mourants alors que l'on aurait très bien compris qu'ils restent planqués dans les fossés comme les autres. J'ai vu des aumôniers partir sous la mitraille pour bénir une dernière fois des soldats en train d'expirer et les réconforter dans leurs derniers instants de vie. J'ai vu des chirurgiens, des infirmières, souvent des bonnes sœurs, qui ne tenaient plus debout tant ils étaient écrasés de fatigue, continuer à soigner, à recoudre les chairs, à agir avec persévérance pour soulager le plus vite possible des hommes accablés par la souffrance et, peut-être, pour seulement quelques brefs instants avant leur mort. J'ai souvent été ému de voir, au cours de cette guerre, des compagnons se dévouer, au péril de leur vie, pour aider et secourir des camarades gravement atteints qu'ils ne connaissaient même pas. J'ai eu honte, parfois, d'hésiter à partir sous la mitraille pour aller chercher un blessé, pour le sauver de la mort, et de voir un camarade me devancer malgré le danger. Tous ceux-là demeureront à jamais inconnus.

J'ai compris que tous ces ouvriers de paix, généreux et capables d'un dévouement désintéressé sont ces coopérateurs par lesquels Dieu agit pour changer nos cœurs de pierre. Partout où on les voit en action, là on reconnaît assurément la présence du Père et l'œuvre de son amour qui inonde âmes et cœurs de ces hommes et femmes qui vont au-delà d'eux-mêmes pour aider leurs frères.

Vois-tu, souvent des nuages noirs saturés de mitrailles nous cachent le soleil; pour autant ce dernier existe bien toujours au-dessus de nos têtes, dans le ciel, et finit par reparaître plus tard à nos yeux. Je me dis que, de même, ce sont les nuages opaques du mal qui masquent l'Amour du Très-Haut, mais que le rayonnement divin demeure cependant présent et nous illuminera à nouveau, et alors la paix reviendra, inéluctablement.

Que dire encore de cette vilenie de nos ennemis qui nous heurte tant, qui consiste à prendre en otage des civils innocents et à les exécuter sans jugement. Il paraît que cela existait déjà en 1870. Quand ils entrent dans un village, les Boches prendraient des civils et les enfermeraient et menaceraient de les exécuter en représailles en cas d'attentat contre l'un des leurs. Nous savons qu'ils ont ainsi effectivement tué plusieurs milliers de civils innocents en Belgique. Pourtant, l'Allemagne est une Nation civilisée, même hautement civilisée ! Comment peut-elle encore de nos jours pratiquer des mœurs aussi barbares !

Tu connais ma grande naïveté. Aussi, je m'imagine parfois qu'un de ces soldats qui fusille un otage sans défense, soit à son tour exécuté et se trouve devant son Juge souverain. Comment va-t-il pouvoir expliquer et justifier la lâcheté de son geste ?

Comme elles me paraissent lointaines mes landes paradisiaques ! Je garde précieusement en moi le souvenir de temps heureux dans ce monde où je vivais avant de plonger ici dans l'univers de misère humaine. Quand je me retrouve seul, ou au bord du sommeil, je m'évade dans mes rêves et cela commence toujours par le jour où nous étions dans les prés à faire les foins, nous avancions dans les hautes herbes avec nos faux que nous manœuvrions avec vigueur et entrain, dans la chaleur, sous un beau soleil, avec la sueur qui nous dégoulinait sur tout le corps, chacun essayant d'être plus efficace et d'aller plus vite que les autres. Nos corps vibraient de force, de bien-être, de liberté dans cette belle nature à la senteur puissante.

Puis, Juliette chérie, tu arrivais avec des boissons fraîches pour nous désaltérer, avec notre fils qui riait aux éclats quand je le prenais dans mes bras, le hissais au-dessus de ma tête et le faisais tournoyer sur lui-même.

Je pense aussi à mes travaux de gemmage en forêt, je partais pour plusieurs heures dans une sorte de solitude peuplée de compagnons de la faune sauvage et de silences faits du murmure des sources, du glissement sur l'arbre du hapchot, de la fuite à mon passage dans les fourrés des vipères et des couleuvres qui se lovaient au soleil au pied des arbres, du jeu du vent dans les cimes des pins, du chant lointain du coucou, de la pluie d'orage qui tambourinait et crépitait sur les toits de nos cabanes servant d'abris précaires, des arcs-en-ciel multicolores venant succéder aux lourds nuages noirs. J'aimais surtout entendre, l'été, les stridulations envoûtantes des cigales, découvrir la fuite de chevreuils et de biches filant d'une course pleine de grâce, à travers les bois; surprendre une laie aux aguets prête à défendre ses marcassins; sentir le parfum de la résine, celui des genêts à la saison, l'odeur âcre et prenante des immortelles.

Je revois nos balades en barque en remontant le courant de la Leyre, nos jeux de piste en forêt que nos anciens nous organisaient pendant le temps des vacances, et nos jeux des soirées d'été sur la place du village où je venais parfois, malgré l'éloignement de mon quartier, dans l'espoir de te rencontrer, alors que tu en préférais un autre en ce temps-là, tous nos amusements qui s'accompagnaient de rires à gorges déployées.

Je pense aux fêtes du village, aux chants si beaux lors des messes solennelles. Je me souviens de la merveilleuse tendresse de ma maman, si belle! Et puis je revis nos baisers furtifs, mais si tendres. Puis, plus tard, ce furent nos étreintes amoureuses! Comme j'aime ton parfum, ton odeur, que ma mémoire me restitue fidèlement!

Mon plus grand souvenir ? Il nous est commun. Mes amis m'avaient averti. Ce fut pourtant la surprise, le choc! Quand j'ai découvert mon fils venu au monde, juste après sa naissance, j'ai été bouleversé par un véritable séisme d'amour incontrôlable. Moment inoubliable! Une femme ne peut faire de cadeau plus extraordinaire que celui de donner un enfant à son mari! Mon âme se désespère de retrouver un jour de tels bonheurs si simples qui lui paraissent devenus dorénavant inaccessibles! Je pense à tout cela, et tu ne le sais pas!

Après une longue interruption d'écriture pour remplir des services de corvée, je reprends ma plume. J'ai commencé par relire ce que j'ai déjà écrit. Je constate que je n'ai pu m'empêcher de livrer par écrit tout ce que j'ai ressenti très profondément en moi-même et cogité ces dernières semaines. Pour tempérer cet afflux de pessimisme dans lequel cette guerre m'a plongé, je me dois de te dire que nous passons parfois de bons moments, quand nous nous retrouvons à l'arrière, loin des lignes, au repos. Nous chantons des chansons que certains ont créées sur cette guerre, parfois plaintives, souvent marrantes; d'autres éditent des journaux pleins d'humour et nous savourons leur lecture; de véritables artistes fabriquent avec trois fois rien, comme des douilles de balles, des morceaux de bois et tous matériaux récupérés, d'authentiques œuvres d'art; des poètes nous font rêver, des acteurs, la plupart amateurs, nous présentent des spectacles désopilants, des peintres laissent pour la postérité des tableaux très réalistes sur nos combats. Mais, surtout, il se crée entre nous des liens puissants de camaraderie, de solidarité, d'amitié, qui nous font oublier les mesquineries de ceux qui se débrouillent toujours pour se défiler de corvées, de monter en postes de garde ou de se voir nommer à des missions dangereuses.

Mais je reprends le fil des évènements de notre vie récente. Nous avons quitté Verdun pour Bar-le-Duc le 27 mai par une route surchargée. Les camions roulaient dans les deux sens, les uns derrière les autres, en un flot continu, et transportaient tout ce qui est nécessaire aux combats, hommes bien sûr, armes et munitions. Pas question qu'un arrêt de camion bloque la file. Pourtant, ce fut notre cas. Le camion dans lequel je me trouvais est tombé en panne, il a été poussé sur le bas-côté, hors de la route, et nous avons été momentanément évacués à Rosnes, au sud-ouest de Saint-Mihiel. Saint-Mihiel, au sud-est de Verdun, forme, comme on dit, une poche occupée par les Boches, et fermement tenue par eux actuellement. Nous prenons du repos, mais nous devons rejoindre incessamment notre régiment, j'ignore pour l'ins-

tant notre future affectation. On parle de Sainte-Menehould. Notre régiment devra être reconstitué, car nos effectifs sont devenus insuffisants depuis notre participation à la bataille de Verdun. Pour ma part, j'espère obtenir très prochainement une permission de 8 jours, en dépit de leur suspension provisoire. Je ne voudrais pas vous donner de faux espoirs de retrouvailles, mais je l'espère fortement tant j'aspire à serrer dans mes bras ma chère femme et mon fils chéri.

Je lis avidement toutes tes lettres, je les relis plusieurs fois, et j'attends les suivantes avec impatience. J'aime avoir des nouvelles de notre village, de la famille et de tous ces amis qui sont partis comme moi sur le front. […]

Je t'embrasse tendrement et serre mon fils très fort sur mon cœur. Julien. »

.12.
Une permission pour Julien

Les jeunes de la classe 18 ont su très vite qu'ils allaient être appelés sous les drapeaux dès l'année 1917 et partir suivre une période d'instruction intense. Certains d'entre eux eurent la chance de recevoir une affectation privilégiée dans la région, à l'écart du front et des combats, non par favoritisme, mais grâce à leur compétence professionnelle spécifique, utile à la Nation et aux Armées dans un domaine technique précis, ou, parfois, à cause d'une déficience physique partielle.

Joanis reçut en janvier 1917 sa feuille d'appel sous les drapeaux, convoqué pour la mi-avril dans un Centre d'instruction divisionnaire d'infanterie dans la région de Toul.

Comme Julien avait bénéficié d'une permission en décembre 1916, soit bien plus tard qu'il ne l'espérait, ils ont eu l'occasion de discuter tous les deux de la vie de Poilu sur le front et derrière le front. Tous, famille et amis, nous avions trouvé que Julien avait bien changé. Lui qui montrait habituellement un caractère gai, enthousiaste, exubérant, restait de longs moments silencieux, sombre, ombrageux, farouche. En dehors de ses lettres, il parlait peu de « sa guerre ». Pourtant, par moment, il se lâchait, il aimait évoquer surtout ses camarades avec lesquels il venait de vivre des heures tragiques.

« *Quand nous avons quitté Verdun,* nous raconta-t-il, *nous nous sommes retrouvés avec tellement de disparus qu'il a fallu reconstituer notre régiment. Et nous ne sommes pas revenus sur ce champ de bataille, contrai-*

rement à d'autres régiments qui y ont été renvoyés plusieurs fois. Nous avons pris le train à Bar-le-Duc pour nous rendre au sud de Sainte-Menehould, en Argonne, commune qui se situe au sud-est de la ville de Reims et à l'est du département de la Marne. La ville est traversée par l'Aisne, rivière que j'avais déjà découverte quand nous étions au Chemin des Dames. Une fois le régiment reconstitué, nous sommes partis vers la forêt de l'Argonne, où je me sentais bien à l'aise. Cette forêt est faite essentiellement de feuillus et de résineux. Elle est essaimée d'étangs. Elle est très belle, du moins là où elle est conservée, car nos sauvages d'ennemis y ont fait bien des dégâts. Mais, elle est quand même bien différente de la nôtre. Je ne peux comparer. J'ai bien aimé la découvrir. Les animaux nous ont fuis, je le regrette, car, paraît-il, elle abrite des cerfs magnifiques. Nous avons tenu ce secteur de fin juin jusqu'au vingt septembre. Après ça nous sommes partis pour le camp de Mailly qui se trouve entre Troyes et Châlons-en-Champagne. Nous y avons suivi un cycle d'instruction d'autant plus intense qu'il fallait former les nouveaux arrivants, des bleus, assez nombreux, qui sont venus nous y rejoindre. Nous étions loin du front et de la guerre. Pour moi, ces moments s'apparentaient à du repos. Dans ce camp, nous avons découvert les troupes russes qui nous ont été envoyées sans doute avant que les troubles ne commencent en Russie. Ils ont profité de cette période de calme pour enfin accorder aux anciens quelques jours de permission. Quant à ce qui m'attend à mon retour... Secret militaire. »

***

Durant cette période de trêve, Julien apprécia particulièrement ses longues promenades en forêt avec Joanis. Il aimait se confier à lui sur sa vie militaire, et estimait devoir l'informer sur ce qui l'attendait, tant il était évident qu'il serait prochainement appelé sous les drapeaux. Un après-midi, m'a raconté Joanis, ils sont partis tous les deux en balade en empruntant le chemin qui contournait l'église du village, en direction de la Leyre. Après avoir longé les dernières maisons du quartier de Blasion, ils prirent un chemin forestier qui s'enfonçait dans les bois, bordés de fourrés épais constitués de ronciers et de divers arbustes, dont l'entretien était manifestement insuffisant pour favoriser une bonne croissance des arbres.

— Vois-tu, dit Julien à son ami Joanis, je n'ai jamais autant savouré la beauté de notre forêt qu'au cours de ces jours de permission tant elle m'a manqué. Je ne puis te dire combien je ressens de plaisir à parcourir ce chemin couvert de ce tapis d'aiguilles de pin qui de vertes sont devenues brunes depuis qu'elles sont tombées sur le sol. Arrêtons-nous un instant. Laisse-moi admirer ces grands pins devant nous, si droits, si majestueux, aux couleurs si contrastées et si reposantes. J'aime l'élégance de ces troncs élancés, habillés de leur écorce d'un marron sombre ; j'aime la verdure flamboyante et mystérieuse qui revêt le sommet, de par le flou artistique que créent les aiguilles en touffes drues. Les rayons du soleil, et le ciel magnifiquement bleu qui nous enchante cet après-midi les mettent vraiment en valeur. J'aspire à nouveau à pouvoir goûter tous les jours ce spectacle superbe que nous offre la nature. Les pins sont gemmés ici, dans ce bois.

Alors, Julien attrapa un pot de résine et but le liquide qu'il contenait et se délecta de son doux parfum. Joanis, à qui l'on avait dit que cela ne pouvait pas faire de mal, l'imita, puis lui dit :

— Comme tu le sais, je m'attends à recevoir mon avis de mobilisation au début de l'année 1917. Tu t'en doutes, pour bien des raisons, cela ne m'enchante guère, je n'ai vraiment pas envie de partir faire la guerre. Pourtant, il le faudra. Quitter notre petit paradis que je te vois chérir comme jamais pour le remplacer par la discipline militaire, le maniement des armes, apprendre à tuer d'autres hommes qui ne m'ont rien fait, à qui je n'ai rien fait, est une perspective qui ne me motive nullement et que j'ai du mal à comprendre. Mais tu sais, le plus dur, pour moi, dit-il à Julien, sera de ne plus avoir auprès de moi Anne, son éloignement sera une douleur insupportable. Ne plus pouvoir l'embrasser, humer le parfum de son corps, caresser ses longs bras, son cou, et, surtout, ne plus me laisser hypnotiser par la magie de ses yeux et de son regard envoûtant, et ne plus admirer l'harmonie de son visage si désirable, provoquent en moi détresse et désespoir. Et je me demande quelles seront mes réactions au combat, sous le feu de l'ennemi, et vis-à-vis des inconnus auprès desquels je vais me battre.

— Tu me parles de ton amie d'une telle façon, voyons, veux-tu insinuer que tu la connais dans toute son intimité ?

— Mais non, que vas-tu imaginer ! Pas avant le mariage !

— Bon, je n'insiste pas. Concernant tes craintes, je puis t'assurer, mon cher Joanis, que lorsque l'on est pris dans l'action, on a vraiment le sentiment de lutter pour sauvegarder nos libertés, pour protéger nos familles, de lutter pour sauver notre Patrie. Notre pays a été attaqué par des hordes sauvages, il est inconcevable de se laisser écraser par nos envahisseurs. Nous, soldats, nous sommes vraiment courageux, ardents au combat, et décidés à en découdre pour repousser l'ennemi. Quand nous sommes lancés dans une bataille, nous sommes happés complètement dans cet environnement de guerre. Bien sûr que nous avons peur quand l'ennemi attaque et surgit de partout, ou bien quand c'est à notre tour de sortir des tranchées pour assaillir l'ennemi, sous le feu, sous les balles qui sifflent et les obus qui éclatent autour de nous ! Mais une fois sortis ou attaqués, nous ne pensons plus qu'à nous battre, on ne pense plus à la peur, une rage nous saisit de détruire tous ceux qui sont en face de nous. Notre caractère subit une véritable mutation qui nous transforme d'hommes polis et civilisés en guerriers prêts à tout détruire sur leur chemin.

— Est-ce que l'instruction que l'on reçoit avant toute affectation est longue, efficace, bien faite pour que l'on s'adapte vite aux contraintes du terrain ?

— L'instruction est intense pour les nouveaux afin qu'ils puissent rapidement partir sur le front. Elle a beaucoup évolué depuis le début de la guerre pour s'adapter aux nouvelles tactiques modernes et à l'utilisation de nouvelles armes comme les tanks et l'aviation. Si tu pars en avril, il est probable que tu tâteras du terrain dès juin-juillet, en tout cas sûrement au cours du deuxième semestre 1917. Par contre, il n'est pas certain que tu sois affecté au 34ème, là où je suis actuellement, les pertes sont tellement importantes dans toutes les armées qu'ils les complètent avec des hommes de toutes les régions quand cela s'avère nécessaire. Mais gaillard comme tu es, tu n'échapperas pas à l'infanterie !

Puis, ils restèrent silencieux un long moment, comme si chacun éprouvait le besoin de méditer de son côté sur des questions qu'il n'avait guère besoin de partager avec l'autre. Ils arrivèrent enfin au bord de la Grande Leyre et s'assirent sur la plage de sable blanc.

— J'ai envie, déclara Julien, d'emporter avec moi aux armées un peu de ce sable pour pouvoir le prendre de temps à autre dans ma main, et qu'il me rappelle cet instant où je me sens si bien. Comme j'aimerais, ainsi que l'implore le poète, que le temps suspende son vol, en ce moment ! Comment imaginer que, maintenant, d'autres hommes, peut-être des camarades, se battent avec rage et haine et tombent sous la mitraille, quand d'autres seront meurtris dans leur chair à jamais !

— Tes réflexions, reprit Joanis, ne sont pas encourageantes pour celui qui va bientôt partir à la guerre pour la première fois.

Le soir arrivant, tous les deux rentrèrent d'un pas lent chez eux où ils étaient attendus avec impatience par ceux qui les aimaient.

Je jouais dans l'airial de la ferme avec son petit garçon quand Julien apparut. En apercevant son père, petit-Jean me quitta précipitamment, accourut au-devant de lui et vint se jeter dans ses bras. Julien le souleva avec aisance, lui colla deux bises sonores sur ses joues et l'emporta avec lui jusqu'au banc disposé tout près de la porte d'entrée de la maison, sous un immense chêne. Il s'y installa et garda son fils sur ses genoux, qui se tint blotti tout contre lui. Il posa ses lèvres sur le haut du visage de l'enfant et respira avec délice les merveilleuses fragrances de son corps, que l'enfant avait cueillies lors de ses courses en pleine nature, faites de tous les parfums que celle-ci projette dans les airs et qui sont emportés au gré des brises légères dont on ne sait d'où elles viennent ni où elles vont. J'entendis leur conversation :

— Papa, dit l'enfant, tu sais, je suis triste quand tu n'es pas là !

Je vis que Julien fut saisi par cet aveu qui le prit au dépourvu. Il resta un moment silencieux avant de répondre.

— Détrompe-toi, je suis toujours là, près de toi, mais je suis en cet endroit, en toi, dans ton cœur, lui dit-il en posant doucement sa main sur la poitrine de l'enfant. Et je suis là parce que je pense toujours à toi, même quand je dors, dans mes rêves.

— Je préfère quand je te vois, quand je suis assis sur tes genoux. Je voudrais que cela dure toujours.

— Mais tu as maman qui te chérit et qui est toujours avec toi.

— Oui, j'aime beaucoup maman et je suis heureux avec elle. Mais j'aime beaucoup mon papa. Et je veux qu'il soit toujours avec moi. Je ne veux pas qu'il m'abandonne.

— Moi aussi je t'aime de tout mon cœur, autant que l'on peut aimer sur cette terre. Je n'aime rien plus que toi. Et c'est parce que je t'aime que je suis obligé de partir faire la guerre. Il faut que tu saches que d'autres hommes nous veulent du mal, ils veulent prendre nos terres, ils veulent faire du mal aux mamans et aux enfants, alors, nous, les papas, on part pour les chasser de chez nous. Ils sont encore loin d'ici, et on les chasse pour qu'ils aillent encore plus loin, pour qu'ils retournent chez eux. Ensuite, on reviendra chez nous, car on ne veut pas, nous, aller les embêter chez eux. Tu comprends pourquoi je suis obligé de partir ?

— Alors, papa, dépêche-toi de les chasser, et reviens vite, pour que je ne sois plus triste.

Julien demeura songeur un instant. Il devait penser : « *Et si je ne revenais jamais de cette guerre ?* »

— Mon petit Jean, écoute-moi bien. Quand tu joues à la guerre, ceux qui sont tués se relèvent, car ils font semblant, et vous pouvez recommencer à jouer le lendemain. Là où je vais, ceux qui sont tués ne se relèvent jamais.

— Parce qu'ils sont morts ?

— Oui, ils sont vraiment morts, et ils ne reviennent jamais chez eux, ils ne peuvent jamais plus embrasser les mamans et les enfants.

— Les enfants doivent être très tristes.

— Oui, tout le monde est très triste. Je t'explique cela parce que ton papa va repartir à la guerre, et lui aussi on peut le tuer.

— Non, mon papa ne sera jamais tué.

— Écoute-moi. Tu dois savoir que si un jour ton papa était mort, il viendra se blottir au fond de ton cœur, il restera toujours avec toi. Et je veux compter sur toi. Ta maman n'aura plus que toi. Tu deviendras grand. Il faudra que tu l'aimes très très fort, que tu sois gentil avec elle comme jamais tu ne l'as été auparavant. Tu devras remplacer ton papa auprès d'elle.

Il ajouta doucement au creux de l'oreille :

— Dis-le à papa, je peux compter sur toi ?

L'enfant passa ses bras autour du cou de son père, le couvrit de baisers, des larmes coulaient le long de ses joues, il serra son père comme s'il voulait le garder prisonnier et ne plus le lâcher, puis il poussa un cri angoissé :

— Je ne veux pas que tu partes, je veux que tu reviennes, promets-le-moi, papa !

De gros sanglots montèrent tout au long du corps de l'enfant puis inondèrent ses joues. Son père les recueillit avec ses lèvres. Alors l'enfant lui déclara enfin :

— Mais s'il le faut, papa, tu peux compter sur moi pour veiller sur maman !

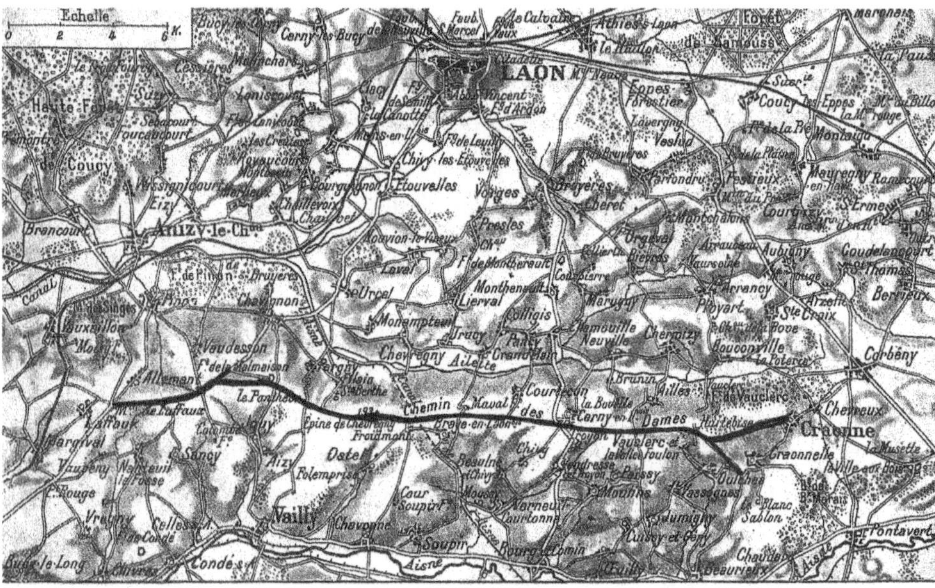

CARTE DE LA RÉGION SUD DE LAON, MONTRANT LES POSITIONS SI LONGTEMPS DISPUTÉES DES DEUX COTÉS DU CHEMIN DES DAMES.

.13.
Printemps 1917, bataille au Chemin des Dames

Nous étions toujours sous le choc des évènements tragiques de l'année 1916, ponctués par deux batailles meurtrières. À Verdun, les combats voulus par le commandement allemand durèrent du 21 février au 15 décembre. Cent soixante-trois mille soldats français et cent quarante-trois mille soldats allemands y ont perdu la vie. Sur la Somme, l'offensive lancée par les Alliés le 1er juillet prit fin le 18 novembre : près d'un million soixante mille hommes y ont été victimes, tués, blessés ou disparus, tous adversaires confondus.

Beaucoup de familles furent endeuillées. Dans ma famille, Julien en est revenu vivant, mais profondément marqué comme nous l'avons constaté pendant son séjour parmi nous, en permission pour quelques jours. Mais que d'amis touchés autour de nous par la perte d'êtres chers sur ces champs de bataille sanglants !

Quels nouveaux malheurs allaient nous réserver l'année 1917 ? Car la guerre perdurait encore. Dès son retour aux armées, Julien apprit qu'il venait d'être nommé sergent et qu'il aurait sous ses ordres un groupe d'hommes composé de deux escouades. Une majorité de Landais et de Basques faisait partie de ce groupe. Il y retrouva quelques camarades qui avaient échappé miraculeusement aux précédents massacres. Quelques-uns revenaient comme lui de permission, mais ils n'eurent guère le temps de tomber dans la nostalgie de la douceur de vie retrouvée chez eux, car la reprise des activités fut violente et menée avec agressivité par des formateurs qui avaient rénové leurs méthodes de travail en appliquant de nouvelles directives tactiques. Les hommes devinèrent que des offensives étaient en préparation, mais le secret était bien gardé et ils ignoraient à quelle période ils devraient remonter en ligne ainsi que le lieu de leur prochaine destination.

On apprit bien plus tard que les Alliés, dirigeants politiques et généraux des états-majors français et anglais débattaient sur le projet d'offensives se voulant décisives sur les fronts de l'ouest et de l'est. Les Russes firent savoir qu'il était prématuré pour eux de participer à un tel projet au cours du premier semestre 1917. En outre, les évènements prérévolutionnaires qui éclatèrent en Russie inquiétaient les Alliés. En cas de renversement du Tsar et de son gouvernement, que décideraient ceux qui étaient susceptibles de s'emparer du pouvoir, continueraient-ils la guerre auprès des Alliés, ou bien signeraient-ils un traité de paix séparé avec l'Allemagne ? Dans le cas de traité de paix séparé, l'Allemagne n'aurait plus à combattre sur le front de l'est et pourrait donc transférer à l'ouest un grand nombre des divisions ainsi libérées, ce qui lui donnerait une sensible supériorité d'effectifs.

En France, le haut commandement subit de profonds changements. Le général Joffre fut remplacé le 13 décembre 1916 par le général Nivelle à la tête des armées françaises. Ce dernier croyait fermement au succès possible d'une offensive et préconisait de rompre le front ennemi en un délai de vingt-quatre à quarante-huit heures grâce à l'engagement d'offensives surprises et brutales s'appuyant sur l'action d'une artillerie puissante et des moyens en hommes et en armes considérables. Le théâtre d'offensive choisi s'étendait de Soissons à l'est de Reims, et englobait ainsi tout le massif du Chemin des Dames.

Les généraux Pétain et Franchet d'Esperey émirent des réserves sur les chances de réussite d'un tel plan et le général britannique Haig fut également hostile à une telle offensive. En revanche, Nivelle reçut l'appui du Premier ministre du Royaume-Uni, Lloyd George, qu'il avait su convaincre du bien-fondé de sa tactique.

Convoqué au Ministère de la Guerre, Nivelle leur décrit avec conviction et brio comment il comptait mener son affaire et déclara que « *la victoire complète est certaine, qu'il percera entre Soissons et Reims, mais que s'il n'obtient pas la rupture en quarante-huit heures, il renoncera* ».

La date de l'offensive, fixée au 16 avril 1917, fut maintenue.

À la veille de la bataille, un million d'hommes environ furent rassemblés sur un front de quarante kilomètres, appartenant aux cinquième, sixième, dixième et quatrième armées. Julien faisait partie du 34ème régiment d'infanterie au sein de la 10ème armée et se trouva impanté dans la partie est du Chemin des dames, sous Craonne. Des pièces d'artillerie lourde furent placées tous les vingt et un mètres, et des pièces de 75 et des mortiers de l'artillerie de tranchée tous les onze mètres. Les moyens aériens étaient également utilisés en force.

Côté allemand, les préparatifs alliés repérés firent que l'effet de surprise sur lequel comptait le général Nivelle n'aurait pas lieu. De ce fait, les Allemands firent revenir en renfort sur le front ouest quinze divisions d'infanterie et cinq bataillons de chasseurs en provenance du front d'Orient.

En outre, les Alliés connaissaient mal le formidable système de défense et de fortifications que les Allemands, repliés après la bataille de la Somme de 1916, avaient construit, considérablement structuré et consolidé de fin 1916 à début 1917 depuis la région d'Arras jusqu'à l'Aisne, près de Soissons, couvrant un front de cent soixante kilomètres.

Il s'agissait de la fameuse ligne nommée « Hindenburg » par les Alliés, « Siegfried » par les Allemands, considérée comme particulièrement inexpugnable au Chemin des Dames pour celui qui le tenait. Les creutes qui s'enfonçaient parfois profondément dans le massif, sortes de grottes ou carrières creusées par le travail de l'érosion un peu partout, formaient des galeries qui furent transformées en forteresses souterraines, à l'abri des bombardements et des surveillances aériennes, et bien aménagées.

La structure défensive allemande organisée sur l'ensemble du lieu du Chemin de Dames comportait trois lignes successives[11]. Une artillerie de tous calibres, provisoirement mise à l'abri des bombardements des Alliés sous des casemates de béton, mais suffisamment mobile pour être ressortie rapidement de ces retranchements, protégeait les lieux. Pour les Allemands, depuis Soissons jusqu'à Craonne, le Chemin des Dames était une forteresse imprenable.

C'est pourtant sur ce front que le général Nivelle décida d'attaquer le 16 avril 1917 contre l'avis des généraux Pétain et Franchet d'Esperey.

Dès le 2 avril, l'artillerie bombarda massivement et sans discontinuer toute la largeur du futur front et sur une profondeur d'environ huit kilomètres en vue d'anéantir les défenses ennemies.

Les troupes françaises étaient d'ailleurs convaincues de pouvoir progresser rapidement sur un terrain débarrassé de tous obstacles majeurs et face à un ennemi dont l'artillerie était supposée détruite. Mais un très mauvais temps sévit, de sorte que l'aviation française ne put assurer une observation pertinente des points de défense allemands, ni guider le feu de l'artillerie sur les points névralgiques, ni apprécier les résultats réels des bombardements.

L'objectif de la grande attaque ainsi préparée était de conquérir très vite le Chemin des Dames et d'atteindre la ville de Laon dès le soir de la journée du 16 avril. Les premiers assauts furent lancés le seize à six heures du matin.

Le basque et député Jean Ybarnégaray, alors officier d'état-major au 249ème régiment d'infanterie, qui se trouvait ce jour-là près de la ferme d'Hurtebise, au centre du plateau de Craonne, déclara le 20 juin 1917 devant le comité secret de la Chambre des députés :

« *La bataille s'est livrée à six heures du matin ; à sept heures, elle était perdue !* »

---

11. La première position était constituée de trois parallèles de tranchées implantées dans les vallées pour la première, au pied des pentes pour la deuxième, et sur les crêtes pour la troisième. Trois kilomètres plus en retrait, trois nouvelles lignes de tranchées installées à contre-pente formaient la deuxième position. La troisième position occupait les hauteurs du Chemin des Dames, au-delà des crêtes.

***

Dès le début, la progression des Français fut difficile. Le terrain qui devait être déblayé par les bombardements de tous obstacles se révéla très peu amoindri. Les défenseurs, installés soit sur des positions dominantes en surplomb, soit protégés dans les creutes et autres abris bétonnés, furent très avantagés dans le combat. Une fois les premières lignes ennemies franchies, les hommes du premier assaut allié se trouvèrent bloqués sur les deuxièmes lignes demeurées solides, à peine entamées par les bombardements préparatoires. La bataille fut meurtrière. Le temps se dégrada rapidement. La pluie, et même la neige, se mit à tomber abondamment, un froid glacial sévit soudainement. Le terrain devint boueux et glissant. Les fantassins de la dixième division d'infanterie coloniale, originaires de pays chauds africains et qui avaient reçu leur formation dans les régions tempérées du sud de la France, souffrirent atrocement d'un tel environnement climatique, tétanisés par ce grand froid auquel ils n'étaient pas habitués. Cinq mille d'entre eux succombèrent au cours de cette première journée de combat.

Les troupes alliées dépassèrent sans les voir des positions ennemies camouflées sous des abris enterrés. Les soldats allemands surgirent alors de leurs cachettes équipés de leurs redoutables mitrailleuses, non détruites pour la plupart, et tirèrent à volonté dans le dos et sur les côtés de leurs assaillants pris ainsi par surprise. Ceux-ci, chasseurs, fantassins, coloniaux et Sénégalais, croyant que ces tirs provenaient par erreur des hommes du deuxième assaut français, rebroussèrent chemin dans un affolement incontrôlable. D'autres, qui avaient atteint les tranchées allemandes, engagèrent des luttes sans merci à la baïonnette, car à cause du mauvais temps, leurs fusils et mitrailleuses n'étaient plus en état de fonctionner normalement. Et l'ennemi résista avec beaucoup de ténacité.

Un torrent du sang mêlé de milliers de combattants français et allemands unis coula généreusement et abondamment le long des pentes abruptes du Chemin des Dames !

Pendant ce temps, au secteur de Berry-au-Bac, au sud-est de Craonne, à l'extrémité est du Chemin des Dames, quarante-huit chars Schneider et Saint Chamond étaient partis à l'assaut du plateau qui domine Craonne. Mais le char de tête se trouva rapidement immobilisé lors d'une tentative de franchissement d'une tranchée d'une profondeur de trois mètres et bloqua de ce fait tous les autres qui le suivaient. Tous les tanks furent alors exposés sans défense au feu virulent de l'ennemi, fragilisés par l'emplacement des réservoirs de carburants fixés sur leurs flancs et sans protection. Huit d'entre eux seulement réussirent à s'échapper de ce traquenard et à rejoindre l'arrière, hors de portée de l'artillerie allemande.

Lors de cette première journée de bataille, les gains de terrain furent minimes, les pertes en hommes considérables.

La lutte continua les jours suivants, toujours aussi dure, aussi intense, aussi cruelle. Attaques françaises et contre-attaques allemandes se succédèrent, une hécatombe de combattants des deux camps fut abandonnée sur le terrain, faute de secours possibles. Le combat s'enlisa sur des positions qui bougeaient peu. En neuf jours, du seize au vingt-quatre avril, on dénombra trente mille soldats français tués et cent mille blessés.

L'offensive fut un échec sanglant manifeste. Mais le général Nivelle persista et décida de la maintenir bien au-delà du délai de quarante-huit heures qu'il s'était fixé, toujours avec la volonté, vaine, de réussir à percer le front allemand.

.14.
Le destin de Julien

Le sergent Julien rassembla les hommes de sa section pour leur faire une annonce concernant leur futur engagement intégré dans l'offensive de l'Aisne qui avait commencé le 16 avril dernier. Le caporal Iban, originaire des environs de Cambo, les présenta, sur deux rangs, tous en position de garde-à-vous, et salua son chef.

« *Repos, ordonna le sergent Julien.* »

Debout, devant eux, il examina attentivement ses hommes pour repérer les nouvelles têtes.

« *Bienvenu aux nouveaux*, poursuivit-il d'une voix puissante et énergique. *Vous avez devant vous*, dit-il en dirigeant son bras en direction des hauteurs, *la partie Est de ce que l'on appelle le Chemin des Dames. L'ennemi en a fait une véritable forteresse. À mi-hauteur se trouve le village de Craonne, il est dominé au nord par le plateau dit de Californie et à l'ouest par le plateau de Vauclair. Les boches tiennent ces lieux. Nous devons les leur reprendre. Nous, les anciens, nous connaissons le coin depuis septembre 1914. Nous savons que les combats seront rudes. Vous connaissez notre lieutenant, je suis son adjoint à la tête de votre section. Nous sommes le 22 avril, nous montons en ligne dès la nuit prochaine. Nous allons faire partie d'un bataillon momentanément tenu en réserve. Nous devrons, de nuit, car les mouvements de jour sont impossibles à cause de la position dominante de l'ennemi sur les hauteurs, réorganiser le terrain bouleversé par les bombardements pour préparer de bonnes conditions en vue de l'attaque des plateaux de Craonne et de Californie. Attendez-vous à manquer de repos, car les feux des artilleries viendront des deux côtés et se croiseront au-dessus de nos têtes, avec le pourcentage d'erreur que vous savez... En arrivant ici, nous avons appris que les assauts des 5ème et 6ème armées n'ont pu repousser les boches qui ont concédé peu de terrain. Nous étions prévus pour exploiter l'avancée de nos troupes. Nous entrons carrément à notre tour dans la bataille pleine et totale. Nous venons tous des terres de Gascogne, des Charentes, des Landes, du Béarn, de la Bigorre, du Pays Basque. Je sais que je peux compter sur votre, sur notre audace et sur notre courage. Mais évitez toute témérité irréfléchie ! Tout soldat blessé, ou pire, mort, ne sert plus à rien. Et n'oubliez pas que la solidarité entre nous est indispensable pour le bien de tous. Partez vous préparer, restaurez-vous bien, équipez-vous chaudement, prenez des provisions. Rendez-vous ici même à dix-huit heures. Aucun retard ne sera toléré. Soldats, à mon commandement, garde-à-vous ! Repos ! Rompez les rangs !* »

À l'heure dite, les hommes se rassemblèrent puis partirent vers le saillant Oriental, en direction du secteur situé entre Craonne, Hurtebise et le plateau de Californie, et vers la caverne naturelle, mais aménagée par l'ennemi, du Dragon. Tout ce secteur était un véritable nid de mitrailleuses, redouté.

En chemin, Julien observa avec effroi et compassion le labeur des brancardiers qu'il croisait et qui ramassaient les nombreux morts tombés là parfois depuis plusieurs jours, les chargeant par dizaines sur des tombereaux et les acheminant vers de grandes fosses. Ces tombereaux secouaient au creux des ornières leur fardeau de chair morte et, arrivés au bord de trous béants creusés à cet effet, ils étaient basculés en arrière pour y déverser des grappes de cadavres, roulant vers le fond dans d'affreux gestes ballants.

Il pleuvait toujours. Les hommes progressaient péniblement. Ils pataugeaient sur ces sols marécageux. Ils repéraient régulièrement des canons en activité et des caissons qui s'alignaient, encroûtés de boue, presque à hauteur des moyeux. En plusieurs endroits, des éléments de chair et de membres de corps humains éparpillés par des éclats d'obus donnaient aux lieux traversés un aspect de charnier. Ils s'arrêtèrent pour finir la nuit à l'abri de fossés creusés par l'artillerie ennemie et aménagèrent rapidement ce coin en une tranchée plus accueillante, ouvrant des rigoles afin de chasser l'eau envahissante et stagnante. Le capitaine de la compagnie leur rendit visite, les félicita pour leur ténacité et les travaux déjà réalisés, leur dit qu'il savait qu'ils étaient fatigués, mais les encouragea à réagir avec fermeté. Avec lui, ils déterminèrent l'emplacement et la nature des aménagements à entreprendre au cours de cette nuit. La besogne devrait être facile. Quand son tour de repos vint, Julien s'endormit d'un sommeil de brute, sans un rêve. Il s'éveilla un peu plus tard dans la même position que celle qu'il avait prise à l'instant de sombrer. Un peu de paille l'enveloppait d'une bonne tiédeur, un peu moite parce que l'eau qui imbibait ses vêtements s'était évaporée pendant la nuit. Il éprouva une étonnante jouissance intense à constater cette opiniâtreté étrange à vouloir et pouvoir dormir profondément malgré l'environnement hostile. Près de lui, il entendait des bavardages, certains rappelant des épisodes d'attaques récentes, d'autres se projetant sur ce qui les attendait dans un avenir tout proche. L'instant lui parut irréel, sorte de cauchemar dont il voulut s'échapper par l'ébauche d'un rêve conscient.

Le premier bataillon du régiment monté en ligne tenait depuis le début des assauts un front de quatre cents mètres, la ligne de ce front étant matérialisée par une suite de trous d'obus. Les autres bataillons étaient placés en réserve. Les jours passant, le front s'étendit et progressa régulièrement sous le feu d'un ennemi en position avantageuse.

Le 2 mai, l'artillerie française entama une nouvelle et intense préparation. L'ennemi riposta avec virulence. Le 4 mai, les bases favorables au futur assaut furent mises en place. Le dix-huitième régiment d'infanterie lança une attaque sur Craonne à dix-huit heures, surprit les Allemands, et réussit à s'emparer du rebord du plateau de Californie. Le 5 mai, le trente-quatrième et dix-huitième RI firent partie d'une attaque sur l'ensemble du front, engagée à neuf heures, parvinrent à conquérir les plateaux au-dessus de Craonne et commencèrent à dévaler sur les rebords Est et Nord, vers l'Ailette, mais ne purent y parvenir. À seize heures, les Allemands déclenchèrent sur tous ces points pris par les Français un bombardement suivi d'une contre-attaque. Celle-ci fut repoussée, difficilement.

Le dimanche 6 mai, après un marmitage intense de son artillerie, l'infanterie allemande lança à six heures trente du matin une nouvelle et violente contre-attaque pour reprendre les secteurs concédés les jours précédents. Les bombardements étaient écrasants pour les troupes françaises, ils créèrent des brèches dans leur défense et favorisèrent des infiltrations ennemies. Mais celles-ci furent repoussées à la grenade. Les pertes françaises s'accumulaient. Il fut fait appel aux territoriaux pour colmater les trous qui s'ouvraient devant l'avancée allemande.

Julien et ses hommes, installés dans les tranchées rapidement aménagées aux abords des plateaux de Californie et des Casemates, virent surgir devant eux de puissantes vagues d'assaut. De leurs positions encore protectrices, ils ouvrirent un feu meurtrier, les mitrailleuses crachaient comme en folie, fusils et fusils-mitrailleurs chauffaient en une action ininterrompue, des grenades fusaient de partout, l'artillerie de tranchées donnait tout ce qu'elle pouvait. Le bruit était assourdissant, les ordres n'étaient plus perceptibles. L'ennemi ripostait, hurlait avec une sauvagerie indescriptible, poussait des cris de bêtes incompréhensibles. Il avançait en masse, mais des trouées de plus en plus béantes et profondes creusaient ses rangs. Autour de Julien, le sifflement des balles éveilla en lui une excitation qui le poussa à les braver ; mais des hommes tombaient régulièrement dans son entourage, les pertes étaient grandissantes.

Un long moment passa, sans doute plusieurs heures, Julien eut du mal à apprécier le temps écoulé consacré à défendre et à repousser les attaques. L'ennemi stoppa momentanément ses assauts et se protégea en se planquant dans des trous d'obus et des fossés anciens en effectuant un tir de barrage. Une sorte d'accalmie s'installa. Julien aperçut son ami Iban à ses côtés.

— Comment vas-tu ? lui demanda-t-il.

— Je m'en sors bien, des balles m'ont sifflé au ras des oreilles.

— Tu n'es pas le seul.

Julien mit la main dans la poche de sa veste. Il voulait serrer et embrasser son chapelet, pour un remerciement muet. Consternation ! Sa poche était vide ! Il fouilla dans l'autre poche, dans toutes ses poches, rien !

— Je n'aime pas ça, dit-il.

— Que dis-tu, l'interrogea Iban ?

— Rien, c'est personnel.

Un pli barra son front. Il lança un regard circulaire autour de lui, pour faire un point sur l'état de ses troupes. Il reconnut quelques-uns de ses hommes. Il aperçut en plusieurs endroits des corps étendus, apparemment sans vie, mais sans pouvoir les reconnaître, ils n'étaient peut-être pas tous de sa section.

— On va pouvoir s'occuper des blessés et faire le point sur nos morts, dit-il à Iban. Avant, je vais m'avancer pour vérifier si l'ennemi n'essaie pas de nous contourner, et voir si je peux repérer ceux des nôtres que nous avons sur notre droite.

— C'est dangereux, répondit Iban. Je vais envoyer deux hommes en reconnaissance.

— Je préfère y aller moi-même. Nous avons trop de jeunes, inexpérimentés.

— Non, sergent, n'y va pas, je vais le faire.

— Tu restes ici, c'est un ordre. Contente-toi de veiller et de me couvrir.

— Attention, ça bombarde toujours dans notre secteur.

Julien sortit avec prudence de la tranchée, puis rampa sur quelques mètres sur un sol boueux. Aucune réaction ennemie. Il avança alors en position à demi accroupie vers un point d'observation qu'il avait repéré, protégé par un trou d'obus. Il entendit un sifflement au-dessus de lui. Il plongea dans la boue. L'obus éclata un peu plus loin, bien après la tranchée de ses hommes. Il se redressa et repartit au pas de course vers le trou. Au moment où il sauta dans le fossé, un nouveau sifflement parcourut l'espace. C'était l'annonce d'un shrapnel. L'obus s'écrasa dans ce même fossé où Julien venait de trouver refuge !

De leur poste d'observation, Iban et plusieurs de ses compagnons virent avec stupéfaction et saisissement un immense nuage de terre fangeuse et de pierres jaillir du fossé, s'élever vers le ciel, soulevant un corps d'homme désarticulé comme un pantin impuissant, emporté par le souffle terrible de l'explosion. L'ensemble retomba avec une étonnante lenteur qu'Iban accompagna d'un regard incrédule. Il cria :

— Sergent, sergent ?

Pas de réponse. Il continua :

— Julien, julien, réponds-moi !

Le sergent Julien, le Landais, ne répondrait plus jamais à l'appel de son nom !

— Deux hommes avec moi pour aller chercher le sergent, commanda Iban.

Aussitôt, les hommes devinèrent ce qu'il se passait, plusieurs se levèrent spontanément et accoururent.

— Deux seulement, toi et toi, dit-il en désignant deux hommes costauds.

Les trois hommes foncèrent promptement jusqu'au trou d'obus où ils trouvèrent le corps inerte de Julien. Ils le ramenèrent à la tranchée, à l'abri du feu ennemi. Iban allongea le corps sans vie de son ami sur le sol. Le corps était déchiqueté, mais son visage était intact et ses yeux grands ouverts. Iban les ferma alors avec respect. Il remit en ordre les lambeaux de la tunique et posa sur le corps sa capote personnelle de caporal. Il chercha dans les poches le chapelet qu'il avait si souvent vu entre les mains de Julien, pour le poser sur son cœur. Sans succès. Il lui revint alors en mémoire le geste de Julien qu'il avait surpris quelques instants auparavant, le voyant encore fouiller dans ses poches et l'entendant pester par ces quelques mots : « *Je n'aime pas ça !* », comme s'il présageait dans cette perte un signe précurseur de son avenir.

En revanche, il trouva dans une poche un peu de sable blanc. Celui du val de Leyre. Il le saupoudra sur la poitrine de Julien.

Puis Iban se mit à genoux devant celui avec lequel il avait tant combattu. Il se découvrit. Une forte émotion le gagna.

— Soldats, dit-il doucement, venez saluer une dernière fois votre chef.

Tous les hommes survivants de la section s'approchèrent, entourèrent le corps de leur chef, et s'agenouillèrent instinctivement. Au loin, les canons grondaient. Iban prit la parole :

— Sergent Julien, tu as été pour nous tous, tes hommes, un chef prévenant et un grand et vrai Poilu. Voilà encore un instant, tu as voulu partir le premier devant pour scruter la situation, alors que c'était mon rôle ou celui d'un de tes hommes. Tu étais un homme de paix, mais ta vie a été reprise par le Mal, celui de la guerre. Pour honorer ta mémoire, nous continuerons à nous battre courageusement, parce que nous devons le faire pour conquérir à nouveau la paix. Et nous le devons aussi à ta veuve et au tout jeune enfant que tu laisses derrière toi. Que le Seigneur, en son infinie miséricorde, veuille bien t'accueillir en ce jour auprès de Lui.

Puis le caporal Iban traça sur lui un signe de croix, imité par la plupart de ses hommes. Alors une voix très belle, profonde, celle d'un soldat au sein du groupe, s'éleva et chanta avec ferveur ce refrain que beaucoup connaissaient depuis peu :

« *Adieu la vie, adieu l'amour, Adieu toutes les femmes, C'est bien fini, c'est pour toujours, De cette guerre infâme. C'est à Craonne, sur le plateau, Qu'on doit laisser sa peau, Car nous sommes tous condamnés, C'est nous les sacrifiés !* »

L'interprète du chant se tut. Tous sentirent un frisson d'émotion parcourir leurs corps.

Sans plus attendre, le caporal Iban reprit l'initiative des opérations et déclara :

« *Avec la mort du sergent, je suis maintenant le plus gradé d'entre vous.*

Je prends le commandement. Les deux hommes qui m'ont accompagné pour récupérer son corps, je vous charge de le descendre jusqu'aux brancardiers et de leur dire d'aller le déposer près des tranchées du bas pour que l'on puisse le récupérer. Je veux le faire renvoyer dans sa famille. Maintenant, que chacun reprenne son poste. »

À cet instant, un sifflement strident annonça un obus, celui-ci passa au-dessus de leurs têtes et alla exploser plus loin, sur un rocher solide. Un nuage de feu et de poussières s'éleva dans les airs, empli de pierres et de roches, qui, emporté par un coup de vent, retomba petit à petit au-delà sur le sol. Le rocher, resté intact à sa place, continuerait sa marche vers l'éternité. Quelques jours plus tard, on pouvait lire dans les journaux nationaux :

« *Il faudrait être un poète enthousiaste pour chanter les exploits admirables de tous ces Charentais, Gascons, Landais, Basques, Bigourdans et Béarnais qui viennent de se couvrir de gloire dans ces journées mémorables des 5 et 6 mai.* »

Entre le 4 et le 8 mai, le 34ème régiment d'infanterie perdit plus de mille cent hommes. En un mois de combats, cinquante-deux mille soldats français furent tués et deux cent treize mille blessés ou faits prisonniers. Du côté allemand, les pertes furent estimées entre deux cent mille et trois cent mille hommes.

.15.
Mon papa restera toujours vivant

J'ai gardé un souvenir traumatisant de cette journée de mai 1917. J'étais descendue tôt à l'endroit que l'on appelait « les jardins de bas », équipée de quelques outils adéquats, râteau, pelle et bêche pour y travailler sur les carrés de terre arable qui appartenaient à ma famille. Tandis que je passais mon temps à nettoyer, enlever les mauvaises herbes, à refaire les bordures des parterres, à arroser les plantations, je ne cessais de penser à mon ami Joanis parti depuis peu vers Toul pour suivre sa formation de soldat dans un Centre d'instruction militaire, et dont la séparation m'était douloureuse. Je lui envoyais tous les jours de longues lettres passionnées, attendant avec impatience le lendemain pour recommencer et ressentir, ainsi, la sensation de vivre auprès de lui ces instants de conversation écrite. De son côté, il me donnait régulièrement de ses nouvelles. Je lisais ses lettres plusieurs fois, et souvent, m'en imprégnais, plaçais ses courriers sur mon cœur avant de m'endormir, le soir. Parmi ses nouvelles relations amicales, il citait plus particulièrement trois camarades, devenus de véritables amis : Jean-Claude de Privas, un gars serviable qui, disait-il, savait tout faire, éminemment sympathique, amusant, gai luron, animateur d'ambiance dans la chambrée ; mais aussi Étienne, de la région de Lourdes, un jeune prêtre, et Henri qui était originaire de Tarbes, qui ne cachait pas ses idées plutôt anticléricales. Pourtant, ces deux derniers, Étienne et Henri, aux philosophies de vie assez opposées, s'entendaient, paraît-il, fort bien sur le plan de l'amitié, et animaient entre eux des débats, à fleurets mouchetés, sur les domaines qui les opposaient, et que les autres écoutaient avec amusement et intérêt.

Alors que j'étais perdue dans mes pensées, je sursautai quand, en fin de matinée, le glas sonna lugubrement. Comme à chaque sonnerie, l'angoisse étreignit mon âme. Je demeurai sur place, pétrifiée, tétanisée, me demandant de quel enfant du pays le glas pouvait-il encore annoncer la mort. Non, ce n'était pas Joanis, c'était impossible, il n'était pas encore au front. Un mauvais pressentiment serra mon cœur : et s'il s'agissait de Julien ? Certes, il avait bravé jusqu'à ce jour tant d'épreuves, comme soutenu par la chance d'un bon destin, mais il avait écrit récemment qu'il pensait devoir partir sur le Chemin des Dames et participer à l'offensive en cours dont on savait par les nouvelles que donnaient les journaux, même en partie censurées, que son déroulement était dramatique. Beaucoup d'hommes y étaient morts, et plusieurs enfants de Pissos y avaient déjà été tués. Je retrouvai enfin toute mon énergie. Je laissai en plan mes outils et filai en rapides enjambées vers le bourg du village. La plupart des habitants du lieu y étaient réunis, le regard anxieux tourné vers la Mairie.

À sa sortie, le maire de la commune prit son cabriolet, resté attelé depuis son arrivée, y monta lourdement et partit en direction du bourg. S'il avait pris son cabriolet, cela signifiait qu'il devait se rendre dans un quartier éloigné et que sa funeste visite ne concernait pas les familles du bourg ou des environs immédiats. Pour autant, ce n'était pas un soulagement pour les personnes présentes, car tous avaient compris que le maire était porteur de la nouvelle de la mort d'un enfant de la commune et que ce dernier était forcément une relation soit familiale, soit amicale. À son passage au croisement des routes du bourg, il tourna sur la gauche, prenant la route de Liposthey, le visage sombre et soucieux comme lors de chacune de ces tristes missions qu'il devait mener si régulièrement. Il demeura sourd aux interrogations des personnes qu'il croisa sur son chemin. Quelque cent mètres plus loin, il prit sur sa droite le chemin qui menait vers Menroux.

Je me sentis accablée, car le maire venait de prendre le chemin qui conduisait jusqu'à la ferme de la belle-famille de ma sœur Juliette. Je courus chez moi, empruntai le vélo de ma mère et partis à la poursuite du cabriolet en pédalant le plus vite possible.

En arrivant en vue de la ferme, j'aperçus le cabriolet qui entrait dans l'airial. À mon tour, j'y pénétrai comme une furie, angoissée. Sur le seuil de la maison, j'aperçus la mère et le père de Julien, Juliette se tenait entre les deux, le petit Jean dans ses bras, serrés les uns contre les autres. Ils avaient compris. Ils avaient entendu le glas, faiblement, mais ils l'avaient entendu. Chaque fois que ce maudit écho résonnait sourdement, une forte inquiétude les envahissait. Mais cette fois-ci, le maire venait chez eux, une feuille à la main, les traits pâles de son visage trahissaient un désespoir immense par la nouvelle qu'il avait reçue et qu'il devait annoncer, celle de la mort d'un enfant du pays.

— Julien ? demanda le père. Pourtant il connaissait la réponse, sans doute avait-il besoin de l'entendre pour l'accepter.

— Julien, dit le maire.

La mère, le teint blanc comme la neige, resta pétrifiée, hébétée, comme morte à son tour, Juliette tourna sur elle-même et s'effondra, rattrapée dans sa chute par son beau-père qui récupéra aussi l'enfant dans ses bras. J'accourus et me penchai sur ma sœur que l'on allongea à même le sol. Petit-Jean comprit qu'un évènement grave était arrivé, que cet évènement allait avoir une incidence triste pour lui, il avait entendu citer le nom de son père, Julien. Était-il arrivé quelque chose de grave à son père, à la guerre ?

— Qu'est-ce qu'il a, papa ? demanda-t-il.

Je vins à lui, le pris dans mes bras, le serrai fort contre mon cœur, mais ne lui répondis pas.

— Pourquoi pleures-tu ? m'interrogea-t-il.

— Je pleure parce que j'ai beaucoup de chagrin. Tu sais, ton papa ne te quittera jamais, mais il s'est envolé pour un grand voyage. Il ne pourra plus jamais revenir. Pourtant, en pensant très fort à lui, tu l'entendras te parler, tu le sentiras te faire des bises, tu le reverras dans tes rêves, il te dira qu'il t'aime toujours très fort. Mais on a tous beaucoup de chagrin de ne plus jamais le revoir.

— Mais si, je le verrai, parce que mon papa, il est toujours resté au fond de mon cœur, il m'écrira depuis son voyage parce que je sais qu'il va m'écrire. Mon papa est toujours vivant en moi.

— Oui, mon chéri. Ton papa restera toujours vivant au fond de notre cœur.

Alors que le corps de Julien n'était pas encore rapatrié au village, une messe solennelle fut dite le dimanche suivant à son intention. L'église était comble, le recueillement exceptionnel, les chants émouvants. Le chant final de « *l'Estelle de la ma* » interprété en patois landais, repris chaleureusement à l'unisson par tous, bouleversa la foule des fidèles.

.16.
Les amants du val de Leyre

Je reçus début septembre 1917 une lettre de Joanis qui remplit mon cœur de joie. Il venait d'obtenir une permission de quelques jours pour la deuxième moitié de ce même mois.

Joanis suivit depuis son arrivée aux armées une formation intense de fantassin au Centre d'instruction de Toul qui se clôtura à la fin du mois d'août 1917 par un exercice d'une durée de trois jours. Tous les participants terminèrent cette épreuve extrêmement fatigués. Ils étaient partis de très bon matin comme pour un combat, armés jusqu'aux dents, casques lourds sur la tête, sac à dos pesant au moins vingt kilos, rempli de matériels les plus divers, masques à gaz accrochés à leur ceinturon. Plusieurs équipes avaient été constituées et disputèrent une vraie compétition dont l'enjeu consistait à gagner des récompenses enviées sous forme d'un nombre de jours de permission modulé en fonction du classement d'arrivée au terme du parcours. Les premières places furent donc très convoitées.

Le programme fut chargé au long de chaque étape quotidienne d'une trentaine de kilomètres : manipulation d'armes, séances de tir sur cibles, rampés sous barbelé et sous feu à balles réelles, obstacles naturels à franchir comme le passage de rivières et de fossés et l'escalade de pentes ardues, mais aussi artificiels bâtis sur le modèle de ceux qu'ils pratiquaient à l'entraînement sur le parcours du combattant. Par endroits, les participants furent confrontés à des attaques ennemies simulées, ignorant si les coups de feu qu'ils entendaient correspondaient à des balles réelles on non. Le soir, à l'arrivée au bivouac, chacun dut monter sa tente individuelle qu'il portait sur le dos pour y passer la nuit, avant de la défaire au petit matin et la rembarquer sur ses épaules.

Joanis tira profit tout au long de sa formation militaire exigeante de qualités acquises antérieurement par l'entraînement physique que lui avaient imposé sa vie au grand air et les travaux des champs, de gemmage ou de bûcheronnage grâce auxquels il avait cultivé et développé une vigueur naturelle appréciable. De plus, du haut de ses un mètre quatre-vingt-cinq, il était un jeune homme athlétique et de taille plutôt grande pour son époque. Ainsi, lors de l'exercice de clôture de formation, il se trouva régulièrement en tête de son équipe pour régler l'allure de marche, tout en encourageant les traînards qui souffraient de la forte chaleur d'été et du poids de la charge sur leur dos. L'exercice terminé, de retour enfin à la caserne du Centre d'instruction, il souffrait tellement des pieds que son premier souci fut de se déchausser ! Quel soulagement quand il retira ses chaussettes ! Il constata une multitude d'ampoules sous et autour de ses deux pieds en sang.

Au rassemblement du lendemain matin, il apprit que son équipe avait terminé troisième sur les trente formations qui avaient participé à l'exercice, et, qu'en récompense, il lui était alloué huit jours de permission à prendre en septembre. Puis, il serait incorporé dans une compagnie, apte à monter au front. Cette permission tombait bien, il était invité le 22 septembre prochain au mariage d'un copain de Richet qui, lui, était employé comme infirmier dans un hôpital militaire de Tarbes.

***

Le voyage du retour au village dura plus de quinze heures passées en des wagons de troisième classe. Arrivé en gare d'Ychoux à sept heures et demie du matin le samedi 15 septembre 1917, il décida de parcourir à pied les douze kilomètres qui séparent les communes d'Ychoux-gare et de Pissos. Une bagatelle pour lui ! Malgré l'encombrement d'une valise, au demeurant d'un poids qui lui parut bien léger, il rejoignit le bourg de Pissos en une heure et demie.

Lorsqu'il entra chez lui, ce furent des effusions de joie. Immédiatement avertie, j'accourus et sentis mon cœur battre la chamade. Nous ne fîmes plus qu'un dans les bras l'un de l'autre, nous nous embrassâmes, nous respirâmes dans une joie fusionnelle. Quel bonheur !

Dès l'après-midi, nous partîmes seuls sur les chemins de la Grande-Lande pour vivre intensément les quelques heures, les quelques jours, de nos retrouvailles. Mais l'espace-temps se franchit si vite dans ce type de situation ! Il fila sans que l'on puisse le retenir, le freiner. Huit petits jours nous furent accordés pour nous contempler dans l'allégresse.

Et voilà, ce fut déjà la nuit de vendredi à samedi ! Alors, il fallait finir ce séjour en apothéose et profiter de la grande fête du mariage qui allait unir en ce samedi 22 septembre 1917 son copain Jules de Richet et Germaine, du quartier de Chambret, l'une de mes grandes amies.

Le mariage fut célébré au cours de la matinée, dès neuf heures et demie à la mairie, puis à dix heures et demie à l'église. En plus des invités à la noce, plus de deux cents personnes vinrent assister à la cérémonie. En ces tristes jours où les deuils se succédaient avec une consternante régularité, la population du village éprouva le besoin de se libérer quelques instants de ses angoisses récurrentes en laissant éclater sa joie d'accompagner le bonheur de deux de leurs enfants. L'accueil à la sortie de l'église, en fin de cérémonie, fut des plus chaleureux et les nouveaux époux furent submergés de pétales de roses. Je me voyais un jour, à leur place, avec Joanis, sceller à notre tour une union dont nous n'avions pourtant encore jamais discuté, tant elle nous paraissait aller de soi. Je m'imaginais sur le trône placé devant l'autel, recevoir les acclamations de tous nos amis.

Le repas de noces et la fête qui l'accompagna furent organisés à la ferme de Chambret qui appartenait aux parents de la mariée, située quelques centaines de mètres au-delà de l'église et en direction de la Leyre. Les invités s'installèrent pour festoyer joyeusement et faire honneur aux nombreux plats qui allaient leur être proposés. Ce fut un grand banquet landais. Les entrées regorgèrent de foies gras d'oie, de jambons du pays, de graisserons, et d'autres produits de même nature, et n'avaient pour rôle que celui d'aiguiser l'appétit des convives, alors que bien souvent tous ces plats auraient suffi à rassasier n'importe quel individu. Puis des poissons furent proposés, brochets et truites, suivis de nombreux plats de viandes qui furent allègrement engloutis, rôtis de bœuf, gigots de moutons et d'agneaux, volailles, confits de porc et d'oies, accompagnés de quelques légumes locaux tels que haricots, pommes de terre et salades. Le tout fut largement arrosé de vins blancs et rouges de Chalosse, de Tursan et de Bordeaux. Avant les fromages, une pause sous forme de trou normand permit de dégager une place nouvelle dans des estomacs, certes fort solides et résistants, mais bien calés par l'absorption d'une pitance particulièrement abondante. Une large gamme de fromages du pays offerte aux convives fut enfournée grâce à de nouvelles rasades de vins rouges fort costauds.

Quand les desserts arrivèrent, le soleil avait déjà disparu du côté de l'océan, des torches de résineux apportèrent une lumière qui projeta sur les murs des ombres flottantes qui troublèrent les esprits embrumés. Tartes, pastis et tourtières servirent d'amuse-gueule avant l'arrivée d'une énorme pièce montée qui souleva l'enthousiasme et les vivats de tous les invités, dont l'état d'excitation était tel qu'il les aurait poussés à s'extasier sur tout ce que l'on aurait pu leur proposer. Mais la pièce montée était vraiment superbe et méritait leur admiration.

Après un bon café et une bonne rasade d'armagnac, les invités furent d'attaque pour, à la suite de quelques danses digestives et un temps de transition, commencer une longue nuit autour des tables qui allaient être à nouveau copieusement servies. « *On fait bombance, en ces occasions festives* », disait-on dans le pays. Au petit matin, le tourin était prévu pour clôturer les évènements de la nuit.

Pour lancer la fête et le bal, les musiciens n'avaient pas attendu la fin du repas. Deux accordéonistes, un pianiste et un trompettiste, grimpés sur une estrade, animèrent le bal. Les danseurs, jeunes et moins jeunes, vinrent dépenser leur énergie et les calories emmagasinées, s'amuser, badiner entre cavaliers et cavalières, et accélérer ainsi le mécanisme d'une digestion délicate. Et oublier, oublier la triste époque que l'on vivait.

Avec Joanis, nous n'avons pratiquement pas quitté la piste de danse durant une bonne heure. Après cet exercice virevoltant, Joanis s'approcha de son ami Jules, le marié, et lui confia, en ma présence :

— Mon cher Jules, ton mariage est magnifique. J'en oublie que je suis soldat. Je suis repu, et je suis en sueur après toutes les valses où je me suis donné à fond. Ne t'offusque pas, je vais juste aller prendre un peu le frais avec Anne, et aller me promener tranquillement sur le chemin de la Leyre, pour profiter de mes derniers instants de permission avec elle. Mais, je te le promets, c'est pour revenir danser de plus belle et continuer à fêter dignement ton heureux mariage.

— Vas-y, bien sûr, je comprends ton empressement. À ta place, je me demande si j'aurais été aussi patient que toi. Tu ne peux savoir combien je suis heureux que tu aies réussi à te libérer quelques jours juste au moment de mon mariage. Je tenais à ta présence. À votre tour, maintenant, de vous marier. Et n'oubliez pas de nous inviter !

— Tu rigoles, bien sûr que je compte sur toi ! Mais rien n'est encore fixé. On vit une drôle d'époque, avec trop d'incertitudes !

Joanis et Jules serrèrent alors longuement et chaleureusement leurs mains, manifestant ainsi clairement les sentiments de grande et profonde amitié qui les unissaient, et, en se séparant, s'envoyèrent un clin d'œil complice. Puis Joanis me prit par les épaules et m'emmena avec lui hors de l'enclos où se déroulait la fête.

J'ai alors vécu les instants les plus inoubliables de ma vie.

Nous quittâmes la fête et partîmes en balade vers cinq heures de l'après-midi. C'était une belle journée de début d'automne, le soleil commençait à décliner vers l'horizon en une flamboyante luminosité rougeoyante. Les cimes vert émeraude des arbres renvoyaient dans l'azur du ciel les lumières agressives du rayonnement solaire. Comme deux jeunes amoureux que nous étions, nous suivîmes un sentier qui s'enfonçait au cœur de la forêt en direction de la Grande Leyre, tapissé d'aiguilles brunes tombées des pins depuis des lustres, et encadré par les géants ligneux qui s'inclinaient sur son passage sous le joug d'une brise qui les malmenait. Cette brise jouait en passant au travers des rameaux trémulants, composant un murmure marin comparable au glissement des vagues océanes sur les plages de sable.

Nous nous laissâmes alors bercer par cette douce musique, appréciâmes l'air frais et pur qui venait caresser nos visages. La richesse des plats, le plaisir des vins, l'ivresse de la danse avaient avivé nos sens et l'envie de vivre notre amour plus fortement que jamais. Les senteurs parfumées de la nature, le silence légèrement troublé par les flonflons de la fête qui s'éloignaient, les bruits insolites d'animaux invisibles qui fuyaient à notre approche, l'assaut agressif de ronces qui cherchaient à traverser leur chemin, la beauté des bruyères en fleur, le parfum des gemmes s'exhalant des cares entaillées, nous apportèrent un bien-être intérieur constitué de sérénité, plénitude et bonheur simple de voguer ensemble, sans parler, mais si proches l'un de l'autre, imprégnés de l'odeur délicieuse de nos corps, provoquant également en nous une sorte de griserie, celle de nous sentir et de nous croire enfin seuls au monde.

Au bout du sentier, arrivés au plus haut de la dune de Testarouman, nous embrassâmes du regard le val de Leyre qui s'étendait à nos pieds. Au fond de la vallée, le courant impulsif du fleuve nous berçait de son ruissellement musical obsédant. Nous regardâmes une fois de plus le cours se perdre au détour d'un méandre dans son amazone landaise. Il serpentait sous des frondaisons colorées formées de branches enchevêtrées de jeunes chênes et de pins maritimes poussant sauvagement sur les deux rives et s'élançant prestement dans les airs pour y construire une sorte de galerie naturelle et mystérieuse.

Puis nous quittâmes le sentier pour longer sur notre gauche la crête de la dune pour nous blottir dans un petit enclos qui nous servait habituellement de cachette, à l'abri des regards indiscrets. Nous nous allongeâmes au pied d'un pin d'une majesté royale, l'un tout contre l'autre.

Joanis osa, timidement, passer ses doigts dans mes cheveux. Je me laissai faire et lui souris. Il poursuivit sa caresse le long de mon cou, puis il suivit la ligne de mes épaules, et explora mon dos. Il recommença les mêmes gestes, plusieurs fois, avec une attention soutenue et une légèreté qui me fit frémir. Il devina à travers la robe que je portais le galbe de ma poitrine généreuse qui s'offrait à lui. Mes seins pointaient durement, il y aventura de nouvelles caresses pour les honorer. Je fermai les yeux, toujours souriante. Il posa ses lèvres sur les miennes, que je lui offris goulûment. Les langues se caressèrent avec une infinie tendresse.

— Est-ce le jour ? demandai-je.

— Si tu le veux, répondit Joanis.

— Oui, je te veux !

Le vent nous apporta quelques notes assourdies d'accordéon en vogue depuis la fête, accompagnées de sons modulés de trompette. Au loin, le coucou chantait de temps en temps. Quelques cigales attardées entonnaient leur regret de voir la fin de l'été arriver. Une vipère s'échappa en agitant les broussailles qu'elle traversait. Biches et chevreuils couraient vers on ne sait où en franchissant ronciers et genêts. Le fleuve chantonnait sur son lit de sable douillet. Les cimes continuaient à résonner de la brise qui jouait dans leurs branches.

Puis un murmure nouveau se glissa en cette symphonie naturelle, léger et féminin. Il s'amplifia avec le temps, par l'accomplissement merveilleux de cette première étreinte qui nous embrasa. Soudain, un cri puissant jaillit, simultanément, de nos deux gorges et emplit tout l'espace du val du fleuve.

Il en est ainsi, quand le corps, le cœur et l'âme de deux êtres sont à l'unisson. Ils atteignent à son diapason l'harmonie de l'amour authentique. À cet instant, nous étions plus que deux amoureux, nous étions devenus amants.

.17.
Joanis et la tragique prise de la Malmaison

À son retour de permission, Joanis ne resta pas longtemps à la caserne du centre d'instruction où il avait reçu sa formation militaire. Dès la première semaine, sa nouvelle affectation lui fut communiquée. De nombreux régiments ayant perdu beaucoup d'hommes pendant la récente bataille du Chemin des Dames furent reconstitués avec des recrues venues de tous horizons et nouvellement formées. Joanis rejoignit près de Sens une compagnie où il retrouva plusieurs camarades d'instruction, notamment Étienne de Lourdes et Henri de Tarbes. Il apprit que Jean-Claude de Privas, pas encore revenu de permission, devait également en faire partie.

Il fit la connaissance d'un nouveau venu dans leur section et dans leur groupe avec lequel il se lia spontanément d'une solide amitié, Laurent Castand de Cette, tant celui-ci se révéla d'un caractère affable et éminemment sympathique, d'une intelligence vive et tolérante. C'était un admirateur de Jean Jaurès, mais il n'abordait les questions politiques qu'avec réticence et sans le moindre sectarisme, restant toujours calme et posé.

Joanis fut frappé par les thèmes de discussion récurrents qui préoccupaient en ces temps la pensée de tous les soldats, surtout ceux concernant la véritable tuerie du Chemin des Dames lors de l'offensive d'avril et mai 1917 et des mutineries qui en avaient découlé. Lors d'une soirée de début octobre 1917, Étienne, Henri, Joanis, Laurent et quelques autres se retrouvèrent autour d'un feu de bois, dehors, et discutèrent à nouveau de cette situation.

— Les officiers restent muets sur le nombre de morts au Chemin des Dames et sur les mutineries qui ont eu lieu dans presque tous les régiments, mais, d'après ce que j'ai appris, affirma Henri de Tarbes, ce serait énorme. En deux mois d'offensive, on parle de deux cent mille d'entre nous, portés disparus. Et côté allemand, ce serait pire.

— Pourrait-on parler d'un sujet plus réjouissant ? lui répondit Joanis. On ne sait pas où l'on va nous envoyer, mais, à mon avis, on compte sur nous pour combler les vides. Alors laisse-nous paisiblement déguster notre mauvais café que l'on a déjà du mal à boire.

— Tu n'es pas content de mon café ? questionna Clément, l'un des soldats présents. Je ne t'oblige pas à le boire.

— Mais si, il est excellent, répondit Joanis, c'est mon gosier qui est bizarre aujourd'hui. Il va falloir que je le fasse réviser.

— Mais non, répondit Paul, un autre participant, tu le bois parce que tu es un homme courageux. Même une locomotive à vapeur n'en voudrait pas de son café. Si on veut rapidement chasser les Boches, on va leur envoyer la cafetière. Cela va les faire fuir à toutes jambes et sans délai.

— Et que dire des mutins ? reprit Henri, sans se démonter, et pour éviter que la discussion ne s'envenime. Il paraît que presque cinquante régiments de Poilus ont refusé de monter en ligne. Pourtant, ils en ont vu d'autres, ils sont courageux, mais là on les envoyait au casse-pipe et ils ne l'ont pas admis.

— Qu'est-ce qu'il leur est arrivé ? demanda Jacques, un jeune nouveau, présent autour du feu.

— Ils sont passés devant des tribunaux militaires qui ont rendu ce que l'on appelle une justice d'exception. Une justice devant laquelle tu es condamné d'avance. Même la possibilité d'appel aurait été supprimée. Même les demandes de grâce auprès du Président de la République ont été bloquées. On parle de trois mille cinq cents condamnations. Certains ont été condamnés aux travaux forcés, d'autres à de longues peines de prison, d'autres encore ont été condamnés à mort, mais tous n'ont pas été fusillés. Il y en aurait quand même une cinquantaine de soldats qui serait passée devant le peloton d'exécution. Par ailleurs, des officiers ont sévi en dégradant des soldats gradés et en envoyant d'autres à une mort certaine dans des assauts sans espoir de s'en sortir.

— Je te signale, intervint Étienne de Lourdes, que des soldats ont déjà été fusillés, pour diverses raisons, les années précédentes...

Ces sombres nouvelles contribuèrent à maintenir la situation morale des jeunes gens au plus bas. L'échec des offensives, les pertes nombreuses, la résistance de l'ennemi sur des positions qu'il défendait avec succès, la fatigue accumulée, les exaspéraient. Ils demeurèrent silencieux quelques instants.

— Est-ce le café qui vous laisse sans voix ? reprit Henri, ou bien sont-ce ces tristes nouvelles qui vous rendent l'esprit morose au point que vous restiez comme assommés dans votre coin ?

Puis, se tournant vers Étienne, le jeune prêtre, il lui lança d'un air à la fois amer et ironique :

— Et ton Dieu, de quel côté il se trouvait pendant la bataille, est-ce qu'il soutenait les Français, ou bien a-t-il soutenu les Allemands ?

— Arrête, intervient Joanis, avec tes attaques, vous n'allez pas recommencer tous les deux à débattre indéfiniment sur ces questions.

— Ne t'inquiète pas, répondit Étienne à Joanis. Je sais me défendre tout seul. Mais je ne vais pas ennuyer tous les autres en recommençant à expliquer une énième fois à Henri que le Christ Lui-même nous a constamment délivré le seul message d'aimer son prochain, ceci incluant nos ennemis, et de mener toute action dans un esprit de paix.

— Stop, Henri, reprit Joanis, je te coupe avant que tu reprennes la parole, sinon je sens que l'on ne va jamais en finir.

— Mais, dit Henri, je n'ai pas l'intention de continuer cette discussion. Je me demandais, simplement, si Dieu avait un favori.

Bon, changeons de sujet. Vous avez dû remarquer que l'on nous a envoyés ici, pas très loin de Dormans, pas très loin du Chemin des Dames. On ne nous dit rien, mais je sens qu'il se trame à nouveau des batailles sur ce front. Toutefois, avec le Général Pétain, la mentalité semble différente. Il tient à garder ses hommes en vie, peut-être par esprit d'humanité, peut-être parce qu'il a besoin de nous et qu'il se rend compte que si les pertes en combattants se poursuivent sur un rythme effréné, il n'aura bientôt plus de soldats pour continuer la guerre. Et je ne suis pas sûr qu'il ait envie de prendre notre place !

— Oh, si, l'interrompt Paul, il doit en avoir une folle envie. Il paraît qu'il vient nous rendre visite sur le front. Il est vrai qu'il y vient seulement par temps calme !

— J'écarte cette hypothèse émise par un de nos camarades. Laisse-nous une chance d'avoir un chef qui tient à nos vies, que diable ! Sérieusement, qu'en pensez-vous ?

***

L'offensive du Chemin des Dames, lancées le 16 avril 1917 selon les plans dressés par le général Nivelle, avait été, on s'en souvient, un échec. À tel point que le moral des troupes avait été profondément touché. En outre, l'engagement avait perduré bien au-delà des quarante-huit heures fixées comme délai retenu pour apprécier les chances de réussite de l'offensive et s'était poursuivi, avec moins d'intensité, tout au long de l'été.

Le général Philippe Pétain, nommé le quinze mai 1917 commandant en chef des armées françaises en lieu et place du général Nivelle retira de cette insensée bataille des enseignements qui allaient le conduire à innover en profondeur sur le plan tactique. Ses idées, il les mit très vite en pratique, et les fit régulièrement évoluer, malgré les réticences rencontrées chez de nombreux généraux.

Il projeta d'en terminer avec la bataille du Chemin des Dames par la mise en œuvre d'un plan méticuleusement préparé, étudié dans les moindres détails, et par une offensive qu'il voulut limiter au secteur ouest de ce lieu, avec pour centre de la manœuvre le fort de la Malmaison. Il souhaitait, en obtenant une victoire nette, redonner confiance aux armées et faire douter l'ennemi.

Pour Pétain, il n'était plus question de chercher à rompre le front, faute de détenir une force supérieure à celle de l'ennemi. Il voulait obtenir des succès limités par concentration de moyens extrêmement puissants sur une zone précise, mais réduite, et en agissant par surprise. Les attaques devraient s'enchaîner de zone en zone, mais uniquement après avoir réellement assuré les conquêtes précédentes. En cas de réussite de ces assauts successifs, il escomptait provoquer chez l'ennemi une usure progressive démoralisatrice. Il s'appuya sur l'exemple d'actions de ce type déjà menées avec succès en Flandre à la fin du mois de juillet par le général Antoine, et au nord de Verdun, de part et d'autre de la Meuse, le 20 août par le général Guillaumat.

D'où le prochain objectif ciblé pour entreprendre à nouveau ce type d'opérations : un secteur restreint côté ouest du Chemin des Dames inclus dans une sorte de quadrilatère délimité par les communes d'Allemant, Pinon et Chavignon, et par le Fort de la Malmaison. En effet, cette position s'avérait d'une grande importance stratégique car, se situant sur la ligne des hauteurs de l'Aisne, elle constituait un bastion masquant la vue sur les arrières de l'ennemi vers la vallée de l'Ailette, empêchant ainsi toute observation en direction de la Montagne de Laon par la trouée de l'Ardon, et faisant opposition au contournement des défenses allemandes.

En octobre 1917, les forces françaises de cette zone campaient depuis le canal de l'Ailette au nord de Vauxaillon jusqu'à l'est du Moulin de Laffaux, le rebord sud du plateau de l'Ange-Gardien et du fort de la Malmaison, La Royère et la crête du Chemin des Dames jusqu'à Craonne. L'ennemi occupait toujours fermement un terrain d'accès difficile, camouflé à l'abri de carrières et creutes transformées en casernes souterraines fortement structurées et armées. Les Allemands avaient équipé les creutes de la Royère, des Bovettes, de Pargny, du Panthéon, les casemates de la Malmaison, les carrières de Boheyrie, les galeries Montparnasse, des Gobineaux, et celle de Lamotte. Les batteries allemandes étaient judicieusement implantées, nombreuses et efficaces.

Le général Pétain chargea la sixième armée du général Maistre, forte de trois corps d'armée disposant chacun de quatre divisions, d'assumer l'attaque sur l'ensemble de ce secteur. Deux divisions furent positionnées en première ligne pour engager l'assaut, et deux divisions en réserve pour occuper le terrain conquis.

Sur la gauche du dispositif, le 14ème corps d'armée du général Marjoulet, comprenant les 28ème et 27ème divisions, devaient s'emparer du château de la Motte, du fort Saint-Guillain, et prendre en tenaille les deux faces du saillant de Laffaux.

Au centre du dispositif, le 21ème corps d'armée du général Degoutte, comprenant les 13ème et 43ème divisions, avait pour mission d'investir la zone géographique du sud de Vaudesson et prendre la ferme de La Malmaison.

Enfin, sur la droite du dispositif, le 11ème corps d'armée du général Maud'huy, comprenant les 38ème et 66ème divisions, avait pour objectif la prise du fort de La Malmaison et le dédale des premières lignes ennemies au sud-ouest de Pargny-Filain. Le général avait reçu l'ordre d'enlever dans un seul élan la ferme et le fort de La Malmaison, situés à un kilomètre des lignes françaises.

L'assaut fut fixé au mercredi 23 octobre 1917, à cinq heures quarante-cinq du matin. Dès le 17 octobre, à partir du nord de Soissons et concentrée sur un front d'une douzaine de kilomètres, l'artillerie se déchaîna comprenant des pièces de 75 et 95, des pièces d'artillerie lourde du calibre 105 au calibre 380, des pièces à grande puissance, des batteries de tranchées, et d'autres encore. Ces bombardements lourds et intenses cherchèrent à anéantir la capacité de combattre des forces d'infanterie ennemies, mais aussi à écraser les creutes et à enfermer ainsi tragiquement dans des tombes naturelles leurs occupants. Et les résultats allaient s'avérer excellents pour les troupes françaises grâce à l'efficacité de ces tirs. Les tranchées de première ligne ennemies furent écrasées, des creutes s'effondrèrent sur les régiments allemands qu'elles abritaient.

La bataille fut bien engagée à cinq heures quarante-cinq précises du matin. Dix régiments d'infanterie, treize bataillons de chasseurs, le 4ème régiment de zouaves, le régiment d'infanterie coloniale du Maroc, le 4ème régiment mixte zouaves tirailleurs, le 8ème régiment des tirailleurs tunisiens partirent dans la nuit à l'assaut des positions ennemies. L'infanterie, bien protégée et soutenue cette fois-ci par des chars d'assaut plus légers et plus mobiles que lors de l'offensive du printemps, tenant un rôle efficace, avait déjà atteint et conquis dès l'aube nombre des points visés.

Joanis et ses camarades étaient là, sur le terrain, intégrés au sein du 11ème corps d'armée et de la 38ème division. Grâce aux notes que Laurent de Cette rédigea dans son carnet au jour le jour, il nous est possible d'en suivre le déroulé :

« La veille de quitter notre bivouac en forêt, à l'est de la ville de Sens, a-t-il écrit, notre groupe a voulu profiter de quelques distractions avant de découvrir, pour certains, le front et de subir leur baptême du feu. À moins d'un kilomètre du camp, une ferme accueillante était réputée pour servir un souper consistant aux soldats affamés, à condition qu'ils fussent argentés. Une accorte « bergère » nous reçut et nous gâta de sourires charmeurs et d'une cuisine de qualité satisfaisante. Elle était plutôt jeune, mais déjà veuve depuis le début de la guerre. Elle avait la réputation d'aimer papoter gentiment avec certains soldats qui avaient la chance de lui plaire et de ne pas hésiter à accorder parfois des faveurs.

Ce soir-là, mes camarades Henri, Étienne, Joanis, Paul, Clément, Jacques et moi-même, nous avions eu le plaisir d'accueillir Jean-Claude de Privas, enfin de retour de permission.

Mais ce dernier demeurait sombre, taciturne, il était méconnaissable. Lui qui était un gai luron et, sans doute le plus joyeux compagnon parmi tous, traînait une mine défaite, ne disait plus rien, soit tout le contraire de ce qu'il était avant. Ce n'était pas la fin de permission qui le tracassait ainsi ni son retour à la vie difficile de Poilu. Nous avons vite compris que ses relations avec sa fiancée avaient été douloureusement rompues et que cette dernière l'abandonnait pour se marier avec un homme disponible, que nous appelons dédaigneusement « un planqué ».

Nous l'avons entraîné avec nous jusqu'à la ferme, dans l'espoir qu'il oublie un temps sa déconvenue amoureuse.

C'est que nous, Poilus, coupés pendant de longs mois de nos liens affectifs, nous trouvions un grand soutien moral dans les lettres d'amour reçues, dans les témoignages de tendresse, dans la pensée à ces êtres chers que nous idéalisions dans nos rêves, et dans l'espoir de les retrouver un jour. En clair, tout ce qui mentalement nous incitait à nous maintenir en vie, lui était maintenant étranger. Le désespoir s'était emparé de son cœur et de son âme. Tous les merveilleux projets d'une vie future qui lui donnaient le courage d'affronter ses épreuves de soldat et nourrissaient en lui une joie communicative qu'il partageait avec les autres s'étaient évanouis brutalement. Comme la guerre dut lui paraître soudain douce et légère, comparée à la trahison qui le tuait plus durement qu'une balle dans le cœur !

Il nous a suivis parce qu'il n'eut pas la force de refuser. À la ferme, autour de la table, il chercha à se griser pour échapper à sa peine qui accaparait sans cesse ses pensées. Il regardait le bon entrain des autres, qui le cajolaient et voulaient le faire participer. Pendant ce temps, je m'amusai à observer le manège de la fermière qui essayait de faire les doux yeux au beau Joanis, mais qui s'était vite rendu compte qu'elle perdait son temps. Nous nous connaissions depuis peu et elle m'avait raconté que, quelques mois auparavant, les lieux avaient été envahis par les Allemands, et qu'elle avait été placée au service des sous-officiers de leur staff. Ce jour-là, j'avais tenté ma chance auprès d'elle, et son dévolu s'était porté sur moi. J'étais depuis lors devenu manifestement son préféré. Au retour vers le camp, je marchai aux côtés de Jean-Claude, nous tenant chaleureusement par les épaules. Curieux, il me demanda :

— Je t'ai vu t'absenter un bon moment avec la fermière pour aller sans doute dans une grange remplie de foins confortables. Est-ce que tu as... ? dit-il sans terminer sa phrase.

— Oui, j'ai..., lui répondis-je, sans terminer ma phrase.

— Elle est veuve ?

— Oui, elle vous l'a dit pendant le repas, ne l'as-tu pas entendue ?

— Es-tu vraiment sûr qu'elle l'est vraiment ?

— Ah ! Je ne lui ai pas demandé l'acte de décès de son mari ! Mais pourquoi une telle question ?

— Parce qu'elle aurait pu être ma fiancée !

— Je vois ce que tu veux dire. Sincèrement, je me sens incapable de trahir un Poilu. Cela, jamais ! Tu vois, quand j'entends ce que ta fiancée a fait, je trouve sa trahison d'une extrême gravité. Je pense qu'elle mériterait d'être fusillée pour haute trahison ! Alors, ce n'est pas pour jouer un tour de salaud à l'un de mes camarades Poilu.

— Mais oui, je te crois, je devine que tu es quelqu'un de profondément honnête. Cette fermière n'était quand même pas une beauté. Est-ce qu'elle valait le coup, au moins ?

— Franchement ? Tu sais je n'ai que dix-neuf ans et me trouve en temps de guerre. Je n'ai pas laissé d'amie à la maison. Mais, que veux-tu, de nos jours, comme on dit, faute de grives...

— Était-elle au moins un bon merle ?

— Ce n'était pas un bon merle. »

Ce bon temps pour des soldats à la peine terminé, la suite des évènements s'enchaîna sur l'assaut du Fort de la Malmaison dans la nuit du 22 au 23 octobre 1917 que Laurent a minutieusement consigné dans ses notes de guerre :

« Nous sommes au Chemin des Dames. Je suppose que c'est pour attaquer et prendre la Malmaison. Tout se précise. Le commandant vient de nous remonter le moral. Il a dit : « Le succès ne saurait être et n'a jamais été la conséquence ni de la position, ni des armes, ni du nombre. De quoi, alors ? Du sentiment qui est en moi, qui est dans chaque soldat. » Ce n'est pas mal dit, mais cela n'a pas quand même pas stimulé notre patriotisme. Le temps, comme notre moral, est maussade. Nous avons presque tous le « noir ». Il en est ainsi chaque fois que l'on change de secteur.

Le capitaine vient de me renseigner. Notre bataillon est ici pour enlever le Chemin des Dames qui passe au pied du vieux Fort de la Malmaison, avant d'aller border l'Ailette.

Nous discutons de ce qui peut se passer avec mon camarade Joanis :

— J'espère que la tactique mise en place cette fois-ci, me dit Joanis, va s'avérer plus efficace qu'en avril. Je crains que l'on recommence et que beaucoup d'entre nous y laissent leur peau. Et, maintenant, cela va être à notre tour de subir ce que les anciens nous ont raconté sur la bataille du printemps. Qu'en penses-tu ?

Je lui réponds :

— D'après ce que j'ai compris, le champ de bataille est circonscrit à une zone assez réduite, et l'on va bénéficier de moyens matériels énormes en soutien. Rien à voir avec l'am-

pleur du front d'avril.

— Il n'empêche, reprend Joanis, que nous allons vraiment faire, nous et nos camarades, la guerre pour de bon, et à la guerre, on le sait, il y a forcément des morts. Je ne cesse de penser à celle que j'aime, toujours et partout, et de me demander comment cela se passerait si je venais à disparaître.

— Je vais peut-être t'étonner, mais j'ai confiance en mon étoile, et je suis convaincu de m'en sortir. Je te fais une proposition. Si l'un de nous deux est touché, gravement blessé, voire tué, et que l'autre s'en sort, engageons-nous que celui-ci s'occupe de retrouver le corps de l'autre pour le faire renvoyer chez lui, et écrive à la famille pour la renseigner sur ce qui s'est passé. Mais sois confiant, on va s'en sortir.

Voilà pourquoi nous nous sommes entendus, avec Joanis, pour que notre amitié puisse continuer à se manifester toujours avec force, même au-delà d'une mort éventuelle.

Hier, j'ai presque passé ma journée à réconforter mon camarade Jean-Claude de Privas. Il traîne là, malheureux, il est devenu une épave. J'ai la conviction qu'il va chercher à se faire tuer le plus tôt possible.

De leur côté, les boches sont assez calmes. Nous avons eu à peine une dizaine de tués. Jean-Claude a été envoyé à la visite. Il n'a rien! Pourtant, il n'est plus le même homme. Il vient de se faire porter volontaire pour la patrouille de ce soir qui doit aller explorer la tranchée du Casse-tête.

Que se trame-t-il? Toute la nuit, des roulements de voitures et de chars se sont fait entendre. Les coups de canon, nombreux, ne sont pas arrivés à nous dissimuler une préparation d'attaque.

De retour de la corvée de soupe, nous avons été atteints par une rafale d'obus. Pour nous éviter de la marche et de la fatigue, nous n'avons pas suivi les boyaux, imprudence fatale pour deux jeunes arrivés il y a quatre jours. J'ai plongé dans un trou d'obus et me suis enfoncé les deux bras dans un macchabée. Je les ai retirés plein d'asticots. Une fois de plus, j'en suis quitte pour de la peur.

C'est décidé, notre bataillon doit attaquer. Les pentes du Chemin des Dames sont fantomatiques. À peine si l'on distingue la dentelure du Fort de la Malmaison. L'arbre de deux branches en forme d'Y cher à nos artilleurs à cause de leur réglage doit nous servir de point de repère.

Je sais que les trois premières lignes de tranchées allemandes auxquelles on a donné les noms de tranchées de Casse-tête, de Leibnitz et de la Carabine devront être franchies avant d'arriver aux fosses du Fort. Je regarde avec des yeux dévorants ce paysage qui se fond dans le soir. Au-delà, c'est Laon, au-delà c'est Mézières, la Meuse. Ah ! Si demain nous pouvions de là-haut découvrir Laon et les tours de sa cathédrale !

Notre artillerie tonne sans arrêt. J'entends le passage continu des obus au-dessus de ma tête.

La riposte allemande n'a pas cette cadence, mais elle est empoisonnée. Il faut mettre les masques. Ce sont des gaz vésicants qui brûlent les yeux et la peau. Tous les soldats portent leur masque. Cette vision dans les taillis à demi écrasés prend un caractère diabolique. Nous semblons traverser une région hantée et pleine de maléfices. Qu'étaient les enfantines sorcelleries d'autrefois auprès de nos inventions maudites ?

Nous sommes engloutis pour gagner le poste d'Anicourt, dans le boyau de l'intendance battu par les canons ennemis, et même éboulé par endroit. Il est de pente assez raide. Et pourtant, ce sera par là que, demain, se fera sous le feu la course à la mort. Quels hommes, dans le passé, ont osé ce que nous exécutons naturellement ! Le poste d'Anicourt, à peine à cinq cents mètres des lignes, est une ancienne carrière.

Le commandant nous a dit : « Vous êtes les vainqueurs

de Douaumont, vous serez les vainqueurs de la Malmaison. Le Fort vous est donné. » Nous serons vainqueurs, peut-être, mais pas tous ! Ce que nous pensons, nous ne le disons pas. Nous nous distrayons, nous nous préparons. Notre heure est là.

Vers minuit de cette nuit du 22 au 23 octobre 1917, nous nous mettons en marche et nous scindons en deux compagnies. Nous allons prendre notre place pour l'assaut. Nous sommes concentrés, tendus, silencieux. Il pleut et l'orage de nos batteries s'est changé en tempête. La nuit est tout agitée de secousses de feu. C'est une palpitation d'éclairs de coups de canon de tous calibres. L'ennemi réagit peu. L'occupation des parallèles et des tranchées de départ s'est effectuée sans trop de pertes. Tous les ordres sont donnés, il n'y a plus qu'à attendre. Alors on se met à causer, beaucoup ont la perspective de leur mort. Moi, j'ai confiance.

On nous a changé les batteries allemandes. Elles concentrent leur feu sur nous, un feu effroyable qui rappelle les pires jours de Verdun, qui arrosent sans relâche tout le terrain compris entre le plateau du Mont-sans-Pain et nos premières lignes. Les pertes vont être lourdes. Ma confiance de revenir est soudain moins forte.

L'ennemi prévoit que l'heure de notre offensive est proche.

Notre boyau est obstrué par des soldats vifs et morts entassés. Pour rejoindre nos parallèles, il faut escalader la pente et courir dans le bled, en se couchant. Quand un éclatement se produit trop près, trop heureux si l'on ne reçoit que de la terre ou des cailloux. Un homme qui me précède tombe, il a le crâne fendu et sa cervelle en dégouline. Un gémissement, et c'est fait. Une plainte derrière moi, un autre homme est blessé à l'épaule et rebrousse chemin. Nous marchons dans les ténèbres déchirées de lueurs sous une grêle et, parfois, sur les cadavres, ainsi que des bêtes dont l'instinct leur dit qu'on les mène à l'abattoir.

J'ai perdu de vue mes camarades qui me sont particulièrement proches en amitié. Joanis n'était pas très loin de moi lorsque nous sommes partis à l'assaut, mais je ne le vois plus dans mon entourage immédiat, j'en suis étonné. J'espère qu'il n'a pas été touché. Par contre, je crois reconnaître furtivement, assez loin sur ma droite, Étienne et Henri, qui courent sur la même ligne et ont l'air de se soutenir mutuellement.

La première épreuve me donne confiance. Je vois disparaître un tas de jeunes hommes, l'un en criant contre la mort, appelant sa femme et ses gosses, un autre en maudissant les organisateurs de ces massacres, beaucoup en réclamant vengeance; et moi, rien ne m'atteint, ces obus n'ont pas été fabriqués pour moi!

La marche est ralentie à cause de l'obscurité, l'on trébuche souvent sur des obstacles que l'on ne voit pas, et le bombardement a rendu les liaisons très dures. On franchit la tranchée du Casse-tête détruite par notre tir de barrage. La tranchée de Leibnitz est à peu près démolie, elle aussi. La défense y est nulle. Mais il y a des trous d'obus organisés et des mitrailleuses ennemies nous tirent dans le dos dès que nous les avons passées. Nous n'y retournons pas. Une compagnie spéciale est chargée du nettoyage, c'est-à-dire de saigner ces sacrifiés.

Maintenant, les Allemands lancent des fusées sans discontinuer. Ils appellent, ils implorent leur artillerie. Ils la supplient de raccourcir son tir pour les protéger contre l'assaut qu'ils devinent. Nos artilleurs tirent sur le Fort de la Malmaison des obus incendiaires qui produisent de grandes clartés rouges. Les ruines du Fort de la Malmaison se découpent sur ce fond d'incendie. Un régiment colonial du Maroc appuie à gauche, des Zouaves à droite, nous, tout droit au but. La tranchée de la Carabine oppose de la résistance, bientôt brisée, le Fort est abordé. Le fossé immense l'isole. La manœuvre est prévue. Il faut aborder les murailles en ruines, il faudra encore nettoyer la partie souterraine, les voûtes, les restes de casemates, les abris défendus par des mitrailleuses.

Le premier qui est entré, j'ai pu voir son nom, il s'appelle Barré.

On se bat à l'intérieur, six à huit mitrailleuses allemandes disséminées font des ravages. Après de gros sacrifices, on les a eues et tuées sans jugement.

Il est six heures du matin : « Je serai maître du Fort à six heures » avait promis le commandant. À six heures, en effet, nous sommes maîtres du Fort. Il veut lancer la fusée tricolore convenue pour annoncer la nouvelle. La fusée rate. Ce sont alors les signaleurs qui transmettent : « Objectif atteint ».

La bataille de la Malmaison n'est qu'un épisode de la bataille qui a été livrée du Moulin de Laffaux à la Royère. Déjà, il signifie la victoire, victoire sanglante et dure, car nos pertes sont lourdes. Après avoir lutté ainsi que des bêtes féroces, nous nous sommes mis à pleurer comme des gosses à l'annonce de la mort de nos camarades.

J'avais été désigné pour installer une mitrailleuse en avant du Fort. Ayant fait une chute en allant chercher les ordres, j'ai été remplacé par un vieux de la vieille, père de deux enfants. Il installa la mitrailleuse, puis fut criblé d'éclats d'obus, blessé à la cuisse, traversée par un éclat, et sa tête, meurtrie. Je l'ai vu quand on l'a emporté : « Une chic attaque » a-t-il eu le temps de me confier en se soulevant pour me parler.

Les autres bataillons devaient dépasser le Fort pour s'emparer de la ferme de Many, clé du village de Chavignon. Du côté du régiment voisin, qui est un régiment colonial du Maroc, les nouvelles sont bonnes. Elles le sont moins à notre droite du côté du 25ème régiment d'infanterie très éprouvé au *départ par la défense des cavernes du Panthéon et des Bovettes, et, plus tard, par la défense du bois de Veau.*

Vers quatre heures, nous avons vu arriver au poste de commandement deux soldats envoyés en liaison. Le soldat Jean-Claude de Privas en fait partie, naturellement ! Ils ont transmis de vive voix les ordres que leur chef avait évité d'écrire parce que ces coureurs devaient traverser une zone encore disputée et fort dangereuse. J'ai pu causer avec Jean-Claude :

— Tu vois que l'on s'en tire.

— Oui, me dit-il, avec un air de regret.

On lui communique, ainsi qu'à son camarade, des ordres oraux à emporter. Et tous les deux se sont éloignés dans la direction de ce bois de Veau, repaire de mitrailleuses et fouillis d'embuscades. Je ne les reverrai plus jamais.

On apprend que le 25ème régiment d'infanterie a repris avec ténacité son attaque. Ils finiront par réussir.

Depuis notre arrivée au Fort, je n'ai plus aucune nouvelle de mon ami Joanis. J'ai revu la plupart de nos autres camarades qui ne savent rien, non plus, sur lui. Mon inquiétude grandit d'heure en heure, se transforme en angoisse, car il aurait dû se retrouver en ce même lieu où je suis. Je me renseigne auprès des hommes de notre compagnie que j'ai pu rencontrer, ainsi qu'auprès de brancardiers qui ont sillonné le terrain que nous avons traversé depuis nos lignes de départ jusqu'au Fort. L'un d'eux m'annonce qu'il est porté disparu. Depuis que j'ai pu quitter le poste de commandement où j'ai été sollicité, je n'ai de cesse de le rechercher. »

Quand les troupes françaises partirent en masse à l'assaut à cinq heures quarante-cinq du matin en direction de la tranchée du Casse-tête, Joanis se trouvait en ligne au milieu des soldats de cette première vague dont il faisait partie, demeurant à hauteur de

Laurent et dans son champ de vision. En passant la tranchée, il fut bêtement retardé en trébuchant sur des corps qui étaient emmêlés, gêné par l'obscurité que le jour n'avait pas encore chassée. Une simple lueur commençait à poindre.

En se relevant, il devina dans un trou d'obus la présence d'un soldat allemand manifestement blessé, peut-être mourant, qui se souleva. Son premier réflexe fut de le braquer avec son fusil et de l'achever, pris dans une frénésie de meurtre contre un ennemi sanguinaire et honni. Mais l'homme cria dans un vague français : « Pitié ! À boire ! J'ai soif. Pitié, j'ai des enfants ! »

Instantanément, Joanis sentit sa haine s'estomper, sensible à cet appel de détresse d'un mourant, fût-il un ennemi. Il ne put s'empêcher de penser à son ami Julien, disparu pas très loin d'ici, et à son petit garçon qui ne verrait plus jamais son papa, parce qu'il s'était trouvé en face d'hommes sans pitié. Devait-il adopter un tel comportement ignoble ? Sans réfléchir, par compassion, il abaissa son arme et chercha son bidon de boisson calé dans son sac à dos. Il réussit à le récupérer, et le tendit au blessé. Ce fut alors qu'il découvrit, avec stupeur, que celui-ci avait braqué son arme sur lui, et le visait. Il entendit une déflagration.

Il reçut la balle en plein cœur. Sa capote rougit immédiatement de son sang qui se mit à couler à flots. Il tomba à genoux, puis chuta sur le dos, à la renverse. Ses yeux grands ouverts vers le ciel captèrent la vision de celle qu'il aimait et à laquelle, avec un sourire qui se figea sur son visage, il voulut offrir ses lèvres pour un baiser d'adieu. Et son visage s'inclina, lentement, sur le côté du cœur.

Quelques jours plus tard, Laurent écrivit dans son carnet de notes :

« On a retrouvé le corps de Joanis. J'étais là pour l'identifier. Les blessures provenant toutes d'un fusil-mitrailleur avaient déchiré sa poitrine et le ventre. Mais son visage, qui était plein de boue, a été respecté. Ses yeux étaient grands ouverts. Une sorte de bonheur l'éclairait comme s'il voyait celle qu'il aimait tant. J'ai déposé un baiser d'adieu sur son front de mort. Mais

je ne pus me résoudre à fermer ses yeux. »

Sur son carnet, une tache d’eau avait un petit peu délayé l’écriture. Une larme sans doute.

.18.
Choc et désespérance

Le mois d'octobre 1917 touchait à sa fin. J'avais passé une grande partie de la matinée à travailler au jardin du bas. Après en avoir terminé, et avant de rentrer à la maison, je décidai de me promener un instant en forêt. J'aimais tant les couleurs de la nature en automne. Je suivis un chemin à travers un sous-bois doré. Les fougères avaient perdu leur verdure, leurs feuilles jaunies en des tons multiples et leurs couleurs se mêlaient à celles de bruyères dont les petites fleurs mauves étaient en train d'éclore à leur tour dans les touffes vertes de leurs frêles branchages. Sur le bord du chemin qui longeait la voie de chemin de fer, de jeunes chênes exposaient leur feuillage rougi se dépouillant de leur frondaison au moindre coup de vent. Par contre, les pins demeuraient couverts de leur ramure d'émeraude portée toujours avec prestance et majesté. Ils gardaient dans leur corps leur blessure qui saignait encore avec abondance de leur liquide visqueux et blanchâtre. Je respirai profondément l'air si pur chargé d'odeurs de résine et des senteurs âpres des immortelles. Je me sentais bien, sereine, détendue, heureuse.

Sur le chemin du retour, je ne cessai de penser à mon amoureux quand soudain j'éprouvai de la nostalgie et une sorte d'inquiétude vint me saisir. Le chemin que je suivais maintenant menait au village, débouchant sur l'arrière de l'église. J'aperçus le clocher dont la silhouette haute et élégante dominait l'horizon. Alors, une cloche, grave, se mit à sonner. Elle sonnait, sonnait, sonnait… « *Est-il déjà midi à l'horloge de l'église ?* » me demandai-je. Puis la petite cloche se mit à tinter à son tour. « *Mon Dieu, c'était le glas !* ».

Un profond malaise que je n'arrivai pas à maîtriser m'envahit alors. Je posai mes mains contre un arbre pour y prendre appui, me penchai en avant, essayant de contenir une nausée et des contractions d'estomac annonciatrices de vomissements. J'ouvris grand la bouche, rien ne vint. À un moment de calme succéda à nouveau cette même envie de vomir et, cette fois-ci, je rejetai contre l'arbre une sorte de bile. Pour récupérer de mon malaise, je m'assis. Depuis quelques jours, je me trouvais régulièrement confrontée à ce genre d'incident.

« *Quant au glas, pour qui pouvait-il bien sonner ? Et si c'était pour Joanis ?* » pensais-je. Je m'approchai de l'église, hypnotisée par la pointe du clocher d'où ne cessait de résonner ce gong maléfique. « *Je devrais te haïr !* » dis-je à son intention. Puis je me repris : « *Mon gentil clocher, je suis injuste envers toi ! Alors que tu es toujours là pour nous accompagner aussi bien dans nos moments de bonheur que dans nos moments de tristesse !* ». Je conclus, comme pour me faire pardonner : « *Tu es le reflet de nos âmes !* »

Sur ces dernières pensées plus positives, je partis me réfugier dans le jardinet de la maison de mes parents. Par-dessus la murette qui entourait le jardin, je guettai la route qui mène à la mairie. J'y aperçus le maire qui marchait lentement, comme chaque fois, il avait l'air complètement abattu et indécis. Il venait de longer le mur qui précédait la grande place du bourg et paraissait hésiter entre traverser celle-ci ou bien la contourner. Il se décida à en faire le tour, cherchant manifestement à allonger son chemin et à gagner ainsi un peu de temps avant de devoir accomplir sa dure besogne. Je le perdis de vue un court instant, pendant qu'il passait derrière des arbres. À la sortie de la courbe, je le revis, entouré d'habitants du bourg, mais demeurant sourd à leurs questions. Le lieu de sa visite ne faisait plus de doute pour tous ceux qui étaient là. Quant à moi, je refusais la douloureuse évidence, jusqu'au moment où Monsieur le maire s'arrêta enfin devant la maison des parents de Joanis.

Alors je me sentis prise d'un douloureux vertige, mon environnement se mit à tournoyer. Je tombai, inconsciente, d'abord sur mes genoux, puis à la renverse, sur le dos. Ma tête heurta une pierre du jardin.

Je racontai plus tard à mon entourage comment j'avais eu la sensation de plonger dans une nuit profonde qui fit place progressivement à une sorte de lumière éblouissante de laquelle émergeait une silhouette humaine qui s'approchait de moi. Cette apparition était celle d'un beau jeune homme et je crus reconnaître en celui-ci les traits de mon bien-aimé. J'entendis ce message : « *Je suis parti dans un autre monde en emportant ton cœur avec moi. Je t'offre tout mon amour pour l'éternité* ».

Ensuite, je me sentis devenir toute légère, emportée dans les airs, puis reposée sur un nuage doux et confortable. La suite fut moins agréable. Qui pouvait bien me battre ? Oui, c'étaient des gifles ! Furieuse, j'ouvris les yeux et criai : « *Qui a emporté mon rêve ?* » J'aperçus au-dessus de ma tête des visages qui m'observaient, intrigués. Je finis par reconnaître mon père, ma mère et mon frère. Je lus dans leurs yeux une infinie tendresse, mais aussi, une grande tristesse, des larmes coulaient le long des joues de ma maman. Alors, je compris que je ne pourrais plus jamais embrasser Joanis, autrement que dans mes rêves. Et c'est aussitôt que fut prise ma décision de me rendre sur les lieux où l'âme de Joanis s'était envolée, pour la retrouver. Je me mis à pleurer, sans retenue.

.19.
Surprise et tourment

En cette belle journée d'automne, je m'étais rendue au quartier de Menroux afin d'aider ma sœur aux travaux de la ferme. Je l'y rejoignais d'autant plus souvent que le départ à la guerre puis la mort de Julien avaient laissé un vide terrible que petit-Jean n'était pas encore en âge de combler pour exécuter les travaux agricoles. Et puis, nous nous soutenions mutuellement, frappées par le même malheur, celui d'avoir perdu l'une comme l'autre l'homme de notre vie.

En fin de journée, après la traite des vaches et la distribution de lait faite aux clients habituels qui venaient chaque soir se faire livrer sur place, Juliette et moi nous accordâmes un moment de détente. Selon notre habitude, nous empruntâmes un chemin forestier pour aller humer le bon air des pins et pour discuter librement de nos confidences sororales. La maman de Julien qui préparait le repas de la volaille de la ferme, en compagnie de son petit-fils Jean, nous observa de loin au moment où nous sortions de l'airial, nous couvrant d'un regard empli de tendresse.

Nous quittâmes le chemin principal pour suivre un sentier qui débouchait sur une petite clairière isolée. Après s'être assise l'une en face de l'autre, je sortis d'une poche de ma robe un pli sous enveloppe et annonçai à Juliette :

— J'ai reçu au courrier d'hier une lettre d'un camarade de Joanis, un grand ami qui s'appelle Laurent Castand. Joanis m'avait beaucoup parlé de lui comme d'un homme d'une extrême gentillesse. J'ai été très émue à la lecture. J'aimerais que tu la lises.

Juliette tendit la main pour se saisir du pli, mais se rétracta et me répondit :

— Je préfère que tu me la lises, toi, à haute voix.

— Pourquoi donc ?

— Je me concentre mieux quand j'écoute une personne parler que lorsque je lis moi-même. En plus, si l'écriture est mauvaise, le fait de déchiffrer les mots me fait perdre le fil.

— J'ai une grande appréhension à lire cette lettre, je vais être émue, sans doute pleurer, tu n'as pas pitié de moi !

— Ne t'inquiète pas, c'est sûr, je vais t'accompagner dans tes larmes, nous partagerons cet instant douloureux. Je sens que je vais, en même temps, revivre la mort de Julien et je l'appréhende. »

Je n'insistai pas. J'ouvris l'enveloppe et en retirai le contenu. Après un long moment de silence, je pris une profonde inspiration avant de me décider à entamer la lecture de la missive :

Du côté de Mailly, le 2 novembre 1917,

« Mademoiselle Anne Saintmont,

J'ai été près de commencer cette lettre en vous appelant, spontanément, « Chère Anne », et, même, près d'utiliser l'emploi du « tu » familier au lieu du « vous » déférent, tellement moi, qui suis inconnu de vous, j'ai l'impression de bien vous connaître. J'étais un grand ami de Joanis. Nous étions plus que des amis, de véritables frères, non de sang, mais de cœur par choix et par adoption. Pourtant, nous nous sommes connus pendant un laps de temps bien trop court, à peine quelques semaines, mais notre confiance mutuelle nous a rendus très proches et nous a conduits à nous faire des confidences sur nous-mêmes et sur notre vie. De mon côté, j'avais peu de choses à lui raconter en dehors de mon activité professionnelle et de nos habitudes dans la région de Cette d'où je suis originaire, car ma vie sentimentale est sans grand intérêt. Que de soirées avons-nous passé à parler d'Anne, son amour. Quand nous discutions à la tombée du jour, et qu'il me parlait de vous, une véritable auréole de lumière se dégageait de son être et venait chasser les ténèbres de la nuit. Ses mots, ses paroles captaient toute mon attention et me faisaient vibrer d'envie. J'appréciais chez lui sa franchise, son honnêteté, sa spontanéité, la chaleur communicative de son caractère, son esprit de camaraderie, sa disponibilité vis-à-vis de tous, sa vertu. Ô, il avait le talent de bon vivant qui sied aux gens de notre sud-ouest, mais toujours dans le respect d'une vie droite et fidèle. La fidélité en toute chose le caractérisait tout particulièrement. Et sa foi en Dieu m'émerveillait, alors que, personnellement, je doute et je ne sais pas ce qu'il faut croire ou ne pas croire. Quand je lui parlais des malheurs du monde et des hommes, il me répondait : « Je n'ai jamais trouvé de réponse à cette difficile question, mais ce que je sais, c'est que là où l'on trouve des hommes et des œuvres imprégnés des marques d'amour et de charité, cela signifie que Dieu est présent ». Lui-même était un exemple d'altruisme auprès de tous nos camarades. Nous nous étions mutuellement promis de communiquer avec nos familles si, un jour, un évènement funeste devait nous arriver. Mais ce n'est pas uniquement à cause de l'engagement de ce serment que je vous écris. J'éprouve vraiment le besoin de parler de mon frère de cœur à celle qu'il aimait par-dessus tout, et de le faire par écrit étant donné que je n'ai pas la possibilité de le faire de vive voix. Peut-être pourrons-nous nous rencontrer un jour ? »

Je stoppai un instant ma lecture, émue par ces mots tellement gentils qui étaient écrits pour décrire la personnalité de mon amour.

— Je le rencontrerai, déclarai-je dans l'instant à Juliette.

— Et comment feras-tu ? Tu comptes t'engager et aller te battre sur le front ? Que je sache, ils n'ont pas encore pensé, dans les hautes sphères, à appeler les femmes. Il reste encore assez d'hommes. Au rythme des tués actuellement, cela ne va pas durer et ils vont certainement penser à nous. Mais cela va leur poser un problème. Qui leur fera des enfants pour jouer à leur guerre ?

— Je le rencontrerai, confirmai-je. Il existe des possibilités d'approcher le front pour des femmes, poursuivis-je.

— Ah ! J'aimerais bien connaître lesquelles ?

— Ne sais-tu pas qu'il y a beaucoup de blessés parmi les combattants ? Beaucoup de femmes sont engagées dans les hôpitaux militaires et même près du front. Je vais me renseigner.

— Ce n'est pas parce que tu sais soigner un chien, un veau ou une vache, et encore, c'est à voir, que tu es capable de soigner des hommes ! Tu n'es pas sérieuse !

— Tout s'apprend.

— De toute façon, papa et maman ne voudront pas. C'est trop dangereux. Ils n'accepteront pas que tu partes. N'oublie pas que tu n'es pas encore majeure !

— Tu as certainement raison. Il faudra donc que j'agisse sans leur en parler.

Quelque peu énervée par les réserves de ma sœur concernant mon projet futur, je repris la lettre en main et en poursuivis la lecture.

« ...Je tiens à dire que je ne vous écris pas pour venir partager des pleurs et des larmes de douleur avec vous. La douleur, je la ressens, profondément. Elle est certainement d'une nature différente de celle qui vous accable. Mais, pour nous, ici, la guerre continue, la vie côtoie constamment la mort, et les épreuves que nous subissons ici endurcissent notre cœur. La disparition de nos camarades et de nos amis d'aujourd'hui, même si elle n'efface pas la peine et le souvenir des

morts d'hier, nous place dans une souffrance permanente, constamment renouvelée, et dans un écœurement dont ni nous ne voulons ni ne souhaitons parler.

Je désire, surtout, vous raconter les derniers instants de Joanis, car j'ai cherché à savoir comment il est mort.

Au petit matin du 23 octobre dernier, alors qu'un reste de nuit subsistait encore, nous sommes tous partis à l'assaut du Fort de la Malmaison. Joanis et moi, nous nous trouvions côte à côte, tout proches, selon notre habitude. Mais en fonçant sous le feu de l'ennemi, notre attention de soldat qui combat se porte entièrement vers l'avant pour essayer de deviner le danger qui nous menace et réagir en fonction de ce que l'on découvre. Nous sommes très vite arrivés à une première tranchée qui portait le nom de Casse-Tête. Elle était déjà prise et l'ennemi chassé ou tué. En cet endroit, j'ai essayé de me repérer par rapport aux hommes de ma section. J'ai été surpris de ne plus apercevoir Joanis. Surpris, mais pas vraiment inquiet, car il avait pu être retardé au passage de la tranchée, ou même, au contraire, en avance sur moi. Et l'aube ne faisait que poindre, il pouvait s'être éloigné hors de ma vue.

Arrivé au Fort de la Malmaison, dès que j'ai pu, je l'ai recherché. Sans succès. J'ai questionné les hommes sans obtenir de précisions, personne ne l'avait vu. À ce moment-là, l'inquiétude me minait. J'avisais un brancardier qui me déclara que Joanis était porté disparu.

À mon retour du Fort, j'ai entamé immédiatement des recherches pour retrouver le corps de mon ami disparu. J'étais là quand on a ramené son corps. C'est moi qui l'ai identifié. Son visage était noir de boue, mais intact. Il est mort d'une blessure en plein cœur.

J'ai posé un baiser d'adieu sur son front. Ses yeux sont restés grands ouverts et, à mon étonnement, comme éclairés par un lumineux sourire. J'avais l'impression qu'il riait à une dernière vision, la vision de celle qu'il aimait. Sans doute ne voulait-il pas quitter cette vision, je n'ai pu me résoudre à fermer ses yeux... »

À cet instant, j'éprouvai le besoin d'interrompre ma lecture. L'émotion étreignit tout mon être, car je voyais et vivais la scène si bien décrite par Laurent en termes simples qui traduisaient les sentiments forts d'une amitié sincère. Il me revint aussi en mémoire l'étrange vision qui m'avait également marquée au moment où j'avais perdu connaissance sous le choc de la présence funeste du maire du village devant l'entrée de la maison des parents de Joanis.

Juliette communia intimement à ma détresse, qui la gagna à son tour. Elle garda le silence. Elle attendit, patiemment, que je réagisse et préféra respecter ma douleur ravivée. Sans dire un mot pendant ce laps de temps de faiblesse, et comme si rien n'était survenu, je repris la lettre et en poursuivis la lecture.

« *...J'ai voulu savoir si des témoins savaient comment Joanis avait été tué. J'en ai trouvé. Deux. L'un se prénomme Hugues, l'autre, je ne me souviens plus de son prénom. Ils étaient ensemble et suivaient de près Joanis, derrière lui. Ils ont très bien vu ce qui s'est passé.*

Joanis fonçait devant eux avec la même détermination que nous tous. Pourtant, ils l'ont aperçu, alors qu'il s'apprêtait à éliminer un boche qui semblait blessé, mais qui résistait dans un nid de mitrailleuses, s'arrêter puis lui tendre son bidon de réserve de flotte. Comment a-t-il pu oublier que nous étions en guerre ? Ce n'était vraiment pas le moment de jouer les bons samaritains, en secourant un ennemi assoiffé ! Car le boche a profité de cette situation pour lui tirer dessus sans sommation et sans pitié. Quand ils ont vu cela, Hugues et son compagnon ont sauté sur ce boche, baïonnette au canon, et ont vengé Joanis en transperçant l'odieux traître avec une rage indescriptible d'un nombre de coups de baïonnettes qu'ils n'ont pas voulu compter.

Tel que je connais Joanis, je ne suis pas certain qu'il aurait aimé qu'une telle haine se manifeste aussi cruellement à cause de lui. Mais moi, à Hugues et à son copain, je leur ai dit : « Merci ». Pourtant, ce n'est pas vraiment à ce boche que j'en veux, mais plutôt à tous les auteurs de cette guerre, à ceux qui ont réveillé dans le cœur des hommes le vice et l'affreux plaisir de faire souffrir l'ennemi.

Vous trouverez mon adresse actuelle à la fin de cette lettre. J'aimerais savoir si vous l'avez bien reçue. J'aimerais aussi savoir comment vous allez et si vous souhaitez que je vous parle encore de Joanis. Je vous ferai parvenir les objets lui appartenant et que je retrouverai.

J'aimerais bien pouvoir vous rencontrer un jour, sans doute après la guerre si j'en reviens vivant, car cette guerre se terminera bien un jour, pour vous que je désire tant connaître, mais aussi parce que je pense que je retrouverai en vous un peu de mon merveilleux ami.

Mademoiselle Anne, j'espère que vous m'autorisez à vous embrasser.

Laurent Castand. »

À la fin de ma lecture, je fus prise d'une immense colère impossible à contrôler, la même que celle qui m'avait saisie lors de la première lecture de cette lettre, et je me mis à maudire tous les hommes politiques et tous les chefs militaires. Juliette me regarda, sidérée de la rage qu'elle voyait éclater, aussi terrible que la foudre du ciel. Puis je posai subitement mes mains sur mon ventre. C'est alors que je sentis une forte nausée monter en moi avant de finir par vomir sans retenue. Juliette vint me soutenir et m'aider à accepter les soubresauts violents qui accompagnèrent les contractions dans mon estomac.

Enfin, le calme revint. Juliette me dit alors :

— Si j'avais su que cette lecture allait provoquer en toi de tels spasmes, j'aurais respecté ta demande et lu moi-même en silence. Je suis désolée de mon attitude.

— Tu n'y es pour rien, ma sœur. Cela fait maintenant plusieurs jours que je suis victime de telles nausées. Elles reviennent régulièrement. Je ne sais pas ce qu'il m'arrive. Je ne me souviens pas d'avoir consommé de mauvaises choses. Cela m'arrive même quand je me repose.

Juliette me regarda alors attentivement, intriguée. Elle réfléchit un instant, puis déclara :

— Moi aussi, j'ai connu une telle situation ! Tu peux me décrire ce que tu ressens exactement ?

Je donnai à Juliette le détail des nausées qui me terrassaient régulièrement, et fis état de mes vomissements, tout en lui précisant que cela ne m'était jamais arrivé auparavant d'éprouver un tel dérèglement dans mon corps.

— Tu as toujours tes menstrues ? me demanda abruptement Juliette.

— Pourquoi me parles-tu de menstrues ? lui répondis-je. Tu as raison, cela fait deux fois que je ne les pas eues, j'en ai été fort étonnée !

— Parce que ce que tu ressens, je l'ai aussi vécu. C'était quand je suis tombée enceinte. Mais toi... Pour tomber enceinte, il faut connaître un homme ! Joanis ! Tu n'as quand même pas...

— Tu oublies que Joanis est venu en permission il y a deux mois, en septembre.

— Et vous avez... ? Plusieurs fois ?

— Oui, nous avons... mais une fois seulement ! Ce n'est quand même pas en une seule fois que j'ai pu tomber enceinte !

— Mais ce n'est pas une question de quantité, c'est une question de moment ! Une seule fois suffit, si ça tombe au bon moment.

— Alors, tu crois que je suis enceinte de Joanis ?

— Je ne peux rien affirmer, mais je le pense d'après les signes que tu m'as décrits et que je connais bien, de par ma propre expérience.

— Que dois-je faire ? demandai-je.

— Seul le docteur pourra te confirmer ta situation.

— Mais que faire, si je vais le voir et qu'il me le confirme ?

— Quelle étrange question ! La nature fonctionne toute seule. Elle met en général neuf mois pour confectionner un beau bébé. Et pour l'expulser de tes entrailles, tu verras que tu seras obligée de suivre ce qu'elle te commandera, tu ne pourras ni ralentir ni accélérer. Tu auras un enfant de Joanis, n'est-ce pas merveilleux ? Ses parents seront fous de joie de retrouver en un petit-fils une grande partie de l'amour qu'ils ont perdu et leur immense chagrin se transformera en un mélange de pleurs et de rires. Quant à papa et à maman, déjà qu'ils fondent de bonheur devant leur petit-Jean, ils vont doubler leur joie, c'est magnifique.

— Ma sœur, tu deviens folle et tu me trompes. Si j'étais mariée avec Joanis, tout se passerait selon la description idyllique que tu en donnes, et je suis certaine que j'atteindrais une joie transcendantale. Mais, telle n'est pas la situation. Tu me vois en fille-mère ? Je vais devenir la honte de la famille ! Tous les gens me montreront du doigt. Qui voudra croire que l'enfant que je porte est celui de Joanis ? Moi je suis à Pissos, lui était à la guerre ! Personne. Même les parents de Joanis ne le croiront pas et me rejetteront, me chasseront. Tout le monde, sauf toi, pensera que j'ai trahi celui à qui j'étais destinée ! Et les gens s'interrogeront : « *Qui est le père ? À qui ressemble le bébé ?* » Je ne peux un instant supporter la pensée d'un tel opprobre ! Papa et maman me rejetteront !

Juliette, sidérée, prostrée, resta sans paroles.

— Mais pour ce bébé, que penses-tu faire ? finit-elle par demander. Tu songes à partir, à quitter le pays ? Tu ne vas tout de même pas le faire disparaître avant qu'il ne naisse !

— Laisse-moi le temps d'y réfléchir ! lui dis-je.

Juliette ne put retenir ses larmes. Elle se blottit contre moi. Nous restâmes longtemps serrées l'une contre l'autre. Sans nous parler. La nuit vint et nous couvrit sous son aile sombre, mais nous demeurâmes sur place comme si nous ne percevions plus ni le temps ni l'espace.

Et puis soudain Juliette me regarda et dit :

— Anne, tu es ma sœur bien-aimée. Quoi que tu fasses, je t'aimerai toujours.

Et elle me posa un tendre baiser sur la joue.

.20.
La décision

Hantée par le souvenir douloureux de la mort de Joanis sur les pentes du Fort de la Malmaison, à l'aube du 23 octobre 1917, et tourmentée par le choc de l'annonce du fruit inattendu que je portais en mon sein, mais surtout des implications futures de la chose, je sombrai dans une profonde mélancolie que je n'arrivais pas à surmonter. Habituellement si enjouée et pleine de dynamisme, la souffrance, l'anxiété et le découragement se lurent sur mon visage. Je ressentis en moi une angoisse permanente se traduisant par des palpitations incontrôlables, des dyspnées récurrentes et des envies soudaines de pleurer. Je ne mangeais plus, ou peu. Je ne trouvais pas le sommeil, et quand celui-ci me prenait enfin, je me réveillais en sursaut sous l'emprise de cauchemars. Même mon visage, habituellement si radieux, perdit de sa pureté devenant terne et amaigri. Mes proches ne me reconnaissaient plus.

Mes parents, mes amis, tous attribuèrent ce changement à la mort de Joanis dont je portai le deuil. Ils patientaient, incapables de trouver les mots pour me consoler, et pour cause ! Ils ignoraient tout des questions qui me taraudaient. Pourtant, tous me prodiguaient gentillesse et mots doux.

À plusieurs reprises, ma sœur m'incita à avouer la vérité sur mon état à mes parents. Mais je demeurai pleine de perplexité quant à l'attitude à adopter concernant ce petit être qui se développait en moi.

Jeanne, ma mère, était une femme douce et discrète, qui aimait

ses trois enfants avec une tendresse sans mesure. Elle m'observait avec discrétion mais inquiétude, ressentait ma souffrance, m'entourait de soins affectueux, s'efforçant d'être présente à mes côtés le plus souvent possible. Cependant, elle n'osa jamais aborder la discussion sur le mal qui me consumait, de peur de réveiller ou d'accentuer chez moi les affres de mon épreuve récente.
Il en fut de même de tous mes proches, parents et amis, qui craignaient de raviver ma peine en parlant du malheur qui m'accablait.

De mon côté, je ne pouvais me confier qu'à ma sœur Juliette. Nous entretenions un dialogue régulier sur notre désespoir commun, sur nos tourments et bien entendu sur l'évolution de mes intentions quant à la destinée de l'enfant qui grandissait en moi.

Me laissant le temps de la réflexion, je me mis à travailler avec vigueur et entrain, me levant très tôt, et m'activant jusqu'au soir, souvent tard. J'aidais volontiers toutes les personnes qui me sollicitaient. Je ne recherchais certainement, dans cette débauche d'énergie, qu'un exutoire au besoin de disperser ma pensée pour tenter de chasser mes obsessions.

Ce fut vers la fin du mois de novembre que j'eus une discussion décisive avec Juliette. Nous travaillions toutes les deux dans les champs de Menroux à terminer la récolte du maïs. La fin de journée approchait. Cette période de l'automne était belle et chaude. Nous nous étions posées à l'ombre d'un petit chêne pour nous désaltérer. Après avoir soigneusement épongé la sueur qui coulait sur nos visages et nettoyé la poussière amassée, nous avions attrapé nos gourdes emplies d'eau et nous bûmes à la régalade. Juliette éprouva alors le besoin de me questionner, tout en entamant le dialogue par un chemin détourné.

— Quelle chaleur ! C'est étonnant pour une fin de mois de novembre. Il faut s'attendre à subir les orages à venir. N'est-ce pas trop pénible, pour toi, de travailler par une telle chaleur ?

— Non, au contraire, c'est au travail que je me sens le mieux.

— Pourtant, tu es enceinte, n'est-ce pas ?

— Oui.

— Tu as consulté le Docteur ? C'est lui qui te l'a confirmé ?

— Non.

— Non ? Comment, dans ce cas peux-tu en être certaine ?

— Je le sais. C'est sûr.

— Tu n'es pas très loquace, aujourd'hui. Ai-je prononcé une parole qui te blesse ?

— Non.

— Que se passe-t-il ? Que gardes-tu en toi que tu ne veuilles me dire ? Tu as bien consulté quelqu'un, tout de même ?

— Oui, bien sûr, et tu sais qui...

Juliette réfléchit et comprit à qui je faisais allusion :

— Comment, tu serais allé voir…

— Oui, je l'ai vue, ta presque voisine, Mante-la-sorcière !

Juliette fut abasourdie. Une telle nouvelle en disait long sur les intentions qui étaient les miennes concernant la suite de ma grossesse. Mante était réputée pour ses dons de guérisseuse, soignant souvent avec succès des maladies comme le zona. Mais elle était soupçonnée, en outre, d'aider sans scrupules les femmes qui ne voulaient pas ou plus de leur enfant à satisfaire leur désir. Tous les gens du village la considéraient comme « un peu sorcière ».

— Si tu as consulté Mante, dois-je comprendre que tu as évoqué avec elle la situation qui te préoccupe, et que tu as pu l'interroger sur les moyens de mettre fin à ta grossesse ?

Comme perdue, absente, je portai mon regard vers l'horizon et demeurai dans le vague. Ma sœur me scruta attentivement et dit :

— Tu vis actuellement des instants uniques dans le destin d'une femme, un temps merveilleux pendant lequel nous ressentons, nous, les femmes, dans nos propres entrailles le développement d'une existence qui se nourrit de notre corps, qui se réjouit de notre amour, qui découvre le bonheur de s'épanouir en nous. Puis vient la naissance et l'apparition du nouveau-né, alors notre joie éclate avec une violence ô combien plus immense que la douleur que nous avons dû supporter lors du passage de l'enfant dans notre monde. Quand le bébé se blottit dans nos bras, qu'il cherche le sein pour se gaver de notre lait nourricier, qu'il commence à ouvrir les yeux pour découvrir avec curiosité celle dont il ne connaît que le son de la voix, depuis longtemps, dans son éden où il a commencé à grandir, tu ne peux savoir, tant que tu ne l'as pas vécu, la béatitude qui s'empare de la maman.

Je me décidai enfin à soutenir son regard et lui répondis :

— Tu oublies que, tant que l'on ne connaît pas l'enfant, le sentiment est diffus en soi. En tout cas, pour moi, il demeure confus, incertain. Je ne vis pas actuellement d'espoir, mais de craintes. Après tout, je n'ai en moi qu'un embryon, un morceau de chair qui dépend totalement de moi pour réussir son développement. Il fait partie de mon corps. Moi, cette chose me détruit moralement. Pourquoi n'aurais-je pas le droit de solliciter une intervention qui va me permettre de guérir de ma souffrance ?

Juliette garda le silence, le temps de maîtriser une sourde colère qui montait en elle, tant elle réprouvait mes idées sur la question. Elle prit une inspiration profonde pour se détendre, puis elle se sentit enfin prête à soutenir une discussion qu'elle appréhendait âpre et serrée.

— Si j'en crois tes paroles, tu penses que l'être qui se développe en toi n'est pas encore une personne accomplie. D'après toi, à partir de quel moment précis le deviendra-t-il ?

— A mon avis, à partir du moment où sera enfin coupé le cordon ombilical. Reconnais que, jusqu'à cette minute fatidique, cette chose de chair qui est en moi ne vit que par moi, ne se développe que par moi, je pense, même, qu'elle est moi tout court. Elle n'existe pas par elle-même. Si je meurs avant sa naissance, elle meurt elle aussi. Tant que le cordon ombilical nous relie, elle dépend totalement de moi.

— Comment oses-tu appeler cet être qui a un cœur, un cerveau, une vie authentique : une chose de chair, dis-tu ? Quel mépris ! Est-ce vraiment ton point de vue personnel, ou celui que Mante t'a inculqué ?

— En effet, j'en ai longuement parlé avec elle, elle m'a bien expliqué comment cela fonctionnait. Elle m'a dit qu'un embryon ne possédait toutes les fonctions nécessaires à la constitution entière et complète d'un être humain qu'au bout de plusieurs semaines.

— Ah, bon ! Donc tu ne penses pas que l'enfant est potentiellement accompli dès sa conception ?

— Tu m'ennuies avec tes questions ! Nous devrions reprendre le travail tant qu'il fait encore jour. La nuit va vite tomber. Allez, on s'y remet ?

— Ne te défile pas, Anne. Je pense que tu es en train de prendre une décision grave pour toi et pour tous ceux qui t'entourent, mais surtout pour l'enfant que tu portes. J'aimerais arriver à te dire le fond de ma pensée.

— Je t'ai clairement dit le mien. Je doute que tu puisses me faire changer d'avis. J'ai confiance en l'expérience de Mante. Mais je veux bien t'écouter pour éviter que tu aies de la rancœur envers moi.

— Eh bien je pense que l'évolution de chacun des hommes depuis le premier instant de sa conception s'apparente à celle de l'humanité entière. Celle-ci a accompli une longue et lente maturation à travers les âges dans un environnement à la fois hostile et propice. Elle a su s'y adapter en permanence, permettant à l'Homme d'évoluer, et de se façonner au fil du temps.

— C'est possible. Et alors ? Excuse-moi, mais je ne vois toujours pas où tu veux en venir. Je perds le fil et j'éprouve du mal à comprendre ce que tu me racontes. Rappelle-toi, papa m'appelle « la vaillante ». Je n'ai jamais eu la passion comme toi de lire et de m'instruire.

— Voilà où je veux en venir. De même que l'humanité est le résultat d'une longue évolution se déroulant comme si celle-ci était voulue et déterminée dès son commencement, de même je considère, à tort ou à raison, que chacun d'entre nous, qu'il soit homme ou femme, est pleinement accompli dès le premier instant de sa conception dans le sein de sa mère, car il est immédiatement la vie, et la vie est un tout ! Bien entendu, chacun évolue tout au long de son existence et se transforme physiquement, moralement, mentalement, intellectuellement, spirituellement, sous l'influence de son expérience et de son environnement.

— Tu n'es pas très simple. En disant les choses sobrement, cherches-tu à me faire comprendre que, pour toi, chacun d'entre nous existe à la vie pleinement, intégralement et sans restriction aucune dès sa conception ?

— Eh oui ! À quel autre moment le souffle de la vie serait-il donc reçu ? Seulement, au moment de la naissance ? Pour ma part, je pense que le souffle de la vie doit être forcément donné, oui, c'est un don, à l'instant même de la conception !

— Un don ? Pourquoi parles-tu de don ?

— Ne dit-on pas le plus naturellement du monde, à la naissance d'un enfant, que ses parents lui ont donné la vie ? Tant de facteurs aléatoires interviennent et se combinent pour qu'une vie soit conçue, que hasard et mystère font partie intégrante de ce don. Ce serait dommage de le gâcher.

— Je saisis ce que tu dis, mais laisse-moi un temps de réflexion pour assimiler tout ce que tu m'as dit.

— Rassure-toi, j'ai bientôt fini. Mais vois-tu, je suis convaincue que mon enfant existait déjà dans mon désir de l'accueillir, alors que je ne l'avais pas encore conçu.

— Comment peux-tu vouloir me faire croire qu'un être puisse déjà exister dans ton esprit, voire dans ton désir ou dans ton imagination ?

— Je me souviens d'un texte du prophète Jérémie où il a écrit : « *Le Seigneur m'adressa la parole et me dit : Avant même de te former dans le sein de ta mère, je te connaissais.* »

— M'ouais.

— Le prophète Isaïe a aussi dit quelque chose de semblable :

« *J'étais, dit-il, encore dans le sein maternel quand le Seigneur m'appela.* »

— Tu te compares à ces deux prophètes ?

— Non, bien entendu. Mais cela signifie pour moi que ce que j'ai ressenti n'était pas vraiment stupide.

— Sincèrement, notre conversation me fatigue.

— Oui, je m'égare, peut-être. Je voulais plus modestement te pousser à réfléchir encore avant que tu ne prennes une décision irrémédiable pour ton enfant. À mon sens, l'être qui est dans ton ventre possède déjà une âme. Il existe et s'en séparer maintenant, c'est interrompre le développement d'une vie.

À cet instant, je tombai à genoux et me mis à sangloter de manière irrépressible. Puis, la regardant droit dans les yeux, je lui criai du fond de mes entrailles :

— Juliette, arrête, je t'en prie. Ne vois-tu pas que je souffre ? Que je me sens mal ? Je suis terriblement malheureuse ! Et tes paroles me martyrisent. Joanis est un héros de guerre maintenant et je vois déjà les gens médire de moi. Tous croiront que, pendant qu'il sacrifiait sa vie au combat, le héros a été trahi par celle qui aurait dû demeurer la plus fidèle d'entre tous. Quelle honte pour papa et pour maman ! Quelle nouvelle souffrance pour le père et pour la mère de Joanis ! Il vaudrait mieux que je meure !

Très touchée, effrayée, Juliette se précipita vers moi, me releva, et me serra fort dans ses bras.

— Ma sœur chérie, dit-elle, pardonne-moi le mal que je t'ai fait. Je t'aime tant ! Je ne te jugerai jamais. Quoi que tu décides et quoi que tu fasses, tu pourras toujours compter sur mon amour de sœur. Il ne faiblira jamais.

Elle m'embrassa tendrement et joue contre joue, nous mêlâmes nos larmes.

Maintenant, il faisait nuit noire, d'autant plus noire qu'elle était sans lune.

.21.
Chez Mante

Au cours de cette soirée de début décembre de l'année 1917, à la maison, le repas de famille se déroula dans un grand calme. Autour de la table, mon père, ma mère, mon jeune frère Jean et moi-même nous affairions à manger une belle garbure que Clémentine, la mère d'Henri, avait préparée à l'ancienne. Ma grand-mère, Clémentine, avait déjà mangé, frugalement, avant tout le monde, et s'était installée au pied de l'âtre devant le feu de cheminée pour réchauffer ses membres frigorifiés.

J'entrepris alors de questionner mon père :

— Papa, as-tu besoin de moi demain ?

— Tu sais bien, me répondit-il, que j'ai toujours besoin de toi. Le travail ne manque pas. Mais si tu me poses la question, c'est que tu n'as pas l'intention de m'aider demain ?

— Juliette m'a demandé si je pouvais lui prêter main-forte. Je lui ai répondu que je devais t'en parler et que cela allait dépendre de ce que tu avais prévu.

— Écoute, je n'ai rien d'urgent pour toi actuellement. Le travail que je te destine peut attendre quelques jours. Cela dit, le temps devrait se dégrader rapidement. Les oiseaux volent très bas, les animaux de la basse-cour me paraissent nerveux. Des plus anciens que moi pensent qu'un vent très fort peut se lever et qu'il faut s'attendre à des grains fréquents et peut-être à de l'orage. Dans ces conditions, vous ne pourrez pas travailler normalement en extérieur.

— Il me semble qu'elle a beaucoup de travail à terminer dans les granges. Elle ne m'a pas encore expliqué ce qu'elle attendait exactement de moi.

— Et Jean ne pourrait-il pas l'aider ?

— Elle ne m'en a pas parlé.

Après cela, la conversation s'orienta vers d'autres sujets, sur les travaux réalisés dans la journée.

Plus tard, dans mon lit, je repensai à cet entretien avec mon père que j'avais abordé avec appréhension. En effet, demain serait le jour fatidique. De connivence avec Juliette, il fut convenu que je demanderais l'autorisation à mon père de me rendre à Menroux pour l'aider dans ses travaux à la ferme. La raison de cette escapade était tout autre. Je devais me rendre chez Mante la sorcière !

Cette nuit-là j'eus bien du mal à trouver le sommeil. J'avais glissé au fond de mon lit une brique brûlante entourée d'un chiffon protecteur, chauffée au contact de la plaque de l'âtre. J'éprouvai du plaisir à y poser mes petits pieds tout gelés et à ressentir la chaleur que cette brique répandait entre mes draps. Le poêle de ma chambre, alimenté de sciures, d'estrocs et de bois, produisait une espèce de ronronnement régulier qui me berçait. J'entendis le bruissement d'une brise extérieure qui s'était déjà levée et qui jouait dans la ramure des arbres entourant la maison.

« *Mon bébé ! Ai-je vraiment un bébé en moi ? Il n'est qu'un être incertain qui ne sait pas encore d'où il vient ni où il va. Il ne le saura jamais. Il ne me connaît pas, je ne le connais pas, nous ne nous connaîtrons jamais. Il n'aurait jamais connu son père. Il ne va, demain, que retrouver un néant qu'il n'aura donc jamais quitté…* »

Je ne cessai de ressasser en moi toutes ces pensées, et quand je voulus m'obliger à les chasser de mon esprit, je fus rapidement reprise par l'obsession de ce que j'allais accomplir le lendemain.

« *Mon Dieu, aidez-moi ! J'ai oublié de vous interroger. Que dois-je faire ? Pouvez-vous me le dire ? Vous n'êtes que silence. Peut-être ne sais-je pas vous écouter, peut-être que je ne veux pas vous écouter ? Pardon…* »

Dehors, la brise prit de l'ampleur. Les cimes des pins se balançaient, les troncs poussaient des gémissements de souffrance, des grondements lointains annonçaient la venue d'un violent orage.

***

Dès six heures du matin, toute la maisonnée Saintmont fut réveillée et debout. Comme souvent, le petit-déjeuner, copieux, fut pris autour de la table de la grande cuisine, en commun. La cuisinière, constamment alimentée au feu de bois, y maintenait une température agréable. La conversation était rythmée par le tic-tac régulier de la grande pendule installée dans un coffre fabriqué en bois de pin.

Quand je décidai de partir chez Juliette, le soleil n'était pas encore levé, mais les premières lueurs de l'aube permettaient d'y voir suffisamment clair. J'empruntai le lourd vélo de ma mère et peinai pour avancer, car je prenais de face un fort vent venant de l'Atlantique. Sur le parcours qui menait à Menroux, je franchis tout d'abord l'airial de Sauboua puis je dus traverser, en suivant le chemin tracé de manière rectiligne, un grand bosquet de pins dans lequel le vent s'engouffrait en sens opposé avec une virulence extrême, m'obligeant à m'aplatir sur le guidon et à appuyer de toutes mes forces sur les pédales de la bicyclette. Ma vitesse fut de plus en plus ralentie par cet adversaire insaisissable, me donnant l'impression que la nature s'opposait sciemment à mon projet en voulant m'empêcher d'aller plus loin. Au bois succéda un vaste espace dénudé couvert de prairies sur ma gauche et de champs de maïs devant moi, presque rasés après la dernière récolte achevée depuis quelques semaines. M'abritant sous l'auvent d'une cabane habituellement utilisée pour la chasse aux alouettes je découvris une silhouette que je connaissais bien, celle de Juliette. Cette dernière me fit signe de venir à sa rencontre.

— Que fais-tu ici, aux aurores ? lui demandai-je.

— Je guettais ta venue depuis un bon moment. Aurais-tu oublié que tu viens travailler chez moi, aujourd'hui ? dit-elle, avec un ressentiment visible. Je tenais, une dernière fois, à essayer de te convaincre d'abandonner ton projet...

— Écoute, Juliette, ce n'est plus le moment. Ma décision est prise, elle est irrévocable. Tout ce que tu peux me faire, dorénavant, c'est du mal si tu parles. Oui, je souffre de faire ce que je vais faire. Je dois y aller. Pense à moi, prie pour moi.

Je posai deux doigts sur la bouche de Juliette pour l'empêcher de s'exprimer. Puis je l'embrassai avec beaucoup de tendresse et la serrai dans mes bras. Puis, brusquement, je m'en séparai et repartis sur mon vélo à toutes pédales. Au lieu de suivre le grand chemin usuel passant devant la ferme des beaux-parents de ma sœur, je continuai tout droit à travers les champs de maïs et pris ensuite un sentier roulant qui longeait le fond de l'airial de la ferme, hors de toute vue. Je retrouvai un peu plus loin le grand chemin que je suivis sur une courte distance puis empruntai enfin la piste qui menait à la masure de Mante. Arrivée devant le portail, je m'arrêtai quelques minutes avant d'entrer dans l'airial, scrutai son environnement et m'assurai qu'aucun témoin indiscret ne puisse m'apercevoir. Car la nouvelle de ma présence en un tel endroit, si elle était connue, ne pourrait que se propager rapidement dans la population et serait source de suspicions. Alors, je me hâtai d'entrer dans l'airial et cachai mon vélo dans une grange.

Arrivée devant la porte de la masure, je me sentis gagnée par une grande émotion. Je respirai profondément afin de dominer ce moment de faiblesse, puis me décidai à frapper à la porte, avec fermeté.

« *Entre, entre* » répondit une voix à l'intérieur de la maison.

J'entrai et refermai la porte derrière moi. Avec ce pas vers l'intérieur, je réalisai alors le geste que je m'apprêtais à faire.

J'observai les lieux. Sur ma droite, dans un vaste foyer de cheminée, un feu de bois flambait, les hautes flammes semblant servir de support à une grande marmite pleine d'une eau déjà en ébullition. J'aperçus, posés dans le feu, plusieurs fers fins et longs, de tailles différentes, chauffés à blanc. Devant moi, une sorte de lit, plutôt étroit, était recouvert de draps écrus et d'une couverture, avec des serviettes propres sur le côté.

Devant le feu, assise sur une chaise basse, une vieille femme, la tête recouverte d'un fichu noir, avait l'air de préparer une mixture ou une décoction de sa connaissance. C'était Mante.

« *Viens t'asseoir près de moi, dit-elle. Prends-toi une chaise et viens devant le feu pour te réchauffer.* »

J'accomplis avec obéissance ce qui m'était demandé. Je posai près d'elle un sac que j'avais porté sur le porte-bagages de mon vélo. J'étais à la fois émue, impressionnée et n'osai rien demander. Alors, j'observai plus attentivement la pièce, particulièrement sombre, qui m'accueillait. La lumière du jour ne pénétrait que par deux ouvertures donnant sur l'extérieur, les carreaux vitrés de la porte d'entrée et une fenêtre assez petite sur un côté. Et le ciel, couvert de nuages épais et opaques, ne laissait filtrer aucun rayon de soleil. Seules les hautes flammes du feu entourant jalousement le lourd chaudron répandaient une sourde clarté. Cela provoqua en moi une sensation de malaise mystérieux dont je cherchai en vain l'origine. Le plafond était soutenu par deux grosses poutres apparentes traversant la pièce d'un seul tenant. Au fond, je découvris une grande armoire ancienne. Je regardai à nouveau le lit placé dans l'autre moitié de la salle et compris que je devrais m'y étendre et que l'intervention allait s'y dérouler. Je repérai une grande cuvette pleine d'eau posée sur un haut tabouret près du lit. Puis je m'attardai sur le visage de la femme : son nez aquilin et trois gros boutons plantés au bas de la joue lui conféraient réellement un profil de sorcière. Et si elle en était réellement une ? Cette pensée me fit frémir.

— Tu as pensé à porter ce qui est convenu ? demanda Mante.

— Oui, le voilà, répondis-je.

Je sortis d'une poche de ma jupe une enveloppe où j'avais rangé mes économies. La vieille la saisit promptement, et en vérifia le contenu.

— C'est bien, dit-elle. Cela fera l'affaire.

Elle se dirigea avec l'enveloppe vers une porte du fond de la pièce et disparut sans doute dans sa chambre pour y ranger son salaire. Puis elle revint avec le sourire.

— Personne ne doit être au courant, dit-elle. Personne ne le sait ?

— Personne !

— Même pas ta sœur ?

— Même pas ma sœur !

— Menteuse. Mais ce n'est pas grave si ta sœur le sait. Elle ne dira rien.

Anne rougit de son mensonge, mais rien ne se vit dans l'obscurité ambiante.

— Tu vas dès maintenant entièrement te déshabiller et tu vas revêtir la chemise de nuit que je t'ai demandé d'apporter, reprit Mante. Fais-le près du feu pour ne pas avoir froid. Puis va t'allonger sur le lit qui se trouve derrière moi.

— Si quelqu'un arrive et entre…

— Personne ne viendra. De toute façon, je ferme la porte à clé. Et on ne peut rien voir de l'extérieur, à cause des rideaux.

Je partis me préparer. Une fois nue, avant d'enfiler ma chemise de nuit, je sentis une gêne, moi qui étais particulièrement pudique. Pourtant, Mante qui alla fermer la porte me tournait le dos. Je revêtis ma chemise puis grimpai sur le lit et m'étendis sur le dos. Mante vint placer sous mes reins et sous ma tête des couvertures pour surélever ces points du corps. Puis elle me remit un grand verre plein d'un liquide :

— Bois, dit-elle. C'est un breuvage de ma conception fait de plantes que je cueille moi-même et de substances dont les effets vont contribuer à la réussite de l'intervention. Tu vas vite sentir en toi une sensation de bien-être, le calme gagner ton corps et ton esprit. Tu vas te détendre. Il est même possible que, comme en plein sommeil, ton esprit fasse des rêves. Aie confiance ! »

Je bus consciencieusement le breuvage chaud qui m'était offert et qui ressemblait à une tisane au goût très amer. Puis je tournai mon regard vers le feu dont la danse irrégulière et le crépitement me fascinaient. Une douce chaleur envahit mon corps et je sentis une torpeur me gagner progressivement. J'eus l'impression que j'allais me mettre à ronronner, comme ce chat que je voyais installé depuis un bon moment au pied de l'âtre. La tension et la crainte qui m'habitaient jusque-là s'estompèrent pour céder la place à une forme de quiétude.

Je regardai Mante qui s'affairait autour du feu et du chaudron, mais je ne comprenais pas ce qui motivait cette agitation.

Mante remonta ses manches et procéda à des ablutions longues et minutieuses de ses mains et de ses avant-bras. Enfin, elle s'installa auprès de moi, son visage était marqué par un rictus ressemblant à une grimace mielleuse qu'elle voulait, sans doute, être un sourire avenant. Elle me parla de choses banales, du temps qui tournait à l'orage, du vent qui lui paraissait violent, de la pluie qui s'annonçait, tout en caressant doucement mon ventre avec sa main. Elle cherchait sans doute à détourner mon anxiété, et attendait que son élixir produise entièrement les effets escomptés.

Puis, elle me demanda de plier mes genoux et d'écarter les jambes. Elle commença alors de sa main droite une approche de mon intimité, avec beaucoup de précautions.

Simultanément, plongée dans une semi-inconscience favorisée par l'obscurité de la pièce et par les effets lénifiants du breuvage que Mante m'avait fait consommer, je sombrai dans une léthargie qui engourdit totalement l'esprit.

.22.
L'enfant et le dragon

Une sorte de songe initiateur d'une vision d'abord charmante et féérique, puis terrifiante et bouleversante s'empara entièrement de mon esprit.

Voici, en effet, que, dans mon rêve, tomba devant mes yeux un voile épais couleur de feu qui obstrua toute vue sur l'horizon. Puis le voile se souleva et alors se révéla tout ce qu'il cachait. Je découvris un immense océan sans limites et sans fond, bleu comme un ciel d'été, limpide et impétueux comme un torrent de haute montagne. Au loin, une silhouette humaine s'y mouvait avec délice et aisance et s'approcha de moi lentement. En passant sous mes yeux, je reconnus un enfant, au sourire doux de l'agneau et à la beauté sublime d'un ange du ciel. Il me regarda en riant aux éclats. Puis, tournant sur lui-même, il s'éloigna rapidement en s'enfonçant dans cet océan de lumière, vers les profondeurs. Un cordon le tenait au niveau de l'abdomen et se perdait dans le lointain. L'enfant réapparut et vint à nouveau vers moi en poussant des cris joyeux et enthousiastes. J'aurais voulu le saisir pour le câliner, le cajoler, l'embrasser, mais il était insaisissable. Je caressai mon propre ventre, lui dis des mots doux. Je lui chantai même une berceuse. Je perçus alors chez l'enfant une attention nouvelle, ne cachant pas son plaisir sous la caresse, tendant l'oreille pour écouter la chanson. Il vivait dans un paradis et était dans la béatitude maternelle.

Soudainement, un éclair embrasa tout l'espace extérieur et

propagea dans la pièce une lumière intense. Un coup de tonnerre fulgurant succéda à l'éclair et irradia son écho par ondes successives de l'airial jusque dans le lointain. Un vent violent se leva et souffla dans les ramures charnues et denses des chênes qui entouraient la masure. Une averse furieuse résonna bruyamment sur la toiture. C'était la nature qui annonçait avec colère la fin de la félicité de l'enfant.

Dans le panorama de mon rêve, je vis surgir du fond de l'océan un monstre énorme ayant la forme d'un dragon, noir comme les ténèbres, ouvrant une gueule hideuse par laquelle il crachait des flammes et exhibait une langue crochue de serpent, se prolongeant en un bec busqué semblable à celui d'un faucon. Sa tête informe était surmontée de sept cornes et projetait des yeux cruels, rouges comme le feu et le sang. La bête était dotée d'une forte colonne dorsale crénelée se terminant par une longue queue en mouvement, balayant ainsi tout l'espace environnant. Deux ailes démesurées étaient plantées dans ses flancs, comparables à celles d'un aigle géant, et d'énormes pattes velues se terminaient par des griffes menaçantes, acérées comme celles d'un tigre. Son poitrail haletait puissamment. Il exhalait toute la force et la puissance, mais aussi la répugnance et la répulsion du mal.

Il était le Mal.

Je fus saisie d'horreur en voyant s'engager entre le monstre sanguinaire et l'enfant abandonné une lutte inégale et sans merci.

Se mouvant avec une aisance surprenante dans le milieu liquide malgré son énorme gabarit, par des mouvements rapides de sa queue meurtrière, le dragon s'évertua à attirer la proie dans ses serres toutes déployées afin de la capturer et de la dévorer.

L'enfant échappa à plusieurs assauts successifs puis réussit à s'enfuir dans les profondeurs océanes pour y chercher refuge. Mais le monstre le poursuivit, ne lâchant pas sa trace. Alors, l'enfant remonta, se précipita vers moi, bras en avant et largement ouverts, mais en vain. Puis il repartit et s'enfuit à nouveau. Mais la bête usa encore et toujours de toute son énergie pour assujettir définitivement sa victime.

Je pus lire à ce moment-là dans le regard de l'enfant peur, angoisse et désespoir. Mais aussi incrédulité ! Comment et grâce à qui un tel être malfaisant avait-il pu entrer dans la cité interdite de l'éden maternel ?

Alors, je voulus pénétrer à mon tour dans la trame de cette vision terrible pour défendre l'enfant. Mon enfant. Mais comment ? Je lançai mes poings dans les airs, désespérée, ne battant que le vide. De mes mains, je me mis à pétrir mon ventre, à le malaxer, comme si je voulais y pénétrer, avec l'espoir de frapper mortellement le monstre et de l'extirper hors de moi.

Je me surpris à implorer l'aide de l'Archange Saint-Michel, le vainqueur de Satan : « *Ô, Saint-Michel, je t'en supplie, viens une fois encore terrasser le dragon !* » criai-je dans mon songe. En vain. Il était trop tard. J'assistai, impuissante, à l'issue inexorable et implacable du combat.

L'enfant, harassé et exténué, pétrifié et tétanisé, voulut se réfugier une fois encore auprès de moi. Devant lui, le dragon se dressa de toute sa hauteur, ouvrit toute grande sa gueule féroce, de laquelle semblait jaillir un cri ressemblant à l'hallali triomphant des chasseurs face au cerf aux abois. Puis, il abattit ses griffes acérées dans la poitrine de l'enfant, les enfonçant plusieurs fois sauvagement dans le cœur encore si tendre de sa jeune victime.

Alors, de ma gorge de jeune fille jaillit un immense cri de désespoir. Des larmes brûlantes et abondantes montèrent du plus profond de mon être, envahirent tout mon visage déformé par la torture et glissèrent tel un torrent vers ma poitrine. Je vis l'onde si pure de ma vision qui commençait à rosir, puis à rougir, jusqu'à devenir écarlate et pourpre. C'était la couleur du sang de l'enfant massacré qui s'écoulait dans l'océan.

Au même moment, un éclair aveuglant illumina tout cet espace ensanglanté, le traversa longuement, lentement. Quand il cessa, le champ de sang avait disparu, et un désert sans fin de roches et de sable m'apparut. Comme descendu de l'éclair, un jeune homme souriant et beau comme un archange, au regard d'une douceur de miel, habillé de lumière, se tenait debout, ouvrant largement des bras accueillants. Face à lui, une jeune fille en habit gris de pénitente s'avançait craintivement et s'agenouilla à quelques pas du jeune homme.

« *Comme cette jeune fille me ressemble* », songeai-je !

La voix mélodieuse et pleine de compassion du jeune homme proclama :

« *Lève-toi, jeune fille ! Je t'annonce une longue et douloureuse traversée du désert. Je resterai près de toi et serai ton protecteur, jusqu'au jour où tu rencontreras celui qui a reçu tout pouvoir pour guérir le mal de ton âme. Tu le reconnaîtras. Ce sera à l'instant même où il quittera ce monde ! Et tu devras lui faire confiance.* »

Puis un voile épais couleur de feu tomba brutalement sur moi. Le vide, le néant.

***

Un nouvel éclair, suivi d'un fort coup de tonnerre, pénétra dans la pièce, me faisant sortir de ma torpeur et revenir du monde inconnu et immatériel dans lequel j'avais été plongée. J'endurai lors d'un temps qui me parut sans fin une sorte de brûlure fulgurante ressentie d'abord au tréfonds de mes entrailles puis qui s'empara de tout mon corps, provoquée par les douleurs de l'enfantement !

Je reconnus cette fois-ci la vieille femme qui s'adressait à moi :

— Il est tard. La journée a été longue. Tu as été remarquable. Tu as déjà tout expulsé et j'ai fait le nécessaire pour tout enlever de ton intérieur. Je peux dire que tout est bien fini et réussi.

Puis Mante exhiba une petite pique de fer très fine à laquelle était accroché un bout de chair sanguinolente et déclara :

— Vois-le. Il est là ! Cette réussite est aussi pour moi une revanche !

Choquée par cette vision horrible, je me mis à hurler, violemment :

— Qu'ai-je fait ! Mon Dieu ! Je ne savais pas !

Puis une pensée me traversa l'esprit, je m'écriai :

— Je veux que mon enfant soit baptisé !

— Mais, il est mort ! Et puis, il n'est rien !

— Non, il faut absolument le baptiser, c'est ma volonté, par pitié !

Mante m'observa avec un air narquois et me répondit :

— D'accord, d'accord, je vais le baptiser. Cela ne me dérange pas.

Elle plongea alors la pique et le paquet de chair dans la cuvette placée auprès du lit et demanda :

— Comment veux-tu l'appeler ? Je pense que c'est un garçon.

— Joanis. Joanis 2, répondit Anne.

Mante prononça les paroles rituelles :

— Joanis 2, je te baptise au nom du Père, du Fils et du Saint-Esprit. Amen.

Puis elle murmura, doucement, une phrase que je ne parvins pas à entendre, mais qui me sembla être une prière !

Ce rite terminé, Mante s'approcha de l'âtre et jeta dans le feu le petit corps expulsé de mes entrailles. Aussitôt un crépitement se fit entendre et une odeur âcre de chair brûlée se répandit dans la pièce.

Tourmentée, j'implorai dans un murmure :

« *Mon Dieu, je t'en supplie, aie pitié de mon enfant et accueille-le au Royaume des Cieux !* »

Épuisée par l'épreuve, profondément touchée dans mon cœur, je me mis à pleurer, amèrement.

À nouveau, plusieurs éclairs successifs propagèrent dans la pièce de la chaumière une lumière vive. Un énorme coup de tonnerre rugit ensuite et se délesta de sa foudre sur l'immense et très vieux chêne qui trônait au milieu de l'airial, suivi d'autres coups plus lointains. Mante, inquiète, se précipita vers la porte d'entrée pour voir ce qui se passait à l'extérieur et fut horrifiée en découvrant que son chêne géant avait été fendu en deux. Une partie était en train de s'effondrer sur le sol dans un craquement sinistre, l'autre partie, d'apparence dorénavant burlesque, demeurait comme suspendue au ciel, surmontée d'une ramure en feu malgré la pluie qui continuait à tomber. Mante vit aussi que l'incendie avait gagné le toit de chaume de l'écurie. Le cheval, affolé, avait rué de toutes ses forces dans la porte d'entrée et réussi à la briser. Échappé dans l'airial, il le parcourait dans tous les sens, poussant des hennissements affolés, se heurtant aux hautes clôtures qui l'empêchaient de s'enfuir au-delà. À l'étable, la vache meuglait d'épouvante, prisonnière dans son enclos.

La tempête redoubla de vigueur, le vent emportait tout sur son passage en un vacarme effrayant. Une pluie de grêlons énormes se mit à tomber, avec violence.

« *Il tombe des grêlons d'une grosseur incroyable, annonça Mante. Ils sont aussi gros que des œufs !* »

Leur chute produisit sur la toiture de la maison des tambourinements inquiétants et une gouttière apparut dans un coin de la pièce principale. Mante y plaça un broc afin de recueillir l'eau qui commençait à inonder le sol.

De lourds nuages noirs se déplaçaient d'ouest en est à une vitesse folle, aiguillonnés par un vent furieux, déversant sur le sol une pluie diluvienne, comme si l'océan déchaîné s'était envolé dans l'espace et envahissait l'intérieur des terres pour les submerger tel un véritable tsunami aérien.

Le ciel et la nature en furie manifestaient une colère insatiable. La forêt bousculée, malaxée, fouettée hurlait sa souffrance. Des arbres brisés en deux s'effondraient, d'autres, déracinés, ouvraient de véritables cratères dans le sol, d'autres encore résistaient vaillamment, mais oscillaient dangereusement accompagnés de grincements lugubres. Les cimes balayaient le ciel et se délestaient de leur cargaison de pignes qui s'envolaient dans les airs, emportées comme de simples plumes. Les animaux fuyaient cette fureur dantesque pour se réfugier et se regrouper dans les champs.

« *Ce n'est pas une tempête, c'est un cyclone,* déclara Mante. *Quelle violence ! Je n'ai jamais vu ça ! Le vent est en train de tout dévaster. La forêt va être abattue. Heureusement que la récolte du maïs a été terminée à temps ! Verdun a dû ressembler à un tel cataclysme !* »

Bien que perturbée par ce qui arrivait, Mante continua de m'apporter les soins nécessaires à mon rétablissement. Fatiguée, je récupérai cependant peu à peu de mon épreuve. Mante m'avait fait absorber un nouveau breuvage qui m'avait bien requinquée, et un petit repas acheva de me redonner des forces.

À l'extérieur, un calme relatif sembla revenir. Une accalmie ? Comme je craignais que la tempête reprenne de plus belle et de ne pas pouvoir repartir, j'annonçai subitement à Mante :

— Le calme est revenu. Je pars maintenant !

— Tu es folle, me répondit Mante, tu n'es pas encore assez forte. Tu ne tiens même pas sur tes jambes. Tu n'auras jamais la force d'arriver jusque chez toi. Crois-en mon expérience, tu dois rester encore, te reposer ici plusieurs heures. De plus, ce calme de la nature ne va pas durer. On doit se trouver actuellement dans l'œil du cyclone. Mais cela va repartir de plus belle. Est-ce que je sors, moi, pour secourir ma vache, et tout mon poulailler ? Ce serait trop dangereux !

— C'est décidé, je pars, c'est le moment, confirmai-je.

Mais quand je me levai de ma couche et posai les deux pieds à terre, je fus prise de vertiges. Je m'agrippai à la couche pour éviter de chuter lourdement sur le sol, et attendis patiemment que tout se remette en place dans ma tête.

— Que t'arrive-t-il ? me demanda Mante.

Incapable de répondre, je ne dis rien et me pliai en deux sur la couche, me sentant proche d'un évanouissement que je ne pouvais maîtriser. Je fermai les yeux. Mante comprit ce qui se passait et m'aida péniblement à m'allonger sur le lit. Après quelques minutes de récupération, j'ouvris les yeux, pris une profonde respiration, et décidai à nouveau de me lever pour partir. J'accomplis les gestes, cette fois-ci, avec lenteur, prenant un maximum de précautions. Je constatai avec satisfaction que j'avais retrouvé toute ma stabilité, même si mes jambes avaient tendance à se dérober sous mon poids.

— Je pars ! dis-je, décidée.

Mante en fût tellement abasourdie qu'elle demeura incapable de manifester sa ferme désapprobation. Mais elle se reprit vite :

— Tu n'as donc pas compris que tu n'es pas encore assez solide pour rentrer chez toi ? Même si tu y arrives, tu vas t'effondrer en arrivant devant tes parents. Que vas-tu leur dire ? Ne vont-ils pas deviner la raison de ta faiblesse ? Et tu le sais, je ne suis pas d'accord ! Il est bien entendu que tout doit rester absolument secret entre nous ! Repose-toi. Je vais te nourrir pour que tu te sentes mieux. Je t'ai déjà donné une boisson qui va te revigorer. Mais, sois patiente, attends qu'elle fasse effet !

— Je me sens beaucoup mieux. Je me suis levée trop vite la première fois. J'ai perdu beaucoup de sang, semble-t-il. Voilà la raison de ma faiblesse. Mais je suis une fille forte. Ne vous inquiétez pas, Mante, si j'ai un moment de faiblesse devant mes parents, je ne suis pas embarrassée pour donner une explication qui ne sera pas la vérité, mais qui ne sera pas pleinement un mensonge. Voyons, je suis une jeune fille, ce n'est pas la première fois que je perds du sang. Je pars. Ma décision est irrévocable.

Tout en me rhabillant, je rangeai mes affaires dans mon sac. Je me tournai vers la cheminée, et tombai à genoux devant l'âtre. Mon corps fut pris de sanglots longs, puissants, qui montaient en vagues successives du plus profond de mon corps.

J'entendais dehors la violence du vent qui se manifestait dans le conduit de la cheminée et y grondait rageusement. Je crus voir un filet de fumée s'élever dans ce courant tournoyant qui emportait mon enfant vers le ciel. Je me signai.

Puis, péniblement, je me dirigeai lentement, mais fermement vers la porte et quittai la masure sans regarder une dernière fois Mante-la-sorcière, sans lui dire un seul mot, encore moins un merci. Je récupérai mon vélo, l'enfourchai, et m'enfuis.

Quand j'arrivai sur le grand chemin, le vent se leva à nouveau. Je pris en sens inverse le parcours suivi le matin. À l'instant où je longeais l'arrière de l'airial de la ferme des beaux-parents de ma sœur, plusieurs éclairs illuminèrent le ciel, suivis de coups de tonnerre. Je me retournai pour repérer les impacts de la foudre tombée dans le voisinage. J'aperçus derrière moi les hautes futaies de chez Mante où tout semblait s'être embrasé. La foudre semblait avoir cruellement frappé chez Mante.

Je ne pensais plus qu'à m'éloigner le plus vite possible de ce péril menaçant. Je sentis une grande fatigue m'envahir. Heureusement, le vent me poussait dans le dos avec une puissance que j'appréciai. En arrivant au grand champ et à l'orée du bosquet, je fus surprise de voir sortir de la cabane de chasse aux alouettes ma sœur Juliette qui avait certainement dû guetter mon retour pendant une grande partie de la soirée. Juliette me fit un grand signe de la main, espérant sans doute pouvoir m'arrêter un instant et me parler.

« *Ma chère sœur, songeai-je, tu désires être encore présente auprès de moi pour me soutenir. Je t'aime tant ! Je te dois tant ! J'aurais tellement dû t'écouter ! Mais non, je ne peux m'arrêter, je n'en ai ni le courage ni l'envie en ce moment. Je sais que tu vas le comprendre.* »

Je répondis par un large baiser de la main à l'appel de Juliette mais poursuivis mon chemin, sans me retourner. Désappointée et peinée, elle suivit du regard ma course qui s'enfonçait dans la longue percée rectiligne traversant le bosquet.

L'orage grondait dangereusement au-dessus de la forêt.

J'avais parcouru près de la moitié de la traversée du bois, poussée dans le dos par le vent, lorsqu'un éclair gigantesque tomba du ciel et vint s'écraser sur le chemin, juste devant moi.

Affolée, je stoppai brutalement ma course, projetai mon vélo dans le fossé et m'enfuis dans la forêt, au milieu des pins, espérant y trouver un refuge. Par temps d'orage, c'est bien connu, il ne faut jamais s'abriter sous des arbres. Pourtant, je le savais. Les hautes cimes des pins maritimes offrent un réceptacle privilégié aux puissantes décharges électriques de la foudre qui dégringolent ensuite le long du tronc des arbres avant d'aller s'enfouir dans les profondeurs de la terre.

À l'instant même où je passai tout près d'un pin géant, l'orage déversa sur celui-ci toute son énergie et l'enflamma comme une allumette.

Happée dans un éclair énorme qui zébra le ciel, je basculai tête en avant et chutai lourdement.

Foudroyée.

.23.
Dialogues d'anciennes

Clémentine était la mère d'Henri Saintmont, et donc ma grand-mère. Elle avait plus de quatre-vingts ans, mais demeurait toujours alerte bien qu'elle ait mené une dure vie de labeur. Elle était encore très active et l'on pouvait compter sur elle pour assumer de nombreuses tâches ménagères dans la maison et cuisiner avec talent des plats savoureux et appétissants, mais aussi pour assurer des travaux de jardinage. Dès que l'usage du vélo avait été vulgarisé, elle avait voulu apprendre à s'en servir et continuait toujours à se déplacer par ce moyen de locomotion malgré le poids des ans. Ainsi, quand elle voulait rendre visite à sa grande copine Léonie qui habitait à la sortie sud du village, et donc assez loin de chez elle, elle y partait à bicyclette et les gens s'amusaient de la voir s'arc-bouter sur ses pédales pour réussir à grimper la petite côte de la route de Commensacq.

Son amie Léonie devait avoir le même âge. Elle passait tout son temps à tricoter et à coudre, mais sans vraiment fournir un travail efficace et utile, car elle n'arrivait plus à terminer ce qu'elle entreprenait. Elle y voyait très mal. Elle portait bien des lunettes, mais celles-ci étaient un héritage de son père et n'étaient pas adaptées à sa vue. Elles ne servaient guère que de décoration.

Mais tout son entourage était convaincu qu'elle y voyait beaucoup mieux quand elle oubliait de les mettre. Ceux qui ne la connaissaient pas ne s'en doutaient nullement quand ils l'observaient. En effet, ils constataient qu'elle était capable d'enfiler dans un tout petit chas d'aiguille un fil même très fin dès sa première tentative. Cette habileté ne tenait pas à la qualité de sa vision, mais était due à son expérience pour ce travail qu'elle accomplissait depuis toute jeune. Elle l'aurait fait les yeux fermés.

Les deux copines avaient une infirmité commune liée à la vieillesse, elles étaient victimes de surdité. Cette déficience nuisait souvent à la qualité de leurs dialogues en ce sens qu'il existait entre ce qu'elles se disaient et ce qu'elles comprenaient des différences notables dont elles ne se rendaient au demeurant pas compte. Leurs dialogues entre sourdes devenaient des dialogues de sourds. Toutefois, elles se faisaient bien répéter réciproquement de temps à autre des propos quand elles pensaient les avoir mal entendus.

Ce jour-là, Clémentine partit une fois de plus sur son vélo malgré la froidure sévère qui régnait en cette fin de décembre 1917. C'était le début de l'après-midi, le ciel resplendissait d'un bleu serein, mais le soleil n'arrivait pas à réchauffer l'atmosphère demeurée glaciale. Clémentine avait beaucoup de nouvelles à raconter à son amie Léonie et n'hésitait pas à pédaler hardiment pour arriver le plus vite possible à la maison de la sortie sud du village. Cette maison enfin atteinte, elle posa son vélo au même endroit selon ses habitudes, pénétra sans frapper à la porte d'entrée, et grimpa directement au premier étage où Léonie occupait une chambre qu'elle ne quittait pratiquement jamais, même pour prendre ses repas qu'on lui apportait. Puis, elle s'assit toujours sur la même chaise, et s'installa face à sa copine. Celle-ci l'observa dans ces mouvements qu'elle connaissait très bien et attendit le début de l'entretien qui démarra comme toujours sans fioritures liminaires.

— Ma petite-fille est revenue du coma, déclara Clémentine.

— Tu n'as qu'une petite-fille ?

— Mais non, j'en ai plusieurs, comme toi, tu le sais bien. J'ai onze petits-enfants, dont six petites-filles.

— Moi, aussi, j'ai des petites filles. Mais je ne me souviens plus de combien. Tu le sais, toi, combien j'en ai ? En tout cas, je n'en ai aucune qui ne soit partie je ne sais où. Et c'est laquelle qui est revenue de je ne sais où ?

— C'est ma petite fille Anne. Mais elle n'est pas revenue de je ne sais où. Elle est revenue du coma.

— Et elle y était partie longtemps ?

— Oh ! Presque dix jours, je crois.

— Ce n'est pas très long. C'est loin ?

— Mais la question n'est pas de savoir si c'est loin, mais si c'est grave. Et c'était très grave. Elle aurait pu mourir ! Mais enfin, maintenant elle est revenue, il va peut-être falloir qu'elle parte en convalescence. Du moins, d'après ce qu'en dit le médecin.

— Ah ! Elle va repartir. Et tu dis que c'est grave ! Elle ne part tout de même pas à la guerre ? Et c'est où, ce coma ?

— Elle y est tombée entre Menroux et Sauboua. Tu connais bien l'endroit !

— Et oui, là, je connais, mais je ne connais pas ce lieu que tu appelles coma ! Je vieillis. Je perds la mémoire ! Et je ne savais pas que c'était un endroit dangereux. Elle a rencontré des loups ou des sangliers ?

— Non, elle a rencontré la foudre ! Et, crois-moi, c'est encore plus dangereux. La foudre lui est tombée dessus, ou presque ! Tu te souviens de la tempête qui a soufflé très fort ces jours derniers ?

— On m'en a parlé, mais je n'ai rien entendu. Il me semble qu'il y a eu des coups d'orage. Pourtant, j'ai encore l'ouïe fine, mais elle ne marche pas bien tous les jours !

— Il est certain que si tu n'as pas entendu la tempête et fort peu l'orage ton ouïe doit sérieusement laisser à désirer.

— Mais non, ce ne sont que des paresses momentanées de mes oreilles ! Elles ont tellement entendu de choses désagréables dans leur vie qu'elles décident de faire grève de temps en temps. Et je les approuve.

— Si tu veux mon avis, elles ont définitivement pris leur retraite.

Elles ont dû te le cacher de peur que tu te fâches. Je peux t'assurer que mes oreilles, qui ne sont au demeurant pas très vaillantes non plus, ont quand même entendu l'énorme vacarme produit par la tempête.

— Je ne conteste pas le fait qu'il y ait eu une tempête. Dans ma vie, j'en ai vu des tempêtes, et de belles, je n'avais pas besoin de les entendre pour savoir que c'étaient des tempêtes ! Mais pourquoi me parles-tu de tempête ? Elle est finie ? Tant mieux !

— Je te parle de tempête parce que cette tempête a été accompagnée de beaucoup de vent...

— Moi, je n'ai jamais vu de tempête sans vent !

— Et bien, là, pour du vent, c'était du vent, un véritable cyclone ! Mais il y a eu aussi de fortes pluies, de la grêle, et un orage terrible ! Et cet orage est tombé sur la tête d'Anne.

— La pauvre ! Elle a été tuée ?

— Elle aurait pu être tuée ! Heureusement que sa sœur Juliette n'était pas loin de l'endroit où le drame a eu lieu. Elle a tout vu, ou du moins tout deviné. Elle est vite intervenue et elle a appelé du secours. Anne a été mise dans le coma. C'est la maladie que nous a dite le docteur. Parce que le coma, c'est une maladie grave !

— Ah ! C'est une maladie grave ! Je comprends. Et il en retourne quoi, exactement ?

— Oh ! C'est comme qui dirait un grand évanouissement. Anne dormait, tout le temps, sans arrêt. Elle a bien dormi dix jours avant de se réveiller. Pourtant, tout le monde lui parlait tous les jours. Mais elle ne répondait jamais. En plus, il paraît qu'elle a perdu beaucoup de sang.

— Elle a été blessée ?

— Non. C'est entre ses jambes, plutôt ses cuisses, où elle perdait beaucoup de sang !

— Je te signale que, à moi, cela m'est arrivé pendant des années de perdre du sang à cet endroit-là ! Et cela revenait tous les mois. Je n'en suis pas morte, même si cela n'a pas toujours été facile, surtout quand j'étais jeune. Et, vois-tu, il paraît que ce phénomène arrive à toutes les femmes !

— Arrête de te moquer. Je le sais bien, tout ça ! Mais dans le cas de ma petite-fille, cela aurait continué par une infection grave ! Elle avait une température de cheval. J'ai bien vu que le docteur était très inquiet. Moi, je pense qu'il a deviné quelle maladie a provoqué le mal. Mais il n'a rien voulu dire à personne ! Ce devait être grave pour qu'il ne veuille inquiéter personne. J'ai vu ce matin qu'il a retrouvé le sourire après avoir examiné la malade.

— Tant mieux !

Comme d'un commun accord, les deux braves commères arrêtèrent brutalement leur conversation et gardèrent le silence pendant plusieurs minutes. Léonie donnait l'impression de concentrer toute son attention sur le tricot qu'elle était en train de confectionner et Clémentine semblait s'évader en des pensées bien à elle et qui l'accaparaient entièrement. Un tel arrêt d'entretien joua un vilain tour à leur mémoire déclinante de sorte que tous les thèmes qu'elles avaient abordés se mélangèrent dans leur tête et se transformèrent en souvenirs confus qu'elles eurent par la suite beaucoup de mal à démêler de manière clairvoyante. Mais elles éprouvaient sans doute le besoin de retrouver leur souffle. Ce fut Léonie qui reprit en premier la parole.

— Il y a eu une grande tempête ces derniers jours, dit-elle.

— Je sais. On m'en a parlé. Elle aurait fait de nombreux dégâts.

— Elle m'a empêché de dormir pendant toute une nuit ! Un véritable vent de cyclone, et un orage terrible.

— Je croyais que tu n'avais rien entendu ?

— Comment aurais-je su, alors, qu'il y a eu une tempête, si je ne l'avais pas entendue ?

— Parce que je te l'ai dit !

— Mais comment, tu me l'as dit ? C'est moi qui te l'ai appris ! Ce cyclone, ce n'est pas chez nous qu'il aurait dû se manifester, mais à Verdun et sur tout le front de la guerre pour chasser les ennemis et les obliger à rentrer chez eux.

— Tu sais, il paraît que les Allemands prétendent que c'est nous, les Français, qui avons déclenché la guerre, que c'est de notre faute si elle a lieu.

— Évidemment, on est tellement idiots qu'on a décidé de faire la guerre en France ! Sans doute pour avoir l'avantage du terrain ! On dit que l'on est toujours avantagé quand des évènements se déroulent dans son propre pays ! On a donc invité les Allemands à venir visiter nos belles régions avec leurs canons, sans oublier leurs munitions. Ils ont accepté sans rechigner et se sont bien installés. Et ils y sont tellement bien qu'ils ne veulent plus en partir, maintenant. Ils aimeraient, même, paraît-il, venir faire la fête à Paris.

— Je ne te trouve pas drôle, c'est grave la guerre.

— Je le sais bien ! J'apprends régulièrement la mort sur le front de plusieurs enfants de Pissos. Un de mes petits-enfants a été tué à Verdun l'an dernier. Un si gentil garçon, affectueux, mignon comme tout ! Je l'aimais beaucoup. Mais nos jeunes vont les battre et les repousser, ces Boches de malheur !

— Ma petite fille Anne a perdu en octobre celui qui devait devenir bientôt son fiancé, Joanis.

— Pauvre Joanis, je l'ai bien connu aussi. Quel enfant adorable, vaillant et courageux !

Clémentine changea alors soudainement de sujet :

— Tu connais la nouvelle, pour la sorcière ?

— La sorcière ? Voyons, je ne connais que Mante que l'on appelle la sorcière.

— Oui, je parle de Mante. Eh bien, l'orage est tombé chez elle à plusieurs reprises le jour de la tempête. La foudre est même tombée sur sa maison et y a mis le feu. L'incendie a tout détruit. La maison a été réduite en cendres. On n'a pas retrouvé le corps de Mante. Elle n'a pas dû pouvoir s'échapper à temps, elle a dû brûler en même temps que sa maison.

— Mais c'est terrible ! Pauvre d'elle ! Je la connaissais bien. On a été à l'école ensemble. Elle n'a pas eu de chance dans la vie. Elle n'a jamais pu avoir d'enfants avec son pauvre mari. Elle ne l'a jamais supporté. Elle m'avait même dit un jour : « *Tu vois, Léonie, celui d'En-Haut, et à ce moment-là elle me montrait du doigt le ciel, celui d'En-Haut n'a jamais voulu que j'aie au moins un enfant. Eh bien, je me vengerai. Tu verras, je me vengerai !* », me répétait-elle avec rage. Je lui ai répondu : « *Tu es folle, tu ne vas pas t'attaquer au Tout-Puissant !* » Mais elle me répétait à nouveau son désir de revanche.

— Elle avait la réputation de défaire les grossesses.

— Je suis sûre que cette réputation était justifiée. Enfin, paix à son âme ! J'espère qu'elle aura eu le temps de se repentir de ses fautes. Dieu est tellement miséricordieux qu'il est capable de tout lui pardonner !

Léonie fut alors interrompue par une quinte de toux, mais celle-ci ne dura pas.

— Qu'est-ce qui t'arrive ? lui demanda Clémentine.

— J'ai la gorge sensible, cela m'arrive de tousser quand je parle trop longtemps.

— Tu te soignes ?

— Ma petite-fille me soigne, elle m'a donné du coum aco à sucer.

— Tu n'as qu'une petite fille ?

— Mais non, j'en ai plusieurs, mais je ne sais plus combien.

— Mais alors, c'est laquelle qui te soigne ?

— Eh bien, celle de la tempête, voyons ! Tu ne te souviens de rien ! Je t'en ai parlé tout à l'heure.

— Je ne m'en souviens pas. Et elle te donne à sucer du coma ? Qu'est-ce que c'est ?

— Non du coum aco. Tu m'embrouilles. Je ne suis pas médecin. Elle me donne des pastilles et je les suce. Elle m'a montré comment il fallait faire. Elle a attrapé une pastille, elle l'a portée à sa bouche et m'a dit : « *Tu suces coum aco* ».

— Elle te parle en patois ?

— Moi, je parle souvent en patois, tu le sais bien. Il faut que je tombe sur une grande dame comme toi pour ne parler qu'en français.

Mais j'aime bien pratiquer notre gascon.

— La grande dame te signale qu'elle n'a rien de plus que toi, je tiens simplement à éduquer mes petits-enfants pour qu'ils sachent bien utiliser la langue française. On n'est tout de même pas allées à l'école pour rester arriérées ! Et comme je connais bien le patois, je te rappelle que coum aco, cela veut dire « *comme ceci* », ou « *comme cela* ». Donc ta petite fille a voulu te dire : « *Tu suces la pastille comme ça* », en te donnant l'exemple. J'ai cru que tu me disais qu'elle revenait elle aussi du coma.

— Du coma ? Où est-ce, le coma ?

— Le coma, ce n'est pas un endroit, c'est quelque chose de grave…

La conversation devait ainsi tourner quelque temps en rond, mais du temps, elles en avaient à revendre...

Au moment où Clémentine se décida à partir et à rentrer chez elle, la nuit n'allait pas tarder à tomber. Clémentine se leva, embrassa son amie et alors qu'elle s'apprêtait à franchir le seuil, Léonie lui cria une dernière question :

« *Dis-moi, Clémentine, c'est ma petite fille qui doit revenir de coma* ? »

.24.
Anne et les loups - février 1918

J'avais pris la décision de partir faire la guerre, ma guerre, avec la volonté de devenir infirmière. Au petit matin du jour de mon départ, la neige tombait abondamment, chose rare en Haute-Lande, et recouvrait d'une épaisse couche le bourg et les environs du village de Pissos. Mais malgré ces conditions météorologiques défavorables, fidèle à moi-même, je n'ai rien annulé.

Je n'avais averti personne de cette fugue, même pas ma sœur Juliette qui était pourtant ma confidente la plus sûre. Pour éviter que mon équipée ne soit éventée à cause d'une rencontre importune, j'avais prévu de partir à pied en empruntant des chemins à travers bois jusqu'à la gare de Labouheyre, plus lointaine que celle d'Ychoux, afin d'y prendre le train à destination de Dax. Grâce à un tel détour, j'étais certaine de ne pas être aperçue par des gens de ma connaissance. Cela m'obligeait à entreprendre une marche de vingt bons kilomètres faite en grande partie en forêt. Ce choix d'itinéraire allait me valoir l'un des plus grands effrois de ma vie.

Pourquoi partir à Dax ? J'avais appris par mon médecin que le Collège Cendrillon de Dax servait, ou avait servi, en partie, d'hôpital pour accueillir des blessés de la Grande Guerre. J'étais fermement décidée à m'y présenter et à solliciter une formation au métier de soignante afin de pouvoir ensuite obtenir une affectation aux services de santé des armées, le plus près possible du front. Mon désir farouche était de servir un jour au contact des combattants et de partager leur dur engagement.

Un jour de février, je me levai en catimini de bon matin, dès quatre heures trente, pour ne réveiller personne. Mon sac de voyage était prêt depuis la veille, bien caché au fond de l'armoire de ma chambre. Je n'avais plus qu'à ajouter de quoi me restaurer en chemin. Après une rapide toilette silencieuse, chaudement vêtue, sac sur le dos, je quittai la maison, sans bruit. Il n'était pas encore cinq heures du matin. Mes parents et la plupart des habitants ne se levaient pas avant six heures. J'avais donc le temps de parcourir assez de distance avant que l'on ne s'aperçoive de mon départ.

Je laissai sur la table du séjour une lettre préparée d'avance, placée dans une enveloppe. En voici la teneur :

« Cher papa, chère maman,

J'ai décidé de partir à mon tour servir la France, pour aider nos soldats qui souffrent. Tant d'amis de notre village et des villages environnants sont morts ou ont disparu au front ! Tant d'autres s'y battent encore ! Beaucoup d'entre eux ne pourront être sauvés si personne ne se dévoue et ne vient à leur secours. Pour cela, nous les femmes, nous avons un rôle à tenir. Je vais à Dax en quête de formation aux soins. Après, cela ne dépendra plus de moi, même si je sais ce que je souhaite. Je vous écrirai pour vous dire ce que je fais et où je suis.

Ne m'en voulez pas de vous avoir caché mes intentions. Si je vous l'avais dit, vous m'en auriez empêchée. Vous savez pourquoi je suis très malheureuse. Une telle décision m'aidera à envisager l'avenir. Je vous embrasse tendrement avec toute mon affection. Votre fille qui vous chérit, Anne. »

Je me sentais investie d'une mission depuis le jour où des évènements cruels avaient brisé le meilleur de ma vie. Il me fallait absolument affronter la cause de mon malheur et le vaincre.

En quittant la maison familiale et en me lançant sur la route, j'eus enfin le sentiment d'être passée à l'action et de réaliser ce projet que je mûrissais de longue date.

Mon cœur battait très fort, car je franchissais le point de non-retour. Je me rendis compte que cet émoi momentané était accentué par l'environnement dans lequel j'avançais. En effet, je découvrais mon propre village sous un aspect inhabituel. Bien que la nuit fut encore profonde, tout l'espace qui s'étalait devant moi, recouvert d'une couche immaculée de neige, reflétait une étrange clarté. Pourtant, en scrutant vers le ciel, je devinais au-dessus de moi un rempart opaque constitué de nuages aussi noirs que l'encre de l'école. Et je recevais sur mon visage des flocons blancs qui tombaient sans cesse et qui, s'accumulant, élaboraient sur le sol un tapis soyeux et lumineux, comme si chaque grain transportait en lui un peu de lumière, effaçant toute trace de terre, routes et chemins.

Une pensée me fit sourire : « *Par quel mystère ce ciel si noir peut-il, en tombant sur le sol, se transformer en un parterre d'une blancheur si pure ?* »

Au-delà de la place que l'on ne distinguait plus, le clocher de l'église s'élevait si haut qu'il semblait transpercer les nuages et apparaissait comme le seigneur et protecteur de toutes les maisons qui, leurs toits revêtus de plusieurs strates de neige compactes et drues, avaient perdu leurs formes habituelles et donnaient l'impression de venir se blottir autour de la grande bâtisse, tels des poussins se réfugiant sous l'aile protectrice de leur mère poule.

De suite, l'air froid pénétra profondément et de manière agressive dans mes poumons. Heureusement, j'étais chaudement vêtue et bien chaussée. Le sol étant verglacé par endroits, je fus obligée d'avancer prudemment. Dans le silence de la nuit, je n'entendais que le crissement de mes pas.

Je quittai le village en prenant la direction de Daugnague et Commensacq. Les maisons situées de part et d'autre de la route me servirent de repère pour rester sur le bon chemin camouflé sous une neige qui continuait à tomber. À la sortie du village, je me souviens avoir aperçu au premier étage de la dernière maison une vague lueur tremblotante qui tranchait dans la nuit. Je pensai que

Léonie, très âgée, avait déjà commencé sa journée à la lumière d'une bougie ou d'une lampe à pétrole en s'attaquant, selon son habitude, à des coutures ou à ses tricots qu'elle ne finissait jamais.

En pénétrant dans le massif forestier, la nuit me parut encore plus ténébreuse. Mais grâce à ma bonne connaissance de toutes les routes et chemins des environs, je repérai sans difficulté dans le noir et sous la neige le tracé de l'itinéraire que je devais suivre. Après trois kilomètres d'une marche prudente mais soutenue, j'arrivai à un croisement de routes et pris sur ma droite un chemin de terre battue menant à Escoursolles, un hameau d'une quinzaine de maisons et masures éparpillées dans un vaste airial de verdure et arboré de chênes centenaires et de platanes. Je devinai, tout en avançant, aux cares de la dernière saison encore intactes au flanc des arbres, que les bois traversés étaient habituellement résinés. Mais, avec quels gemmeurs la prochaine campagne de gemmage se ferait-elle ? En effet, presque tous les hommes valides avaient été appelés pour faire la guerre, même les moins jeunes étaient affectés chez les territoriaux ! Les quelques cabanes en bois de résiniers que j'apercevais, ci et là, servant surtout de dépôts d'outils et de pots Hugues, voire de lieux de repos, étaient manifestement inoccupées.

Après deux kilomètres d'une marche rythmée sur ce nouveau chemin, j'arrivai à l'airial d'Escoursolles. Je connaissais bien ce quartier, mais comment retrouver dans cet univers uniformément blanc et où tout point de repère habituel était camouflé la piste menant à Labouheyre ? De plus, le jour n'était pas encore suffisamment levé pour éclairer le vaste ensemble. Et il n'était pas question pour moi d'aller me renseigner auprès d'habitants qui se montreraient fort curieux sur la raison de ma présence si matinale en ces lieux.

Je longeai la limite sud de l'airial, en suivant l'orée du bois, et découvris facilement une trouée dans la forêt. Je fus rassurée, car il s'agissait bien de la trace du chemin allant jusqu'à la route reliant Commensacq et Labouheyre.

J'évaluai à plus de deux heures le temps écoulé depuis mon

départ de la maison. Par un temps normal, j'aurais accompli un tel parcours en seulement une heure, mais la marche dans la neige fraîche s'était avérée aussi difficile et pénible qu'une promenade sur une plage de sable sec et meuble, d'autant que, chaussée de godillots lourds, j'adhérais difficilement à un sol souvent glissant. Aussi, après avoir quitté l'airial et laissé derrière moi les dernières granges du hameau, et continué ma progression sur près d'un kilomètre, je décidai de m'arrêter quelques instants pour me reposer et me restaurer. Ce fut avec plaisir que je me débarrassai du sac qui devenait de plus en plus lourd sur mes épaules. J'en sortis une bouteille d'eau et quelques victuailles. Maintenant que le crissement de mes pas avait cessé, je fus frappée par le silence profond et presque angoissant qui régnait autour de moi. Tous les bruits habituels de la forêt étaient assourdis et escamotés par la forte épaisseur de neige qui la recouvrait.

Soudain, dans ce silence absolu, j'entendis au loin des hurlements. Je tendis l'oreille. Ce ne pouvait être des chiens de chasse. En effet, qui partirait chasser de si bon matin et surtout par un temps pareil. Puis le calme revint et le silence s'installa à nouveau. Mais je restai aux aguets, et inquiète de ne pouvoir déterminer l'origine de ces cris. Le répit fut court. La forêt retentit encore de ces mêmes hurlements furieux et prolongés, qui se rapprochaient. Alors, horrifiée, je compris : « *Ce sont des loups !* » J'en fus de suite convaincue, car récemment, des chasseurs du village avaient signalé la présence d'une meute dans la région de Labouheyre, pas très loin du lieu où je me trouvais. Des battues avaient été organisées pour les éliminer. Sans résultat, pensai-je. Des troupeaux de moutons avaient même été décimés par ces prédateurs.

Je savais que des loups affamés n'hésitaient pas à défier une femme isolée et sans défense. Or, à cause du mauvais temps qui sévissait, tout le gibier devait se terrer. Quant aux bergers, ils ne devaient plus sortir leurs troupeaux si bien que la prédation des loups devait s'avérer infructueuse. Ainsi, par ce temps de disette pour eux, s'ils découvraient ma présence, je risquais de devenir une proie facile. Il me fallait, et vite, chercher un refuge. Je songeai à revenir vers le hameau d'Escoursolles, mais en avais-je le temps ? De peur d'être traquée par cette meute se déplaçant manifestement dans ma direction, je repris hâtivement mon sac et rebroussai chemin en pressant le pas. J'avais bien aperçu, pas très loin d'ici, des cabanes de résiniers, mais étaient-elles ouvertes ? Je n'y avais pas prêté attention, et donc me trouvai dans l'incertitude de pouvoir m'y abriter et me protéger le temps que le danger soit écarté.

J'entendis bientôt des vociférations rageuses se rapprocher de plus en plus, comme si les loups avaient bien repéré la présence d'une proie qui leur permettrait d'assouvir leur terrible faim. Mais, tout en avançant le plus vite possible, je scrutai l'intérieur de la forêt et n'y décelai aucun mouvement. Ouf ! Sur ma gauche, dans l'autre partie de la forêt, je repérai une cabane de résinier à une bonne centaine de mètres de moi. Simultanément, j'aperçus en me retournant, pas très loin derrière moi, une bête imposante qui surgissait des bois, sautait sur le chemin, et se lançait à ma poursuite d'une allure posée et régulière, accompagnée de ses congénères.

***

Le chef de la meute était à la tête de cinq autres bêtes affamées, en chasse, sans doute, depuis plusieurs heures.

Il avait dû mener sa troupe sur une vaste zone à la recherche, de gibier, à l'affût de traces de sangliers et de chevreuils, jusqu'au moment où son instinct et son odorat lui avaient permis de déceler une présence humaine. Le loup connaît et craint l'homme, et évite tout affrontement autant que faire se peut. Mais la faim avait poussé le chef de la meute à s'enhardir et à approcher cet être humain qu'il sentait isolé et sans défense. Il comprenait que si celui-ci s'enfuyait, c'est qu'il n'était pas dangereux et restait à sa merci. Les autres loups grognaient de plaisir et exhibaient déjà leurs crocs puissants et tranchants.

Je me retournai, tout en accélérant ma course, afin d'évaluer mes chances d'échapper à mes poursuivants. Je les situai à cent mètres à peine derrière moi ! Et il me restait près de cinquante mètres à parcourir jusqu'à la cabane. Je me sentis perdue. Mais la peur panique qui m'habitait me poussa à cavaler avec le même élan que celui d'une antilope prise en chasse par le lion dans la savane. Mon cœur battait à un rythme effréné et cognait dur sous mes côtes. Je tentai de me débarrasser du sac à dos, mais je m'empêtrai dans les bretelles et préférai y renoncer. Un bref regard sur ma gauche me fit découvrir, à l'intérieur de la forêt, à moins de vingt mètres, une autre cabane de résinier que me cachait jusque-là un bouquet d'arbres. Les jappements de la meute étaient très près. Je n'osai plus me retourner. Je m'attendais à tout moment à être saisie par des crocs. Je me demandai si cette cabane était équipée d'une porte afin que je puisse m'y réfugier. De toute façon, je n'avais plus le choix. Je fonçai vers cette cabane.

Au moment de quitter le chemin et de pénétrer dans la forêt, je compris, à une baisse du niveau du sol, qu'un fossé de maîtrise du plan d'eau était creusé entre le chemin camouflé et l'entrée dans les bois. Trop tard ! En prenant appui pour effectuer le saut qui s'imposait, mon pied gauche dérapa sur la pente glissante en porte à faux et je chutai au bas du fossé. Je ressentis une vive douleur à la cheville. Fracture, entorse ? Mais les hurlements étaient là, sans doute à moins de cinquante mètres, et me rappelèrent la situation critique dans laquelle je me trouvais.

Seule la conscience du danger me poussa alors à agir comme jamais je n'aurais pu le faire en des circonstances normales. Je me débarrassai enfin du sac à dos. Je rampai pour m'extraire du fossé. Je me redressai en prenant appui sur un pin tout proche. Il fallait coûte que coûte que je parcoure ces vingt mètres qui me séparaient de la cabane. La meute allait me tomber dessus, je le sentais, je m'attendais à tout moment à ce qu'un loup se jette sur moi. Les grognements menaçants et agressifs me déterminèrent à engager un élan surhumain. Je réussis, malgré d'atroces souffrances, à atteindre le seuil de la cabane. Celle-ci était bien fermée par une porte qui me résista, impossible de l'ouvrir !

Je me retournai et m'y adossai. Je me redressai de toute ma hauteur. Les loups étaient là. Le meneur me regardait fixement et se tenait droit à quelques pas devant moi, les babines retroussées, les crocs apparents, les poils hérissés, sa queue levée pour m'impressionner. À ses côtés, dans une même attitude agressive, se maintenait un autre loup, sans doute une louve, sa femelle. Trois autres loups les entouraient dans une sorte de respect et grondaient sourdement, attendant que leur chef donne le signal de la curée.

Je leur fis face fièrement et leur jetai un regard de feu. Mais j'étais seule et des appels au secours seraient restés vains. En effet, les premières maisons du hameau d'Escoursolles se situaient à plus de cinq cents mètres de là. Et malgré le tumulte que mes assiégeants provoquaient, il ne me fallait pas compter sur la présence en forêt de chasseurs ce jour de semaine pour accourir à mon aide. Je voyais bien que ma dernière heure était arrivée et je savais que toute résistance de ma part ne ferait qu'allonger mon supplice. Pourtant, je me sentis envahie par une force qui me poussait à lutter. Le meneur des loups semblait surpris par mon attitude de défi. Il m'observa un temps comme s'il voulait vérifier que mon comportement ne cachait pas un piège. Puis vint le moment où je compris qu'il était prêt à lancer son attaque et qu'il réfléchissait sur le moment opportun et sur la manière. Ses comparses piaffaient manifestement d'impatience, mais restaient soumis à la conduite de leur chef redouté.

C'est ici que survint un miracle. Soudain, un coup de feu claqua. Le chef de la meute vit auprès de lui l'un des siens tourner sur lui-même puis s'effondrer à terre. Un flot de sang gicla abondamment du ventre de la victime et colora d'un rouge vif la neige autour de lui. Tournant la tête en direction du coup de feu, le maître des loups aperçut, tout comme moi, à quelques dizaines de mètres à l'intérieur du bois, un homme à la stature imposante, vêtu d'une bure brune, ceint à la taille d'une corde tressée, qui avançait vers la meute du pas tranquille d'un homme sans crainte et sûr de lui. Une longue barbe blanche drue ornait son visage et descendait jusqu'au début de son torse. Il tenait à la main gauche un grand flambeau surmonté d'une longue flamme qu'il élevait bien au-dessus de sa tête. Sa main droite portait un fusil, coincé contre sa hanche, le canon pointé, au jugé, dans la direction du groupe des bêtes. Un second coup de feu claqua et atteignit en pleine tête le loup le plus proche du meneur. Le loup touché s'écroula sur le sol sans pousser la moindre plainte, occis instantanément. Le chef de la meute comprit d'instinct que le moment de fuir était venu. Il craignit le feu qui flambait au sommet de la torche et que brandissait l'homme qui s'avançait toujours, et reconnut de loin l'instrument qui tue. Sans plus attendre, il se retourna et, abandonnant derrière lui les deux bêtes abattues qui auraient pu servir à assouvir la faim des survivants, il bondit dans la direction opposée à celle de l'arrivant. Il s'enfuit, entraînant derrière lui les trois compagnons qui lui restaient. Il franchit lestement fossés et chemin, puis s'enfonça dans les fourrés vers la partie opposée de la forêt, avec la crainte que de nouveaux coups de feu n'exterminent son petit groupe lors de sa retraite. Puis la meute disparut, définitivement.

.25.
L'ermite guérisseur

L'inconnu arriva devant moi et me demanda : « *Qui es-tu ?* », me tutoyant spontanément ! Mais je tombai à genoux sur le sol, et me mit à sangloter, épuisée par les émotions qui m'avaient submergée et percluse par la douleur de ma cheville blessée. Je devinai que l'inconnu m'observait, cherchant dans sa mémoire si ma tête qu'il découvrait lui était familière ou non. Je pus enfin arriver à lui dire :

— Je suis blessée, je ne peux pas me lever. Et je suis épuisée.

— Tu es seule ? Où es-tu blessée ? À la jambe ?

— À la cheville gauche. Je me suis tordu le pied. Peut-être l'ai-je cassé ?

— Laisse-moi voir.

Je fus frappée par l'autorité naturelle qui se dégageait de cet homme. Celui-ci me fit asseoir, s'accroupit, prit avec ménagement ma jambe gauche et la posa sur ses genoux. Il dénuda le pied qui était enflé et d'une couleur bleuâtre inquiétante et l'examina attentivement. Il tâta avec beaucoup de précautions la cheville à partir du bas du mollet. Malgré la douceur de son examen, étonnante pour un homme d'une grande force, je ne pus m'empêcher de grimacer sous l'effet d'une vive douleur. Il appuya son pouce sur quelques points précis, demandant chaque fois si j'avais mal à l'endroit où il appuyait. Puis l'homme déclara, en vrac :

— Je m'appelle André. Les gens, ici, me surnomment « l'ermite ». Je ne pense pas que ce soit une fracture. À mon avis, tu as une belle entorse. Et toi, qui es-tu ?

— Je suis Anne Saintmont. Je suis la fille d'Henri, le charpentier du bourg.

— Oui, oui, je vois très bien. Cela fait longtemps que je n'ai pas vu ton père, mais je le connais bien. Bon, tu ne peux pas marcher. Il faut que je t'amène à la maison. J'habite tout près d'ici.

— Comment faire, vous ne pourrez pas me porter. En plus, j'ai un sac que j'ai dû abandonner ?

— Ah ! Et à quel endroit se trouve-t-il ?

— Je l'ai laissé dans le fossé, juste avant la cabane, je ne pense pas que les loups y aient touché.

Sans dire un mot, André partit vers le fossé. Il revint très vite, chargé du sac qu'il avait retrouvé intact.

— Bon, dit-il, partons à la maison, que je puisse te soigner. Il faudra que tu m'expliques ce qu'une jeune fille peut bien faire dans les bois si éloignés de tout, par temps de neige, et de si bon matin.

Je me tus. Je n'avais pas l'intention de dévoiler mes projets, et encore moins mon secret, à un inconnu.

— Vous savez soigner ? demandai-je, intriguée par l'assurance de mon sauveur. Et vous allez me porter ?

— Tu vas le constater, je suis capable d'assumer ces deux choses.

Après s'être débarrassé de son flambeau, avoir positionné son fusil sur une épaule, et placé mon sac sur l'autre, il me prit dans ses bras. Je me sentis soulevée par une force herculéenne et fus emportée comme un simple sac de plume. Et André s'élança sur un chemin que lui seul connaissait. L'air frais pénétra dans mes poumons, j'y trouvai du plaisir. Je me sentis en sécurité ainsi blottie dans les grands bras du colosse.

Au bout d'un temps assez court, quelques minutes seulement, j'aperçus une masure construite dans un vaste airial. André accomplit le trajet d'une seule traite, sans qu'il lui soit nécessaire de s'arrêter pour reprendre des forces. Pourtant, il ne me paraissait pas très jeune. J'estimai qu'il devait avoir dans les soixante ans. Mais il s'avérait d'une vigueur exceptionnelle. D'un coup d'œil, j'inspectai la disposition des lieux. La maison, située dans la moitié gauche de l'airial, me sembla bien modeste. Toutefois, elle était recouverte d'une belle toiture de tuiles rouges du pays alors que pas mal de masures se contentaient alors d'un abri de chaume. J'aperçus, à l'arrière, malgré la neige, ce qui devait être l'emplacement d'un grand jardin potager et un poulailler attenant ainsi qu'une porcherie. Plus loin, dans la partie droite de l'airial, une grange en bois gris et un autre bâtiment devaient certainement servir d'écurie et de remise pour les charrettes. L'airial, lui, contenait de grands platanes, chênes et quelques arbres fruitiers que la saison ne me permit pas de déterminer. Plus loin, je devinai la présence de ruches. Quelques mètres devant la maison trônait un puits, équipé d'une pompe.

André comprit l'examen des lieux auquel je me livrais :

— Eh oui ! dit-il, nous vivons en autarcie. Je produis presque tout ce qui nous est nécessaire, sauf, bien entendu, les épices. Je fabrique même toutes les semaines le pain dont nous avons besoin.

— Nous ? demandai-je.

— Je dis « nous » parce que j'ai recueilli ma mère qui vit avec moi, elle est très âgée et, malheureusement, victime d'une paralysie des jambes. Mais, tu verras, c'est une très brave femme qui ne se laisse pas abattre par la vieillesse.

En pénétrant dans la maison, sombre à l'intérieur, j'aperçus, après accommodation de ma vue, devant une cheminée dans laquelle flambait un feu généreux une dame assise dans un fauteuil, les mains cachées dans les manches de son vêtement et les jambes recouvertes d'une couverture colorée. André m'installa sur une chaise, face à l'âtre et à côté de sa mère, et plaça devant moi un tabouret sur lequel je posai ma jambe blessée. Je la saluai.

— Bonjour Madame.

André fit les présentations :

— Mère, je vous présente, Anne Saintmont, la fille d'Henri. Vous souvenez-vous d'Henri le charpentier ?

Je fus surprise, sans le montrer, par un tel vouvoiement du fils envers sa mère, alors qu'il m'avait tutoyée dès les premiers mots, sans doute non par irrespect, mais du fait de la sensible différence d'âge entre nous deux. Certes, j'avais déjà rencontré ce type de déférence entre parents et enfants au sein de familles que l'on appelle, dans le pays, « bourgeoises ». Mais, ici, au fin fond des bois, dans une masure perdue, je ne m'attendais pas à ce type de relation et cela me déconcerta. Qui pouvait donc être cette vieille dame pour que son fils la vouvoie ?

— Oui, oui, répondit la vieille dame, d'une voix frêle, mais bien assurée. J'ai fait naître des enfants dans cette famille. Cela fait si longtemps ! Bonjour, jeune fille, me dit-elle, en tournant son regard vers moi. Je m'appelle Justine. Je suis heureuse de te rencontrer. Je ne vois plus grand monde en ce lieu retiré. Je constate que ton pied est en mauvais état. Que t'est-il arrivé ?

Je découvris le visage ridé de Justine, mais je fus frappée par son regard lumineux, empli de sérénité, qui m'inspira immédiatement une réelle sympathie, partagée selon moi. Je fus prise d'une envie de l'embrasser, mais par pudeur j'y renonçais aussitôt. Pendant qu'André s'absenta dans une pièce voisine, je racontai à Justine les évènements que je venais de vivre et comment j'avais été sauvée d'une mort effroyable par son fils. Je perçus bien que Justine tendait l'oreille avec attention, sans doute à cause d'une surdité due à son grand âge, et, de ce fait, j'élevai instinctivement le ton de ma voix. Justine me répondit ainsi :

— En quittant précipitamment la maison avec son fusil, mon fils m'a averti qu'il pensait à la présence proche de loups et que ceux-ci pouvaient être en train d'attaquer charretier ou bouvier. Tu as de la chance d'être tombée sur lui. Il va te soigner et il t'aidera à guérir. Dans sa jeunesse, il a bourlingué et livré des guerres sur tout le continent africain. Il a ainsi appris beaucoup de choses et notamment comment traiter les blessures, même les plus graves. Il doit certainement préparer ce qu'il faut pour te soigner pendant que nous discutons. Mais dis-moi plutôt, je suis intriguée, que peut bien faire une jeune fille seule en pleine forêt de si bon matin et par un tel temps ? Ce n'est pas sans danger.

— Je dois me rendre à Dax. Ainsi je partais prendre le train à Labouheyre.

— Je croyais que le train desservait une gare à Pissos !

Je ne répondis pas tout de suite. Je ne tenais pas à évoquer mes projets. Je regardai le feu qui grondait dans la cheminée. Le retour d'André me permit d'éviter de répondre. Ce dernier revint avec une bassine remplie d'eau bouillante, et avec des flacons. Il en prit un et en versa le contenu dans l'eau chaude.

— Examinons, dit-il, l'état de ta cheville. Elle a encore nettement enflé et changé de couleur.

Il tâta plusieurs points du pied du bout de ses doigts, tout en observant mes réactions sur mon visage et les grimaces qui accompagnèrent son auscultation. Puis il plongea mon pied endolori dans la bassine et le nettoya minutieusement. La chaleur de l'eau me procura un effet calmant.

— L'eau contient-elle un produit ?

— Effectivement, j'ai dilué quelques plantes qui ne peuvent que te faire du bien.

Ensuite, André s'assit près de moi, posa mon pied sur ses genoux et le massa doucement et patiemment avec une sorte d'huile malodorante tirée d'un autre flacon et sans doute de sa confection. Un peu plus tard, il saisit le bas de la cheville, le serra comme dans un étau, puis, de sa main gauche, il prit l'ensemble des orteils dans sa poigne droite et m'avertit :

— Attention !

Soudainement, il provoqua une torsion violente de l'ensemble de la cheville sur la droite, qui s'accompagna d'un craquement sinistre. Surprise, je sursautai sur ma chaise et poussai un cri de douleur. Pourtant, je ressentis de suite après une sensation de bien-être. André attrapa une vieille chaussette qu'il avait amenée et, à l'aide d'une petite pelle, la remplit de cendres chaudes qu'il recueillit dans l'âtre, et la ferma avec une ficelle dans le haut. Il la posa à cheval sur les deux côtés de la cheville, et termina le travail en ceignant le pied avec une bande qu'il avait dû tailler dans un vieux drap, bien serrée pour caler la chaussette et soutenir l'ensemble. Il reprit enfin la parole :

— Voilà, mes soins sont terminés pour aujourd'hui. Demain, tu pourras à nouveau marcher normalement, à condition de ne pas courir.

— Je ne sais comment vous remercier, je suis confuse de recevoir autant de sollicitude, mais je ne suis pas aussi optimiste, je doute que ma cheville se rétablisse aussi vite.

— Mais si, j'ai des talents de rebouteux. En guise de remerciement, fais-moi ton plus beau sourire et nous serons quittes. Beaucoup me connaissent et viennent me voir pour se faire guérir de diverses maladies comme le zona. J'ai reçu un don, je le partage bien volontiers. Changeons de sujet. J'ai entendu que tu disais à ma mère que tu cheminais vers Labouheyre. Sois prudente. Ne voyage plus seule à travers la forêt. Plusieurs muletiers et charretiers passent tous les jours par ici pour aller jusqu'à Commensacq ou Labouheyre.

— Je ne les connais pas. Et je tenais à ce que mon départ demeure secret pour l'instant.

— Très bien, j'en fais mon affaire. Les gens d'ici sont discrets si on leur demande de se taire. Je fais un saut au hameau pour savoir qui va à Labouheyre demain. Mère, je m'absente quelques instants, je vous laisse tenir compagnie à notre hôte.

Je ne sus que répondre. Je suivis du regard André qui mit son béret, prit son fusil et s'en alla d'un pas alerte et décidé.

.26.
Justine et la prière

Au coin du feu, Justine et moi conversâmes comme deux vieilles connaissances. Justine me posa de nombreuses questions sur les habitants du bourg.

— Comment se fait-il que vous connaissiez autant de gens alors que vous vivez dans un coin isolé et fort éloigné du village ? finis-je par lui demander.

— Ma chère enfant, tu ignores, et cela est bien normal étant donné ton jeune âge, que j'étais sage-femme autrefois et que j'ai donc vu naître pratiquement tous ceux de la génération qui a précédé la tienne, et sans doute, même, au-delà. J'ai toujours vécu, ici, à Escoursolles. On venait souvent me chercher à pied. Pour les gens du bourg, cela faisait une trotte. Heureusement pour moi, j'ai toujours possédé un cheval et une carriole pour me déplacer. Mais voilà plus de vingt ans que je n'exerce plus et près de dix ans que mon fils vit ici en véritable ermite, avec moi pour seule compagnie. Il passe beaucoup de temps en prière et à méditer. Il reçoit aussi régulièrement des visites de gens atteints de maux qu'il a le don de soulager et même souvent de guérir. Il a également beaucoup de travail avec la culture du jardin, l'alimentation et l'entretien des animaux. Nous vivons uniquement de son travail.

— Est-ce que vous pouvez encore participer un peu ?

— Je l'ai aidé pendant plusieurs années, jusqu'à ce qu'un accident de santé me rende impotente. Mes jambes sont paralysées. Je suis bloquée sur ce fauteuil. Je ne me déplace que portée par mon fils. Heureusement, il jouit d'une grande force physique et me soulève aussi facilement qu'une plume.

— Si vous devez passer toutes vos journées sur votre fauteuil sans pouvoir en bouger, les journées doivent vous paraître bien longues et vous devez terriblement vous ennuyer !

À ces mots, Justine ne put s'empêcher d'éclater d'un rire soudain, gai et généreux. Surprise, je la regardai, amusée, me demandant ce que j'avais pu dire de si paradoxal pour déclencher une telle hilarité. Justine retrouva enfin le calme, ce qui lui permit de s'expliquer. Elle sortit pour la première fois ses mains des manches de son vêtement de laine et me montra dans sa main droite un chapelet qu'elle devait égrener silencieusement.

— Vois-tu, ma chère enfant, reprit Justine, je reçois des intentions de prières. Je prie actuellement pour des missionnaires partis à travers le monde. L'un d'eux se trouve en Colombie, un autre au Pérou, deux autres sont en Afrique, l'un d'eux est même en Chine. Avec mon chapelet, je leur rends visite partout où ils sont. Tu me crois seule et isolée ici et dans l'impossibilité de bouger de ma maison, alors que, vois-tu, je fais tous les jours plusieurs fois le tour du monde grâce à mon chapelet. Elle répéta à nouveau :

— Eh oui ! Je fais tous les jours plusieurs fois le tour du monde !

Émerveillée par une telle révélation, je demeurai un moment songeuse, le regard fixé sur les flammes vivantes de la cheminée.

— C'est important de prier, continua Justine, il faudrait passer beaucoup de temps en prière, je ne dis pas tout son temps, mais si l'on veut obtenir qu'une demande soit exaucée, il faut insister, prouver que l'on y tient. Bien sûr, pour prier, on se tourne vers le Seigneur. Et nous sommes, d'ailleurs, convaincus que c'est nous qui allons vers Lui. C'est une erreur de le croire car, en réalité, c'est Lui qui vient vers nous. Il nous attend, à tout moment de notre vie, avec patience.

Puis, après un temps de silence, Justine me demanda de manière abrupte :

— Ma petite, est-ce que tu pries, toi ?

Je demeurai décontenancée par cette question directe et inattendue. Au lieu d'être heurtée par tant d'impudeur, je souris et, bien que prise au dépourvu, je répondis spontanément :

— J'ai été habituée par ma maman à prier tous les jours.

Puis, j'ajoutai :

— Mais Dieu n'a pour l'heure encore exaucé mes prières !

Alors, Justine inclina son visage sur sa poitrine, et me parut absente un long moment, comme si elle avait perdu le fil de cette étrange conversation qu'elle avait pourtant initiée. Je l'observai, étonnée, comme abandonnée et ne sachant plus quoi dire, craignant de la déranger. Mais cette absence ne dura pas. Justine releva la tête et son regard plongea droit dans le mien.

— J'ignore, bien sûr, ce que tu as pu demander au Seigneur et qu'il n'a pas exaucé. Beaucoup prient pour demander, quémander, lorsque pris dans le malheur, le désespoir, la souffrance de la vie, ils éprouvent le besoin de se tourner vers Dieu pour L'appeler à l'aide, et souvent de manière touchante, émouvante. Nous vivons des jours où la guerre sévit et fait entrer la mort dans la plupart des familles. Certains cherchent dans la prière un soutien, un réconfort, un motif d'espérance.

Justine tourna son regard vers le feu, comme si elle souhaitait exposer son visage un peu plus à la chaleur des flammes et son esprit à leur lumière. Elle poursuivit :

— La réponse de Dieu à nos prières ne consiste certainement pas à se manifester par des miracles à tous nos désirs, et encore moins à nos caprices. Les desseins de l'homme ne sont pas forcément les intentions de Dieu. Quand le charpentier Joseph s'est fiancé à la jeune fille du nom de Marie, qui avait à peine quatorze ans, tous les deux aspiraient certainement à une vie familiale traditionnelle, faite d'amour réciproque, peuplée d'enfants, peut-être, même de beaucoup d'enfants comme ce devait être le cas en ce temps-là. N'est-ce pas normal ? Mais le grand dessein de Dieu a bouleversé leur vie. La réponse de Marie a été d'une grande humilité : « *Je suis la servante du Seigneur* ».

J'observai avec curiosité le visage empli de sérénité de Justine, son front semblait se dérider, son regard s'emplit d'une sorte d'intelligence comme allumé par un bonheur venu d'ailleurs.

— Je me demande ce que peut faire de nos jours le Père devant le comportement inhumain des hommes de nos pays qui se battent sauvagement les uns contre les autres !

Justine sortit ses mains de l'intérieur des manches de son tricot et leva les bras en direction de l'âtre comme dans un geste d'impuissance. Puis elle replaça ses mains à nouveau dans son vêtement.

— Des deux côtés ennemis, aussi bien en Allemagne qu'en France, les gens doivent prier avec la même ferveur pour la victoire de leur pays, et la sauvegarde de leurs enfants. Qui Dieu doit-il exaucer ? Mais Dieu est pour la paix entre tous les hommes, l'amour sans réserve entre tous les hommes. Nous devons tous prier, dans les deux camps, non pour la victoire, mais pour la paix. Et nous, pour que cette délivrance arrive le plus vite possible, il nous faut prier avec persévérance, avec confiance, pour tous les belligérants sans exception et avec beaucoup d'humilité.

André entra dans la maison à ce moment-là, de retour de sa course. Il attrapa une chaise et vint s'installer à côté de nous.

— Plusieurs chasseurs, dit-il, se sont réunis et ont organisé une battue aux loups. Mais la meute a dû s'échapper vers le sud. Ils seront difficiles à retrouver ! Demain, deux muletiers partent en même temps vers Labouheyre à six heures du matin. Ils pourront te prendre et t'amener avec eux, Anne. Tu as rendez-vous à la hauteur de la cabane où je t'ai trouvée. Je t'y accompagnerai, mais je ne pense pas que les loups reviennent par ici. Ils ne récupèrent pas leurs morts. Bien entendu, tu es notre invitée, tu partageras nos repas et je vais te trouver un matelas pour dormir ici cette nuit.

— Je vous remercie encore de votre accueil chaleureux. Mais pensez-vous vraiment que je pourrai marcher et me déplacer dès demain matin ? Rassurez-vous, je ne souhaite pas abuser de votre hospitalité, bien que je me sente tellement bien ici.

André prit mes mains dans les siennes et se mit à m'observer attentivement. Je soutins son regard inquisiteur, étonnée mais sans la moindre gêne, car j'y lisais un mélange de bienveillance et de gentillesse à mon égard. Le silence dura et je n'osai l'interrompre. André finit par se décider à me parler.

— Ta cheville sera encore fragile demain, mais tu pourras te déplacer à condition d'aller tranquillement.

Je fus un peu déçue par ces paroles, car j'étais sûre qu'André avait autre chose de plus subtil à me dire. Et en effet, après quelques secondes de silence, il poursuivit ainsi :

— Ton regard est sublime et révèle une âme généreuse et enthousiaste. Et pourtant, je devine chez toi une blessure secrète, cachée au plus profond de ton cœur. Elle transparaît, sans doute contre ta volonté, sous forme d'un voile en filigrane de ton merveilleux sourire. Je pourrais certainement t'aider, mais je sais que tu ne le veux pas. Peut-être plus tard. Ce n'est pas encore le moment. Et tu pars, j'en suis convaincu, pour guérir cette blessure.

Je fus décontenancée de constater que l'existence du secret que je croyais enfoui et bien dissimulé au plus profond de moi-même avait été percée par la clairvoyance de mon hôte mystérieux. Je détournai brusquement mon regard vers les flammes pour cacher mon émotion. Je ne pus réprimer des sanglots qui montèrent irrésistiblement de mon cœur, et des larmes coulèrent abondamment le long de mes joues.

Je ne pus quitter des yeux, comme tétanisée, les flammes ardentes de l'âtre qui me rappelèrent d'autres flammes, et les instants les plus dramatiques et les plus douloureux de ma jeune vie. Mais je me gardais bien de partager tout cela.

.27.
En formation, puis direction le front

Grâce aux soins efficaces que m'avait prodigués André, je passai une bonne nuit malgré l'inconfort du matelas sur lequel je reposai, la douleur ressentie à ma cheville blessée s'étant bien estompée. Cependant, avant de trouver le sommeil, je frémis souvent sous ma couverture en pensant à la journée mouvementée que je venais de vivre et à la manière dont j'avais réussi à échapper à la hargne d'une meute de loups grâce à l'intervention décisive de l'ermite de la forêt d'Escoursolles. À mon réveil, je fus surprise de pouvoir me déplacer à nouveau, n'éprouvant qu'une gêne mineure à mon pied soigné. Je remerciai André et Justine pour leur accueil chaleureux et l'aide apportée. Sur les recommandations d'André, un muletier du hameau voisin me prit sous sa protection dès six heures du matin sur sa charrette et me déposa assez près de la gare de Labouheyre. Je me souviens très bien de ce train qui m'amena jusqu'à Dax. Je disposai pour moi seule d'une banquette en bois peu confortable d'un wagon de troisième classe, ce qui me permit d'allonger ma jambe blessée.

Tandis que le train cheminait tranquillement, je me laissai bercer par la rumeur de son roulement cadencé et fermai naturellement les yeux pour mieux intérioriser cette sorte de bien-être qui m'envahissait. Et mon passé récent se mit alors à défiler spontanément dans mon esprit. Je pensai surtout au Docteur Raoul qui avait été le plus perspicace, et c'est bien normal, sur la nature du mal qui me rongeait, et grâce à qui je me trouvais dans ce train, ce jour.

Il était une personnalité respectée au village de Pissos, considéré comme un sage et un savant. Il en imposait à tous par sa grande taille, sa prévenance, son élégance naturelle et un ton autoritaire. Et il bénéficiait de l'aura de ces gens qui peuvent vous commander : « *Déshabillez-vous, je vais vous examiner* » en étant sûr d'être promptement obéi. C'est pourquoi tous les patients procédaient à une toilette soigneuse de leur corps avant d'aller lui rendre visite.

Le docteur Raoul était intervenu à mon chevet dès que les gens qui m'avaient secourue dans le bois m'avaient ramenée chez moi. De ce que l'on me raconta, je devais rester plusieurs jours entre la vie et la mort, inconsciente, victime d'une grave infection interne. Heureusement pour moi, le Docteur Raoul s'informait assidûment des recherches médicales récentes. Il me soigna avec succès, à l'aide d'un nouveau traitement à base de pénicillium. Quand ma guérison se dessina, il assura qu'elle provenait de ma vigueur physique, de ma volonté de guérir, et, surtout de l'efficacité de ce nouveau médicament.

Le docteur Raoul souhaita rapidement s'informer de la raison des importantes pertes de sang constatées à mon bas-ventre et connaître l'origine de la grave infection qu'il avait réussi à enrayer ? Il comprit vite qu'il s'agissait d'une fausse-couche, mais se demanda si celle-ci était naturelle, conséquence accidentelle du choc de la foudre ou bien si elle avait été provoquée. Comment en être sûr dans la mesure où je bénéficiais d'une réputation justifiée de jeune fille sage et bien élevée ? Par ailleurs, comment expliquer l'absence de traces de fœtus ?

Impressionnée comme tous les autres patients par l'autorité du médecin, j'étais fermement décidée à ne pas révéler l'intégralité de mon histoire. Comme je m'y attendais, le docteur Raoul me posa quelques questions, toutefois indirectes, destinées à me faire comprendre qu'il aimerait connaître la vérité, ne serait-ce que pour s'assurer de son diagnostic et conseiller la meilleure thérapie possible.

— Tu étais très amie avec Joanis ? me demanda-t-il.

— Oui, tout le monde vous le confirmera.

— Il est venu en permission à la fin de l'été dernier, en septembre, me semble-t-il.

— Oui, docteur, il est venu en septembre.

— Est-ce que vous vous êtes mariés ?

— Je ne suis pas mariée, docteur.

— Je ne te demande pas si tu es mariée civilement. Tu comprends ce que je veux dire par mariée, n'est-ce pas ?

— Je ne suis pas mariée, docteur.

— Tu comprends que j'ai besoin de connaître l'origine exacte de ton mal pour te soigner avec pertinence, n'est-ce pas ?

— Je suis sûre, docteur, que vous avez très bien diagnostiqué ce dont je souffre, j'ai donc toute confiance dans le traitement que vous m'appliquez. D'ailleurs, je me sens de mieux en mieux chaque jour qui passe. Je sais que vous m'avez sauvée et je vous en remercie profondément, je vous en serai reconnaissante toute ma vie.

— Oui, oui, tu es gentille, mais pas très franche. Pourtant, tu sais que tout ce que tu me dis, personne n'en saura rien. Tu es très liée, n'est-ce pas, à ta sœur Juliette ? C'est grâce à la rapidité de son intervention que tu as été sauvée. Elle sait certainement ce qui t'est arrivé ?

— Mais, docteur, elle vous confirmera que je ne suis pas mariée, elle ne vous dira rien de plus.

Ah, cette complicité sororale ! Le docteur Raoul n'insista pas, convaincu par les réponses obtenues, qu'il avait réellement découvert ce qu'il cherchait à savoir.

Quelque temps plus tard, lors d'une nouvelle visite en tête à tête, à mon tour je devais m'enquérir auprès de lui d'informations nécessaires à la réalisation du projet qui m'animait.

— Docteur, commençai-je, puis-je vous confier un secret ?

Le docteur pensa, sur le moment, que je m'étais enfin décidée à lui confier le détail sur ce qu'il m'était arrivé.

— Tu sais bien, Anne, que je suis tenu par le secret médical !

— Si ce n'est que le médical, je ne vais pas pouvoir vous parler.

— Je te taquine. Je te promets de ne rien révéler à quiconque.

— Voilà, je souhaite participer à l'effort de guerre.

— Tu veux devenir soldat ? dit-il, en souriant.

— Vous vous moquez, docteur. Ce n'est pas gentil. Voilà, j'aimerais apprendre le métier d'infirmière, pas pour ici, mais pour me rendre au front, ou du moins dans les hôpitaux militaires. Je voudrais partir aux armées soigner les blessés de la guerre. Que faut-il faire pour cela ? Le savez-vous ?

— Ah ! Mais pourquoi s'agit-il d'un secret ? Voilà une belle vocation !

— Si j'en parle à ma famille, tout le monde s'y opposera, d'autant que ce n'est pas forcément sans danger, et je suis encore mineure. J'aimerais aller au plus près du front, même si on dit que des infirmières y ont été tuées. Dans la famille et parmi les amis, nous avons déjà suffisamment de disparus. Alors…

— Et tu voudrais faire de moi un complice !

— Mais, docteur, de par votre métier, votre souci est de secourir les gens. Toutes les bonnes volontés capables de soigner nos blessés sur le front sont utiles, même indispensables. Si j'apprends le métier d'infirmière, je peux, là-bas, sauver des vies qui ne seraient pas sauvées sans notre présence. Je vous en prie, je ne vous demande pas votre autorisation, je vous demande simplement de me dire, si vous le savez, ce que je peux faire pour essayer de réaliser mon projet. Je ne vous demande rien de plus. C'est mon secret, vous êtes dorénavant le seul à le connaître, j'ai pris l'engagement vis-à-vis de mon fiancé, mort pour la France, de le remplacer, et, ce vœu, je souhaite le remplir pour l'honneur de mon âme.

— Un vœu ? Tu souhaites demeurer en vie, n'est-ce pas ?

— Oui, docteur, c'est une certitude, mais je veux soulager les souffrances chez ceux qui combattent, et sauver les vies de ceux qui ont des fiancées, des femmes, des enfants. Ô, surtout, que les enfants puissent retrouver leurs papas, et que les femmes aient le courage de donner naissance à des enfants parce qu'elles attendent avec espérance le retour de leur homme.

À ces mots, de chaudes larmes jaillirent de mes yeux et je cachai alors mon visage sous mes draps. Le docteur prit patience, ne dit rien. Au bout d'un moment, je découvris un visage ravagé et ajoutai :

— Et soulager ma souffrance, aussi !

— Ton cœur est vraiment généreux, Anne. Tu me poses un cas de conscience grave. Je vais réfléchir. Je sais que, de toute façon, tu obtiendras ce que tu cherches, et que tu feras tout pour arriver à tes fins. Courage. On en reparlera la prochaine fois.

Lors des visites qui suivirent, le docteur se limita chaque fois à m'ausculter pour étudier l'évolution de mon mal. Mais il ne revint pas, contrairement à ce qu'il avait promis, sur le sujet de notre entretien, alors que j'attendais avec impatience l'information réclamée. De mon côté, je n'osai pas relancer la discussion, surtout par timidité. Je réclamai cependant à mon entourage toutes revues spécialisées qui traitaient de l'action et de l'organisation des services de santé aux Armées et sur la formation des infirmières. Je les laissai ostensiblement traîner dans ma chambre à chaque visite de mon docteur. Celui-ci ne les voyait jamais, ou du moins déjouait cruellement et intentionnellement mes habiles manœuvres. Ce manège dura environ deux semaines, jusqu'au jour où, enfin, il prit la décision et le temps de parler avec moi de mes projets.

— Es-tu toujours décidée de faire, comme tu le dis, ta guerre ?

— Plus que jamais, docteur.

— Non seulement je trouve que ta santé est bien meilleure, mais je te considère comme guérie. Certes, il te faut reprendre des forces, retrouver l'appétit. Tu vas pouvoir recommencer à partir en forêt pour respirer le bon air de nos Landes. J'espère que tu seras totalement rétablie et que tu auras retrouvé toute ta vitalité et toutes tes forces d'ici une quinzaine de jours.

— Je suis très heureuse de cette nouvelle, docteur. Je trouvais le temps long à demeurer recluse dans ma chambre. Je ne sais comment vous remercier de tous les soins que vous m'avez prodigués et de votre soutien sans faille. Pensez-vous que je serai bientôt capable de partir pour réaliser mon vœu de soigner les autres ?

— Bien sûr, tu le pourras. Tu possèdes une vigueur physique peu commune, une vitalité exceptionnelle, et une volonté morale que j'ai rarement rencontrée. Je sais que tu attends de moi des informations pour te guider. Toutefois, le secret que tu me réclames ne me plaît pas. Je préférerais répondre à tes questions en présence de tes parents. Tu n'es pas encore majeure et il ne m'appartient pas de les remplacer ou de tenir le rôle qui est le leur.

— Je comprends, docteur. Mais je ne veux pas les inquiéter. Ce que je cherche à savoir, c'est comment les choses sont organisées et ce que je peux faire pour m'immiscer dans la filière. Vous savez, je me suis beaucoup documentée. Je peux vous décrire ce que j'ai appris. Vous pourriez me confirmer si ces choses-là sont exactes.

— Et que sais-tu donc ? demanda-t-il, à la fois amusé et intrigué.

J'attrapai quelques documents entassés sur une table-bureau de ma chambre et repris :

— Je crains d'être un peu longue, docteur. Je ne voudrais pas nuire à votre tournée chez les patients.

— On verra. Pour l'instant, je suis décidé à t'écouter.

— J'ai trouvé un plan de l'organisation des services de santé dans la zone même des armées. J'ai compris que l'on trouve en premier des postes de secours situés à l'avant, pratiquement au contact des tranchées, secondés par des ambulances hippomobiles ou automobiles, où l'on assure des soins d'urgence et un premier tri des blessés quant à leur évacuation possible ou non. Il est mis en place aussi, très près du front, ce que l'on appelle actuellement des AUTOCHIR, c'est-à-dire des ambulances automobiles chirurgicales. Je lis sur le document que j'ai sous les yeux qu'elles se composent de quatre camions ou camionnettes. Le premier camion est équipé de la stérilisation avec une chaudière, un grand autoclave horizontal, un petit autoclave vertical, deux bouilloires, un radiateur et de la lingerie médicale. Le deuxième camion comprend le radiographe inventé par Marie Curie. Le troisième camion transporte les parois d'une baraque opératoire de soixante-dix mètres carrés avec deux tables, le matériel médical et la pharmacie. Enfin le quatrième camion transporte un groupe électrogène. Ce qui m'a vivement intéressée, bien entendu, ce sont les effectifs engagés. Aux côtés de deux chirurgiens et de techniciens divers, on trouve vingt-cinq infirmiers. Parmi ces derniers, j'ai appris que du personnel de la Croix Rouge est employé dans cette organisation, et cela m'intéresserait beaucoup d'en faire partie un jour. J'aurais besoin, d'ailleurs, d'en savoir plus sur la Croix Rouge et sur son recrutement.

— Je pense que tu en apprendras davantage lorsque tu t'engageras auprès d'eux. Je peux te dire que l'Association des Dames de France[12] produit un gros effort de formation des infirmières. Je connais bien l'infirmière responsable du Collège Cendrillon, à Dax, qui fait partie de cette association, elle me connaît très bien également, car elle était déjà en place à la fin de mes études dans ce Collège. L'institution Notre-Dame-du-Sacré-Cœur est exclusivement réservée à des garçons et est dirigée par des prêtres. Tu ne pourras y être engagée, mais leur infirmière a des relations très étroites avec l'hôpital de Dax. Il est certain que tu pourrais t'adresser à elle, elle t'orienterait pour que tu suives la filière qui mène là où tu souhaites aller. Je peux te donner une lettre de recommandation.

— Un grand merci, Docteur, j'accepte. De mon côté, j'ai bien lu des articles sur ces deux associations, mais j'ignore si elles sont reconnues et permettent d'approcher du front.

12. Le Suisse Henri Dunant est à l'origine du mouvement. Il fut créé à la base le Comité International et Permanent de Secours aux Blessés Militaires, qui prit l'emblème d'une croix rouge sur fond blanc. La section française correspondante s'est appelée Société française de Secours aux Blessés Militaires, dénommée par simplification SSBM. Tout cela remonte à 1864. À la suite de dissensions internes, une scission s'est produite et il en est résulté la création en 1879 de l'Association des Dames de France, d'obédience catholique, et, en 1881, de l'Union des Femmes de France, d'obédience protestante.

— Je sais qu'elles sont reconnues par le Comité international comme faisant partie du mouvement Croix Rouge, avec, bien entendu, la SSBM. Tu ne dois pas avoir d'inquiétude sur ce point. D'ailleurs, il me semble bien qu'il existe depuis 1907 un organe commun de direction à ces trois associations qui porte la dénomination de Comité Central de la Croix Rouge Française. De son côté, la SSBM a mis en place sur le front les ambulances chirurgicales.

— Où interviennent, alors, les deux associations de femmes ?

— Mais la tâche est immense, à l'arrière, en dehors de la zone des Armées ! Les blessés passent par un hôpital d'évacuation, qui est situé, lui, toujours dans la zone des Armées, où est réalisé un tri selon la gravité des blessures. Les blessés qui ne peuvent supporter un transport demeurent longtemps dans ces hôpitaux d'évacuation. Quant aux autres, ils sont transférés par trains sanitaires vers les lieux d'hospitalisation implantés dans tout le pays. Dès 1914, le nombre de blessés a été considérable, inhabituel même en temps de guerre, ce qui a nécessité de recourir à des créations nouvelles de centres hospitaliers d'accueil. Les hôpitaux militaires qui sont gérés par les services de santé des Armées ont été submergés. Les hôpitaux civils, publics et privés, ont été mis à contribution et sont devenus mixtes, ce qui veut dire qu'ils ont dû réserver une partie de leur espace aux militaires. Et puis on en est arrivé à créer ce que l'on appelle des hôpitaux temporaires, prévus pour la durée du conflit qui, malheureusement, s'éternise. Ils ont été implantés dans des locaux les plus divers, tels des écoles, des lycées, des hôtels, des couvents, et d'autres lieux encore. Ainsi, le collège Cendrillon sert d'hôpital, il en est de même des lycées de Dax et de Mont-de-Marsan. La Croix Rouge a formé plusieurs dizaines de milliers d'infirmières, et ne cesse d'en former tellement les besoins en personnel soignant compétent sont considérables. Ainsi, tu peux constater que les endroits où l'on peut exercer son concours d'infirmière sont multiples et implantés dans tout le pays. Actuellement, parmi les hôpitaux dits temporaires, on distingue les hôpitaux complémentaires qui sont contrôlés par le service de santé des Armées et les hôpitaux dits auxiliaires qui sont contrôlés par la Croix Rouge. Il existe même des hôpitaux dits « bénévoles » qui sont d'initiative privée.

— Votre discours est clair, mais l'organisation me semble complexe. Je vais réfléchir à tout ce que vous m'avez dit.

— Et, surtout, n'oublie pas d'en référer à tes parents.

— Ils le sauront. Mais je ne peux vous dire le moment où je les tiendrai informés.

— Non seulement tu es têtue, mais tu es aussi une petite maligne. Penses-tu que je n'ai pas compris ta réponse sibylline ? Tu comptes prendre ta décision, partir, et seulement les avertir après ton départ !

— Je reconnais, docteur, que votre idée me paraît intéressante. Vous savez bien que je devrai suivre un temps plus ou moins long de formation. Mes parents disposeront, dans ce cas, de ce temps pour s'opposer à mon départ définitif et exiger mon retour. À moi, dans ces conditions, de les persuader de m'autoriser à poursuivre ma mission, et de leur faire comprendre que le sort de toute ma vie en dépend.

— Ah ! Tu es une fieffée coquine ! Mais j'admets que ta proposition peut être considérée comme un bon compromis. Malgré ton refus de passer aux aveux, je devine, non je sais, ce qui t'est advenu. Je comprends ce que tu peux ressentir, et ce qui peut motiver ta démarche. Je la respecte. Tu es, malgré tout, une jeune fille très courageuse, qui a été confrontée à une épreuve qui a dépassé ta trop jeune expérience de la vie. Tu as déjà pris une grave décision. Que Dieu te guide dans tes choix à venir, et qu'il te protège.

— Merci, docteur. Vos propos, à la fois, m'accablent et m'encouragent.

Le docteur me serra la main, puis, se ravisant, il m'embrassa avec affection, puis s'en alla.

.28.
L'accueil de mademoiselle Thérèse

Plusieurs coups de sifflet stridents de la locomotive me firent sursauter et me sortirent de ma rêverie. Sur l'autre voie de chemin de fer, un autre train nous croisa et répondit à son tour par un sifflement perçant. Peu de temps après, le train entra en gare de Dax.

Un employé prévenant m'indiqua le chemin à suivre jusqu'au collège Cendrillon. Il me fallut traverser la ville. Je passai le pont sur l'Adour, laissai la cathédrale sur ma gauche, et pris une rue légèrement ascendante qui menait jusqu'au plateau Cendrillon.

Je découvris bientôt une construction qui me parut immense et récente, d'une partie centrale constituée de deux étages encadrée par deux ailes de mêmes dimensions. Une grande cour était enserrée entre ces deux ailes, enjolivée de massifs fleuris qui mettaient en valeur une statue de la Vierge et de son enfant, implantée en son centre. Une grille solide servait de clôture en rejoignant les extrémités des ailes, qui en interdisait l'accès. Pas d'autres moyens pour entrer que d'emprunter le portail.

Je me sentis nerveuse et stressée. L'instant était, pour moi, solennel. J'agitai la clochette qui surmontait le premier portail pour signaler ma présence. Un monsieur en civil, pas très jeune, sans doute le concierge, vint à ma rencontre à pas lents.

« *Tout commence, l'instant décisif est enfin arrivé, garde ton calme* », pensai-je. Mon cœur se mit à palpiter fort.

Le concierge s'arrêta devant le portail, mais ne l'ouvrit pas. Il me demanda, abruptement :

— Que voulez-vous ? Ici, c'est un collège pour garçons, pas de jeunes filles autorisées.

— Je sais, mais je ne viens pas pour faire des études. Je suis envoyée par le docteur Raoul de Pissos pour rencontrer Madame l'infirmière du Collège.

— Ah ! Vous la connaissez ? Est-elle prévenue de votre arrivée ?

— Je ne sais pas, répondis-je, faisant ainsi un petit mensonge. J'ai avec moi un mot du docteur Raoul qu'elle connaît bien. Je dois le lui remettre.

— Bon, attendez là, je vais voir si elle est à son bureau, et je vais lui faire part de votre demande.

Il me laissa sur place sans ajouter la moindre amabilité, s'éloigna à nouveau à pas lents en longeant les murs, puis disparut dans l'encadrement d'une porte. L'attente de son retour me sembla interminable. Je fus enfin rassurée quand il revint, sortit une clé de sa poche et ouvrit le portail.

— Suivez-moi, déclara-t-il, d'un ton péremptoire.

Il me conduisit au premier étage de l'aile gauche et frappa à une porte, celle de l'Infirmerie. Nous pénétrâmes dans la pièce et nous retrouvâmes en face d'une dame, assise derrière un bureau, habillée d'une blouse blanche et portant une coiffe marquée d'une croix rouge. Elle devait avoir plus de soixante ans. Je remarquai qu'elle ne portait pas d'alliance au doigt, mais elle n'était manifestement pas une religieuse.

— Merci Fernand, dit l'infirmière, vous pouvez nous laisser.

Puis elle s'adressa à moi :

— Vous pouvez vous asseoir.

La voix de la dame était vigoureuse et autoritaire. Intimidée, j'éprouvai la sensation de donner l'image d'une jeune fille craintive et qui manquait d'assurance. Au demeurant, j'étais bel et bien décontenancée, convaincue que mon interlocutrice n'avait certainement pas l'habitude de tergiverser dans son discours.

— Bonjour, mademoiselle. Je suis mademoiselle Thérèse.

Qu'attendez-vous de moi ?

Une question aussi abrupte, sans préliminaires d'accueil ni de présentation, me surprit, d'autant que je n'avais pas imaginé devoir répondre d'emblée à une question aussi directe. Mais je repris très vite le dessus et retrouvai un calme intérieur bien venu. Toutefois, je récitai mécaniquement ce que j'avais péniblement préparé dans ma tête :

— Bonjour, mademoiselle. Je m'appelle Anne Saintmont. J'arrive de mon village de Pissos pour vous rencontrer sur la recommandation du docteur Raoul qui m'a indiqué qu'il vous connaissait. Je souhaite apprendre le métier d'infirmière avec une intention précise. Je désire partir auprès des armées, pour aller y secourir les blessés et malades de guerre. J'aimerais pouvoir rendre mes services au plus près du front. Le docteur Raoul m'a conseillé de prendre contact avec l'association des Dames de France, dont, m'a-t-il dit, vous faites partie. J'attends de vous que vous me guidiez sur ce chemin et que vous participiez à ma formation. J'ai là une lettre que m'a remise le docteur Raoul et qui vous est destinée. Je n'en connais pas la teneur, mais je suppose qu'elle doit vous expliquer ma démarche.

Ouf ! J'avais débité tout mon texte sans commettre d'erreur. Je sortis la lettre de mon sac et la remis à l'infirmière. Celle-ci en prit minutieusement connaissance, mais demeura silencieuse un long moment tout en m'observant attentivement. Je ne bronchai pas. L'infirmière se décida enfin à reprendre la parole.

— Vous êtes bien jeune ! Dix-huit, dix-neuf ans ?

— Bientôt vingt ans, mademoiselle, je les ferai en octobre prochain.

— Vous êtes trop jeune pour travailler ici, dans cet établissement. Certains garçons ont presque votre âge. Je crains que votre présence ne soit la source d'un autre type d'épidémies, ajouta-t-elle en souriant pour la première fois. Nous avons été un hôpital bénévole au service des blessés de la guerre pendant plusieurs mois, mais notre mission est terminée depuis le début de l'année 1916.

— Mais il existe peut-être d'autres solutions ? suggérai-je, inquiète.

— Oui, bien sûr, il existe des solutions. Mais pas ici, sur place. Je suis en relation avec l'hôpital de Dax et je connais bien la responsable principale des infirmières. L'hôpital a une section réservée aux blessés de guerre et, malheureusement, le travail devient de plus en plus lourd tant la guerre est meurtrière. Vous pourriez y recevoir une excellente formation, à condition que vous soyez courageuse, vaillante et pas trop sensible à la vue du sang et des atrocités innommables qu'il faut y traiter.

— Je m'en doute. Je suis prête, dans ma tête, à affronter la vue des pires souffrances et à m'engager de toutes mes forces pour soigner et soulager.

Mademoiselle Thérèse se tut à nouveau et scruta encore mon visage.

— Vous me paraissez, déclara-t-elle, décidée, volontaire. Votre regard est à la fois doux et pénétrant, pourtant je lis dans vos yeux une sorte de désespérance de l'âme qui se révèle contre votre volonté...

Quelle surprise pour moi d'entendre pour la seconde fois en deux jours le même genre de réflexion ! Je me refermai sur moi-même et réfléchis ainsi : « *Cette dame attend de moi une explication. Est-ce important pour elle et pour mon avenir que je réponde ? Il est hors de question de confier mon secret à une personne étrangère. Mais si je me tais, que va-t-elle penser de moi ? Que dire ?* »

Alors, je décidai de répondre :

— J'ignore si le docteur Raoul vous en a parlé dans sa lettre, mais j'ai été profondément marquée par la mort récente de mon fiancé, tué au champ d'honneur, lors d'une bataille au Chemin des Dames. J'ai perdu, aussi, un beau-frère, le mari de ma sœur, qui a laissé un enfant de six ans. Le docteur vous a peut-être écrit que je viens de subir un accident grave, j'ai été victime de la foudre et j'ai eu beaucoup de mal à guérir. C'est sans doute tout cela qu'il me faut encore surmonter.

L'infirmière comprit la situation, mais elle perçut l'instant d'hésitation qui précéda ma réponse et éprouva l'intuition que je n'avais pas avoué toute la vérité et que ce mal qu'elle devinait devait reposer sur d'autres raisons, qu'elle ne parviendrait pas à me faire avouer en cet instant.

— Je crois, dit-elle, en la sincérité de votre vocation. Je vais vous envoyer auprès de la responsable de l'hôpital de Dax. À la réflexion, je vais même vous y accompagner pour vous présenter. J'attache beaucoup d'intérêt à la recommandation du docteur Raoul. Au fait, où comptez-vous loger ? Avez-vous un pied-à-terre à Dax ?

— Je ne fais qu'arriver et je ne connais personne. Je pensais être logée sur les lieux de mon emploi.

— Hum ! Ce n'est pas certain. Je peux intercéder auprès de Monsieur le Supérieur du Collège pour lui demander s'il accepte de vous héberger provisoirement dans un coin de l'infirmerie.

— Je vous en suis très reconnaissante.

— Attendez, je ne vous promets rien. Je sais que notre Supérieur a de très bonnes relations avec le docteur Raoul, mais nous sommes ici dans une école réservée aux garçons. Je suis la seule femme qui vit sur place. Quelques femmes travaillent aux cuisines, mais elles habitent à l'extérieur de l'établissement. Qu'avez-vous prévu pour votre repas ?

— J'ai avec moi le nécessaire pour aujourd'hui.

— Bon, je vais vous aménager un coin d'infirmerie pour quelques heures. La pièce n'est occupée par personne. Elle comporte trois lits, mais ils ne sont occupés que dans les très rares cas de maladies contagieuses. De toute façon, dans ces cas-là, les élèves sont renvoyés dans leurs foyers. Sinon, s'ils ne doivent pas se lever, ils restent couchés dans le lit de leur dortoir. Je viendrai vous chercher en début d'après-midi et nous nous rendrons ensemble à l'hôpital de Dax.

Et il fut accompli ainsi qu'elle l'avait dit.

***

Je fus reçue par le directeur de l'Hôpital de Dax, l'infirmière en chef et le chirurgien principal. Ces derniers n'eurent aucun mal à croire en la force de ma volonté pour réussir. Ils m'expliquèrent plus tard qu'ils avaient considéré que j'avais alors révélé *a priori* toutes les qualités requises pour intégrer la carrière d'infirmière. Je dois reconnaître que, en outre, le recrutement de personnel destiné aux soins demeurait pour eux un souci permanent, et, à défaut de pouvoir régulièrement trouver des personnes qualifiées, ils avaient mis au point depuis quelque temps déjà une organisation de formation sur le tas. Le lendemain de ma visite, ils me confirmèrent mon engagement à l'essai. Je devais commencer mon travail le jour suivant.

Mais où loger ? L'hôpital n'avait pas pour l'instant de logement disponible. Mademoiselle Thérèse se chargea à nouveau de me présenter au Supérieur du Collège. En me guidant jusqu'au bureau de celui-ci, nous rencontrâmes dans les couloirs l'abbé Jules Salette, préfet de discipline du Collège, un homme de taille moyenne, mince et sec, que je sentis avenant dès les premiers mots échangés.

— Suivez-moi, me dit-il, après avoir entendu les explications de mademoiselle Thérèse.

Je dus me montrer à nouveau convaincante lors de notre entretien.

— Vous pourrez, pour l'instant, conclut l'abbé Salette, demeurer auprès de mademoiselle Thérèse, et même l'aider si elle le souhaite dans la préparation de ses soins, cela ne pourra que vous être utile pour apprendre votre prochain métier. Mais vous n'avez ni l'âge requis ni l'expérience pour exercer votre travail auprès de nos jeunes. Vous devrez respecter les horaires et la discipline du Collège lors de votre présence dans l'établissement. Vous devrez aussi revêtir une tenue stricte et décente, être entièrement couverte. Vous pourrez garder votre coiffe d'infirmière sur la tête. Enfin, infirmière, vous ne l'êtes pas encore, mais les Dames de France vous confieront leur tenue obligatoire. Vous pourrez prendre vos repas à la cuisine. Le matin, le lever est à cinq heures, au son de la cloche. Si le matin vous désirez assister à l'office de six heures, vous y serez la bienvenue, mais votre place se tiendra en haut, à la tribune, et non dans la nef du bas au milieu des élèves de l'établissement. Le petit-déjeuner se prend à partir de sept heures. Avez-vous des questions ?

— Je vous remercie beaucoup pour votre accueil. Pensez-vous que Monsieur le Supérieur confirmera votre accord ?

— Bien entendu, ma fille.

— Je reviens sur les horaires que vous m'avez indiqués. Je ne connais pas encore mes horaires de travail à l'hôpital, ni l'heure de commencement, ni l'heure de fin de journée. De plus, ils vont peut-être varier selon les semaines. Je pense que je devrais aussi travailler certains dimanches et que j'aurais dans ce cas-là des journées de repos en semaine. Encore que le repos n'est pas mon souci, car je désire apprendre le plus vite possible, je n'ai pas envie de perdre du temps à ne savoir que faire.

— C'est bien, répondit l'abbé en souriant, mais Dieu lui-même s'est reposé le septième jour de la Création. Il est bon de suivre son exemple. Bien entendu, vous respecterez vos contraintes d'horaires de présence à l'hôpital. À vous de vous organiser lorsque vous ne pourrez pas vous trouver ici, notamment aux heures de repas. Je présume que, notamment le midi, vous prendrez vos repas sur place à l'hôpital.

Puis l'abbé Salette orienta la discussion sur des sujets divers, m'apprenant qu'il était originaire de Mimizan et qu'il connaissait bien le village de Pissos, particulièrement le quartier de Bern où des membres de sa famille avaient habité, il y a fort longtemps.

Je fus affectée directement au secteur de l'hôpital réservé aux blessés de guerre et mise en équipe avec une sœur-infirmière expérimentée qui avait pris le nom en religion de sœur Monique.

Je vous livre ici nos premiers échanges :

— Vous êtes religieuse ? lui demandai-je.

— Pas vraiment. J'en ai tout l'aspect. Je t'expliquerai plus tard, s'il le faut. Mais faisons comme si je l'étais. D'après mon habit et ma cornette, on ne peut en douter, n'est-ce pas ? me déclara sœur Monique en accompagnant sa réponse d'un grand éclat de rire.

— Excusez-moi, ma sœur, de mon indiscrétion. Je me demandais à quelle congrégation vous appartenez.

— Je fais partie de l'ordre des Filles de la Charité. On nous appelle aussi les Sœurs de Saint-Vincent-de-Paul. Tu le connais, n'est-ce pas, Vincent de Paul, notre grand saint landais ? Il est né tout près d'ici et a fait ses études à Dax.

— Oui, bien sûr, mais pas très bien.

— Bon, si tu le souhaites, je te parlerai de lui, plus tard.

— Et vous avez une jolie médaille, autour du cou. Je croyais que les religieuses n'avaient pas le droit de porter de bijoux.

— Mais ce n'est pas un bijou. C'est l'image de la Vierge telle qu'elle est apparue à sœur Catherine Labouré, de notre Congrégation, le 27 novembre 1830. Tu la connais ?

— Qui ?

— Sœur Catherine Labouré.

— Non. Je n'ai jamais entendu parler d'elle !

— Ah ! Et est-ce que l'on t'a appris à prononcer parfois cette prière : « *Ô Marie, conçue sans péché, priez pour nous qui avons recours à vous* » ?

— Oui, cette prière je la connais bien, répondis-je, enfin heureuse de paraître moins ignare aux yeux de la religieuse.

— Tu sais, sans doute, ce que cela signifie ?

— Sœur Monique, je ne sais pas tout cela, mais je sais tout de même d'autres choses sur ma religion !

Sœur Monique sentit qu'elle m'agaçait. Elle me sourit, me caressa la joue, puis me dit :

— Tout cela n'est pas grave, mais, si tu le veux, je te le raconterai un jour. Je suis certaine que tu seras intéressée. Pour l'instant, au travail ! Nos blessés attendent avec impatience notre venue et nos soins. Dans l'immédiat, tu regardes bien comment j'agis.

Le premier blessé à soigner fut un cas qui réclamait de la part du soignant une force de caractère peu commune et un estomac bien accroché. Il souffrait d'une profonde blessure à la cuisse, gravement infectée. Sœur Monique, sans se départir de son sourire et tenant toujours une conversation enjouée et encourageante pour le malade, défit le pansement et dévoila une plaie purulente qui dégageait une odeur nauséabonde. Cette plaie était infestée de vers hideux grouillant dans la chair martyrisée. La sœur-infirmière les recueillit consciencieusement un à un dans un plat, puis nettoya avec beaucoup de soin l'infection, et la protégea enfin avec un nouveau pansement. Le blessé geignait affreusement. Je m'efforçai d'assister stoïquement aux soins, mais je me sentis pâlir, proche de l'évanouissement. Pour tenir le coup, je serrai fort les dents et les poings. Mais je perdis mon sourire.

Quel baptême du feu, pour moi !

Je suivis ma formation à l'hôpital de Dax de la mi-février à la fin mai de cette année mille neuf cent dix-huit. Tous les soldats qui y étaient soignés étaient originaires de la région Aquitaine. Tous étaient à mes yeux de véritables martyrs ramenés du front où la guerre sévissait à nouveau avec une intensité exceptionnelle. En effet, depuis le mois de mars, l'armée allemande avait engagé de nouvelles offensives massives qu'elle aurait souhaité décisives en vue de la victoire de son pays. Je fus alors malheureusement confrontée aux pires blessures qu'un combattant puisse subir lors d'attaques courageuses et insensées. J'appris à sonder les corps pour en extraire les projectiles encore cachés dans les chairs, à reconnaître les blessures de la tête et à les traiter. Je rencontrai des « *gueules cassées* » aux plaies béantes que l'on cachait avec des pansements qui servaient de protection et de masque. Je soignai des hommes aux mains, pieds, bras et autres membres arrachés, ou qui avaient ventre, intestin ou thorax, ou tout ensemble, grièvement touchés. Certains m'avouaient qu'ils préféraient se retrouver dans cet état, mais à l'hôpital, que de continuer à souffrir dans l'enfer du front. Mais beaucoup craquaient moralement, et je compris vite que ma mission ne se limitait pas à la seule pratique des soins, et que ma tâche était bien plus complexe. Je dus toujours accomplir mon travail en offrant mon sourire et ma gaieté, prodiguer des mots de réconfort, m'intéresser aux blessés par des marques de tendresse, d'amour et de fraternité. Sœur Monique me dit un jour :

— N'oublie jamais, chère Anne, que celui que tu soignes est ton frère. La vie est sacrée. Il faut toujours la respecter. Tu en rencontreras qui ne veulent plus de cette vie. Et on peut facilement les comprendre. Pourtant, il faut se dévouer avec beaucoup d'amour pour sauver tous ces malheureux. La plupart te remercieront un jour. Il faut laisser à la guerre la honte de tuer.

J'exerçai mon travail avec ardeur, refusant souvent de prendre les temps de repos qu'on me proposait parce que je m'estimais engagée sans limites envers toutes ces victimes ingénues de la guerre auxquelles la souffrance ne laissait pas de repos. Je cultivai aussi, par la force des choses, des qualités d'adresse, de propreté, de précision, de méthode, d'endurance. Un jour, le chirurgien en chef me sollicita pour l'assister lors d'une intervention chirurgicale longue et délicate. Je ne rechignai pas, bien au contraire, devant de telles sollicitations qui devinrent de plus en plus récurrentes, car je savais que j'en retirerais une expérience utile pour l'avenir.

Pour autant, je ne perdis jamais de vue mon objectif ultime. Je rappelais fréquemment mon souhait de partir vers les hôpitaux du front, et réclamais tout particulièrement la zone du Chemin des Dames.

— Comment, me dit un jour l'infirmière en chef, vous ne vous trouvez pas bien avec nous ?

— Mais je suis très bien ici, répondis-je. J'y suis même trop bien. Je pense à ceux que je pourrais peut-être sauver en me trouvant plus près d'eux. Trouvez-vous que je suis présomptueuse et orgueilleuse de penser une telle chose ?

— Mais non, ma petite Anne. Vous êtes très courageuse. Mais il y a autre chose derrière cela, n'est-ce pas ?

— Disons que j'ai une raison qui me motive dans mon choix. Puis-je en garder le secret ?

— Bien entendu. Bon, je vais transmettre votre message aux responsables des Dames de France. En trois mois vous avez accumulé beaucoup d'expérience. J'ai rarement vu des candidates à notre métier aussi enragées que vous à apprendre. On peut dire que vous êtes dorénavant opérationnelle, et de manière autonome.

Son appréciation me flatta, mais mon désir et ma volonté de me trouver au plus vite au contact des Poilus pris dans la tourmente pour les soutenir et les secourir demeurèrent obstinément ancrés dans mon esprit et m'incitèrent à m'investir à fond dans la formation suivie. Pendant mon temps de présence à Dax, je n'oubliai pas les amis de tranchée de Joanis et restai en relation avec eux par une correspondance régulière. Je leur écrivis lors de mes temps de repos, quand on m'obligeait à en prendre, des messages de réconfort si bons pour leur moral de se savoir ni abandonnés ni méprisés.

Laurent Castand, l'ami de Joanis, fut mon interlocuteur privilégié. De son côté, il me tint au courant de son périple aux armées au cours des premiers mois de l'année mille neuf cent dix-huit. Au premier janvier, il avait reçu une affectation dans un bataillon de marche. Il m'expliqua qu'il s'agissait d'un bataillon constitué pour un temps limité par regroupement d'hommes d'unités diverses décimées pour la plupart à la suite des combats et disparues en raison de la crise d'effectifs liée aux lourdes pertes accumulées depuis le début de la guerre. Vers la mi-janvier, il avait été victime du froid qui sévissait dans les tranchées glacées, souffrit comme nombre de soldats de graves gelures aux pieds, et se trouva totalement handicapé de l'usage de son pied droit. En conséquence, on l'envoya le

21 janvier à l'hôpital de Cette, ville où il avait son domicile, pour être traité et soigné, puis on l'évacua le treize mars à l'hôpital de Mèze, toujours dans l'Hérault, pour y recevoir des soins complémentaires. Ce retour provisoire dans son midi natal lui permit de profiter d'un climat clément et de la compagnie de camarades généralement satisfaits de fuir pour quelque temps l'angoisse des batailles. Déclaré guéri le trente mai, il quitta, non sans regret, le nid douillet que constituait l'hôpital de Mèze en ces temps si cruels. Il arriva d'abord dans un centre situé à Villebougis, dans l'Yonne, puis il rejoignit le dix-huit juin le Centre d'instruction divisionnaire du deuxième régiment d'infanterie. Par une carte du dix-neuf juin, il m'indiqua qu'il montait en ligne, mais sans me préciser le lieu exact, n'étant pas autorisé à le révéler. Pendant ce temps, je quittai l'hôpital de Dax et le Collège Cendrillon.

Avant de partir, je fis mes adieux au père Supérieur et le remerciai de son accueil, mais je passai surtout du temps avec l'abbé Salette avec lequel j'avais entretenu pendant mes trois mois de présence des liens privilégiés.

— Monsieur l'abbé, lui dis-je, l'accueil que j'ai reçu ici a été extraordinaire. Je vous en remercie du fond du cœur. J'ai un peu d'argent, je souhaite payer ma pension.

— Jeune fille, me répondit le prêtre, il n'en est pas question. Nous avons beaucoup apprécié votre présence discrète. Je sais que vous avez été enthousiaste dans votre travail à l'hôpital et que vous avez appris très vite l'essentiel de votre futur métier. Nous sommes de ce fait très satisfaits d'avoir pu contribuer à vous aider pour réussir plus tard l'accomplissement de votre si difficile mission. Quant à votre pension, vous avez également tellement aidé notre infirmière que nous sommes tous d'accord, même notre économe, pour vous l'offrir.

— Je suis confuse, car je ne pense pas mériter une telle générosité.

— Nous aimerions recevoir à l'avenir de vos nouvelles. Nous

prierons pour vous. Notre communauté chrétienne du Collège pensera à vous dans ses prières.

— Ô oui, je vous écrirai, j'aurai besoin de sentir votre soutien, je m'attends à traverser des moments difficiles.

Très touchée par ce témoignage de sympathie, je m'efforçai de retenir des sanglots qui montaient de mon cœur, mais un flot de larmes vint inonder mon visage. Je vis que l'abbé m'observait attentivement. Ennuyée de mon comportement, je lui déclarai :

— Je n'aurais pas voulu montrer un instant de faiblesse, mais vos paroles aimables, le fait de quitter un lieu où je me suis sentie si bien, me bouleversent sincèrement.

— Jeune fille, reprit l'abbé Salette, me dites-vous vraiment là les seules raisons de vos larmes ? Je voudrais vous parler en prêtre, simplement. Nous ne vous avons rien imposé sur votre conduite à tenir ici, on vous a laissé totalement libre. Mais j'ai normalement constaté votre présence régulière aux offices, marquée d'un recueillement profond, et toute la vie discrète que vous menez est le sceau de l'amour du prochain, d'une charité généreuse. Vous vivez pleinement l'Évangile. Pourtant, vous ne manifestez pas concrètement cette foi sincère en vous approchant de la Sainte Table pour recevoir la communion. Je n'ai pas le sentiment que cette attitude réservée ait pour cause une appréhension, une gêne de venir vous mêler dans un milieu de jeunes garçons qui vous entoure. Votre expérience de l'hôpital a dû vous habituer à côtoyer de nombreux jeunes gens. Je vais vous dire franchement ce que je pense, lorsque je vous observe attentivement. Votre regard est empreint de sérénité et, pourtant, votre visage révèle régulièrement une ombre furtive qui l'assombrit, comme si vous aviez au fond de votre cœur une blessure cachée qui ne guérit pas. Et cette blessure est pour vous un obstacle à l'expression totale de votre foi. Si je peux vous aider, si quelqu'un, ici, peut vous aider à guérir, il vous appartient d'en faire la démarche. Voilà ce que je souhaitais vous dire avant votre départ, du fond de mon cœur.

Je me demandai une nouvelle fois comment il était possible pour tous ces gens de lire en moi si facilement ! Je fus prise au dépourvu par ce discours inattendu. J'avais grande confiance en ce prêtre qui m'offrait généreusement une aide dont j'avais certainement besoin, mais je n'étais pas encore prête à me confier à quiconque.

— Monsieur l'abbé, j'ai traversé une épreuve très rude avec la mort de mon fiancé à la guerre, et aussi par celle du mari de ma sœur qui a laissé ainsi son jeune fils d'à peine six ans. J'ai aussi été victime d'un accident grave qui m'a éprouvé physiquement, prise par la foudre, en forêt, lors d'un violent orage, j'ai failli y perdre la vie.

— Oui, mademoiselle Thérèse m'avait confié votre douloureux passé. Je comprends que vous soyez très affectée. Et votre sentiment de révolte est bien naturel. La question est de savoir exactement contre qui et contre quoi vous êtes révoltée. Mais je vous en supplie, ne vous révoltez pas contre Dieu. Vous pouvez avoir la certitude qu'il souffre en vous, avec vous. Il est patient. Il vous attend à nouveau auprès de Lui avec amour et miséricorde, prêt à tout pardonner. Peut-être aurez-vous besoin d'une aide pour guérir votre âme tourmentée, de même que vous avez eu besoin d'un médecin pour guérir de votre accident ? Je vous ai proposé la mienne, mais ce n'est pas forcément celle-là que le Père des Cieux a décidé de vous envoyer. Je suis sûr qu'un jour il mettra sur votre chemin celui qu'il vous destine pour guérir votre âme. Soyez attentive. Vous saurez le reconnaître. Je prierai le Seigneur pour qu'il vous aide non seulement dans votre mission, mais aussi pour que vous retrouviez la sérénité de votre âme.

Sur ces mots, il se leva, me bénit, et je le quittai.

Je sortis bouleversée de cet entretien, et pourtant je ressentis curieusement en moi une force nouvelle, une ferme volonté de partir pour conquérir le monde !

Avant de quitter Dax, je passai à l'hôpital pour saluer une dernière fois tous ceux et celles que j'avais côtoyés et qui m'avaient constamment aidée et formée. Je terminai mon tour des remerciements par sœur Monique devenue pour moi une amie extraordinaire. Nous avions tissé des liens de fraternité que je jugeai éternels.

— Ma sœur, toi qui es vraiment devenue ma sœur de cœur, tu m'as fait une promesse dès notre première rencontre, tu ne l'as toujours pas tenue !

— Comment est-ce possible ? me répondit sœur Monique décontenancée. J'ai l'habitude de respecter mes engagements et je n'ai aucun souvenir d'une promesse faite qui demeurerait en instance.

— Je ne t'en ai jamais reparlé, car j'ai obtenu au long de mon séjour ici une grande partie des renseignements que tu devais me donner sur Vincent de Paul, le fondateur principal de l'ordre des Filles de la Charité. J'ai constaté qu'il jouit toujours dans la région d'une aura extraordinaire alors qu'il y est né voilà plusieurs siècles[13]. Les gens sont fiers de ce grand saint du pays, né si près de Dax.

— Reconnais que je t'en ai bien parlé à plusieurs reprises. Mais sa vie est un véritable roman, ce serait assez long de tout te raconter.

Alors, comme si elle se faisait un point d'honneur à tenir ses engagements, elle me fit asseoir et commença à me parler de Saint Vincent de Paul.

Elle me raconta comment ce dernier avait commencé sa vie en tant que berger, très jeune, puis, comme il manifestait une grande et vive intelligence, il avait été envoyé à la faculté de théologie de Toulouse où il avait été ordonné prêtre en 1600 à l'âge de dix-neuf ans. Par la suite, elle raconta comment il avait été enlevé par les Barbaresques en méditerranée et vendu comme esclave à Tunis, où il resta deux ans. Après s'en être évadé, de retour en France, il devint curé de paroisse, aumônier général des galères, précepteur des enfants d'Emmanuel de Gondi - qui était précisément le général des galères de France. Membre du Conseil de conscience

13. *Né en 1581 à Pouy qui porte dorénavant le nom de Saint-Vincent-de-Paul, son apostolat s'est déroulé au dix-septième siècle.*

de la régente Anne d'Autriche, Louis XIII le réclama même pour l'assister dans les derniers moments de sa vie. On dit d'ailleurs que le roi mourut dans ses bras.

Je lui fis justement remarquer que dans tout ce qu'elle racontait, il n'était jamais question du moment où ce dernier avait créé l'ordre auquel elle appartenait.

Alors elle me raconta l'œuvre de Saint Vincent de Paul. En partie seulement, car elle était si considérable qu'elle préféra la résumer à ses trois créations principales. Elle expliqua comment pour lutter contre l'ignorance religieuse aussi bien du clergé rural que des pauvres des campagnes, il avait fondé en 1625 la Congrégation de la mission[14] avec pour objet d'évangéliser. Ceux-ci possèdent d'ailleurs une École à Dax. Il avait déjà créé en 1622 les Dames de la Charité qui réunissaient des dames aisées afin de secourir les pauvres. Plus tard, il a voulu une organisation qui poursuive une mission identique, mais avec des personnes vraiment plus proches de tous les miséreux. C'est avec une Auvergnate d'origine, Louise de Marillac, une grande sainte, qu'il a décidé de fonder un ordre qui recruterait des filles de la campagne et dont le vêtement serait celui des paysannes. Ainsi est né l'ordre des filles de la Charité, que l'on appelle également les sœurs de Saint-Vincent-de-Paul.

— L'ordre s'est tellement développé, que nous sommes des milliers actuellement dans le monde entier, conclut-elle.

— Et comment as-tu senti venir ta vocation ?

— Mon histoire personnelle est sans intérêt. Disons que j'ai toujours connu dans ma famille une grande admiration pour Saint-Vincent, et que j'ai ressenti très jeune un grand amour pour lui. Et j'ai toujours voulu me destiner à aider les pauvres et les démunis. Va savoir pourquoi. Mon père en visitait, et quand j'ai commencé à grandir, il lui arrivait de m'amener avec lui. Je l'ai vu servir et aider des miséreux. Je pense que cela a dû m'influencer tant j'aimais mon père. Et puis, nos engagements ne sont pas irréversibles. Nos vœux

14. L'on connaît ces missionnaires davantage sous leur nom de Lazaristes.

ne sont pas religieux et ils doivent être renouvelés tous les ans. Je ne suis donc pas une religieuse. Cela doit te surprendre.

— Je ne le savais pas, même si tu avais évoqué cette question lors de notre première rencontre. C'est pour moi une chose inattendue. Je peux tout de même toujours t'appeler ma sœur ?

— Plus que jamais. Ne m'as-tu pas affirmé voici un instant que nous sommes sœurs de cœur ?

— Ô oui ! J'ai une sœur du même père et de même mère et je l'aime beaucoup. Mais je ne l'ai pas choisie. Mais toi, je te choisis avec tant de joie !

— C'est partagé. Restons sereines.

Ma nouvelle sœur termina de me parler de Monsieur Vincent. Elle m'expliqua comment parmi ses œuvres importantes, il avait aussi fondé un hospice pour les personnes âgées, devenu l'hôpital de la Salpêtrière en 1657. Elle me dit que leur Institution était à l'origine de l'Hôpital des Enfants-Trouvés de Paris.

— Il a bénéficié dès son siècle d'une popularité extraordinaire. Son engagement était total. Il a été le premier, ou l'un des premiers, à ramasser dans la rue et à recueillir, la plupart du temps sous les porches des églises les bébés qui y étaient abandonnés. Et il se chargeait de convaincre les grandes dames de les élever, alors qu'elles rechignaient à accomplir une telle œuvre, car elles considéraient ces petits êtres pourtant sans défense comme des enfants du péché. Mais devant la ténacité et la volonté de Vincent-de-Paul[15], elles s'inclinèrent. Malgré tout cela, à la fin de sa vie, il se plaignait d'en avoir fait si peu...

— Moi je pense qu'il voulait dire qu'au vu de l'ampleur de la tâche, l'on n'en voyait jamais le bout et une vie entière ne suffirait pas pour apporter à chacun un peu de réconfort.

— Tu as peut-être raison. C'est, en tout cas, un encouragement pour nous, Filles de la Charité, pour nous inspirer de son exemple, mais surtout pour suivre celui de Notre Seigneur Jésus-Christ qui

15. Vincent-de-Paul a été canonisé le 16 juin 1737 par le Pape Clément XII.

a passé toute sa vie à accomplir le bien, et à vivre ces paroles qu'Il nous a laissées par l'intermédiaire de l'évangéliste Matthieu : « *J'avais faim, et vous m'avez donné à manger ; j'avais soif, et vous m'avez donné à boire ; j'étais un étranger, et vous m'avez accueilli ; j'étais nu, et vous m'avez habillé ; j'étais malade, et vous m'avez visité ; j'étais en prison, et vous êtes venus jusqu'à moi. Chaque fois que vous l'avez fait aux plus petits d'entre les miens qui sont mes frères, c'est à moi-même que vous l'avez fait.* »

— Je connais bien ce passage de l'Évangile. Comme il est difficile à vivre ! Mais, je pense que ton vœu de chasteté doit également être une épreuve compliquée.

— Détrompe-toi. J'ai un amour, une adoration pour mon Jésus que tu ne peux imaginer. Et Il me le rend bien ! Je suis avec Lui tous les jours, dans mes prières, mais surtout au côté de tous ceux que j'accompagne quotidiennement dans leur souffrance. Car, en allant à leur rencontre, c'est à la rencontre de Jésus Lui-même que je vais, en ses frères qui sont souffrants c'est Lui que je soigne. J'y mets donc tout mon cœur et tout mon amour.

Sur ces quelques mots, un silence s'instaura. Je méditai toutes ces paroles de sœur Monique qui me secouaient. Au bout d'un moment, je repris la parole, changeant complètement de sujet.

— Et Catherine Labouré, peux-tu m'en parler ? Tu l'avais également évoquée en me montrant la médaille que tu conserves si précieusement autour de ton cou.

— J'aurais aimé pouvoir t'en parler longuement, me dit sœur Monique. Catherine a connu dans sa vie des évènements tellement inouïs qu'ils te paraîtront incroyables. Tu vas penser que je te récite un conte de fées. Et pourtant, j'ai une foi totale dans le message qu'elle nous a transmis.

— Il faut que tu me dises l'essentiel. Tu ne peux ainsi exciter ma curiosité puis garder l'histoire pour toi.

— Bon. Allons-y. Mais je ne peux pas faire attendre trop longtemps mes malades.

— Je vais venir te donner un coup de main pour rattraper le

temps perdu. Qui est donc cette Catherine Labouré ?

— Catherine est née en 1806 dans un village de Bourgogne, au sein d'une famille nombreuse. Elle a perdu sa mère alors qu'elle n'avait que neuf ans. Elle s'est alors tournée vers la Vierge Marie et lui a déclaré : « *C'est toi que je choisis pour ma maman.* » À une époque de sa vie, son père l'a envoyée travailler chez son frère qui tenait un commerce de vins et un restaurant populaire. Elle y a travaillé comme servante. Elle s'y trouva en contact avec la misère des ouvriers et de jeunes enfants qui travaillaient déjà en usine. Elle y a conforté sa vocation de mettre sa vie au service des pauvres. Après des péripéties multiples, elle a été admise à entrer le 21 avril 1830 à la Maison Mère des Filles de la Charité à Paris pour y accomplir son noviciat. On a découvert seulement après sa mort ce qu'elle a écrit sur les évènements extraordinaires qu'elle a vécus et qu'elle n'avait confiés qu'à son confesseur...

Alors ma sœur me raconta comment vers 11 heures et demie du soir pendant la nuit du 18 juillet 1830, la veille de la fête de Monsieur Vincent, Catherine Labouré avait entendu une voix qui l'appelait : « *ma sœur, ma sœur* ». Réveillée, elle vit un très jeune enfant de quatre ou cinq ans, tout de blanc vêtu, qui lui demandait de le suivre jusqu'à la chapelle où la Sainte Vierge l'attendait ! « *Soyez tranquille*, lui dit-il, *tout le monde dort bien.* » Arrivée à la chapelle, Catherine dit que sa surprise fut complète quand elle a vu tous les cierges et flambeaux allumés, ce qui lui rappelait la messe de minuit. Mais elle ne voyait pas la Sainte Vierge, seul l'enfant qui la conduisit dans le sanctuaire était présent. Elle attendit à genoux un temps qui lui parut une éternité jusqu'au moment où l'enfant reprit la parole pour annoncer : « *Voici la Sainte Vierge. La voici.* »

Catherine entendit comme un frou-frou d'une robe de soie puis aperçut une personne se poser sur les marches de l'autel. L'enfant dit à nouveau : « *Voici la Sainte Vierge.* » Ne réalisant pas, Catherine douta. Elle raconta ainsi la suite : « *L'enfant me parla, non plus comme un enfant, mais comme un homme. Alors, regardant la Sainte Vierge, je n'ai fait qu'un saut auprès d'elle, me mis à genoux sur les marches de l'autel, les mains appuyées sur les genoux de la Sainte Vierge. Là, il s'est passé un moment, le plus doux de ma vie. Il me serait impossible de dire ce que j'ai éprouvé.* » L'entretien aurait duré deux heures. La Sainte Vierge lui dit certaines choses comme : « *Mon enfant, le Bon Dieu veut vous charger d'une mission. Ayez confiance. Ne craignez pas. Vous verrez certaines choses. Rendez-en compte.* » Ce que Catherine devrait dire c'étaient les visions et les paroles reçues. Elle apprit l'annonce de malheurs : « *Les temps seront mauvais. Les malheurs viendront fondre sur la France. Le trône sera renversé. Le monde entier sera renversé par des malheurs de toutes sortes.* » Elle lui dit aussi : « *Les grâces seront répandues sur toutes les personnes qui les demanderont avec confiance et ferveur : grands et petits.* »

Je lui confiai alors que mon âme était toute frémissante à la pensée de cette jeune fille qui eut le bonheur de rencontrer la Très Sainte Vierge Marie en ce monde. Mais je lui expliquai ne toujours pas comprendre le lien qui reliait cette apparition à la médaille représentative qu'elle portait autour du cou.

Elle me répondit qu'en effet, aucun lien n'existait à ce moment-là avec la médaille. C'est quatre mois plus tard qu'elle reçut la demande de faire frapper une médaille à l'effigie de la Vierge. Le 27 novembre de cette même année 1830, sœur Catherine participa à cinq heures trente de l'après-midi à la prière du moment au milieu des autres sœurs réunies dans la chapelle. Elle cita alors Catherine Labouré : « *J'ai aperçu la Sainte Vierge à la hauteur du tableau de saint Joseph, debout, habillée de blanc, de taille moyenne, la figure si belle qu'il me serait impossible de dire sa beauté. Elle était vêtue d'une robe de soie blanche et d'un manteau bleu argenté avec un voile aurore. Il sortait de ses mains, comme par faisceaux, des rayons d'un éclat ravissant. Une voix disait : ces rayons sont le symbole des grâces que Marie obtient aux hommes. Et autour du tableau était inscrit en lettres d'or : Ô Marie, conçue sans péché, priez pour nous qui avons recours à vous.* »

Sœur Catherine a continué son récit en expliquant comment le tableau s'était retourné et qu'elle avait distingué sur le revers ce que l'on voit au dos de la médaille. Précisant qu'on y aperçoit en grand la lettre M, surmontée d'une petite croix. Au bas, deux cœurs, l'un est celui de Jésus, couronné d'épines, l'autre est celui de Marie, percés par un glaive. Et douze étoiles entourent le tableau. Elle dit que la voix demanda alors : « *Il faut faire frapper une médaille sur ce modèle et les personnes qui feront avec piété cette courte prière jouiront d'une protection toute spéciale de la Mère de Dieu.* »

Je lui demandais quand cette médaille avait été frappée puisque sœur Catherine n'avait fait qu'en parler à son confesseur.

Elle me répondit que ce confesseur considéra au départ qu'il ne s'agissait que de rêves et d'illusions. Quand elle lui avait parlé de la deuxième apparition et de la demande de frappe de médaille, il l'avait pris très mal. Ces visions étaient pour lui un mauvais signe. Il avait conseillé à sa protégée, pour honorer Marie d'imiter ses vertus et de se garder de son imagination et lui intima avec fermeté de ne plus revenir sur ces illusions. Mais, avec le temps qui passait, il fut impressionné quand il réalisa que les évènements annoncés survenaient effectivement. Il finit par informer l'archevêque de Paris, mais sans lui préciser l'identité de celle qui s'était confiée à lui.

Je lui rétorquai que Sœur Catherine devait être déçue de cet accueil de ses confidences par son confesseur !

Alors elle m'indiqua qu'au contraire elle s'était sentie soulagée d'avoir parlé et se contenta d'obéir par la suite aux prescriptions qu'elle avait reçues de lui. Elle eut une troisième apparition en décembre 1830 et revit le même tableau que précédemment. Ce fut la dernière apparition. La médaille fut produite et connut une expansion extraordinaire.

— Comment imaginer que les gens puissent croire à une telle histoire ! dis-je.

— Les humbles du peuple eurent foi en ces révélations. Ils appelèrent cette médaille « *la médaille miraculeuse* ». En effet, beaucoup ont affirmé devoir leur guérison à cette médaille lors de la grande épidémie du choléra en 1832. C'est pourquoi eux connaissent les raisons pour lesquelles ils croient dans le message transmis par sœur Catherine Labouré. Et ils en ont témoigné. La médaille et la prière sincère qui l'accompagne ont entraîné des conversions, des guérisons et autres phénomènes extraordinaires.

— Ma sœur, moi, je crois sincèrement au message que nous a transmis humblement Catherine Labouré.

Alors sœur Monique enleva de son cou la médaille dite miraculeuse puis la plaça autour de mon cou. Je réagis aussitôt :

— Impossible, je ne peux l'accepter. C'est un trop gros sacrifice pour toi.

— Je t'offre cette médaille avec tout mon cœur, me répondit-elle. Oui, j'y suis très attachée. Mon cadeau m'est d'autant plus agréable. Je te demande, simplement, de ne pas oublier de dire tous les soirs cette simple prière, avec toute ta ferveur et ta sincérité habituelles : « *Ô Marie, conçue sans péché, priez pour nous qui avons recours à vous* ». Alors tu recevras de Notre Dame des grâces dans ta vie et tu pourras compter sur son soutien indéfectible.

Nous tombèrent spontanément dans les bras l'une de l'autre dans une effusion d'amitié chaleureuse, et nous séparâmes, le cœur déchiré.

.29.
Proposée, enfin, pour le front

Les négociations auprès de mon père pour obtenir l'autorisation de partir au plus près des lieux de batailles furent d'autant plus dures à mener que les offensives lancées au printemps de la présente année 1918 par les armées allemandes en Picardie puis dans les Flandres et qui se poursuivirent vers la Champagne s'avérèrent à nouveau particulièrement sanglantes et entraînèrent ainsi pour les services de santé aux armées l'exécution de missions extrêmement dangereuses. Toutefois, devant l'inébranlable et intransigeante volonté qui était la mienne de m'impliquer au cœur du conflit, il finit par s'incliner et par me donner son accord, à contrecœur, mais avec beaucoup d'admiration.

Je bénéficiai alors d'un temps de repos de trois jours avant de rejoindre l'affectation nouvelle qui m'attendait dans le nord-est de la France. Je me rendis à Pissos afin de revoir ma famille, mais aussi pour préparer mon barda et compléter le contenu de mes bagages, étant donné que je n'avais emporté avec moi que le strict nécessaire lors de mon premier déplacement à Dax.

Pendant un court séjour à Pissos et avant mon départ vers le front, j'en profitai pour aller saluer dame Justine à Escoursolles. Je l'ai retrouvée toujours aussi fringante dans ses prières, assise au coin du feu. En arrivant, je tombai sur André coupant du bois avec son énergie habituelle. Nous entrâmes ensemble dans la maison et nous installâmes auprès de sa mère devant le feu qui flambait encore en cette fin de mois de mai.

— Tu viens nous voir à nouveau pour ta cheville ? me demanda malicieusement Justine, surtout pour me montrer que sa mémoire restait toujours fidèle.

— Ma cheville, c'est une vieille histoire, répondis-je. Elle est aussi solide sinon plus qu'avant l'accident. J'ai vu bien pis depuis, mais chez les autres. Et j'ai appris à donner des soins. Par contre, je n'ai rencontré personne capable de soigner et de rétablir une cheville comme sait le faire André. Il aurait dû m'accompagner à l'hôpital de Dax où j'ai soigné pendant presque trois mois nos pauvres soldats qui reviennent du front, dans un triste état.

— Ce serait volontiers, répondit André. Mais j'ai fait mon temps déjà. J'ai bourlingué dans toute l'Afrique. Maintenant, je suis bien trop vieux.

— Tu reviens à Pissos ? me demanda Justine.

— Je ne reviens que pour mieux repartir. Je voulais vous voir tous les deux pour vous remercier de m'avoir sauvée et aidée, et vous dire que je pars comme infirmière, en Flandre ou en Champagne, au plus près du front, selon ma demande. Je dois recevoir demain mon affectation. Je veux vous dire, ma chère Justine, que je compte sur vos prières, dans le tour du monde que vous accomplissez chaque jour. J'aimerais que vous m'ajoutiez à toutes vos intentions.

— Mais, ma chérie, tu y es déjà depuis notre rencontre. Tu es aussi dans mon cœur. Mais, dis, à mon âge, tu oses m'amener avec toi sur le front ? Sais-tu que cela est dangereux, non seulement pour une jeune comme toi, mais pire encore pour une vieille comme moi ? Je préfère mes tournées en Amérique, en Afrique et en Asie, ajouta-t-elle, en souriant.

— Justine, je vous assure que vous êtes autant en danger dans ces pays-là. Vos missionnaires pour lesquels vous priez ont affaire parfois à des ennemis de leur foi. C'est d'ailleurs pour cela qu'ils ont autant besoin de vos prières. Quant à moi, rassurez-vous, je vous laisserai à l'arrière si je dois parfois me rapprocher trop près des premières lignes.

— Tu es gentille.

À mon départ de Pissos pour Paris, où les responsables de l'organisation associative des Dames de France allaient me confier ma première affectation, plusieurs amis et membres de la famille vinrent me saluer. Chacun essayant de cacher son émotion.

Henri, mon père, m'amena lui-même en cabriolet jusqu'à la gare d'Ychoux pour que j'y prenne un train pour Paris via Bordeaux. Tout au long du trajet, il garda le silence, lâchant de temps à autre quelques mots sans importance. Je ne fus pas étonnée, je savais que ce comportement trahissait chez lui une forte mélancolie. Ce silence partagé n'empêchait pas qu'existe entre nous un véritable échange, très riche, qui n'éprouvait nul besoin de s'exprimer par un flot de paroles. Une remarque de temps à autre suffisait. Au moment de la séparation, il me serra fort contre son cœur et me dit simplement : « *Reviens.* »

Quand le train s'éloigna et que j'agitais ma main par la fenêtre du wagon en signe d'au revoir, je le vis demeurer sur place, le regard fixé sur le convoi qui s'éloignait, sans doute jusqu'à ce que ce dernier disparaisse à l'horizon. J'étais certaine qu'il ne dut verser aucune larme. Mon papa n'a jamais su exprimer ses chagrins par des larmes. Mais son cœur était certainement brisé.

***

Au cours des premières semaines du mois de juin 1918, je fus successivement affectée à des hôpitaux mixtes de la région d'Amiens, puis de la région de Compiègne et, fin juin, de la région de Château-Thierry. Une fois ma compétence reconnue, ma résistance physique, mon caractère fort et mon engagement permanent à assumer les tâches les plus ardues me firent particulièrement remarquer de mes supérieurs qui ne tarissaient plus d'éloges à mon égard. Au début du mois de juillet, mon chef médecin-lieutenant me convoqua dans son bureau et me dit : « *Les armées ennemies sont sur les bords de la Marne, comme en septembre 1914. Il faut s'attendre à de prochaines offensives de leur part pour passer la rivière et percer notre front. Paris est leur objectif. Je suis requis pour aller compléter et renforcer des hôpitaux mobiles proches du futur front. Nos services de santé sont débordés, les intervenants harassés, il faut de nouvelles équipes. J'en suis averti, je dois bientôt partir dans la région de Dormans, plus exactement au sud d'un village qui s'appelle La Chapelle-Monthodon. Ce n'est pas très loin d'ici, à l'est de Château-Thierry. Je suis en train de constituer une équipe. Vous devez commencer à vous douter du motif pour lequel je vous ai appelée. Je sais que vous êtes volontaire pour intervenir au plus près des premières lignes. Pour ma part, j'ai pour vous une grande considération, vous êtes une collaboratrice précieuse. Je souhaite vivement que vous acceptiez de faire partie de mon équipe. Mais je ne veux pas vous l'imposer, car ce sera très dangereux et très dur, et le travail qui nous attend nous laissera peu de repos. Réfléchissez-y, mais il me faut très rapidement votre réponse, car nous pouvons être appelés à partir d'un instant à l'autre.* »

À ces mots, je me sentis tressaillir. J'attendais cette proposition depuis si longtemps ! En outre, par une carte récente de Laurent Castand, j'avais appris que sa compagnie se trouvait en ce moment en réserve dans un bois au sud-est de Dormans. Vivre de prochains évènements, en un même lieu, avec lui et ses amis, anciens grands camarades de Joanis, me galvanisa. Ma réponse fusa immédiatement : « *Mon lieutenant, j'ai déjà réfléchi bien avant que vous me présentiez votre proposition, à la décision que je pourrais prendre si, un jour, j'en recevais une de ce genre. Elle correspond entièrement à ce que je souhaite au plus profond de moi-même : aider à sauver des vies sur le terrain, accompagner nos soldats pris dans la tourmente. De plus, je vous remercie de tout ce que vous m'avez enseigné avec tant de patience depuis que je travaille auprès de vous. Ma réponse est donc : oui, sans hésitation.* »

Mon chef médecin me remercia simplement avec un grand sourire et m'avoua qu'il était sûr de ma réponse. Il me demanda ensuite d'aller me préparer et de me tenir en alerte.

.30.
Offensives allemandes du printemps 1918

Au début de l'année 1918, plus que jamais, le temps pressait. Il devenait urgent d'en terminer avec un conflit qui s'enlisait et qui ruinait les nations combattantes.

L'Allemagne était de plus en plus touchée par les conséquences pour son économie du blocus qu'exerçaient efficacement les forces navales des Alliés tout le long des côtes maritimes, ainsi que de celui qui était rigoureusement exécuté aux frontières. La population éprouvait les pires difficultés à s'approvisionner en produits de première nécessité, réservés aux combattants, et souffrait de la faim ; les ressources énergétiques s'épuisaient ; les troupes étaient harassées par près de quarante mois de combats acharnés, les pertes en hommes étaient lourdes. Les bombardements diurnes et nocturnes que l'aviation alliée avait commencés à l'automne 1917 contre les usines et les pistes d'aviation allemandes provoquaient une importante baisse de la production industrielle. Tous ces évènements faisaient que le moral général était fortement en déclin au sein de la population allemande.

Bien entendu, la situation en France et en Grande-Bretagne devenait également de plus en plus difficile à vivre, sur le plan moral et dans le domaine de la vie économique. Des manifestations contre la guerre, concrétisées par des grèves sévèrement réprimées, traduisirent la lassitude de tous alourdie par l'incertitude sur la date de fin du carnage. Le moindre village était affligé par les pertes nombreuses de ses enfants. Tout le monde, maintenant, aspirait à la paix, quitte à ce que ce soit une paix sans vainqueur.

La décision d'entrer dans le conflit prise par les États-Unis le 2 avril 1917 apporta une grande espérance dans le camp des Alliés, et l'arrivée régulière en France de troupes américaines fraîches allait constituer à terme un renfort en hommes considérable. Toutefois, ces nouvelles troupes avaient besoin d'un temps d'adaptation et de formation indispensables afin de se roder aux techniques de la guerre moderne et de s'y endurcir.

Pendant ce temps, un évènement majeur que craignaient les Alliés intervint en faveur de l'Allemagne, conséquence directe de la révolution d'octobre 1917 en Russie qui provoqua la chute du tsar et la prise du pouvoir par le parti bolchevique en novembre. Sous l'influence et la pression très forte de Lénine, la nouvelle république russe décida de signer le 3 mars 1918 à Brest-Litovsk, ville de Biélorussie, un traité de paix séparé avec l'Allemagne et ses alliés l'Autriche-Hongrie, la Turquie et la Bulgarie. Ainsi, la Russie lâchait ses alliés qui s'étaient engagés auprès du tsar. Dès la prise du pouvoir par les siens, Lénine avait bien proposé à tous les belligérants « *une paix sans annexion* », mais les Alliés avaient refusé de participer aux négociations. Et, *in fine*, ledit traité de paix s'avéra désastreux et humiliant pour la Russie, car il lui fit perdre la Pologne, l'Ukraine, les pays baltes de Lituanie, Lettonie et Estonie, ainsi que plusieurs territoires cédés à la Turquie, et enfin la Finlande.

Grâce à ce traité, l'Allemagne qui luttait sur deux fronts fut libérée du front de l'est et put ainsi transférer sans délai vers le front ouest, en France, quarante divisions devenues disponibles. Ce renfort provoqua un déséquilibre des forces en présence sur le front occidental en faveur des Allemands, ce qui allait durer jusqu'à l'entrée en guerre des divisions américaines dont l'intervention n'était programmée qu'en juillet 1918.

En conséquence, l'État-major allemand, par son Chef le général Paul von Hindenburg, jugea qu'il fallait engager immédiatement des offensives fulgurantes et décisives en s'appuyant sur les forces les plus puissantes de leur armée, et, surtout, avant l'entrée en ligne des premières divisions américaines opérationnelles en juillet prochain.

Les Alliés s'attendaient à ce que l'ennemi exploite très vite cette situation nouvelle. Mais où et quand les armées allemandes allaient-elles lancer leurs offensives ? Les services de renseignements français œuvraient intensément pour découvrir les réponses à ces deux questions cruciales. Mais ils ne réussirent pas à percer les intentions allemandes. Ainsi l'État-major français fut obligé de travailler sur plusieurs hypothèses sans savoir en quels lieux concentrer l'essentiel de ses forces.

L'État-major allemand avait arrêté dès février 1918 et dans le secret le plus absolu le choix des zones sur lesquelles il voulait jeter ses forces dans la bataille. Il avait décidé d'attaquer en Picardie, au point de jonction des armées françaises et britanniques, de Saint-Quentin à Montdidier. Les préparatifs de concentration de moyens extrêmement puissants avaient même commencé avant la signature définitive du traité de Brest-Litovsk. Pour échapper aux observations aériennes, les déplacements des troupes d'infanterie et des gros convois d'artillerie étaient réalisés de nuit, avec discrétion et précautions maximales, tous feux éteints.

Au soir du 20 mars 1918, veille de la première offensive allemande en Picardie, les forces opposées en présence étaient disproportionnées.

L'armée allemande disposait de soixante et une divisions en ligne installées de la Scarpe jusqu'à l'Oise. Sur l'aile droite du dispositif, au nord de Bapaume et à l'ouest de Cambrai, la 17ème armée du général von Below était constituée de six groupes. Sur l'aile gauche, au sud de Péronne et au sud-ouest de Saint-Quentin, la 18ème armée du général von Hutier disposait de onze divisions en première ligne et de huit divisions en seconde, en tenait quatre en réserve et comptait recevoir rapidement le renfort de six autres divisions. Au centre du dispositif, s'intercalait l'armée du général von der Marwitz dont le rôle serait de foncer sur le point de jonction de l'aile droite de l'armée britannique du général Byng et de l'aile gauche de celle du général Gough. À l'extrême gauche de cet ensemble, la 7ème armée allemande du général von Boehn se situait au nord de La Fère et au sud de Saint-Gobain.

En face, les armées britanniques en place ne disposaient que de seize divisions. La 3ème armée du général Byng était implantée à l'est d'une ligne Arras-Albert et se composait de quatre divisions. Elle serait confrontée à la 17ème armée allemande de von Below. Au sud et à droite de la 3ème armée, du nord-est d'Albert au sud-est d'Amiens, se trouvait la 5ème armée britannique du général Gough qui comprenait douze divisions. Devant elle, les armées allemandes Marwitz et Hutier couvraient un espace encore plus étendu, allant au-delà de la jonction entre la 5ème armée britannique et la 6ème armée française aux ordres du général Degoutte.

Le commandement allemand avait pour objectif de percer le front en Picardie, de séparer ainsi les armées françaises et britanniques, d'atteindre les ports de la Manche, ce qui couperait les Anglais de leurs sources d'approvisionnement. Cette situation nouvelle devrait contraindre, pensait-il, les Alliés à envisager une démarche de paix.

L'offensive allemande fut lancée le 21 mars à quatre heures du matin contre la troisième et la cinquième armée anglaise, après un bombardement violent de trois heures du front britannique. La bataille dura jusqu'au 31 mars. Un demi-million d'hommes partirent à l'assaut des seize divisions britanniques, favorisé par un épais brouillard. En fin de journée, l'armée de Gough fut submergée et dut battre en retraite. En revanche, l'armée de Byng résista. Mais le front fut enfoncé en profondeur sur une dizaine de kilomètres. Le général Pétain envoya des renforts français pour combler les brèches, encadrés par les États-majors des armées Humbert et Debeney. Le 24 et le 25 mars, l'avance allemande se poursuivit et fit redouter une rupture complète entre les lignes françaises et anglaises. L'ennemi atteignit Noyon, dans l'Oise, et progressa de près de trente kilomètres depuis le début de l'offensive.

Des divergences d'appréciation sur la situation surgirent entre le général Haig, chef des armées britanniques, qui voulait protéger les ports de la Manche pour assurer le maintien des communications et préserver tout moyen de repli, et le général Pétain, chef des Armées françaises, qui voulait couvrir la route de Paris. La nécessité de mettre en place un commandement supérieur s'imposait de plus en plus à tous et, bien entendu, aux gouvernants des pays alliés.

Les Alliés prirent enfin le 26 mars une décision sensée. Ils investirent le général Foch du pouvoir de « *coordonner les actions des armées alliées* ». Ces pouvoirs furent étendus le 14 avril suivant par la nomination au titre et aux fonctions de « *Commandant en chef des armées alliées* » du même général Foch. Ce dernier exerça immédiatement ses nouveaux pouvoirs et prit toutes décisions pour redresser le sens d'une bataille perdue afin de conduire ses troupes vers la victoire. Il fit preuve d'une grande assurance et d'une grande confiance en lui-même. Tous furent impressionnés par sa volonté inébranlable de se battre, de ne céder aucun pouce de terrain.

L'offensive allemande s'essouffla. Les troupes françaises se battirent avec acharnement, dans des conditions d'inorganisation difficiles, mais réussirent à arrêter le 31 mars la progression adverse. L'ennemi arriva jusqu'à Montdidier. Mais il ne réussit pas à prendre Amiens. La nouvelle ligne de front picarde passait à l'est d'Arras, à Bapaume, à l'ouest d'Albert, à l'est d'Amiens, à l'ouest de Moreuil, à Montdidier, puis obliquait vers l'est au sud de Noyon et en direction de La Fère.

Dès le 9 avril, une deuxième offensive allemande fut lancée dans les Flandres, dans la région d'Armentières, qui dura jusqu'au 29 avril. Le front était tenu du côté des Alliés par l'armée belge située au nord d'Ypres, sur la droite de cette armée et occupant le saillant d'Ypres par la 2ème armée britannique du général Plumer, puis par la première armée britannique du général Horne ; deux divisions portugaises étaient installées au sud d'Armentières. Le général Foch allait devoir envoyer sur les lieux des détachements de réserve pour soutenir ses Alliés. Du côté allemand, deux armées, la 4ème du général Sixt von Arnim et la 6ème du général von Quast regroupèrent vingt-sept divisions dans le secret absolu et partirent à l'assaut le 9 avril à huit heures du matin de part et d'autre d'Armentières, après une courte mais puissante préparation d'artillerie, sur un front limité de quinze kilomètres. La surprise fut totale pour les troupes alliées. Au soir du premier jour de la bataille, l'armée Quast atteignit au sud d'Armentières la rivière de la Lawe, de Béthune à Merville, tandis qu'au nord elle longeait la Lys. Le théâtre des opérations s'étendit par la suite vers Bailleul, la forêt de Nieppe, la ligne des hauteurs du Kemmel au Mont des Cats, vers Hazebrouck, et, bien entendu, vers le saillant d'Ypres. L'ennemi avança vite et profondément, et progressa de plus de vingt kilomètres en six jours. Les armées britanniques coururent le risque d'être coupées entre elles et isolées. Leur situation était devenue critique. L'armée belge accepta d'étendre son front jusqu'à Ypres et libéra ainsi plusieurs divisions britanniques. Du douze au quatorze avril, quatre divisions françaises et le 2ème corps de cavalerie du général Robillot arrivèrent dans la région de Saint-Omer et formèrent un détachement de l'armée du Nord qui s'intercala auprès de l'armée anglaise de Plumer. Les16, 17 et 18 avril, les nouvelles attaques allemandes furent contenues ou repoussées successivement à Hazebrouck, dans la région d'Ypres, vers la crête de Wytschaete. Puis les Allemands décidèrent de lancer cinq divisions de troupes fraîches sur le saillant du Kemmel. L'attaque fut fixée à la date du vingt-cinq avril. Les troupes partirent à l'assaut à six heures du matin, camouflées sous un brouillard épais. La lutte fut acharnée, le terrain disputé pied à pied. L'ennemi prit le Kemmel avant midi, mais son attaque fut stoppée en fin de journée. Le vingt-neuf avril, un nouvel assaut allemand de part et d'autre du village de Locre ne permit aucune nouvelle progression pour l'ennemi.

Cette fois-ci, cinq divisions françaises supplémentaires intervinrent. La bataille perdit ensuite de son intensité et s'éteignit d'elle-même. Cette deuxième offensive allemande engagée dans les Flandres, qui visait certainement la séparation des armées alliées et les ports de la Manche, n'atteignit pas ses objectifs, elle avait échoué.

Une période d'accalmie de quatre semaines marqua les temps qui suivirent ces derniers combats, en dehors de chocs locaux précédés de longs duels d'artillerie principalement dans la vallée de la Somme, sur les deux rives de l'Avre et sur le front nord. Ce répit relatif ne pouvait s'expliquer que par les délais qui s'avéraient nécessaires à l'armée allemande pour regrouper des moyens toujours plus puissants en vue d'une nouvelle offensive.

Le commandement des Alliés s'interrogeait : où prévoir cette attaque ? À nouveau en Flandre ou en Picardie ? Ou bien en Champagne, en Lorraine ?

La réponse tomba brutalement le 27 mai, à une heure du matin. La zone choisie par les Allemands pour engager une troisième offensive s'étendait du nord de Soissons au nord de Reims. Un bombardement préparatoire intensif de trois heures donna le signal du commencement de la bataille, fait de milliers d'obus explosifs, toxiques et vésicants. Le front visé, de Coucy-le-Château jusqu'aux abords de Reims, se déployait sur une soixantaine de kilomètres, mais le bombardement fut également réalisé en profondeur, de l'ordre d'une dizaine de kilomètres, bien au-delà des premières lignes alliées. Ce fut ensuite l'enclenchement de l'assaut par les troupes du groupe d'armées commandé par le Kronprinz impérial. La 7ème armée allemande du général von Boehn déboula sur la droite du dispositif d'attaque, face au Chemin des Dames, sur la partie du terrain qui allait de Vauxaillon à Berry-au-Bac. Sur la gauche de ce dispositif, c'est-à-dire côté est, formant une sorte d'angle droit avec la 7ème, la 1ère armée du général Fritz von Below déferla depuis Berry-au-Bac jusqu'au fort de Brimont, en face du canal de l'Aisne à la Marne. Ces deux armées étaient fortes de trente-cinq divisions.

Ce secteur du front français de Noyon à Berry-au-Bac intégrait le Chemin des Dames, conquis depuis fin octobre 1917, jusqu'au nord de Craonne. Il était tenu par la *6ème* armée française du général Duchêne qui ne comprenait que dix divisions en première ligne, réparties en trois corps d'armée. Quatre divisions étaient placées en réserve. Elle bénéficiait, sur sa gauche, à l'est de Noyon, du soutien de la 3ème armée du général Humbert, et, sur sa droite, au nord de Reims, de celui de la 4ème armée du général Gouraud.

Du fait de la structure naturelle des terrains, cette partie du front français était réputée d'accès difficile aux assaillants, et, en revanche, très favorable aux défenseurs. En conséquence, trop faiblement occupée par les forces françaises et une grande partie des troupes en place, elle demeurait encore marquée par les fatigues accumulées au cours des combats récents de Picardie et des Flandres. Et le rapport des forces en présence allait être de cinq à six fois en défaveur des unités françaises.

Ainsi, au moment de l'assaut, en face de Laon, la 21ème division française dut lutter contre six divisions allemandes, et la 22ème division française subit l'attaque de dix divisions allemandes.

Elles furent submergées, emportées, détruites. Dans la matinée du 27 mai, les assaillants arrivèrent sur l'Ailette et la franchirent, gravirent les pentes du Chemin des Dames et traversèrent le plateau. À dix heures, ils étaient déjà entre Chavonne et Berry-au-Bac. Ils passèrent l'Aisne et le soir ils avaient atteint la Vesle, dans la région de Bazoches. Ils poursuivirent leur progression pendant la nuit.

Le théâtre des opérations fut alors circonscrit dans une vaste zone géographique délimitée au nord par une ligne allant de l'ouest de Soissons à Berry-au-Bac, passant par Laffaux, longeant le massif du Chemin des Dames jusqu'au plateau de Californie et le village de Craonne ; au sud selon une ligne longeant la Marne de Château-Thierry à Verneuil en suivant la rivière, puis remontant de là vers le nord de Reims ; côté ouest, du sud de Soissons à Château-Thierry, en passant par Pinon, Vauxaillon, Leuilly-sous-Coucy, Vézaponin,

Soissons, les lisières de la forêt de Villers-Cotterêts, le passage de l'Ourcq à La Ferté-Milon, Neuilly-Saint-Front, Belleau, le Bois de Belleau ; côté est de Berry-au-Bac à Courcy et le nord de la ville de Reims en passant par le fort de Brimont.

Les deux armées allemandes engagées dans la bataille, la 7ème côté ouest et la 1ère côté est, s'engouffrèrent allègrement dans toute la partie centrale de cette immense poche et parvinrent en quatre jours sur les bords de la Marne, entre Brasles et Jaulgonne, villages situés à l'est de Château-Thierry. Elles conquirent donc soixante kilomètres de terrain du vingt-sept au trente mai. Le vingt-huit mai, elles prirent Fismes et progressèrent en profondeur. Le vingt-neuf mai, elles arrivèrent à Grand-Rozoy, Fère-en-Tardenois, Goussancourt, Janvry, Bétheny. Le trente mai, elles étaient à Jaulgonne, Verneuil, Ville-en-Tardenois. Elles étaient donc maîtresses du terrain dans cet espace central situé entre les deux rivières de l'Aisne au nord et de la Marne au sud, qui coulent toutes les deux d'est vers l'ouest, et sont séparées d'une distance d'environ trente-cinq à quarante kilomètres dans ce secteur géographique.

La résistance française à cette grande offensive fut intentionnellement organisée ailleurs, tout le long de la Marne afin de rendre cette rivière infranchissable, et sur les côtés est et surtout ouest de la zone, d'autant que la progression des troupes allemandes dans une poche profonde fragilisait de plus en plus dangereusement pour elles la défense de leurs flancs gauche et droit.

Dès le vingt-sept et vingt-huit mai, toutes les divisions qui se trouvaient en réserve générale furent envoyées en renfort de la 6ème armée française. Deux groupes furent formés, l'un occupant une zone entre Aisne et Ourcq, de Soissons à Neuilly-Saint-Front, l'autre occupant une zone entre Vesle et Marne, au sud de Reims. Ils entraient en liaison l'un avec la 3ème armée française implantée entre Noyon et Soissons, l'autre avec la 4ème armée française positionnée au sud-est de Reims. Par ailleurs le général Pétain obtint du général Foch le retour des 5ème et 10ème armées toujours restées au soutien des Britanniques dans les Flandres, et disposa la 10ème au-devant de la forêt de Villers-Cotterêts et la 5ème au sud- sud-ouest de Reims. Enfin, très vite, le général Pétain plaça des divisions françaises, renforcées de divisions britanniques et américaines, sur la Marne, de Château-Thierry à Dormans.

Les Allemands furent arrêtés sur la Marne. Le général Franchet d'Esperey avait regroupé plusieurs unités pour s'opposer à leurs tentatives de franchissement de la rivière qui ainsi échouèrent. Quelques troupes allemandes qui réussirent provisoirement à passer sur la rive gauche furent soit prises soit rejetées à l'eau. Deux divisions américaines du général Pershing, pourtant encore à l'instruction, furent acceptées en renfort des unités françaises lors de ces combats.

En s'enfonçant dans la poche dont le fond longeait la Marne, l'ennemi commença à subir sur ses flancs une pression qui risquait de s'accentuer très vite. Pour s'en déprendre, il engagea dès le vingt-neuf mai des troupes vers Soissons qui tomba ce jour-là, et attaqua et prit au nord de cette ville les plateaux de la région de Vizaponin. Au sud de Soissons, l'ennemi dépassa la rivière la Crise et s'approcha de la forêt de Villers-Cotterêts. Le lendemain, il poursuivit sa progression en direction de cette forêt, s'empara de Chaudun et, plus au sud, d'Oulchy-le-Château.

Au cours de la même période, sur leur flanc gauche, les Allemands furent contenus à l'ouest de Reims grâce à un front de défense efficace que la 5ème armée française avait mis en place.

Le 31 mai, le général Ludendorff lança trente divisions sur l'axe Soissons-Villers-Cotterêts, voulant une victoire décisive. De ce côté ouest, l'ennemi arriva à Neuilly-Saint-Front et longea la vallée de l'Ourcq de part et d'autre en direction de La Ferté-Milon. Mais des contre-attaques françaises permirent de reprendre Chaudun et de le repousser sur les bords de la Crise. Côté est, l'ennemi progressa encore dans la vallée de l'Ardre vers la Montagne de Reims.

Du premier au deux juin, la ville de Château-Thierry fut prise. Mais l'offensive allemande s'épuisait, les hommes étaient exténués.

Le onze juin, l'armée allemande engagea une nouvelle et importante offensive en direction de Compiègne. Elle trouva en face la 10ème armée du général Mangin qui avait été formée avec des éléments de la 3ème armée et les débris de la 6ème et placée au-devant de la forêt de Villers-Cotterêts. Cette 10ème armée arrêta net cette offensive allemande.

Entre-temps, au nord-ouest de Château-Thierry, les troupes allemandes prirent Vaux et la côte 204, et les villages de Belleau, Torcy, Bourresches et Bussiares. Elles structurèrent le système défensif de cette zone en fortifiant le bois situé au sud de Belleau et en l'équipant de réseaux de barbelés et de nids de mitrailleuses.

Le 152ème régiment d'infanterie française stoppa l'avancée allemande dans ce secteur du Bois Belleau, puis le 23ème régiment d'infanterie américaine et une brigade de Marines, nouvellement formés et arrivés fin mai auprès de la 6ème armée française, furent placés sous le commandement de leur général James G. Harbord, et reçurent l'ordre de contre-attaquer et de reprendre le Bois Belleau. L'assaut fut lancé dans la nuit du cinq juin. Ces troupes américaines brisèrent en quelques jours les points de résistance. Les Allemands ripostèrent à leur tour. La bataille fut violente. Les Allemands furent définitivement chassés du bois le vingt-cinq juin. Le bois fut entièrement reconquis. Les troupes américaines s'emparèrent également du village de Bourresches.

Les Allemands ne remportèrent plus de batailles dans cette guerre. La ligne de front était stabilisée.

Les deux armées ennemies se situaient de part et d'autre d'une ligne de front passant du nord au sud depuis Arras par Beamon-Hamel, l'ouest d'Albert, l'est d'Amiens, Montdidier, le sud de Noyon, l'ouest de Soissons, Neuilly-Saint-Front, Château-Thierry, le sud de Dormans, puis remontant au nord de Reims et filant à l'est de Reims vers le nord de Verdun.

Des deux côtés, les troupes étaient épuisées, parfois désorganisées, amoindries par d'énormes pertes (tués, blessés, prisonniers). Elles devaient défendre un front qui s'était encore agrandi. Les voies de communication étaient souvent endommagées. Il leur fallait du temps pour reconstituer les forces et mettre en place de nouvelles tactiques pour les jours à venir.

Du côté des Alliés revenait la question récurrente : où l'ennemi allait-il lancer sa prochaine offensive ? Et à quel moment ? Les services de renseignements étaient en pleine effervescence, les prisonniers ennemis interrogés. La concentration des troupes dans les deux camps était considérable, les moyens mis en place exceptionnels. Début juillet 1918 paraissait d'un calme relatif, pourtant la plus formidable bataille de tous les temps était en train de se préparer.

.31.
Communion d'amis

Nous fumes mutés depuis l'hôpital de Château-Thierry dans un village du sud de la Marne en grande partie détruit sans doute par des bombardements lors de la bataille du mois de septembre 1914. L'école des garçons avait été miraculeusement sauvegardée pour la plupart de ses bâtiments, et, abandonnée par ses élèves, réquisitionnée par l'Armée française et transformée en hôpital provisoire ; les cours de récréation étaient dorénavant occupées par des ambulances chirurgicales dont l'activité était constante depuis plusieurs jours. Une ancienne salle de classe primaire très vaste avait été aménagée pour y accueillir les blessés. J'y découvris, en arrivant, une atmosphère pesante, démoralisante. La salle résonnait de gémissements incessants, lancinants, parfois de cris stridents, d'hommes affreusement blessés dans leurs chairs bouleversées. Elle abritait beaucoup de désespoir.

De là, on entendait le son du canon en cette mi-juillet 1918. On se battait âprement entre Alliés et Allemands, tout près d'ici, à une vingtaine de kilomètres plus au nord, lors de combats qui se déroulaient sur une ligne de front qui longeait la Marne de Château-Thierry à Dormans. Beaucoup de soldats blessés, soignés ici, ne pouvaient être évacués vers l'arrière tant ils étaient gravement atteints. Ils attendaient, dans la souffrance, leur mort prochaine qui mettait trop de temps à venir. J'appris que nous étions situés quelques kilomètres au sud de la commune de La Chapelle-Monthodon qui se trouverait sous la menace de l'ennemi dans le cas où celui-ci parviendrait à franchir la Marne. Dans ce secteur, le front le plus proche n'était que provisoirement stabilisé un peu plus au nord, vers Jaulgonne et Dormans. La bataille faisait rage. Les armées françaises allaient-elles tenir, repousser l'ennemi ? Dans le cas contraire, l'ennemi arriverait vite jusqu'au village... Cette menace planait sur nous. Qu'adviendrait-il, s'il envahissait cet hôpital militaire mobile ? Respecterait-il les blessés et les soignants ? Même si, parmi les blessés, quelques soldats allemands y étaient hébergés et soignés ?

J'ai un souvenir vivace de la soirée du treize juillet 1918. Je sortais épuisée de longues séances d'interventions chirurgicales auxquelles j'avais participé aux côtés du lieutenant-chirurgien qui m'avait engagée. Je quittai le bâtiment spécifique préfabriqué de l'auto-chir et regagnai la salle principale de l'établissement pour prêter mon concours aux soins des blessés. Le repos serait pour plus tard. Je portais à l'époque un pantalon de soldat que j'avais eu l'autorisation de récupérer et dont la taille me convenait, moyennant quelques retouches, et je mettais par-dessus ma blouse blanche d'infirmière. Dans la poche de cette blouse, ma main droite prit contact avec une feuille de papier, ce qui me fit tressaillir. Il s'agissait d'une lettre reçue récemment de Laurent Castand par laquelle il m'informait que sa compagnie stationnait actuellement dans un bois au sud de Dormans et que des renforts accouraient depuis le mois de juin pour reconstituer le premier bataillon de son unité, sous les ordres du commandant Bonnamy. Il avait retrouvé dans sa section quelques amis anciens, ce qui, me précisait-il, « *est un privilège rare de nos jours étant donné l'hécatombe de tous ceux que l'on voit sans cesse disparaître presque quotidiennement autour de nous* ». Il était notamment avec des camarades proches dont il m'avait déjà parlé, à savoir Étienne le prêtre de la région de Lourdes et Henri de Tarbes. Leurs liens d'amitié en étaient d'autant plus resserrés et vivaces. La grande nouvelle pour moi était que tous les trois envisageaient de profiter d'une autorisation exceptionnelle de leur chef pour venir me rendre visite en voisins, pour faire enfin ma connaissance. Mais, m'écrivait-il, il lui était impossible de m'assurer qu'ils réussiraient à obtenir une telle permission et surtout de me donner une date précise de leur éventuelle venue. Je retirai la lettre de ma poche pour en vérifier la date portée sur l'en-tête. Déjà douze jours qu'elle avait été rédigée. Je l'avais reçue voici trois jours seulement.

En entrant dans la grande pièce de l'école aménagée en salle d'hôpital, je suffoquai, prise par l'odeur forte et désagréable que dégageait un mélange des effluves des produits de soins, du sang perdu, des sueurs aigres de transpiration, de la malpropreté des occupants incapables de se laver et auxquels les soignants n'avaient pas le temps de faire la toilette, de vomis, d'urine et d'excréments. Un bourdonnement continu de gémissements plaintifs était le révélateur d'une souffrance que les traitements ne pouvaient endiguer. Quatre rangées parallèles de lits fabriqués avec les matériaux les plus divers, mais aussi de paillasses, étaient installées dans le sens de la longueur de la pièce. Ils étaient tous occupés. Sur le fond droit de la salle, une porte ouvrait sur un local d'habitation à un étage, sans doute le logement que devait occuper l'ancien directeur de l'école et qui était dorénavant réservé à notre accueil, nous, les infirmières lors de nos temps de repos. À l'autre bout de la pièce, une ouverture beaucoup plus importante permettait de communiquer avec une autre salle hospitalière, mais dans laquelle étaient placés les blessés les plus gravement atteints ainsi que ceux qui venaient d'être opérés et étaient en situation de réveil.

Je me présentai à la responsable en chef des infirmières pour lui demander qui relever et dans quelle rangée de blessés intervenir.

— Mais, m'interrogea-t-elle, ne sortez-vous pas d'assister le chirurgien avec qui vous étiez depuis ce matin ? Vous me paraissez fatiguée. Il faut vous reposer.

— Je me sens très bien, me rebellai-je. Je suis apte à poursuivre ma tâche. Donner des soins, c'est tellement peu de choses quand on pense à ce que subissent ceux à qui on les donne. Plus nombreuses nous serons auprès d'eux, plus vite nous les soignerons et les soulagerons. Croyez-moi, c'est très motivant.

— Oui, mais si vous craquez de fatigue, votre absence pèsera, et, en plus, il faudra vous soigner ! Ne trouvez-vous pas que nous avons assez de travail, sans que vous veniez en rajouter ?

— Je ne craquerai pas. J'ai pris l'habitude de travailler durement à la campagne !

— Bon, bon. Allez, prenez la deuxième file du milieu. Partez de là-bas, du fond. Deux autres infirmières sont déjà parties d'ici.

Je prodiguais des soins déjà depuis un bon moment, faits de nettoyages de plaies hideuses, de renouvellement de pansements, de piqûres de morphine pour soulager ne serait ce que partiellement des douleurs manifestes, lorsque je fus très surprise de m'entendre interpellée par mon prénom par un blessé :

— Anne, Anne.

Je cherchai la personne qui s'adressait ainsi à moi, et repérai dans l'autre rangée, celle d'à côté, un visage tourné vers moi et qui me fixait, mais sans pouvoir le reconnaître, car la face du blessé était presque entièrement couverte de bandelettes. « *Encore une gueule cassée, pensai-je* ». Le blessé murmura faiblement :

— Regardez-moi. Oui, vous êtes Anne Saintmont, n'est-ce pas ?

J'étais agenouillée auprès de celui que j'étais en train de soigner. Je me levai et demandai :

— Vous me connaissez ?

— Oui, je suis de votre coin. Mais je suis trop faible pour parler assez fort. Venez me voir dès que vous le pourrez.

Je terminai mes soins en cours, réconfortai le malheureux de quelques mots chaleureux, puis contournai le lit pour changer de rangée et vint m'agenouiller auprès de la couche de l'homme qui m'avait interpellée. Je l'examinai. Son crâne était enserré dans un bandeau, une autre bandelette cachait toute la partie nasale sans doute emportée par un éclat d'obus. Même le bas du visage était bandé. Il m'était donc impossible de reconnaître cette personne dans le cas où je l'aurais déjà rencontrée. Je soulevai ce qui servait de drap et découvrit que l'homme avait été victime d'une éventration. Je compris qu'il devait lui rester peu de temps à vivre et que ses forces devaient rapidement le quitter. Je m'approchai de son oreille et lui demandai doucement, à nouveau :

— Vous me connaissez ?

— Oui, souffla-t-il péniblement. Je suis Aristide de Moustey[16]. J'étais très ami avec Joanis, me dit-il. Je l'ai bien connu lorsque nos patros[17] organisaient des rencontres de jeunes entre villages et que nous disputions alors des jeux de piste en forêt. Nous étions devenus de vrais copains. Par la suite, quand nous travaillions tous les deux aux travaux de gemmage, nous avions parfois des lots de pins voisins. Il nous arrivait de nous retrouver le midi pour manger ensemble. C'est comme ça que je vous connais, il me parlait souvent de vous.

La seule évocation de Joanis fit trémuler l'ensemble de mon corps et les battements de mon cœur s'accélérèrent soudainement.

— Je sais, poursuivit Aristide, qu'il a été tué avant moi. Je dis avant moi, parce que je sens qu'il me reste peu de temps à vivre. Je m'engourdis. J'ai mal.

— Je vais vous faire une piqûre qui va vous soulager.

— À quoi bon gaspiller une piqûre, pour peut-être quelques minutes seulement. Souffrir ne me fait pas peur. Ce que je crains, c'est l'au-delà. J'aurais aimé recevoir le sacrement de l'extrême-onction, mais on m'a dit que l'aumônier a été blessé et a dû être évacué, et qu'il n'est pas encore remplacé. Et puis, ne pas revoir une dernière fois les êtres chers que j'aime et mourir loin d'eux est une souffrance bien pire.

---

16. *Le village de Moustey se situe à six kilomètres de celui de Pissos. Les deux communes sont les plus voisines dans ce secteur de Haute-Lande.*

17. *Il s'agit du diminutif de patronage. Le patronage était, tout d'abord, un lieu de rencontre des activités paroissiales. Il tenait un rôle social important. Il rassemblait enfants et jeunes gens pour y exercer des activités de loisirs, sportives, culturelles, sans considération sociales.*

Aristide bougea sa main droite comme s'il voulait saisir la mienne. Je le compris et la serrai entre mes deux mains.

— Mais j'ai tout de même une chance, celle de mourir entre les bras d'une fille du pays. Est-ce que je peux compter sur toi pour donner des nouvelles à ma famille et pour que mon corps soit renvoyé à mon village ?

— Oui, Aristide.

— Je reviens de l'enfer, j'ai vécu en enfer, j'ai encore l'enfer qui reste dans ma tête, qui n'arrête pas de m'obséder. L'horreur du front est imprégnée en moi. Jusqu'à maintenant. Parce que, en cet instant, ton franc sourire me fait sortir de l'enfer, j'ai l'impression de découvrir le paradis dans tes yeux, ne cesse pas de me regarder et de me sourire et de me parler de ta voix si mélodieuse. Comme c'est beau ! Je ne savais plus qu'autant d'amour pouvait exister. Comme ma mort devient plus douce ! Je sens une sorte de paix envahir mon âme. Ce que je vis maintenant, cela existe-t-il vraiment ? Dis-moi, est-ce que je rêve ?

Ces paroles me touchèrent profondément.

— Non, tu ne rêves pas, lui assurai-je, je suis bien près de toi et je caresse ta main. Oublie la haine qui a bouleversé ton cœur. Tu pars à la rencontre de l'amour le plus sublime. Que la paix te gagne enfin tout entier.

— J'aimerais finir cette vie qui arrive à son terme en priant. Ma maman me disait : « *Pense à prier Marie, tous les jours. Elle ne t'oubliera jamais, elle intercédera pour toi auprès du Père quand tes derniers instants seront arrivés* ». Mais je ne sais pas prier. Joanis m'a toujours dit que tu chantais et que tu avais une jolie voix.

— J'ai une voix de soprano, mais rien d'extraordinaire.

— Dis-moi, tu connais notre si beau chant à Marie que l'on aime tant dans nos Landes, « *Estèle dé la ma*[18] » ?

— Bien sûr que je le connais ! Je l'ai souvent chanté.

— J'aimerais mourir en écoutant ce chant. Moi, j'aimais aussi le

18. Ce chant « Estèle dé la ma » signifie « Étoile de la mer ».

chanter. Mais, je ne peux plus, il me reste juste un peu de force pour te murmurer quelques mots. Dis, tu peux le chanter ? Je le chanterai avec toi, dans mon intérieur.

Chanter ? Vraiment ? Je me sentis intimidée de chanter en un tel lieu et me demandai comment pourraient réagir tous ceux qui souffraient autour d'Aristide. Allaient-ils le supporter et comprendre qu'il s'agissait d'une prière ? Mais comment refuser à un mourant sacrifié sur un champ de bataille, sa dernière volonté ? Je cachai mon hésitation en répondant sans prendre de temps de réflexion.

— D'accord, nous allons le chanter tous les deux. Je suis certaine d'entendre ta voix intérieure.

Estèle dé la ma, En tout méchan passatye, Guide lou toun maynatye, E nous qu'ét prométem D'ét serbi, d'ét aïma, Toustèm, toustèm, D'ét derbi, d'ét aïma, Toustem, toustem[19].

Ma voix de soprano porta malgré moi au-delà du voisinage immédiat. Je me rendis compte qu'un silence attentif des malades s'étendit petit à petit autour de nous telle une onde se propageant autour d'un point central. Le bruissement des gémissements de douleur s'estompa progressivement. Les blessés furent saisis par la musique envoûtante du chant. Ils tendirent leurs oreilles et oublièrent un instant leur souffrance.

Je n'hésitai plus à interpréter le premier couplet :

Lou Yourn oun la souffrénce Es biénéra visita. Appren sé dat patiénce A sabé tout suppourta, Bierye doulourouse, E tan générouse, Aou Golgotha[20].

Puis je repris le refrain, c'est-à-dire : *Estèle de la ma*, et la suite.

---

19. Ce qui signifie : Étoile de la mer, en tout mauvais passage, guide ton enfant, et nous te promettons de te servir, de t'aimer, toujours, toujours (deux fois).

20. Ce qui signifie : Le jour où la souffrance viendra nous rendre visite, apprends-nous avec patience à savoir tout supporter, Vierge douloureuse, et si généreuse, au Golgotha.

J'observai attentivement Aristide. Je me rendis compte que pendant le chant, son corps fut pris de frissons tant cette musique saisit son âme et le relia à ses parents, ses frères et sœurs s'il en avait, à ses amis, il devait revivre intérieurement les fêtes de son enfance, les belles cérémonies de sa jeunesse d'avant-guerre. Il faisait ses adieux à tous ces souvenirs poignants en se sentant vraiment accompagné par tous ceux qu'il aimait. Je posai mes deux mains sur les siennes, les enserrai avec chaleur et enchaînai sur le deuxième couplet.

À l'orphelin quié ploure, En sé créde abandounat, Dits qu'ue may qu'ou damoure : Dé Tu qué toutem aïmat Douce Protectrice, E Counsoulatrice, Dé l'affligeat[21].

Je devinai des larmes couler lentement sur les joues d'Aristide. Il me sembla qu'il faisait des efforts pour m'accompagner pendant le chant. Alors, ses yeux s'agrandirent et devinrent fixes. Et son visage s'inclina lentement vers moi. J'eus l'impression qu'un sourire se figeait sur son visage qui se détendait. Je compris.

Pourtant, je tins à reprendre à nouveau le refrain, et avec entrain, élevant cette fois-ci la voix, comme si j'espérais qu'il entende mieux, ainsi, dans l'autre monde.

Estèle dé la ma, En tout méchan passatye, Guide lou toun maynatye, E nous qu'ét prométém D'ét serbi, d'ét aïma, Toustém, toustém, D'ét serbi, d'ét aïma, Toustém, toustém.

Alors que je terminai le chant, je découvris un soldat, assez jeune, qui s'étant agenouillé à mes côtés, ferma les yeux d'Aristide et lui donna la bénédiction. Il pria en silence, tête inclinée. Quand il releva la tête, je découvris un visage d'une grande pureté et fus saisie par l'immense bonté que révélait son regard. Je lui demandai :

21. *Ce qui signifie : À l'orphelin qui pleure, se croyant abandonné, dis-lui qu'il lui reste une mère : de Toi toujours aimée douce protectrice, et consolatrice, de l'affligé.*

— Êtes-vous le nouvel aumônier ? Ce jeune qui vient de mourir aurait souhaité recevoir l'extrême-onction.

— Je suis un prêtre de passage, et soldat, mais je ne suis pas le nouvel aumônier, me répondit-il. Qu'est-il arrivé à votre aumônier ? A-t-il été tué ?

— Je ne crois pas. Mais il doit être sérieusement blessé, car il a dû être évacué à l'arrière.

Je me relevai et aperçus alors devant moi la responsable en chef des infirmières qui, intriguée par mon chant, s'était approchée, mais avait respecté ce qui se déroulait. Puis je vis derrière le soldat-prêtre deux autres jeunes soldats qui semblaient accompagner ce dernier. La responsable des infirmières leur demanda, un peu revêche :

— Que faites-vous dans cet hôpital militaire ? Que voulez-vous exactement ? Vous ne semblez pas blessés. Nous sommes débordées et nous n'avons pas de temps à consacrer aux visiteurs. Et vous, qui avez béni le défunt, êtes-vous vraiment prêtre ? Vous me paraissez bien jeune pour un prêtre !

Ce dernier sourit et lui répondit :

— Je suis flatté pour ce jeune âge que vous me prêtez généreusement. Je pensais être beaucoup plus marqué par mes séjours dans les tranchées. Non seulement j'ai l'âge d'être prêtre, mais figurez-vous qu'en plus, je le suis bel et bien. Rassurez-vous, nous n'avons nullement l'intention de vous déranger dans votre travail. Mes amis et moi sommes venus pour rencontrer une de vos infirmières.

— Et qui donc ?

— Elle s'appelle Anne Saintmont.

— Vous la connaissez ? demanda la responsable, pernicieusement, et en m'observant, sursautant en entendant mon nom.

— Oui et non. Nous ne l'avons encore jamais rencontrée. Nous venons pour faire sa connaissance. Nous étions de grands amis de son fiancé. Nous sommes seulement en contact épistolaire avec elle. Nous savons qu'elle est affectée actuellement dans cet hôpital. Nous stationnons près d'ici. Notre lieutenant nous a accordé la soirée pour venir chez vous.

— Eh bien, Messieurs, Anne, la voilà, dit-elle en me montrant du doigt. Vous êtes tombés directement sur elle. Elle a besoin de repos. Sa journée a été rude. Elle tient pourtant toujours solidement debout. Moi aussi, je lui accorde sa soirée. Mais elle ne devra pas quitter le périmètre de l'hôpital.

— Mais, madame, nos intentions sont pures, et nous n'avions pas l'intention de l'entraîner dans une sortie soldatesque de permissionnaire.

— Je n'en doute pas. Mais il peut y avoir des urgences. Et toutes les infirmières n'ont pas la compétence de celle qui doit être votre protégée.

— Entendu, madame. Merci.

Je fus tellement surprise par cette arrivée impromptue des amis de Joanis, que j'attendais pourtant depuis si longtemps, que j'en perdis momentanément la parole et ne sut quelle attitude adopter. Je commençai par leur tendre la main, mais Laurent, Henri et Étienne m'embrassèrent spontanément comme s'ils me connaissaient depuis l'enfance. Je les entraînai hors des locaux. Dehors, la chaleur restait lourde en cette soirée d'été. Quelques éclairs, au loin, annonçaient un orage et de la pluie pour la nuit. Nous nous installâmes tous les quatre autour d'une table brinquebalante qui traînait dans la cour, entourée de sièges sans doute empruntés à l'ancienne salle de classe.

— Je ne sais que vous offrir, leur déclarai-je. Nous n'avons pas de boissons intéressantes en dehors de tisanes et de l'eau du puits de l'école. Si, je peux vous préparer un mauvais café. Il n'est pas fameux. Je dois avoir ce qu'il faut dans notre local des infirmières.

— Un café, répondit Henri. Même mauvais, il ne peut être pire que le nôtre, ce n'est pas de refus. Bien que boire n'est pas pour nous une préoccupation. Nous avons peu de temps pour faire enfin vraiment connaissance.

— Ce ne sera pas long. En principe, une cafetière est opérationnelle en permanence. Il me suffira de réchauffer son contenu. Mais je n'ai pas de tasses en porcelaine, précisai-je, en me marrant, il faudra vous contenter des récipients que je vais vous trouver.

Mon absence fut de courte durée.

— Bon, merci pour le breuvage, dit l'abbé Étienne. Maintenant, parlons de vous. Et de nous si cela vous intéresse.

— Je comprends, commença Laurent, la passion de mon ami Joanis. Je suis carrément sous le charme !

— Tu ne vas tout de même pas lui faire une déclaration d'amour, l'engueula Henri. Ce ne serait pas décent. Même si je comprends ta galanterie.

— Êtes-vous venus me conter fleurette ? demandai-je en fronçant les sourcils. C'est gentil, mais cela me déçoit quelque peu. J'ai tant de choses à vous demander !

— Ne faites pas attention à leurs propos, intervint l'abbé Étienne. Ce sont deux braves garçons, vraiment sérieux, mais ils sont émoustillés en découvrant une jeune fille encore plus charmante qu'ils ne l'imaginaient. Et vous dire des mots gentils les rapproche de leur grand copain Joanis dont ils retrouvent un lien profond en vous. Mais avant de répondre à vos questions, parlez-nous de vous, comment avez-vous réussi à venir jusque dans ce secteur menacé par de futures offensives alors que tous les soldats qui y sont présents s'interrogent sur la manière de s'en échapper ?

Nous avons beaucoup et longtemps parlé de Joanis. En les écoutant, j'eus la sensation que leurs paroles le faisaient revivre sous mes yeux pendant ces précieux instants qu'ils m'offraient pour mon plus grand bonheur, mais qui aussi firent surgir en moi des émotions éprouvantes. L'entretien fut interrompu lorsque le groupe fut abordé par un adjudant. Nous nous levâmes à son arrivée et le saluâmes. Celui-ci demanda :

— Est-ce l'un d'entre vous qui est prêtre ?

À cette question, un dialogue s'instaura entre l'adjudant et le père Étienne.

— C'est moi, confirma Étienne. Je suis prêtre et soldat de première classe à la première section de la deuxième compagnie du premier bataillon.

— Je vous réquisitionne pour demain matin. Nous avons messe à huit heures dans une grande cour voisine où se déroulent les offices, en l'honneur du 14 juillet. Notre aumônier a dû être évacué d'ici. Le colonel m'a chargé de lui trouver un remplaçant pour demain.

— Je crains, mon adjudant, que la chose ne soit pas possible.

— Et pourquoi donc ?

— Je ne suis que de passage ici. Mon autorisation d'absence expire à minuit. Je dois donc rentrer dans mes quartiers au plus tard à minuit. De plus, nous sommes en alerte. Une nouvelle bataille serait imminente.

— Les ordres du colonel priment sur ceux de votre commandant. Vos deux camarades qui sont là iront avertir vos chefs de votre absence provisoire. Êtes-vous pressé d'aller vous faire tuer ?

— Mais je ne peux me séparer de mes deux camarades, ce sont mes enfants de chœur.

En entendant une telle affirmation, Laurent sourit, lui qui n'était même pas sûr d'avoir été baptisé, et Henri se sentit proche de l'apoplexie, car, s'il avait bien été enfant de chœur dans sa jeunesse, il ne cachait pas son anticléricalisme.

— Est-ce une plaisanterie ? demanda l'adjudant sur un ton peu avenant. Des servants de messe, nous en avons.

— Pas du tout, reprit le plus sérieusement du monde l'abbé Étienne, je suis totalement perdu sans mes enfants de chœur attitrés. J'ai passé tellement de temps à les former ! Nous sommes devenus une équipe soudée, homogène. C'est indispensable pour assurer correctement une messe. Je ne peux prendre d'engagement sans eux. D'autant que je ne connais même pas les textes des écritures qui seront la liturgie de la parole demain. Je vais devoir improviser. Non, croyez-moi, il vaudrait mieux que vous recrutiez un autre prêtre !

L'adjudant fixa un moment droit dans les yeux l'abbé Étienne qui soutint son regard sans broncher et en gardant tout son sérieux. Mais cet adjudant connaissait certainement mieux la discipline militaire que la liturgie. Si bien qu'il finit par croire que la requête du prêtre était peut-être fondée. Et comme il ne souhaitait pas qu'un dysfonctionnement de l'office lui soit reproché par ses supérieurs, dans le doute, il trancha ainsi :

— Bon. Cela me paraît être du chantage, mais j'ai trouvé un curé, je le garde. Nous en reparlerons plus tard. Gardez vos assesseurs si ça vous chante. Quant à la préparation de la liturgie de la parole, vous trouverez une équipe sur place qui s'est occupée de tout. Je vous envoie une estafette à qui vous donnerez tous les renseignements vous concernant et qui ira avertir votre corps de votre absence demain matin. Vous devrez rejoindre votre unité demain à midi.

— Nous n'avons pas nos brosses à dents ni nos affaires de toilette !

— Les avez-vous dans les tranchées ? Débrouillez-vous de la même manière, répondit l'adjudant en se marrant, content de prendre une petite revanche.

L'adjudant les quitta. Henri, furieux, prit Étienne à partie :

— Tu deviens fou. Tu ne t'imagines pas que je vais venir assister à ta messe. En plus, comme servant ! Je ne sais même plus comment ça se passe.

— Henri, mon ami, tu n'allais pas me laisser tomber. J'ai pensé que cela te ferait beaucoup de bien et plaisir d'écouter un passage d'Évangile, la parole du Christ.

— Car, tu crois que je vais t'écouter, alors que je ne pourrai même pas répondre aux arguties que tu vas pouvoir exposer en toute impunité ? Tu seras dans une position léonine. C'est inadmissible.

— Mais si, tu me répondras. Mais après, plus tard, nous aurons le temps sur le chemin du retour.

Je les interrompis pour régler une question pratique :

— Pardon de vous interrompre. Je souhaite vous montrer une

grange où vous pourrez passer la nuit. Je ne suis pas sûre que vous y trouviez des paillasses disponibles, mais elle est encore bien garnie d'une montagne de foin. Vous verrez, c'est très confortable.

Après les avoir conduits jusqu'à la grange, je laissai mes nouveaux compagnons en cet endroit et promis de m'arranger pour assister à la messe du 14 juillet.

Quand je revins à la salle d'hôpital, j'allai directement au local des infirmières dans l'intention de prendre un moment de repos.

— « Anne ! » m'interpella une de mes collègues, une lettre est arrivée à ton nom aujourd'hui. Elle est restée sur la table centrale.

Une lettre ? Qui donc connaissait mon adresse actuelle ? Ma famille, bien sûr ! En prenant la lettre, je reconnus sur l'enveloppe qui portait la mention de mon adresse, l'écriture de mon père. Une lettre de mon père ! J'éprouvai un sentiment de forte inquiétude. Mon père n'écrivait jamais. Sauf dans une situation qui le contraignait à devoir annoncer une mauvaise nouvelle.

.32.
Adieu Juliette

Je me précipitai dehors avec la précieuse missive, pour m'isoler dans un coin tranquille. Un peu de pluie orageuse commençait à tomber, aussi j'allai m'abriter sous un arbre et m'appuyai contre le tronc. D'une main fébrile, je décachetai l'enveloppe et en retirai le pli. La lettre était datée du 3 juillet, elle avait donc été expédiée depuis déjà dix jours. Je découvris l'écriture soignée et bien lisible de mon père, mais inhabituellement inégale :

« Ma chère enfant,

Nous sommes sous le choc. Comme si le malheur de la guerre qui endeuille quotidiennement les familles du village ne suffisait pas en ces temps maudits - plus de soixante jeunes gens de chez nous ont déjà été tués - une maladie contagieuse sévit depuis quelque temps dans notre région, une grippe que l'on appelle espagnole, et vient faire à son tour des ravages.

Notre enfant, ta sœur, Juliette, en a été victime. Elle a lutté de toutes ses forces contre le mal, elle a mis tout son courage pour vaincre la maladie avec l'aide constante du docteur, mais affaiblie de jour en jour, elle s'est trouvée immobilisée et a succombé, elle nous a quittés dans la nuit du 30 juin. Elle a été rappelée à Dieu... »

Assommée par la nouvelle, je m'effondrai au pied de l'arbre, et demeurai assise à même le sol, prostrée, sans pouvoir continuer ma lecture. Je me sentis oppressée, j'ouvris grand ma bouche à la recherche d'un peu d'air. Mais je fus momentanément incapable de pleurer. Tout se bloquait en moi. Je posai mon front sur mes genoux, la lettre pendue à l'une de mes mains. Des gouttes de pluie vinrent mouiller le papier. J'étais ravagée de chagrin, le regard dans le vague, comme perdu. Il me fallut plusieurs minutes pour enfin poursuivre la lecture de cette missive.

« Elle a été rappelée à Dieu.

Nous espérons qu'elle n'a pas souffert. Elle ne s'est jamais plainte de rien. Mais on sait que laisser derrière elle son petit garçon qui a déjà perdu son père ne cessait de la miner. Nous sommes bouleversés. Mais je ne tiens pas à parler de notre souffrance, tellement chacun a sa part démesurée actuellement. C'est la consternation dans le village. Quelques personnes âgées ont aussi été victimes de cette grippe. Mais personne ne pensait que des jeunes pouvaient également en mourir. Les obsèques ont eu lieu hier. L'église était comble. Tout le village, enfin ce qu'il en reste, était présent. Le recueillement de chacun était impressionnant. Les gens ne savaient que nous dire pour nous apporter du réconfort.

Notre cher petit-fils Jean habite dorénavant chez nous pour éviter toute contagion avec le mal qui a frappé si durement à la ferme. Il refuse de croire qu'il ne verra plus jamais sa maman. On lui a expliqué qu'elle est partie pour un long voyage, au bout duquel elle allait retrouver son papa, et qu'elle allait rester avec lui. Mais, têtu, il nous répond : « si, maman reviendra. Elle ne m'abandonnera jamais, même pour papa ! »

Le soir, au moment du coucher, il se met à genoux au pied de son lit et, avec moi ou avec ta mère, il prie pour son papa et pour sa maman, en récitant ses prières. Puis il adresse un mot à sa maman, comme s'il lui envoyait une lettre. Puis il se couche. Après avoir éteint la lumière et avoir fermé la porte de sa chambre derrière moi, j'écoute ce qu'il fait, l'oreille collée contre la porte. Je l'entends se lever à nouveau, dans le noir, il doit se mettre à genoux près de son lit et il dit à voix haute : « Jésus, faites que ma maman revienne. J'ai confiance, je sais qu'elle reviendra. Parce que vous aussi vous aimez votre maman et que vous avez besoin d'elle et de son amour. Marie, demande à ton fils de m'écouter. Je veux revoir ma maman. Je m'ennuie beaucoup d'elle. Je suis très triste. Je vous fais de grosses bises à tous les deux. » Puis je l'entends se recoucher. Il me semble qu'il s'endort ensuite sans tarder, confiant en l'efficacité de sa prière. Alors mon cœur bat très vite, et, moi, je me sens terriblement vulnérable face à un tel malheur!

Ma chère enfant, je sais que la nouvelle de la mort de ta sœur va emplir ton cœur d'un profond chagrin. Mais je t'en conjure, il faut pourtant garder foi en notre Seigneur qui, Lui, innocent et la bonté même, a été injustement martyrisé par les hommes. Il faut continuer à lutter et à mettre toute notre volonté au service d'une société meilleure, car rien n'est écrit, c'est à nous les hommes de construire un avenir meilleur. J'éprouve beaucoup d'appréhension au moment d'évoquer un secret que ta sœur n'a pu garder définitivement au moment où elle a compris qu'elle allait nous quitter. Elle pensait beaucoup à toi, elle te vouait une tendresse que tu ne peux imaginer. Elle a insisté à plusieurs reprises pour que nous priions tout particulièrement pour Anne, sa sœur chérie. Puis elle a senti la nécessité de nous faire un aveu et t'en demande profondément pardon, tant elle a eu le sentiment de trahir ta confiance. Elle nous a dit ta souffrance et la décision qui t'a conduite à braver la tempête de la vie. Nous comprenons mieux maintenant la tourmente que nous t'avons vu traverser, et la détresse de ton âme que nous avons ressentie, ta mère et moi, et qui nous a tant bouleversés.

Ma chère fille, je me garderai de juger ce qui est ta vie et la manière dont tu la mènes. Notre confiance en toi et notre amour pour toi demeurent intacts. Ce que nous espérons, ta mère et moi, c'est que le monde dangereux dans lequel tu as choisi de vivre actuellement te protège malgré tout, et nous attendons avec espoir ton retour. Nous pourrons, alors, te serrer bien fort, avec bonheur, contre notre cœur.

Un mot sur toi, encore. Je connais ta générosité et ta vitalité sans limites. Demeure cependant prudente. Nous avons perdu tant d'êtres chers. Fais-nous cette joie de revenir entière. Nous prions beaucoup pour toi. Pense à prier, toi aussi.

Nous t'embrassons.

Ton papa et ta maman. »

Mon âme en pleine détresse, je gardai un moment le pli dans ma main. De grosses larmes étalèrent par endroit l'écriture.

Je dus revenir à la salle de l'hôpital. Une voiture-ambulance était stationnée devant la porte d'entrée.

« *Est-ce encore une arrivée de blessés ?* » m'interrogeai-je. Je constatai que le chauffeur était en grande discussion avec l'infirmière en chef.

— Le lieutenant responsable de mon poste de secours vous réclame deux infirmiers que je dois lui ramener d'urgence demain à midi, disait-il.

— Où voulez-vous que je les trouve ? De toute façon, je n'ai plus aucun infirmier homme ici.

Arrivée auprès d'eux, j'osai les interrompre :

— Je suis volontaire pour partir au poste de secours. Où est-il ?

— Ce n'est pas une femme que veut le lieutenant, répondit l'homme, intrigué. Que voulez-vous que fasse une femme avec ce travail qui nous attend !

— Mais je vaux largement un homme, lui répondis-je, en colère.

Le soldat m'observa, manifestement amusé par ma fierté féminine, puis se retourna vers l'infirmière en chef qui confirma.

— Oui, elle vaut un homme. Mais je ne souhaite pas m'en séparer. Toutefois, si notre chef est d'accord pour vous la laisser, ce sera à prendre ou à laisser. Il n'y a personne d'autre.

Le soldat maugréa, mais comprit certainement qu'il valait mieux pour lui revenir avec un candidat, quel qu'il fût pour que sa mission soit au moins partiellement remplie. Le responsable de l'hôpital finit par céder et par donner son autorisation sur mes propres instances. Je demandai à l'estafette :

— Où se trouve le centre de secours ?

— Ne vous inquiétez pas, c'est moi qui vous y amène, me répondit-il. Il est situé entre La Chapelle-Monthodon et Dormans. Mais il est susceptible de bouger en fonction de l'évolution du front. Cela risque de chauffer dans ce secteur ! Vous êtes folle de venir. Enfin, si vous êtes une bonne infirmière, on fera avec. Je vous donne rendez-vous demain matin, ici même, à dix-heures trente précises.

— Très bien, cela me laisse le temps de faire beaucoup de choses avant notre départ.

Je vis le soldat se gratter la tête, pensif. « *Quel drôle de phénomène, celle-là !* » dut-il songer. Mais je compris qu'en son for intérieur, il m'admirait !

.33.
L'homme riche et Lazare

J'arrivai dès sept heures trente du matin dans la grande cour où devait être célébrée la messe du dimanche 14 juillet 1918. Une estrade y était installée, recouverte par un auvent protecteur prévu en cas de pluie ou de grand vent, sur laquelle un autel trônait. La pluie d'orage de la veille avait cessé, on ressentait déjà les prémices d'une douceur estivale qui s'annonçait pour la journée. J'aperçus sur l'estrade l'abbé Étienne qui s'affairait, consultant un grand livre très épais, un évangéliaire, sans doute, pour s'imprégner des textes qui seraient lus au cours de la liturgie. Près de lui, Laurent et Henri faisaient mine de l'assister. Je m'approchai d'eux, mais, comme l'abbé était plongé dans une profonde réflexion, je me contentai de leur adresser de loin un salut de la main. À ce signe, Laurent vint à ma rencontre et me dit :

— Tout s'est bien passé cette nuit, ainsi que ce matin pour notre toilette. Étienne est concentré depuis quelques minutes sur les textes qui ont été choisis par le précédent aumônier pour la cérémonie de ce matin. On le laisse tranquille. Et vous ? Vous avez l'air bien fatigué, les traits de votre visage sont tirés ! Avez-vous été sollicitée par l'hôpital pendant la nuit ?

— Je n'ai pu fermer l'œil de la nuit !

— J'espère que ce n'est pas notre présence impromptue qui a perturbé votre sommeil à ce point ?

— J'ai reçu une très mauvaise nouvelle après notre entrevue. J'ai appris que ma sœur aînée était morte, victime de la grippe espagnole.

Laurent me parut se décomposer.

— C'est terrible, je suis désolé, me dit-il. Comptez sur nous pour vous aider, mais je suis embarrassé, je ne sais que vous dire. Je vous assure de mes sincères condoléances. Vous étiez certainement très liées ?

— Énormément. Ma sœur était un pilier pour moi, sur lequel je m'appuyais souvent. Demandez pour moi à l'abbé de prier pour elle dans les intentions de la messe d'aujourd'hui.

— Bien sûr. Je vais immédiatement l'avertir, d'autant que l'heure du début de l'office est proche. Je dois aller rejoindre l'abbé.

— Attendez, juste une minute encore. Je dois vous aviser que je suis affectée à un poste de secours, près des lignes. Je ne connais pas l'endroit exact, mais il se situe ente La Chapelle-Monthodon et Dormans, donc pas très loin de votre stationnement actuel. Pensez-y si vous avez besoin de secours dans les jours qui viennent. Je dois y partir à dix heures trente.

— Très bien. Je vous embrasse au cas où on ne se verrait pas après l'office, et aussi pour faire des jaloux parmi ceux qui nous regardent.

Je vis Laurent remonter sur l'estrade de l'autel et dire quelques mots à Étienne. La cour était envahie depuis peu par une cohue d'hommes en tenue militaire. Ils étaient là plusieurs centaines, peut-être plus d'un millier. Au premier rang, des bancs étaient disposés devant l'estrade et occupés par un colonel en grande tenue et plusieurs officiers. À huit heures tapantes, l'abbé Étienne commença la messe. Tous les fidèles présents se levèrent respectueusement à l'arrivée du prêtre.

La cérémonie s'ouvrit sur le signe de la croix et après les prières initiales et les chants du Kyrie et du Gloria interprétés par un groupe d'une dizaine de chanteurs composé de basses et de ténors, l'office entra alors dans la liturgie de la parole. Un participant, qui ne fut ni

Laurent ni Henri, heureusement, vint faire la lecture d'un passage d'une épître de l'Apôtre Paul aux Romains. Puis ce fut un Alléluia et la lecture d'un texte d'Évangile. La suite, je l'ai retrouvée dans le carnet de souvenirs de guerre de Laurent qui tint à consigner l'intervention de son ami Étienne, peut-être pour la méditer plus tard.

C'est son texte que je vous livre ci-dessous :

Je n'étais ni un habitué ni un adepte des cérémonies religieuses, quelles qu'elles fussent. Mais je fus entraîné malgré moi le dimanche 14 juillet 1918 par mon camarade l'abbé Étienne à assister à la messe qu'il célébra ce jour-là. Je reconnais avoir suivi avec curiosité le déroulement de la cérémonie et j'ai même écouté attentivement les paroles de l'abbé, surtout son sermon qu'il prononça avec beaucoup de conviction et de persuasion.

À un moment donné, il vint se placer face à la foule, devant un pupitre, et fit la lecture en français d'un texte d'Évangile que je me suis procuré auprès de lui et que j'intègre dans mon carnet de notes. Voici ce texte :

Sequentia sancti Evangelii secundum Lucam[22] *:*

Jésus disait cette parabole : « Il y avait un homme riche, qui portait des vêtements de luxe et faisait chaque jour des festins somptueux. Un pauvre, nommé Lazare, gisait près de son portail, tout couvert d'ulcères. Il aurait bien voulu se rassasier de ce qui tombait de la table du riche, mais personne ne lui en donnait; c'étaient plutôt les chiens qui venaient lécher ses plaies. Or il advint que le pauvre mourut et fut emporté par les anges dans le sein d'Abraham. Le riche aussi mourut, et on l'ensevelit.

Dans l'Hadès, c'est-à-dire au séjour des morts, en proie à des tortures, il leva les yeux et vit de loin Abraham, et Lazare en son sein. Alors il cria : « Père Abraham, aie pitié

22. *Lecture du Saint Évangile selon Saint-Luc.*

de moi et envoie Lazare tremper dans l'eau le bout de son doigt pour me rafraîchir la langue, car je suis tourmenté dans cette fournaise. » Mais Abraham dit : « Mon enfant, souviens-toi que tu as reçu le bonheur pendant ta vie, et Lazare, le malheur. Maintenant ici il est consolé, et toi, c'est ton tour de souffrir. Ce n'est pas tout : un grand abîme a été mis entre vous et nous, afin que ceux qui voudraient aller vers vous ne le puissent pas, et que, de là-bas non plus, on ne vienne pas vers nous. »

Le riche répliqua : « Je te prie donc, père, d'envoyer Lazare dans la maison de mon père, car j'ai cinq frères; qu'il leur porte son témoignage, de peur qu'ils ne viennent, eux aussi, dans ce lieu de la torture. » Et Abraham lui dit alors : « Ils ont Moïse et les Prophètes : qu'ils les écoutent!

— Non, père Abraham, dit le riche, mais si quelqu'un de chez les morts vient les trouver, ils se convertiront »

Abraham répondit : « Du moment qu'ils n'écoutent pas Moïse ni les Prophètes, même si quelqu'un ressuscite d'entre les morts, ils ne seront pas convaincus. »

Moi, je découvrais ce texte que j'entendais pour la première fois de ma vie. Je savais, cependant, qu'Étienne allait le commenter et me demandais ce qu'il allait pouvoir bien en dire. Au préalable, il nous invita à nous asseoir à même le sol faute de sièges en nombre suffisant. Il jouissait d'une voix de basse profonde et puissante, portant loin et clairement intelligible.

« Vous êtes très nombreux et certains sont éloignés de l'autel, m'entendez-vous bien, tout au fond? » demanda-t-il.

Des réactions confirmèrent que l'écoute était bonne.

« Très bien, à moins que ceux qui ont répondu : oui, ont tout simplement l'intention de poursuivre leur nuit, bercés par le son de ma voix, déclara Étienne. »

Cette déclaration fut approuvée par quelques sourires.

Je me souviens qu'Étienne évoqua, tout d'abord, la fureur des combats dont nous revenions tous et que nous étions certainement déconcertés de nous retrouver brutalement dans un lieu paisible pour prier, méditer et écouter la parole de Dieu. Puis il entra dans le vif du sujet :

« Mes frères, dit-il, je ne voudrais pas être trop long dans cette homélie, mais le texte d'Évangile que nous venons d'écouter est d'une telle richesse que je ne peux rien garantir d'avance ! »

Un murmure d'inquiétude accompagna cette entrée en matière, pourtant prononcée avec un large sourire, car beaucoup de célébrants avaient la réputation, paraît-il, de tenir longuement la parole en des sermons souvent insipides. Je ne veux retenir ici, pour alimenter mes méditations futures, que les points qui intéressèrent vraiment le béotien profane que j'étais.

Étienne fit un commentaire précis du texte rappelant que la parabole mettait en scène une sorte d'antithèse entre, d'une part, un homme riche, qui n'est pas nommé, strictement tourné sur lui-même, vivant dans un égoïsme absolu, loin de Dieu qu'il ignore, aveugle et insensible aux souffrances humaines; et, d'autre part, un homme miséreux qui, lui, porte un nom et s'appelle Lazare. Il précisa que l'homme riche creusa sur terre par son indifférence coupable un abîme qu'il a rendu infranchissable entre lui et Lazare jusqu'en l'autre monde et pour l'éternité.

« Attention, dit Étienne, ce n'est pas la richesse en tant que telle qui est condamnée par Abraham dans ce récit, mais son usage, et l'absence d'un esprit de fraternité et de charité entre les hommes. En outre, ce texte n'est pas, non plus, l'éloge de la pauvreté et de la misère au travers du deuxième personnage de la parabole, Lazare. Car ce n'est pas sa pauvreté qui constituait sa vertu et son mérite, mais sa foi et son espérance en Dieu maintenues malgré ses épreuves. »

Ensuite, Étienne fit remarquer que l'histoire narrée dans cette parabole ancienne de 19 siècles s'avérait d'une actualité brûlante :

« En quoi donc, ce texte nous concerne-t-il aujourd'hui ? Eh bien, je vous l'affirme, oui, ce texte est éternel et toujours actuel, et nous parle autant à cet instant que du temps de Jésus.

À son époque, il est certain que Jésus visait dans la personnalité du mauvais riche certaines catégories sociales précises, tels que les pharisiens et les scribes qui détenaient richesses et pouvoirs multiples. Et Lazare était le symbole du menu peuple, de ceux qui étaient méprisés.

Mais, de nos jours, ces personnages existent toujours ! Comment, en notre temps de guerre, ne pas reconnaître Lazare dans tous ces hommes que l'on envoie sans ménagement, sans considération, avec souvent une indifférence coupable, combattre dans des tranchées sordides, et que l'on envoie sans vergogne à la mort comme des bêtes sacrifiées ?

Et qui sont-ils, ces puissants, qui ont décidé cette guerre, livrant leur peuple au malheur pour leur plus grande gloire ? Ne voient-ils pas le reflet de leur image en ce riche personnage ? Rappelez-vous aussi ces paroles de Marie dans le « Magnificat » : « Le Tout-Puissant a déployé la force de son bras, il disperse les superbes, il renverse les puissants de leurs trônes, il élève les humbles, il comble de biens les affamés, il renvoie les riches les mains vides. »

Oui, les puissants de ce monde qui ont voulu la guerre peuvent trembler sur leur trône ! »

Étienne se tut alors un instant, parcourant la foule de son regard. Beaucoup demeurèrent ébaubis par l'audace de son propos qui pouvait passer pour subversif en temps de guerre ! Et tous le fixèrent intensément, se demandant s'il comptait poursuivre son homélie sur cette critique des puissants. En reprenant son discours, Étienne changea de sujet. Je compris qu'il allait aborder la deuxième partie de la parabole :

« Nous avons entendu la supplication de l'homme riche auprès d'Abraham : « Je te prie, envoie Lazare dans la maison de mon père, car j'ai cinq frères, qu'il leur porte son témoignage, car si quelqu'un de chez les morts vient les trouver, ils se convertiront. »

Au fond de nous, nous pensons certainement la même chose : si nous recevions un signe indubitable de l'au-delà, nous serions alors convaincus et croirions. Réfléchissons : ce signe, n'existe-t-il pas ? De nombreux témoins ont déclaré après la Pâque avoir vu le Christ ressuscité.

C'est pourquoi la réponse d'Abraham est claire et se révèle comme un message universel à tous ceux qui attendent un signe visible : « Ils ont Moïse et les prophètes, qu'ils les écoutent. S'ils ne les écoutent pas, même si quelqu'un ressuscite d'entre les morts, ils ne seront pas convaincus. »

Maintenant, j'aimerais examiner d'autres témoignages plus récents à notre disposition que ceux de Moïse et des prophètes par lesquels Dieu continue à se révéler à nous. »

Après avoir respecté un nouveau, mais court silence qui eut le don de mobiliser l'attention des fidèles, Étienne reprit en rappelant que Dieu a donné le plus grand signe possible en nous envoyant son propre fils venu annoncer la Bonne

Nouvelle, mais que son enseignement nouveau et révolutionnaire pour l'époque prônant l'égalité entre tous les êtres, la promotion et l'émancipation de la femme, la justice sociale, le partage équitable des richesses, la séparation des pouvoirs spirituel et temporel fut considéré comme séditieux, ce qui lui valut la mort infamante sur une croix.

Comme j'aurais dû m'y attendre, mon ami Étienne de Lourdes ne pouvait terminer son homélie sans faire référence à la Vierge Marie et tout particulièrement au message de Lourdes.

« Combien, parmi vous, ont-ils la foi humble de Lazare et sont ouverts à saisir tous les signes qui leur sont envoyés en abondance ?

Comment ne pas songer, par exemple, aux nombreux signes que nous a envoyés la propre mère du Christ, la Vierge Marie, venue régulièrement dans notre monde pour délivrer des messages nous appelant toujours à la conversion. Rien qu'au siècle dernier, quatre apparitions marquantes ont eu lieu en France, celle de la rue du Bac à Paris faite à Catherine Labouré en 1830, celle de La Salette en 1846, celle de Pontmain en 1871, et bien entendu celle de Lourdes auprès de la jeune Bernadette Soubirous en 1858.

En tant qu'enfant de la région de Lourdes[23], je ne peux résister à vous dire quelques mots de cette dernière. Je vous parlerai du lieu, des personnages qui ont vécu l'évènement, des faits, des signes qui nous ont été envoyés pour nous

---

23. Lourdes est une cité qui est située géographiquement en Bigorre, au pied des premiers contreforts des Hautes Pyrénées. Elle s'est développée autour d'un château fort très ancien bâti sur un piton rocheux et est bordée par un torrent vif et sauvage, que l'on appelle gave, qui arrive de Gavarnie et file vers la ville de Pau. Ce gave contourne une montagne, à l'écart de la ville, et passe au pied d'une grotte connue sous le nom de Massabielle, lieu peu, voire mal fréquenté au dix-neuvième siècle. Un canal passait en 1858 aussi devant cette grotte et allait se jeter plus loin dans le gave.

convaincre, et du message qui a été délivré à Bernadette, et au monde.

Le 11 février 1858, Bernadette Soubirous, âgée de quatorze ans, aînée de neuf enfants dont trois morts jeunes, part avec une sœur et une amie pour ramasser du bois afin de pouvoir alimenter un feu dans la pièce unique d'une ancienne prison abandonnée pour cause d'insalubrité, dans laquelle survit sa famille fort miséreuse. Elles arrivent toutes les trois devant la grotte de Massabielle. Là, alors que Bernadette se trouve seule, les deux autres étant parties plus avant, elle est surprise d'apercevoir une Belle Dame qui est installée dans une ogive de la grotte, et qui lui sourit. Spontanément, Bernadette tombe à genoux, attrape son chapelet qu'elle garde toujours dans une poche de sa robe et veut faire le signe de la croix. Elle a beau insister, elle n'arrive pas à accomplir le geste dans son intégralité, elle ne peut même pas poser la main sur son front. Alors la Belle Dame lui montre comment tracer sur elle le signe de la croix, et cette fois-ci Bernadette réussit à répéter le geste de la Dame. Bernadette questionne à leur retour sa sœur et son amie et leur demande si elles ont aperçu quelqu'un. Elles n'ont vu personne. Sous le sceau du secret, sur le chemin du retour, elle raconte sa rencontre à sa sœur. Mais celle-ci malgré sa promesse, ne saura conserver le secret. Par la suite, Bernadette sent au fond de son cœur un appel qui l'incite à revenir à la grotte. Comme sa sœur a ébruité qu'elle a vu une Belle Dame, des amies de son âge puis des dames l'accompagnent, et bien d'autres personnes viendront à chacune de ses visites par dizaines, puis par centaines, puis par milliers et seront les témoins des évènements auxquels ils vont assister.

Que voient-ils ? Lors de chaque apparition de la Belle Dame, Bernadette entre dans un état d'extase merveilleux, elle devient d'une beauté presque surnaturelle. Ses lèvres remuent, mais c'est avec le cœur que s'établit le dialogue. Tous les témoins comprennent bien que Bernadette a une vision, et ils raconteront au monde ce qu'ils ont vu.

Les sceptiques de la ville de Lourdes critiquent, se moquent, des journaux nationaux raillent les évènements, les autorités veulent s'opposer aux visites à la grotte et en ferment même l'accès pendant quelque temps. On considère que Bernadette est une hystérique. Un éminent médecin de Lourdes vient l'ausculter pendant une apparition alors qu'elle est en pleine extase. Il est surpris. Il la trouve d'une sérénité totale, d'un calme absolu, soit tout le contraire d'une situation d'hystérie. Il est encore plus étonné de la voir poser sa main sur la flamme d'un cierge sans qu'elle ne se brûle ni ne garde trace de brûlure ! Quand il veut recommencer l'expérience après l'extase, elle sursaute sous la morsure du feu et s'en prend au médecin.

Beaucoup de ces sceptiques qui ont accepté de venir un jour assister à l'évènement ont cru ensuite en la parole de la voyante.

Un jour, la Belle Dame fait découvrir à Bernadette une source inconnue au pied de la grotte. C'est le commencement des signes extraordinaires qui vont se manifester. Des malades profonds, irrécupérables, viennent consommer de l'eau de cette source et guérissent, instantanément, définitivement. Des aveugles voient, des sourds entendent, des muets se mettent à parler, des paralytiques se lèvent et marchent. D'éminents scientifiques sont consultés pour examiner les propriétés de cette eau étonnante. Leur conclusion est qu'il s'agit d'une eau tout simplement propre à la consommation et qui ne possède pas de propriétés thérapeutiques particulières !

Les guérisons miraculeuses, je ne peux toutes vous les raconter. Je vais seulement en évoquer deux avec vous. Le premier cas concerne une femme du nom de Catherine

Latapie. Elle a été victime un jour d'une chute d'un arbre, un bras a été gravement déboîté et sa main est complètement tordue. Aucun médecin n'a pu la guérir et tous lui ont affirmé qu'elle demeurerait infirme toute sa vie. L'histoire de Bernadette est parvenue jusqu'à ses oreilles. Elle est convaincue que la Belle Dame est la Vierge Marie. Bien qu'enceinte et dans les derniers jours qui précèdent son accouchement, elle part de bon matin à pied avec les deux enfants qu'elle a déjà et parcourt les quelque sept kilomètres qui la séparent de chez elle à la grotte de Massabielle. Là, elle baigne son bras malade dans la source et prie intensément. Elle pousse un cri d'étonnement. Elle montre à ses enfants que ses doigts ont retrouvé toute leur souplesse, que son bras est redressé. Elle se retrouve dans le même état physique qu'avant son accident. Alors, elle rentre chez elle aussi vite qu'elle le peut et que les jambes de ses deux enfants le lui permettent, et elle arrive juste à temps pour mettre au monde un petit garçon : « rapidement et presque sans douleur ». Ce petit garçon a été prénommé Jean-Baptiste, il a exactement soixante ans maintenant. Je le connais bien, il est prêtre. Il m'a raconté lui-même l'histoire de sa maman qu'il tient d'elle directement.

Le second cas concerne le petit garçon de Croisine Bouhort, le petit Justin. L'enfant a deux ans, il est gravement malade, il n'a jamais pu se lever de son lit depuis sa naissance. Et, maintenant, on le sait, il va mourir. La voisine est même venue préparer le linceul, dans la journée, et l'a installé dans la pièce qui jouxte la chambre de Justin. Folle de douleur, la mère prend le moribond dans ses bras, court jusqu'à la grotte de Massabielle, et là, en présence de gens horrifiés, elle le plonge nu dans l'eau glaciale et mortelle de la source. Ceux qui l'entourent la traitent de folle, l'avertissent qu'elle est en train de le tuer, mais ils n'arrivent pas à chasser cette mère meurtrière. Pourtant, elle le maintient un long moment immergé dans la source. Puis elle le reprend, l'entoure dans un linge, le ramène chez elle et le remet dans son lit. L'enfant n'est pas encore mort. Le lendemain matin, tôt, au réveil, les parents, désespérés, entrent dans sa chambre. Ils constatent que Justin est levé, ce qu'il n'avait jamais pu faire encore depuis sa naissance, et s'amuse avec ses jouets qu'il découvre, car il n'avait jamais pu les toucher jusqu'à ce jour. Quelle foi, celle de cette mère, qui a eu l'audace et la confiance de plonger son propre enfant dans l'eau vive et glaciale de la fontaine de Massabielle ! Et cette eau l'a fait renaître à la vie !

Tous ces signes de guérisons miraculeuses nous sont-ils envoyés pour nous inciter à donner foi aux messages que Bernadette Soubirous a été chargée de nous transmettre ? On peut raisonnablement le croire, mais chacun est libre d'avoir sa propre opinion. Un certain nombre de ces messages lui ont été destinés, à elle tout personnellement, mais elle n'a jamais voulu les révéler. L'une des rares choses qu'elle nous ait apprises la concernant est que la Belle Dame, Aquero comme elle l'appelait, lui a dit : « Je ne vous promets pas de vous rendre heureuse dans ce monde, mais dans l'autre. » Qui est donc cette Belle Dame en qui nous devrions avoir foi ? Bernadette lui a demandé son nom, sur l'insistance du curé de Lourdes, à plusieurs reprises, mais en vain. Le curé de Lourdes ne prend pas très au sérieux les récits de Bernadette, il doute, il est indécis, la famille de cette jeune fille n'est vraiment pas une référence. D'ailleurs, des dames de la bonne société pensent que si la Vierge devait apparaître à une personne de Lourdes, ce ne serait certainement pas à cette pauvre miséreuse et inculte de Bernadette Soubirous, mais à une jeune fille ou à une dame de leur monde ! Le curé de Lourdes demande donc à Bernadette le nom de cette Dame, qui, en outre, réclame la construction d'une chapelle alors qu'il n'a pas d'argent, car, lui dit-il, « il ne traite pas avec des gens qui ne disent pas leur nom ».

La Belle Dame, sur l'insistance assidue de Bernadette dira

enfin qui Elle est le jeudi 25 mars 1858, le jour de la fête de l'Annonciation. Bernadette nous l'a ainsi raconté :

« La Dame a pris un air grave et humble. Elle a joint ses mains, les a portées à hauteur de la poitrine. Elle a regardé au ciel. Puis Elle a séparé lentement ses mains, devant Elle, et s'est penchée vers moi. Elle m'a dit en patois lourdais : « Que soy era Immaculada Councepciou[24]. »

Nous savons depuis que l'Immaculée Conception est la Très Sainte Vierge Marie. Cette appellation veut dire que Marie a été, dès le premier instant de sa conception, préservée intacte de toute souillure du péché originel. La pauvre Bernadette ne comprend rien à ce message, aussi elle court chez son curé en le répétant tout au long du chemin pour ne pas l'oublier, et arrivant devant ce dernier, elle lui crie pour se débarrasser de ce poids lourd à porter pour sa petite mémoire : « Monsieur le curé, Que soy era Immaculada Councepciou ». Le curé, abasourdi, s'exclame : « Malheureuse, pour qui te prends-tu ? » Alors Bernadette de répondre : « Mais, Monsieur le curé, je ne parle pas de moi. J'ai demandé son nom à la Dame et Qui Elle était, comme vous le vouliez. Elle m'a répondu ce que je viens de vous dire : « Que soy era Immaculada Councepciou. » Le curé l'a sommée d'avouer qui lui avait soufflé un tel nom, d'où pouvait-elle connaître cela. Mais Bernadette ne comprenait rien : « Mais Monsieur le curé, c'est la Dame qui me l'a dit. » Le curé réfléchit un moment puis, posant sa main droite sur la tête de la jeune fille comme pour la bénir, lui dit : « Va, mon enfant. Je te verrai un peu plus tard. » Bernadette partie, l'abbé Peyremale, alors curé de Lourdes, s'est agenouillé, très ému, sur un prie-Dieu, et joignant ses mains, murmura : « Mon Dieu, mon Dieu, cette enfant est vraiment une bénédiction du Ciel! Ô Marie, Mère de Dieu, Notre Mère, je vous fais la promesse de défendre dorénavant Bernadette de tout mon cœur et de toutes mes forces.

24. *Je suis l'Immaculée Conception.*

Ceux qui voudront l'attaquer devront, avant, passer sur mon corps. » L'abbé Peyremale était un homme solide et vigoureux, originaire des montagnes pyrénéennes.

La Vierge Marie est apparue dix-huit fois à Bernadette Soubirous, du 11 février au 16 juillet de la même année 1858. Bernadette communiqua un jour à haute voix à la foule de pèlerins présents le message suivant qu'elle venait d'être chargée de répéter : « Pénitence! Pénitence! Pénitence! Priez Dieu pour les pécheurs! Convertissez-vous! » Cette invocation vibrante reçue est éternelle et nous est bien entendu destinée. Et à ceux qui demandèrent à Bernadette des explications sur ces paroles, elle leur répondit : « Je ne suis pas chargée de vous le faire croire, mais de vous le dire. »

Les milliers de témoins qui étaient là au moment des apparitions ont vu, ont cru et nous ont précieusement transmis le message de Lourdes. Mais la foi est un don de Dieu qui s'accompagne alternativement de périodes de doutes et de certitudes. Ce don est offert à tous, sans exception. Mais il faut le chercher et le vouloir, en pleine liberté, sans aucune contrainte. Les signes de Lourdes et le message qui nous est transmis par l'intermédiaire de Bernadette Soubirous constituent pour nous une aide précieuse dans cette recherche du don de la foi. Oui, Lourdes est une porte sur terre qui s'ouvre sur le Ciel, où, par l'intercession de la Vierge Marie, les grâces nous sont prodiguées à profusion. »

Je vis Étienne consulter sa montre. Il dut se rendre compte que, pris par la passion de son discours, il parlait depuis trop longtemps.

« Le temps s'enfuit, reprit-il, il me faut conclure.

Nous avons des oreilles, à nous d'entendre les paroles d'Abraham en réponse à la supplication du mauvais riche inconnu, car elles nous concernent tous. Elles nous renvoient également aux actions de la Mère de Notre Seigneur qui est venue en ce monde à maintes reprises au cours des siècles pour nous appeler « à prier, faire pénitence, et nous convertir. »

Au cours du présent office, nous allons continuer à prier pour nos morts, nos blessés, mais aussi pour nos familles, pour nous-mêmes et pour les intentions particulières qui m'ont été confiées. Prions, également, pour la victoire de la Paix. Je terminerai en livrant à votre méditation ces quelques paroles de Notre Seigneur Jésus-Christ :

Heureux les artisans de paix, car ils seront appelés fils de Dieu;
Heureux les affamés et assoiffés de la justice, car ils seront rassasiés;
Gardez courage! J'ai vaincu le monde;
Et moi, je suis avec vous, tous les jours, jusqu'à la fin du monde.

Amen »

Étienne se tut, resta debout devant le pupitre et demeura quelques instants en méditation, la tête inclinée vers l'avant. L'assemblée des fidèles respecta un profond silence, comme secouée par l'avalanche de paroles de l'orateur, mais également saisie par la richesse du message envoyé. Lorsqu'il releva enfin son visage, tous se levèrent dans un brouhaha inévitable. Le calme revenu, Étienne reprit le fil de la messe.

À la fin de l'office, je vis qu'Anne essayait de l'approcher, mais, avant qu'elle réussisse à l'aborder, un jeune soldat vint annoncer à Étienne que le colonel le réclamait et lui demanda de le suivre. Mon ami me raconta que le colonel lui déclara ceci :

— Monsieur l'aumônier, je vous ai trouvé très subversif dans la première partie de votre sermon. Laisser entendre que les dirigeants de nos pays sont voués aux flammes de l'enfer peut vous valoir de sévères représailles.

— Mon colonel, répondit Étienne, ce n'est pas moi qui suis subversif, ce sont les Évangiles! Vous savez bien que cela a valu une mort infâme au Christ. Si je devais à mon tour mourir en martyr pour avoir fait connaître la parole du Christ, ce serait pour moi un immense honneur.

— Je vous rassure, il n'en sera rien. En confidence, il est possible que je ne sois pas loin de partager votre avis. Mais ce n'est pas pour aborder cette question que je vous ai fait venir. Nous n'avons plus d'aumônier à demeure en ce moment. J'aimerais bien vous proposer cette place. Je pense que vos harangues engagées feraient le plus grand bien au moral de nos soldats.

— Mon colonel, je ne souhaite pas que votre demande soit un ordre. Si c'est un ordre, il est évident que j'obéirai, car actuellement je suis avant tout ici en tant que soldat. Mais si ce n'est pas un ordre, je considère que je ne dois pas abandonner mes camarades au moment où nous nous attendons à subir des assauts redoutables de l'ennemi. Pourtant, je suis envahi par cette prémonition que cette fois-ci je vais succomber. Peut-être parce que j'ai bénéficié de beaucoup de chance jusqu'à ce jour pour échapper à la mort, et que cela ne peut durer plus longtemps. Mais je me sentirais lâche de fuir le danger et de laisser partir au combat mes compagnons de guerre. M'autorisez-vous à regagner mon unité ?

— Je m'incline devant une décision si généreuse. J'espère vous revoir lorsque la paix sera revenue. Vous êtes un brave. C'est bien. Allez, je me souviendrai de vous.

— Merci mon colonel.

Henri, au retour d'Étienne, intrigué par sa rencontre avec le colonel, l'interrogea :

— Que te voulait donc le colonel?

Étienne lui répondit un demi-mensonge :

— Il voulait me faire fusiller pour avoir tenu un discours subversif, mais je lui ai expliqué que je serai plus utile sur le front où l'ennemi se chargera lui-même d'appliquer la sanction qu'il envisageait. Alors, il n'a pas bougé! »

Ainsi se termine le présent passage cité des écrits de mon ami Laurent, que je tenais particulièrement à vous transmettre ici. Pour ma part, je tiens à parler de l'étrange sensation qui m'a investie lorsqu'Étienne nous a raconté l'histoire de Lourdes. Quand il rappela que Marie s'était présentée en tant que L'Immaculée Conception, ce terme de Conception auquel je ne m'attendais pas éveilla en moi une douleur indéfinie qui perça mon cœur comme un glaive implacable.

.34.
La bataille pour la paix

En dénouement des trois offensives successives du printemps, les armées allemandes se retrouvèrent comme en septembre 1914 sur les bords de la Marne. Ces trois offensives s'enchaînèrent de la Picardie du 21 au 31 mars, puis sur la Lys et dans la région des Monts du 9 au 24 avril, enfin au sud du Chemin des Dames du 29 mai au 10 juin. Dorénavant, pour le général Ludendorff, la percée des lignes françaises devait enfin impérativement réussir et ouvrir ainsi la route de Paris et conduire l'Allemagne à la victoire définitive. Le général allemand prit cependant un bon mois pour réorganiser et renforcer ses armées. Il mit au point un plan minutieux, travaillé dans le détail et concentra près des lieux de la prochaine bataille d'énormes moyens en hommes et en matériels dans la plus grande discrétion. Et il savait qu'il devait continuer à attaquer sans perdre de temps afin de profiter de sa supériorité numérique momentanée, effective depuis le transfert de divisions du front de l'est vers le front de l'ouest, d'autant qu'il put constater que plusieurs unités américaines avaient déjà été lancées dans la bataille et démontraient de remarquables qualités combattantes.

Cette nouvelle offensive en préparation sur le front français, approuvée par son chef d'état-major von Hindenburg, était l'aboutissement d'un plan qu'il avait ambitionné de mener à bonne fin beaucoup plus tôt, beaucoup plus vite.

15 juillet 1918, minuit dix, ce fut le lancement de l'offensive allemande baptisée Friedensturm, ce qui signifie la Bataille pour

GUERRE 1914-1918 : CARTE DU FRONT DE L'OUEST EN FRANCE.
—ligne en grisé la plus à l'ouest : front à la date de la dernière offensive Allemande du 15 juillet 1918 ;
—ligne plus à l'est : front à l'heure de l'armistice.

la Paix, sur un front d'environ cent kilomètres qui s'étendait de Château-Thierry, au sud-ouest de Reims, à La Main de Massiges, au sud-est de Reims. Convaincu d'assister à la victoire finale de ses Armées impériales, le Kaiser Guillaume II vint en personne ce jour-là et s'installa à l'observatoire allemand du Blanc Mont.

Côté Alliés, grâce aux indices révélés par plusieurs prisonniers allemands capturés et à des plans découverts sur certains d'entre eux, l'état-major français avait réussi à obtenir suffisamment tôt des renseignements précis sur les secteurs des prochaines offensives ennemies, ainsi que sur le jour et l'heure de leur engagement. Il n'y eut pas de surprise. En face des positions ennemies, le général Pétain profita de la période de relative accalmie pour organiser et renforcer son système défensif, connaissant avec certitude les futurs points d'attaque des armées allemandes. En conséquence, il décida de faire revenir en Champagne quinze divisions qui avaient été laissées par précaution dans le Nord.

Au matin du 15 juillet, ce furent de soixante à soixante-dix divisions, de chaque côté, qui étaient prêtes à s'affronter. Plus de deux millions de soldats alliés et allemands furent rassemblés sur le terrain de part et d'autre de la ligne de front.

Le déroulement de la bataille occupa trois théâtres d'opérations différents et s'accomplit selon des stratégies qui s'adaptèrent aux évènements sur le terrain. Le bombardement préparatoire allemand commença peu après minuit et les troupes partirent à l'assaut des lignes françaises à quatre heures trente du matin.

À l'est de Reims, la 1ère armée allemande du général von Mudra et la 3ème armée du général von Einem, fortes de quinze divisions d'unités d'élite et quatre autres divisions, attaquèrent sur un front de près de quarante-cinq kilomètres. En face, le général Gouraud qui commandait la 4ème armée française adopta un système de défense en profondeur, tactique nouvelle et inattendue pour l'ennemi, préconisée et voulue par le général Pétain. Du fait de ce système, la vague d'assaut allemande, pourtant soutenue et protégée par des tirs de barrage roulant et selon un horaire établi d'avance à respecter, fut bloquée sur la deuxième position de défense des forces françaises, et subit des retards et des pertes énormes. À midi ce 15 juillet, les assaillants étaient arrêtés partout. Dans la journée du 16 juillet, de nouvelles attaques sporadiques et désordonnées des troupes allemandes furent à nouveau repoussées. Pour le commandement allemand qui comptait atteindre Châlons-sur-Marne en moins de 48 heures, l'offensive fut un échec complet sur ce secteur.

Les évènements n'allaient vraiment évoluer dans tout ce secteur est du front qu'à partir de la journée du 18 juillet 1918, dans l'immense élan qui allait porter les Alliés vers la victoire finale.

La situation des armées alliées fut plus complexe et délicate dans le secteur à l'ouest de Reims défendu par la 5ème armée française du général Berthelot. Les combats se déroulèrent dans une zone géographique située au nord de la Marne et à l'ouest de la montagne de Reims. La conquête de cette zone était considérée comme primordiale par le commandement allemand pour s'ouvrir la route vers Épernay et s'emparer du secteur stratégique de la montagne de Reims. Le 15 juillet à minuit dix, l'artillerie allemande entra en action et pilonna les premières lignes italiennes. Les troupes allemandes parvinrent à s'infiltrer dans la matinée et dans l'après-midi, elles arrivèrent jusqu'à la deuxième position alliée. Elles voulurent continuer leur progression, mais furent repoussées par l'artillerie française, de sorte que, décimées, elles se replièrent sur des positions qu'elles aménagèrent.

Le 16 juillet, sur la rive gauche de l'Ardre, les troupes allemandes atteignirent les environs de Nanteuil-les-Fosses. De ce côté-là, partout ailleurs, leurs attaques furent refoulées. Tous les assauts allemands engagés dans la journée du 17 juillet furent pour eux des échecs, ce qui les contraignit à s'organiser en position défensive.

À partir du 18 juillet, la 5ème armée française et ses alliés s'engagèrent dans une longue et rude reconquête des terrains perdus.

Au même instant, toujours au petit matin du 15 juillet 1918, le général von Boehn, commandant de la 7ème armée impériale forte de trente divisions, dont seize en première ligne, lança à l'assaut des positions françaises sur les rives de la Marne de part et d'autre de la ville de Dormans et de Château-Thierry ses troupes d'élite afin de franchir la rivière, créer une tête de pont sur la rive gauche, en vue de partir ensuite à la conquête de la ville d'Épernay vers l'est et, surtout, de s'engager triomphalement, à l'ouest, sur la voie qui mènerait à Paris.

La ville de Dormans apparut comme le nœud du dispositif allemand, leur lieu de passage de la Marne privilégié. Les hommes du génie allemand avaient réussi à installer des ponts de bateaux, des pontons, des passerelles de cinq à dix mètres de large. À neuf heures du matin, les divisions allemandes avaient traversé la rivière et constitué une poche de cinq kilomètres de profondeur et de dix kilomètres de large autour de Dormans.

En face de l'ennemi, la 6ème armée du général Degoutte avait préparé sa défense, mais cette défense française n'était pas disposée en profondeur ainsi que cela avait été élaboré par le général Gouraud sur le front à l'est de la ville de Reims. Des régiments d'infanterie américains, les 38ème et 30ème, furent engagés et livrèrent aux forces ennemies une bataille sanglante et ne cédèrent pas de terrain malgré des pertes considérables. Leur comportement héroïque leur valut le surnom de « *The rock of the Marne* ».

Le soir du 15 juillet, l'attaque de la 7ème armée du général von Boehn était stoppée sur une ligne Saint-Aignan, La Chapelle-Monthodon, lisière sud de la forêt de Bouquigny.

Les 16 et 17 juillet, la marche en avant des divisions allemandes fut progressivement enrayée. Ainsi, à l'ouest de Saint-Agnan, les unités américaines contre-attaquèrent et rejetèrent l'ennemi à la Marne et leur interdirent ainsi toute possibilité d'élargir leur tête de pont dans ce secteur. Au sud de Saint-Aignan, près de Celles-les-Condé, village proche de Condé-en-Brie, l'ennemi fut également repoussé par le 502ème régiment de chars d'assaut. À Saint-Aignan et, surtout, à La Chapelle-Monthodon, le 2ème régiment de la 20ème division livra de durs combats pour stopper définitivement l'assaut allemand sur cette ligne. Dans le secteur d'Oeuilly, la 73ème division française barra aux troupes allemandes la route d'Épernay.

Au soir du 17 juillet, la tête de pont tenue par les Allemands au sud de la Marne s'annonçait difficile à conserver face à une réaction puissante de la 6ème armée française que le général Ludendorff n'avait pas prévue, convaincu de bousculer et de vaincre avec facilité toute opposition dans cette zone géographique.

Au cours de ces batailles ardentes et indécises qui eurent lieu de Château-Thierry jusqu'à la Main de Massiges, l'aviation alliée tint un rôle fondamental et vraiment nouveau dans une guerre.

***

La nouvelle arme de l'aviation.[25]

Je me souviens bien de l'engouement que suscitèrent des deux côtés du Rhin les prouesses des aviateurs que ne manquèrent pas de commenter les journaux. La renommée de certains d'entre eux en faisait de véritables héros modernes. Cependant, leur individualisme qui prévalut au cours des premiers mois de la guerre s'estompa. Il apparut vite que l'arme aérienne devait être organisée pour soutenir directement au combat les actions de l'infanterie. L'organisation générale et l'affectation des matériels et des hommes de l'aviation française ne cessèrent d'évoluer depuis l'année 1914. Les missions de chasse et de bombardement devinrent prépondérantes.

En mai 1918, le général Duval, nommé à ce grade le 19 avril 1918, était le commandant de l'aéronautique aux armées françaises. Il bouscula profondément la stratégie d'emploi de l'arme aérienne, en opposition souvent virulente en externe avec les chefs des armées et en interne avec nombre de ses subordonnés, mais il bénéficia du soutien total du Grand Quartier général en la personne du général Pétain. Il créa en mai 1918 la Division aérienne, la DAe, d'une puissance inégalée, qui devint une unité permanente rassemblant près de six cents avions. Aucune autre armée, tant chez les alliés que chez les Allemands, n'avait mis en place une organisation similaire et d'une telle ampleur. À la mi-juin, la DAe était composée de deux brigades sous les ordres respectifs des commandants de Goÿs pour la première et Féquant pour la seconde.

---

25. Voir annexe n°3 : « Équipement en matériel volant de la Division aérienne commandée par le général DUVAL en mai 1918 ».

Les escadrilles françaises étaient essentiellement équipées d'avions de chasse SPAD XIII et CAUDRON R 11, et de l'avion de bombardement BREGUET 14. Chez les Alliés, les Britanniques utilisaient les chasseurs SOPWITH CAMEL et S.E.5a et les Italiens les bombardiers CAPRONI.

De leur côté, les Allemands possédaient l'avion de chasse FOKKER D VII, considéré alors comme le meilleur de tous pour l'ensemble de ses performances, et les bombardiers GOTHA et ZEPPELIN STRAKEN.

Lors de l'offensive allemande baptisée Friedensturm, l'intervention des brigades aériennes sur les champs de bataille s'avéra redoutable pour l'ennemi et efficace pour ralentir voire annihiler sa marche en avant. Les escadres de bombardiers BREGUET 14 B.2, bien protégées par leur escorte de CAUDRON triplace R 11, déversèrent sur les objectifs assignés tels passerelles et ponts installés sur la Marne des tonnes d'obus dévastateurs et mitraillèrent les troupes ennemies au sol de milliers de cartouches.

En outre, les escadrilles de chasseurs français affrontèrent les FOKKER allemands et réussirent à s'assurer la maîtrise de l'air dans tous les secteurs grâce à la présence simultanée et dynamisée de nombreux avions de chasse, en dégageant du ciel la totalité des chasseurs ennemis, puis en détruisant ou chassant les avions et ballons d'observations allemands.

Par ailleurs, les interventions des puissantes forces aériennes britanniques et de celles des autres alliés, ainsi que le concours d'aviateurs américains intrépides contribuèrent également efficacement à la conquête du ciel par les Alliés lors de cette année 1918.

Les résultats de ces actions furent multiples : destructions de passerelles, de ponts et d'ouvrages divers, désorganisation des convois à l'arrière, destruction de chars d'assaut, de batteries, privation de renseignements précieux sur les positions françaises avec disparition des ballons captifs drachen.

Tous ces bombardements perturbèrent, désorganisèrent et démoralisèrent l'ennemi allemand qui subit des pertes en hommes et en matériels considérables. Ils contribuèrent fortement à l'arrêt de sa progression sur une ligne de défense alliée dorénavant bien tenue, et loin d'atteindre les objectifs ambitieux que le général Ludendorff avait fixés.

L'efficacité de l'organisation de la division aérienne française justifia la ténacité de son promoteur le colonel puis général Duval et de l'appui qu'il reçut du Grand-Quartier général pour l'imposer aux détracteurs.

Dès le lendemain, 18 juillet 1918, toute la physionomie de la guerre qui durait depuis déjà quatre années allait se métamorphoser. C'était le début de la fin qui s'annonçait.

L'offensive surprise des Alliés du 18 juillet 1918.

La tactique que le général Foch prépara avant l'attaque allemande du 15 juillet comportait deux volets, l'un défensif destiné à briser les assauts ennemis, ce qu'il advint au cours des journées des 15, 16 et 17 juillet; l'autre offensif par le lancement d'une action contre le flanc ouest de l'ennemi.

Un important dispositif offensif allié fut mis en place dans la nuit du 17 au 18 juillet 1918, quatre cent mille hommes montèrent en première ligne à l'est de la forêt de Villers-Cotterêts. Tout le matériel de guerre fut acheminé, constitué d'une artillerie particulièrement impressionnante par la puissance de feu qu'elle représentait, cinq cent trente chars d'assaut FT 17 Renault, et de nombreux avions français et anglais. De forts orages et pluies diluviennes sévirent cette nuit-là qui étouffèrent le bruit de ces grandes manœuvres. Au centre et au nord de ce dispositif, la 10ème armée positionna quinze divisions françaises, deux divisions écossaises et deux divisions américaines, et, plus au sud, la 6ème armée plaça six divisions françaises et trois divisions américaines, et formèrent un front entre Aisne et Marne, en limite occidentale de la poche investie et conquise par l'ennemi lors de son offensive du 27 mai dernier.

Au petit matin du 18 juillet, à quatre heures trente-cinq, les généraux Mangin et Degoutte, sous les ordres du général Fayolle, engagèrent leurs armées respectives. Ils avaient pour objectifs le franchissement de la ligne Soissons-Château-Thierry et la reconquête de toute la zone géographique située à l'intérieur de la poche sous occupation allemande entre Aisne et Marne. À terme, ils visaient de prendre à revers les armées ennemies implantées plus au sud, de part et d'autre de la Marne. Un groupe de chars précéda les fantassins.

Pour le commandement allemand, cette attaque fut une surprise totale. Tous les officiers étaient convaincus que les Alliés n'avaient plus les moyens de lancer la moindre offensive. Le déferlement des assaillants franco-américains les prit au dépourvu. Les soldats allemands se rendirent par milliers.

Dès dix heures du matin, plusieurs villages tels Fontenoy, Pernant et son plateau, Vaux, Chaudun, Vierzy, Villers-Hélon, et autres lieux furent repris à l'occupant. Deux états-majors de régiments et leurs colonels, surpris encore dans leurs lits, furent faits prisonniers. L'après-midi, les troupes alliées confortèrent leurs conquêtes des positions envahies et nettoyèrent les secteurs boisés des derniers îlots de résistance, avec l'appui des chars d'assaut.

Les bombardiers alliés impliqués au cours de cette offensive larguèrent plusieurs tonnes d'obus, notamment sur les arrières des divisions allemandes, et perturbèrent ainsi considérablement la retraite des troupes vers de nouvelles positions défensives.

Pendant ce temps, sur la rive gauche de la Marne, les troupes allemandes étaient repoussées dans le secteur est d'Oeuilly, à l'est de Dormans. À l'ouest de la montagne de Reims, les forces franco-italiennes maintinrent leurs positions. À l'est de Reims, les troupes du général Gouraud réoccupèrent les premières lignes.

Au cours de la journée du 19 juillet, dès quatre heures du matin, les troupes alliées reprirent très vite leur marche en avant, arrivèrent aux abords de Soissons et s'enfoncèrent dans la poche allemande.

Les forces de la 6ème armée prirent Neuilly-Saint-Front et le plateau de Priez, au nord-ouest de Château-Thierry.

Sur la Marne, le commandement allemand constata que ses troupes étaient dorénavant menacées sur leur flanc gauche et risquaient d'être surprises également sur leurs arrières. Il décida d'amorcer le repli de ses unités dès cette journée du 19 juillet, sous la menace de l'armée du général de Mitry à l'offensive sur un large front au sud de la Marne.

Au cours des journées du 20, 21 et 22 juillet, les armées allemandes engagèrent de furieuses contre-attaques pour annihiler la poussée des Alliés. Cinq nouvelles divisions fraîches venues en renfort furent envoyées au-devant de la 10ème armée française afin d'enrayer la marche en avant régulière. Partout, la bataille fut violente, mais partout les troupes alliées poursuivirent leur progression.

Dès le 21 juillet, les troupes allemandes quittèrent Château-Thierry et se retirèrent de tout le secteur de cette ville pour échapper à l'encerclement qui les menaçait au sud et à l'ouest de leurs positions. L'aviation alliée multiplia les sorties, notamment le 22 juillet dans le Tardenois.

À l'est de Reims, malgré leur acharnement à démultiplier leurs contre-attaques, les Allemands furent refoulés. Les hommes du général Gouraud réussirent à avancer dans le secteur de Perthes et sur les rives de la Suippe, et bloquèrent leur ennemi sur leur position au nord-ouest de Souain, dans le bois de Trou-Bricot.

À l'ouest de Reims, les forces franco-britanniques, bien soutenues par les troupes italiennes, prirent les villages de Saint-Euphraise et de Bouilly, continuèrent à gagner du terrain dans le bois du Roi, dans le bois de Courton et dans la vallée de l'Ardre. Les attaques de l'ennemi étaient brisées.

Sur les bords de la Marne, la 9ème armée du général de Mitry franchit la rivière dès le 21 juillet entre Fossoy et Chartèves et participa à l'action des hommes de l'armée du général Degoutte pour chasser les Allemands de leurs positions au-delà d'une ligne Bézu-Saint-Germain-Mont-Saint-Père située bien au nord de Château-Thierry.

Ses hommes talonnèrent l'ennemi qui battait en retraite. Dans la journée du vingt-trois juillet, le village de Chartèves fut définitivement occupé et une solide tête de pont établie à Jaulgonne.

Partout, de nombreux villages furent libérés de l'occupation allemande.

Laurent Castand profita d'un instant d'accalmie pour m'envoyer de ses nouvelles, accompagnées d'une photo au recto de laquelle campait fièrement un groupe de Poilus de sa compagnie dont, bien entendu, outre lui-même, ses copains Étienne et Henri. Voici ce qu'il écrivit :

« Nous sommes en train de vivre des moments à la fois tragiques et magiques. Ils sont tragiques par la violence des combats auxquels nous devons participer et par le nombre de tués que nous abandonnons derrière nous sans avoir le temps de leur témoigner une dernière marque d'humanité. Ils sont magiques parce que nous sommes vainqueurs, que nous avançons et que nous libérons des villages et des habitants dont on lit dans leurs yeux un fort sentiment de joie et de gratitude qu'ils n'ont pas la force d'exprimer ni par des gestes ni par des paroles tant ils ont souffert de cette guerre pendant trop longtemps et qu'ils ont souvent tout perdu ou presque. À la Chapelle-Monthodon et à la Bourdonnerie, notre division a livré une lutte impitoyable, je n'aurais jamais pensé que nous aurions tous été capables de nous battre avec autant d'ardeur dans un environnement si effroyable, et de vivre des moments d'une angoisse aussi intense. Mais que d'hommes sacrifiés ! Moi et mes deux copains, on s'en est encore sortis. Décidément, si le Bon Dieu existe, il ne veut pas encore de nous. Après deux jours de combat, nous avons été relevés et placés en réserve. Nous avons bivouaqué dans un bois six kilomètres à droite de Dormans et à trois kilomètres des lignes. Le bois est rempli de macchabées boches. Tout de même, on est

arrivé à rejeter les boches de l'autre côté de la Marne ! Cela a été dur ! Samedi 20, la ville de Dormans a été libérée par le 32ème régiment d'infanterie de la 18ème division. Mais qu'en reste-t-il, de ce village ? Presque tout est détruit et se trouve à terre. Aujourd'hui, lundi 22, nous sommes remontés en ligne, nous venons d'arriver sur le front de Jaulgone. Ce village vient d'être libéré par l'action de la 3ème division d'infanterie américaine, mais la lutte se poursuit, le boche est là, tout proche, et nous balance régulièrement des obus. Des attaques sont imminentes, des deux côtés. Un poste de secours est à côté de notre implantation. Je pense que l'ambulance où tu travailles doit suivre notre progression et ne doit pas être très éloignée de nos lignes. Ces nouvelles ne vont donc pas beaucoup voyager. Je t'embrasse cordialement. Laurent. »

.35.
Actes de courage et de dévouement

Je me trouvai à nouveau à l'hôpital militaire de campagne de l'ancienne école auquel je fus affectée après avoir quitté l'hôpital de Château-Thierry. Alors que j'assistai le chirurgien submergé par des interventions incessantes tant les blessés graves arrivaient ici continuellement, j'entendis l'éclat d'un obus qui semblait provenir de l'avant-cour toute proche. Tout le monde fut surpris, mais il était hors de question d'interrompre l'opération en cours. Heureusement, l'explosion ne provoqua que quelques dégâts mineurs dans cette avant-cour qui par ailleurs était peu fréquentée. En revanche, très peu de temps après, un deuxième obus tomba à nouveau à côté de l'école, suivi d'un troisième qui atteignit la dernière salle du bâtiment réservée aux blessés les plus graves. Une sœur-infirmière reçut des éclats en pleine poitrine et succomba aussitôt à ses blessures, deux jeunes filles de la Croix-Rouge furent légèrement touchées dans le dos et aux jambes. Plusieurs blessés furent tués par des éclats. Un homme parcourut les locaux en criant : « *Repli général à la cave !* »

Il existait, en effet, sous l'ancienne maison d'habitation des instituteurs, une cave vaste qui occupait une surface comparable à celle du plancher de base. Toutefois, elle n'était certainement pas suffisamment grande pour pouvoir accueillir tout le personnel soignant et l'ensemble des blessés actuellement sur les lieux.

Depuis l'offensive allemande du 15 juillet et le passage de la Marne par les troupes du général von Boehn, tout le secteur proche de l'hôpital était le théâtre de combats apocalyptiques. Les soldats atteints de blessures graves ne cessaient d'affluer à l'hôpital où infirmières, infirmiers, jeunes filles de la Croix-Rouge et sœurs-infirmières, arrivés récemment en renfort se dévouaient jour et nuit pour secourir tous ces malheureux et veiller sur eux. Les deux chirurgiens en place n'avaient plus de temps de repos et maniaient sans discontinuer le bistouri. Le responsable avait même exigé mon retour immédiat pour le seconder dans son labeur si exigeant. Tous étaient exténués. À tel point que le chirurgien-chef, pourtant un homme solide et résistant, s'effondra au cours d'une opération, victime d'une longue perte de connaissance. C'est donc moi qui dus reprendre son travail à l'étonnement du personnel affolé qui l'entourait. Je menai à bien et avec maîtrise la fin de l'intervention et réussis à sauver celui que l'on opérait. Ce n'était certes pas autorisé et je m'étais ainsi placée sous la menace d'une grave sanction. Mais comme on dit, à la guerre comme à la guerre !

Pour accueillir la multitude de blessés qui affluaient, les locaux s'avérant insuffisants, plusieurs tentes militaires durent être montées à l'extérieur auprès des habitations en dur. Quelques blessés allemands furent même hébergés et soignés. Comment cet hôpital, malgré tout en retrait et à l'écart du front, avait-il été repéré et pris pour cible ? Des avions d'observation allemands avaient bien survolé la région quelques jours avant l'offensive, sans doute pour remplir une mission de repérage du secteur, mais les clichés photographiques pris devaient être suffisamment explicites pour éviter toute confusion sur la nature des lieux. L'ennemi recherchait-il, en accomplissant des actes aussi barbares à prouver une détermination sans limites, pour saper le moral de ceux qu'il affrontait ?

Sous le bombardement, certains blessés se débrouillèrent par eux-mêmes pour évacuer les salles où ils reposaient, malgré les souffrances que ce déplacement pouvait occasionner chez eux, motivés par le danger imminent, et pour suivre le flot de tous ceux qui allaient se réfugier et s'entasser dans la cave. Les obus continuèrent à tomber régulièrement. Seuls une sœur, deux infirmières et un infirmier restèrent sur place pour assurer le transport des blessés incapables de se mouvoir par eux-mêmes jusqu'à l'abri. Tous les autres avaient fui.

Une dernière intervention terminée, je quittai la salle d'opération et me précipitai vers les salles d'hôpital pour y prêter mon concours. La situation me désola. J'envoyai une infirmière à la cave pour réclamer de l'aide auprès d'autres infirmiers, infirmières et hommes valides, mais, me dit-on, il fallait également continuer à soigner les blessés réfugiés. Surtout, le bombardement s'intensifiait. L'infirmière ne revint qu'avec deux volontaires. Les réfugiés essayèrent même de les retenir avec eux dans la cave, tant selon eux, ils courraient au-devant d'une mort certaine. « *Priez pour nous, leur répondit l'infirmière, en les quittant.* » Je fis activer le mouvement malgré ma fatigue, mais sans découragement. Quand les réfugiés apprirent qu'il ne restait plus que deux blessés à transporter et que ceux-ci étaient allemands, alors que la cave débordait de gens, tous exigèrent qu'ils soient abandonnés sur place en représailles contre l'attaque que tous réprouvaient. Mais je repartis avec une religieuse, car nous considérions, l'une et l'autre, qu'il s'agissait d'hommes avant toute autre considération ! Et nous réussîmes à les ramener, sans dommage. Le bombardement dura plus d'une heure. Quatre-vingts pour cent de l'hôpital fut détruit. Il ne resta rien du matériel chirurgical. Le soir même, on m'envoya vers un poste de secours, sur le front, dans le secteur de Jaulgonne.

***

L'escouade de Laurent, Étienne et Henri se trouvait dans un parallèle du front de Jaulgonne, au demeurant une tranchée remarquablement équipée. Ce parallèle avait certainement été récemment aménagé par des troupes allemandes avant d'être repris par les alliés, car une bonne partie des défenses était bétonnée, selon leur habitude, et la sape dans laquelle ils pouvaient s'abriter était profonde, relativement vaste et solidement protégée. Les Allemands occupaient encore la proche Forêt de Ris, dont la lisière se situait à moins de deux kilomètres au nord-est de Jaulgonne. Au cours de la journée du 27 juillet, les Allemands lancèrent une importante contre-offensive sur ce secteur afin de reconquérir le terrain récemment abandonné, mais leurs assauts furent repoussés. La division dont dépendait Laurent fut fortement mise à contribution, cependant ce furent surtout les troupes implantées sur Trélou et Dormans qui subirent le choc principal et qui firent lâcher prise à l'ennemi.

Devant leur parallèle s'étendait une vaste plaine nue, dévastée, lugubre, ensanglantée, avec pour limites, au loin, quelques bosquets d'arbres déchiquetés. Elle retentissait de gémissements et de plaintes de Poilus fauchés sur place par des mitrailleuses ennemies. Les brancardiers ne pouvaient encore partir à leur secours à cause d'un danger constant que faisait peser la présence de postes ennemis demeurant en lisière des bosquets et qui n'hésitaient pas à tirer à chaque tentative de sortie des tranchées face à eux.

La suite, c'est encore Laurent qui la raconte le mieux, et ce, bien que j'en sois l'une des protagonistes. Mais à travers ses écrits, c'est le regard du poilu qui s'exprime, une vision qui ne m'est pas familière et que je ne saurais transposer par moi-même :

« Les plaintes des blessés et mourants éparpillés sur la plaine devant nous étaient réellement un supplice pour nous qui, blottis dans les tranchées, ne pouvions intervenir tant que la nuit n'était pas tombée. Plus particulièrement, un cri de souffrance nous parvenait nettement et régulièrement, celui d'un très jeune homme allongé à une trentaine de mètres à peine des meurtrières de la tranchée. Les guetteurs l'apercevaient très bien, et voyaient que cet enfant était éventré et perdait ses intestins. C'était atroce. Nous entendions claire-

ment les appels du pauvre martyr.

— J'ai soif. Par pitié, à boire. Maman, maman, où es-tu? J'ai soif, maman. J'ai mal, je souffre. Maman, je ne veux pas mourir, viens, je t'en supplie.

Après un court temps de répit, il reprit sa complainte :

— Maman! Ô Maman, comme j'ai soif!

Avec Étienne et Henri, en entendant ces cris de désespoir, nous serrions les poings de rage, nous demandant que faire et comment agir? Nous fûmes soudainement surpris de reconnaître, venant de notre gauche, le timbre d'une voix féminine. Des soldats debout dans la tranchée nous cachaient la vue des arrivants. Puis, une infirmière nous apparut, casque sur la tête, posé sur une coiffe blanche, et revêtue d'une blouse réglementaire qui laissait dépasser dans le bas un pantalon militaire.

— Anne! m'exclamai-je, que fais-tu là? Ce n'est pas un endroit pour une femme!

Anne nous fit un grand sourire et répondit :

— Je vais partout où des blessés graves ont besoin de moi! Je suis depuis trois jours dans un poste de secours qui est à peu près à deux cents mètres à l'arrière de votre parallèle. J'ai reçu hier la lettre de Laurent qui a fait un long parcours, de deux cents mètres. Heureusement que je l'ai reçue car je vous avais perdus de vue. En la lisant, j'ai compris que vous étiez dans le coin. Je suis venue pour vous soigner.

Au même moment, le cri déchirant perça à nouveau tout l'espace :

— J'ai mal, maman, viens, donne-moi à boire...

Anne réagit instantanément :

— Ce cri est tout proche, où est-ce?

— Ça passe hors de la tranchée. Impossible de sortir sans se faire descendre à notre tour, lui répondis-je.

— Il est loin?

— À une trentaine de mètres, lui répondit un guetteur qui écoutait la conversation et qui connaissait l'infirmière de vue. Il est éventré. Il lui reste peu de temps à vivre. Mais ce doit-être terriblement long pour lui. Il doit énormément souffrir. Je suis tenté d'abréger ses jours, mais je n'ai pas le courage de tirer sur l'un des nôtres.

— On ne peut le laisser souffrir ainsi, s'emporta Anne.

Et elle posa sa trousse de soins, l'ouvrit et en sortit une seringue qu'elle chargea en morphine.

— Que fais-tu ? m'inquiétai-je.

— J'y vais ! Ce n'est pas moi qui ai besoin d'une piqûre de morphine !

— Tu es folle. Ils ne vont pas hésiter à te tirer comme un pigeon, de l'autre côté.

— Ils me rateront !

Personne n'eut le temps de réagir. Anne rangea la seringue dans sa trousse, prit le tout, s'empara d'une gourde d'eau au passage sur un soldat éberlué, prit appui sur une marche d'accès au parapet, bondit hors de la tranchée et fonça tête baissée vers le jeune blessé qu'elle avait repéré au premier coup d'œil et plongea tout contre lui. Quelques balles sifflèrent au-dessus de sa tête, mais elle était déjà à l'abri près du jeune homme. Celui-ci demanda :

— Maman, c'est toi ?

— Je suis là, mon enfant, lui répondit Anne. N'aie plus peur, je vais te soigner.

Puis, lui glissant la gourde entre les lèvres, elle l'encouragea :

— Bois !

Par réflexe, le jeune homme déglutit l'eau qui coulait dans sa gorge. Anne l'examina. Il n'avait même pas dix-neuf ans ! Elle vit que son flanc droit était ouvert et que la blessure se prolongeait profondément dans l'abdomen. Les entrailles s'en échappaient, le sang avait coulé abondamment et formait sous le corps une flaque qui coagulait. La fin était proche. Dès que le mourant arrêta de boire, Anne lui fit une piqûre de morphine pour le soulager de sa souffrance.

Un sifflement dont elle identifia la nature se fit entendre au-dessus d'elle. Elle formait avec le jeune homme un couple qu'un tireur allemand embusqué dans un trou assez proche avait manifestement repéré et choisi pour cible. Il ne tirait pas en continu, mais avec une grande régularité. Le couple était protégé par une légère déclivité qui lui servait d'abri précaire. Les impacts des balles, pour l'instant, n'étaient pas menaçants, mais ils se rapprochaient régulièrement. Puis un tir plus précis atteignit le blessé à la tempe gauche et lui éclata le visage. Ce fut la fin de ses souffrances. Les yeux du jeune homme grands ouverts et tournés vers elle, mais immobiles pour l'éternité, fixaient Anne avec une douceur empreinte de reconnaissance. Le tireur continua son œuvre maléfique. Que faire ? Se lever et courir vers la tranchée seraient offrir au tireur le plaisir d'abattre une proie facile en prenant tout son temps. Non, il fallait s'orienter vers une autre solution.

— Ohé, cria Anne d'une voix forte, de la tranchée ! Pouvez-vous repérer le tireur qui veut ma peau ?

— Justement, nous essayons de le détecter, lui répondis-je. Vois-tu de quel côté arrivent les balles ?

— À mon avis, c'est droit devant moi.

— Bon, j'envoie une décharge de mon fusil-mitrailleur par un créneau, le tir va passer au-dessus de toi, plaque-toi bien au sol. Observe s'il continue à tirer pendant mon action.

— D'accord. Je suis bien aplatie. Tu peux y aller.

J'envoyai plusieurs rafales de mon fusil-mitrailleur. Le lieutenant qui commandait la section rappliqua, furieux.

— Qui vous a donné l'ordre de tirer, Castand ? m'engueula-t-il. C'est interdit en ce moment. L'ennemi ne doit pas pouvoir repérer nos emplacements. Et un tir peut enclencher des attaques.

— Vous avez raison, mon lieutenant. Mais comment devons-nous agir ? Regardez par le créneau. Une de nos infirmières est dans la plaine et elle est prise sous le feu d'un tireur ennemi, je voulais la couvrir pour qu'elle puisse revenir dans la tranchée sous notre protection. L'ennemi n'est pas en force ici, il n'a pas les moyens de nous attaquer, leurs troupes sont plus au nord-est.

— Je sais, mais nous avons prévu un assaut dans un bref délai pour aller nettoyer les bois environnants. Vous voilà avertis.

Le lieutenant s'installa au créneau et examina la situation dans laquelle Anne se trouvait et prit le temps de la réflexion. Une nouvelle balle frôla le casque de l'infirmière et le fit tinter.

— Qui est cette infirmière inconsciente ? demanda-t-il.

— Elle s'appelle Anne Saintmont, mon lieutenant.

— Ah ! Oui, oui. Cela ne m'étonne pas. Je l'ai vue à l'œuvre au poste de secours, et ailleurs. Quel phénomène ! Je me demande si elle n'est pas un peu folle ! Si tous les soldats étaient aussi entreprenants qu'elle, cela ferait longtemps qu'on l'aurait gagné cette guerre ! On ne peut laisser se faire tuer une personne si courageuse et si charmante. Écoutez-moi bien, voilà ce que nous allons faire : La distance de la tranchée jusqu'au point où elle est allongée est un peu trop grande. Le temps qu'il lui faudrait pour revenir ici est suffisamment long pour qu'un bon tireur ait la possibilité de la descendre. Par contre, je vois à moins de dix mètres d'elle sur sa gauche un trou d'obus où elle peut se réfugier pendant que l'on couvre sa course par un feu nourri contre les positions ennemies. Nous irons la récupérer quand il fera nuit. Castand, où est votre caporal pour mener l'action ?

— Il vient d'être blessé lors de la dernière attaque, mon lieutenant. Sa cheville droite est démolie. Il est parti au poste de secours et, à mon avis, n'est pas près d'en revenir.

— Très bien, Castand, je vous confie la manœuvre.

Je criai à Anne l'action qu'on allait mener.

— Bien repéré le trou d'obus, me dit-elle.

— Dès la deuxième rafale, tu gicles de ton emplacement et tu vas sauter dans ce trou d'obus.

— À vos ordres!

J'ordonnai à plusieurs fusils de canarder en continu en direction des positions ennemies, trois grenadiers balancèrent même des grenades qui, de toute façon, ne pouvaient accomplir qu'une distance insuffisante pour les inquiéter, mais le vacarme que provoquèrent leurs explosions ne put qu'inciter à se planquer tous ceux qui étaient en face. Anne suivit les consignes et, en quelques bonds, arriva au trou d'obus et s'y jeta allègrement.

Elle tomba au milieu de cadavres pourrissants, un véritable charnier. Mais, ouf! Elle se sentit sauvée, momentanément, car le fossé était vaste, circulaire et assez profond pour la protéger de tirs tendus. Seul un jet courbe de grenade aurait eu la possibilité d'envoyer la munition à l'intérieur de son abri. La terre était grasse et glissante. Elle dut s'accrocher à des objets divers qui traînaient pour éviter de glisser dans un fond qui lui semblait rempli de boues visqueuses dans lesquelles le risque d'embourbement pourrait s'avérer mortel. Elle respira lentement et profondément pour maîtriser une crise de nerfs qu'elle sentait monter.

Son attention fut alors attirée par une grosse masse revêtue d'une épaisse couche de boue qui commençait à se mouvoir de l'autre côté de la fosse. Petit à petit, une forme humaine se dégagea et un visage affreusement mutilé se détacha enfin au-dessus de la silhouette. « Le pauvre homme!

pensa Anne. » Frappée, presque hypnotisée, par le regard qui se mit à la fixer intensément, elle remarqua dans les petits yeux rougis de l'homme profondément enfoncés dans leurs orbites une expression terrible qui révélait haine et arrogance. « Est-ce un Français ou un Allemand? s'interrogea-t-elle. » L'habit ou l'uniforme du blessé était caché par une crasse qui le recouvrait entièrement et le malheureux n'avait plus de casque. Celui-ci attrapa un fusil à deux mains, baïonnette au canon, et commença une progression vers Anne en rampant. Elle reconnut un mauser. « Zut! Un Allemand, se dit-elle. Que me veut-il? Voit-il que je suis une infirmière et désire-t-il des soins? Ou bien cherche-t-il à se venger avant de mourir? ». L'homme proféra des mots incompréhensibles pour elle, mais qui semblaient empreints d'agressivité. Il peinait à avancer. Il s'efforçait de ne pas glisser dans le centre de la fosse où il risquerait de s'enliser. Il progressait, mais très lentement. Anne se retrancha derrière deux corps déjà en décomposition pour y rechercher une protection sans doute illusoire. L'homme approchait. Il laissait échapper régulièrement un rire mauvais de satisfaction du chasseur sadique qui réussit à cerner sa proie pour la tenir à sa merci. Il leva son arme, plantée droite dans la boue, et caressa de sa main la baïonnette comme le ferait un amant le long du corps d'une tendre maîtresse. Cela l'amusait, il rit aux éclats. Anne se leva et fuit dans le sens opposé pour s'éloigner de celui qui la menaçait clairement et semblait décidé à l'embrocher. L'homme poussa un cri de rage, réussit difficilement à se lever en utilisant son fusil comme canne et accéléra le pas. Il allait pouvoir rejoindre bientôt Anne. Pour mieux reculer et pour ne pas glisser vers le fond, celle-ci fut obligée de prendre des appuis sur les corps de morts qui participaient encore ainsi à un combat inquiétant. Elle cria spontanément :

— À l'aide! À l'aide!

Mais aucune réponse ne lui parvint. Elle recommença :

— Ohé, de la tranchée, à l'aide ! À l'aide ! Je suis en danger !

Pour gagner du temps, l'Allemand décida de la mettre en joue et de tirer. Un coup partit, mais le sol étant instable, la balle passa assez loin de la cible. L'homme se remit en position, arriva tant bien que mal à poser un genou au sol et visa attentivement. Anne se détermina à zigzaguer. Un deuxième coup de fusil claqua, mais à nouveau la balle alla se figer dans la boue, à côté de la jeune fille. L'homme reprit le fusil en main et avança baïonnette en avant. Son énergie était étonnante, car ses blessures étaient certainement graves. Son moral devait être soutenu par une haine sans limites. Il fonça malgré l'instabilité du sol et arriva tout près de sa proie qui, tétanisée par l'horreur de la situation et par la hideur du visage mutilé de son ennemi, demeura étrangement sans réaction. Anne ne quittait plus des yeux cette pointe acérée qui la menaçait, qui se balançait d'avant en arrière, jusqu'au moment où l'homme allait se décider à la planter en son sein. « Mon Dieu, pria Anne intérieurement, venez à mon aide. Que dois-je faire ? Pardon, pardon, je mérite votre châtiment. » Elle ferma les yeux.

Elle entendit au-dessus de sa tête la fusillade d'un feu roulant qui dut obliger l'ennemi extérieur à se camoufler dans un abri sûr.

Surprise, Anne rouvrit les yeux, lentement. Devant elle, l'homme arborait un regard de feu, de fou, de haine, de désespoir, d'épouvante. Une baïonnette le traversait de part en part. Du sang coulait de sa gueule cassée et béante, il hoqueta comme s'il voulait vomir, il lâcha l'arme qu'il tenait dans ses mains et tomba sur ses genoux. Derrière lui, Anne découvrit Henri qui avait passé la baïonnette de son fusil à travers le corps de l'Allemand et la triturait sans vergogne avec une hargne qui fit peur à la jeune fille. Quand il se décida à la retirer, le corps de l'homme chuta de tout son long sur le sol et glissa jusqu'au fond de la fosse où il s'enfonça petit à petit dans la boue liquide et disparut définitivement de la vue des deux jeunes gens.

Anne s'effondra et éclata en sanglots. Henri s'assit à ses côtés et l'entoura gentiment de ses bras. Il ne put s'empêcher de déposer un baiser sur la joue qui se présentait à lui.

— C'est fini, Anne, dit-il. Il n'y a plus de danger. On va attendre que la nuit tombe complètement pour sortir de ce trou d'obus et retourner à la tranchée.

— C'est terrible. Pourquoi cet homme a-t-il fait preuve d'autant de haine ? J'ai pensé qu'il allait me tuer.

— Heureusement, je suis arrivé à temps. Une sentinelle a entendu ton appel. J'ai été couvert par le feu des camarades, le temps de venir jusqu'à toi.

— Merci de tout cœur. Tu as été courageux de venir !

— Crois-moi, on a vu pire. On ne se pose pas ce genre de question quand il faut agir. Pour te sauver, j'aurais mis sur le coup toutes les armées du monde, s'il avait fallu le faire !

Henri décrocha sa gourde remplie d'un vin épais et costaud et l'offrit à la jeune fille.

Anne but goulûment et ne cacha pas son plaisir de sentir ce liquide fort réconforter son palais. Puis elle se blottit tout contre Henri, comme elle l'aurait fait auprès de son amoureux.

À la nuit tombée, Henri organisa avec prudence leur retour dans la tranchée, sous la surveillance des hommes qui faisaient le guet et des membres de son escouade. En l'absence de lune, l'obscurité fut complice de leur démarche. Henri avait, par prudence, dépouillé un mort de son manteau pour camoufler la blouse blanche de l'infirmière. Arrivé enfin dans la tranchée, il amena Anne avec lui dans la grande sape qui nous servait d'abri et nous y retrouva. Nous étions là une bonne dizaine de soldats. Parmi eux, mon camarade Étienne s'était allongé sur une paillasse humide, le dos appuyé contre la paroi, soulagé par l'issue heureuse de la folle aventure de notre amie Anne. Il semblait renfermé sur lui-même et méditait, comme en prière.

En l'observant, Henri se sentit prêt à laisser éclater à l'encontre de son ami une colère tonitruante qu'il avait contenue pendant tout le sauvetage. Il ruminait en lui-même des pensées incendiaires : « On a encore vu un enfant de dix-neuf ans étripé, qui sort à peine du sein de sa mère, périr sous nos yeux, dans des souffrances indicibles. Une femme généreuse va pour soulager leur souffrance, une infirmière qui porte l'insigne de la Croix-Rouge, que la Loi et la décence exigent de respecter, eh bien, non, en face ils lui tirent dessus. Et lui, il est en train de rendre grâce à son Dieu qu'il nous présente plein d'amour et de miséricorde. Mais comment peut-il vouer sa vie à ce Dieu et justifier cette vocation quand on voit défiler sous nos yeux les pires horreurs perpétrées par l'homme ? »

Mais la turbulence verbale sévère qui s'annonçait entre les deux amis n'eut pas lieu. À l'instant même où Henri s'apprêtait à vociférer brutalement sa diatribe envers son camarade Étienne, une estafette apparut à l'entrée de la sape qui hurla :

— Je cherche l'infirmière Anne. Le chirurgien la réclame d'urgence !

— Je suis là, répondit-elle d'une voix très forte, j'arrive immédiatement.

Tout le monde l'avait oubliée dans son coin.

Elle se leva. En passant à côté d'Henri, elle murmura à son oreille :

— Merci, Henri. Merci d'avoir offert ta vie pour sauver la mienne.

Puis elle l'embrassa et sans attendre de réponse, elle gicla hors de la tanière.

Henri, surpris de recevoir ce témoignage de gratitude de celle qui s'était vraiment sacrifiée et avait pris tous les risques *pour assister un jeune à l'instant même de sa mort, tourna un regard bouleversé vers Étienne. Celui-ci le fixait et l'observait intensément, lui donnant l'impression de lire dans ses pensées et de deviner tout le ressentiment qui l'habitait. Après cet échange exclusivement visuel qui dura un long moment, Étienne qui avait bien entendu le murmure d'Anne lui déclara enfin :*

— Vois-tu, Henri, en te dévouant et en risquant ta vie pour sauver celle de notre amie Anne, tu as été motivé par un puissant geste d'amour et de charité, et tu viens de t'exposer pleinement au rayonnement de l'Amour de Dieu!

En entendant cette réflexion, Henri éprouva un bref agacement, mais très vite il se sentit envahi dans tout son corps par une sorte de bien-être. Il se détendit et un sourire éclaira son visage. »

.36.
Acte humanitaire sur le front et injustice

Très tôt, le lendemain matin, le lieutenant de la section parcourut le parallèle et s'arrêta devant l'entrée de la sape où l'escouade des trois amis s'abritait.

— Soldat Laurent Castand, appela-t-il.

— Présent mon lieutenant.

— Venez me voir.

— Tout de suite, mon lieutenant.

Laurent se précipita au-devant de son chef.

— À vos ordres, mon lieutenant.

— En l'absence de votre caporal, je vous charge d'une mission en votre qualité de fusil-mitrailleur. Vous allez partir avec vos deux servants ainsi que deux grenadiers et deux autres hommes vers le bosquet qui se trouve au nord-ouest de cette tranchée, à moins d'un kilomètre. Des avions d'observation ont signalé la présence d'un groupe de six Allemands avec une mitrailleuse qui risque de nous gêner lors de nos prochaines manœuvres. Vous devez les éliminer. L'opération commando terminée, vous viendrez m'en rendre compte. Je vous donne trois heures. Allez, exécution.

— A vos ordres, mon lieutenant.

Puis se tournant vers un sous-officier, le lieutenant commanda à ce dernier :

— Sergent, rassemblez tous les hommes à la place d'armes. Vous avez une demi-heure. Exécution.

— A vos ordres mon lieutenant.

C'est une nouvelle fois grâce au carnet de Laurent que nous suivrons les détails de la mission qui suivit.

« J'appelai mes deux servants du fusil-mitrailleur habituels, Augustin et René, et convoquai deux amis Peyo et Ramuntxo, tous les deux originaires du Pays Basque profond, plus Gustave et Christophe, deux soldats en qui j'avais entière confiance. Notre patrouille s'engagea dans le parallèle en direction du bosquet visé pour s'en rapprocher tout en restant à l'abri des tirs ennemis. Arrivé à l'aplomb du bois, qui se situait à près de trois cents mètres, j'examinai le terrain qui y menait. Celui-ci était apparemment plat. En réalité, il était fait d'une succession de petits thalwegs creusés sans doute par de fortes pluies d'orage et de dépressions défoncées par des trous d'obus plus ou moins béants. Si le bois était défendu par une mitrailleuse, il était hors de question d'avancer en terrain découvert. Un tireur d'élite était capable de tenir à distance un groupe armé bien plus important que le nôtre. Je me rendis compte que la mission était périlleuse. J'abordai deux sentinelles qui veillaient sur les lieux.

— Nous devons reprendre ce bosquet qui se trouve à trois cents mètres en face de nous. Attention de ne pas tirer sur nous, surtout si l'on doit rentrer avec la nuit. Y avez-vous repéré des mouvements suspects récemment ?

— Non, tout semble calme, me répondit une sentinelle. Nous n'avons pas l'impression qu'il soit occupé.

— Un avion de reconnaissance a pourtant signalé une petite troupe avec une mitrailleuse.

— On a bien vu un avion français survoler l'endroit il y a environ deux heures. Mais, depuis, si des Allemands y étaient, ils ont pu se retirer sans qu'on les voie par l'arrière du bois et se replier vers leurs lignes plus au nord. Toutefois, s'ils sont encore là, ils demeurent prudents et ne bougent pas

pour éviter de se faire repérer.

— Bon, je fais le point avec mes hommes pour progresser en suivant une ligne de dépression qui doit pouvoir nous abriter jusqu'à une quarantaine de mètres du bois.

— J'avise notre caporal pour que l'on vous assure une couverture.

— Très bien, merci de cette initiative.

Je donnai l'ordre de quitter à ma suite la protection de la tranchée et de se maintenir derrière moi à une courte distance, arme à la main, en position de défense. La progression se fit par petits sauts, de fossé en fossé, ou en suivant de légères déclivités naturelles, sans qu'elle entraînât une quelconque réaction du côté ennemi. Planqués dans un dernier repli de terrain qui nous camouflait correctement avant d'aborder la partie découverte d'avant bois, mes hommes et moi observâmes attentivement l'intérieur du bosquet dont la végétation épaisse n'avait pas souffert, ou si peu, des méfaits de la guerre.

— Je ne vois rien, déclarai-je.

— Moi non plus, me répondit Peyo. Mais je n'aime pas ça, il y a du monde dans ce bois.

— Qu'est-ce qui te fait dire ça ?

— Deux ans de guerre. Ce sont des choses que je ressens très bien. C'est une des raisons pour lesquelles je suis encore en vie.

— Bon, nous allons faire feu et arroser tout le bosquet. On verra bien s'il y a une réaction. En joue. Prêts ?

Tous répondirent à tour de rôle : prêt. L'ordre fusa :

— Feu à volonté !

Avec mon fusil-mitrailleur, j'arrosai toute la lisière du bois, puis tirai en profondeur. Peyo et Ramuntxo lancèrent des grenades à des distances graduées. Les autres employèrent leurs fusils.

— Cessez le feu ! ordonnai-je.

Puis nous attendîmes, mais aucune réaction ne fit suite à notre intense fusillade.

— Curieux, dis-je. Penses-tu toujours, Peyo, que le bois est occupé ?

— Oui, l'endroit me paraît stratégique. Les Allemands ont dû y implanter un point de défense. Ceux qui sont là doivent se tenir à l'abri de nos tirs. S'ils ne répondent pas, je suis sûr que c'est un piège.

— Qu'en pensez-vous vous autres ?

— C'est toi qui as été nommé chef de la patrouille, me répondit Gustave. Je ne sais pas ce qu'il faut penser. Ce que je sais, c'est qu'il faut être prudent. Toujours. Là ou ailleurs.

— Bien vu, repris-je. Voilà ce que nous allons faire. Je vais m'avancer jusqu'à la lisière du bois avec Augustin, René et Gustave. On va contourner le petit trou d'obus qui est devant nous et qui pourra en cas de besoin nous servir de refuge. Peyo, Ramuntxo et Christophe, vous restez à l'abri dans le repli pour nous couvrir. Allez, on y va, en espérant que la chance ne nous abandonne pas.

Je me levai et m'avançai fusil-mitrailleur en avant, entouré de mes deux servants. Gustave nous suivit sur le côté.

Et ô surprise, à peine avions-nous fait quelques pas à l'extérieur que quatre soldats allemands, l'air affolé, sortirent du bois, bras en l'air et criant :

— Kamarads ! Kamarads !

Je leur lançai un ordre :

— Restez sur place. Déposez vos armes devant vous.

Les bretelles de leurs fusils étaient accrochées à leurs épaules, mais ce n'était pas une position d'arme sécurisante. Les soldats firent signe qu'ils ne comprenaient pas le français. Cependant l'un d'eux affirma :

— Nous, pas comprendre, nous prisonniers.

Je demandai à Gustave de s'avancer vers eux pour les désarmer. J'entendis alors derrière moi un hurlement de Peyo.

— Attention. Vite, tous à plat ventre ! C'est un piège.

Les Allemands furent les premiers à se projeter sur le sol. Derrière eux, deux autres soldats allemands cachés dans les fourrés avaient démasqué une mitrailleuse et se mirent à tirer sur nous en cadence. Je plongeai à terre et rampai à toute vitesse vers le fossé. Je sentis une brûlure à la cuisse droite, touché par une balle, mais cela ne me sembla pas grave. Peyo et Ramuntxo réagirent immédiatement et balancèrent avec une précision diabolique de puissantes grenades défensives, les plus redoutables. Cinq soldats allemands furent tués, le sixième blessé. Gustave et Christophe sautèrent sur lui et le mirent en joue, pour l'achever. Je me levai à temps pour voir la scène et hurlai :

— Non. Ne tirez pas !

Furieux, les deux hommes se retournèrent vers moi, appuyés dans leur démarche par les autres :

— Quoi, tu veux faire grâce à ce foutu boche hypocrite ?

— Je ne veux pas lui faire grâce, répondis-je. Je m'oppose à un assassinat, ce n'est pas la même chose. Tuer dans le feu de l'action, comment faire autrement ? Mais là, tirer sur un homme sans défense, ce serait indigne d'êtres humains.

— Parce que lui, il comptait sans doute nous épargner ? Nous aurions pu être tous tués. Non, on l'exécute. D'ailleurs, ce sont les ordres, pas de prisonniers. On fait comme font les boches.

La discussion dura et se transforma en dispute. Mais j'étais le chef de la patrouille et imposai mon ordre de ramener le prisonnier blessé. Ensuite, la patrouille fouilla tout le bois, mais plus personne ne fut débusqué. J'ordonnai alors le retour vers notre base.

En cours de marche, nous entendîmes une puissante pré-

paration d'artillerie engagée par les nôtres, suivie d'un feu roulant servant de prélude à un prochain assaut.

— Tiens, dis-je, nos camarades partent, comme annoncé, à l'assaut des lignes ennemies pour nettoyer la forêt. »

Laurent conclut ainsi l'épisode de la prise du bosquet.

« Je me suis opposé à l'assassinat du prisonnier allemand blessé. Je l'ai même aidé à rejoindre notre poste de secours et l'ai confié aux soins de notre amie Anne. Cet acte humanitaire a été cause d'une injustice. Mes camarades ont été cités et moi, leur chef, non, à cause de mon geste de fraternité. La guerre, elle-même, n'est-elle pas la plus grande des injustices ? »

***

Laurent me raconta l'épisode qui suivit. Au cours de l'après-midi, l'assaut déclenché pendant le retour de la patrouille qu'il commandait fut rapidement terminé. La forêt fut nettoyée, les lignes prises et dorénavant occupées par les Alliés. Les Allemands avaient, de toute façon, déjà amorcé un repli prudent en direction du Tardenois pour éviter un encerclement qui se dessinait par la progression des troupes alliées sur leur flanc nord-ouest.

Henri et Laurent, qui avaient été impliqués sur deux secteurs différents, se retrouvèrent à l'issue de leurs missions respectives à leur base actuelle.

— Où est Étienne ? demanda Laurent.

— Il est parti avec moi, lui répondit Henri, mais je l'ai vite perdu de vue. Cependant il devrait être revenu. Son absence n'est pas normale. Il est peut-être blessé. Je vais aller voir au poste de secours.

— Je t'accompagne.

Mais au poste de secours, pas d'Étienne ! Je les renseignai moi même sur le fait que je n'avais pas reçu de ses nouvelles et surtout que je ne l'avais pas accueilli parmi mes patients. Laurent en profita pour me montrer sa blessure à la jambe, mais elle était bénigne et le major le renvoya après que je lui eus prodigué quelques soins. La mine sombre, nos deux amis revinrent vers la sape qui les abritait. À leur retour, Étienne n'était toujours pas rentré. Henri partit à la rencontre du lieutenant de la section.

— Voilà ce qui m'amène, mon lieutenant. Notre camarade de l'escouade, Étienne, le prêtre n'est pas rentré de l'attaque. Nous sommes inquiets !

— Nous avons des brancardiers pour ramener les blessés. Je crois savoir que votre ami a bien été touché. Allez voir au poste de secours.

— Nous en revenons. Il n'y est pas.

— Qu'attendez-vous de moi ?

— Soit l'ordre, soit tout au moins l'autorisation d'aller à sa recherche.

La démarche de solidarité proposée ne faisait pas partie des conditions réglementaires. Le rapatriement des blessés dépendait d'une organisation des secours. Le lieutenant connaissait bien ce prêtre dont la bonté et l'esprit de sacrifice faisaient l'admiration de tous. Il lui était même arrivé de se confesser auprès de lui en cachette, avant des attaques périlleuses. Il en avait reçu beaucoup de réconfort. Alors il finit par décider.

« *Allez-y, c'est une autorisation. Soyez prudents, il est possible que quelques ennemis demeurent encore camouflés dans des trous d'obus.* »

En sortant de leur tranchée, Laurent et Henri découvrirent devant eux une immense plaine trouée d'une multitude d'entonnoirs creusés par les impacts d'obus et démultipliés au cours des batailles des derniers jours. Une grande lassitude les envahit. Comment organiser la recherche d'un homme sur une étendue aussi vaste ! Ils aperçurent un peu plus loin des brancardiers qui accomplissaient un véritable travail de bénédictin pour ramener vers les postes de secours les blessés qu'ils trouvaient un peu partout.

— Ohé, les gars, les interpella un soldat depuis la tranchée, si vous allez ramasser des copains, emportez avec vous une civière, nous en avons une en toile, plutôt légère. La voulez-vous ?

— Excellente idée, répondit Laurent. Je viens la récupérer.

Revenu auprès d'Henri, celui-ci lui dit :

— J'ai réfléchi. Au début de l'attaque, je suis parti d'un point légèrement sur notre gauche. Je suis sûr qu'Étienne était auprès de moi pendant les premiers cent mètres de notre course. Ensuite, j'ai dû avancer en zigzaguant et en m'abritant régulièrement derrière des talus ou dans des fosses à cause des tirs ennemis qui arrivaient en rafale. Je ne me souviens pas avoir revu Étienne à partir de ce moment-là. Soit il a poursuivi sa progression avec d'autres groupes d'hommes, soit il a été arrêté et blessé à ce moment-là. Je te propose que l'on avance franchement pendant cent mètres, puis on se partagera sur deux zones parallèles de recherche. En rencontrant des brancardiers, on leur demandera ce qu'ils ont vu.

— Cela me paraît bien pensé, lui répondit Laurent. Allons-y, ne perdons pas de temps.

Henri reconnut sans difficulté la voie qu'il avait suivie au départ de l'attaque. Laurent, tout en restant silencieux, scruta minutieusement les environs. Ils croisèrent un groupe de brancardiers qui transportaient des corps inertes, mais gémissants.

— Connaissez-vous notre aumônier, l'abbé Étienne ? demanda Henri à l'un d'entre eux.

— Je vois de qui il s'agit, répondit un autre. Vous le cherchez ?

— Oui, il a dû être touché lors de la dernière attaque. L'avez-vous vu ou bien récupéré ?

— Je ne pense pas. Ni vu ni secouru ! Mais nous ne sommes pas encore allés dans tout le secteur qui est sur votre gauche. Vous avez une chance de le retrouver par là, s'il n'a pas été recouvert de terre.

— Merci, nous allons explorer ce secteur.

Henri et Laurent se partagèrent la zone à couvrir en deux et partirent visiter les cratères les uns après les autres. Au bout d'environ une demi-heure, Laurent appela Henri :

— Henri, viens voir.

Ce dernier le rejoignit en quelques bonds.

— Regarde droit devant moi, un peu sur ma droite, à environ cinquante mètres. Vois-tu cette petite butte bizarre ? Un homme est affalé contre elle. Je trouve qu'il ressemble à Étienne.

Henri scruta attentivement le terrain dans la direction indiquée. Il s'y attarda peu de temps.

— Vu, cria-t-il, j'en suis certain, c'est lui. Allez, on fonce, chaque instant peut être vital.

Les deux amis fondirent sur l'objectif. L'homme était allongé sur le sol, sur son côté gauche, et recroquevillé sur lui-même. Ils constatèrent de suite en l'appelant par son nom et en lui serrant sa main droite qu'il était inconscient. Mais les deux amis ne cachèrent pas leur satisfaction, car il s'agissait bien d'Étienne et il respirait encore, sérieusement blessé. En effet, en l'examinant, Laurent et Henri se rendirent compte qu'un éclat d'obus avait ouvert une large plaie dans le flanc droit de leur ami et qu'elle s'étendait sur une partie de l'abdomen. Sur le sol, une importante flaque de sang stagnait. Hélas, la blessure était grave.

— Il a perdu beaucoup de sang, déclara Henri. Il doit être très faible. Il faudrait le soigner sur place.

— Impossible, répliqua Laurent. Personne au poste de secours ne pourra venir ici, ils sont débordés.

— Et si on appelait Anne, elle viendrait sûrement.

— Elle ne pourra pas abandonner ceux qu'elle est en train de soigner. Son chef lui interdira de s'absenter. Ou alors il faut se rapprocher de la tranchée. Là, on a une petite chance.

— Bon, d'accord. La plaie est vilaine et sale. Mais je sais que ce n'est pas à nous de la nettoyer. Étienne a choisi de se mettre dans une position sur le côté quand il était encore conscient, sans doute pour ralentir sa perte de sang, mais il n'a rien mis dessus pour la protéger. On va le faire avec les gazes, compresses et bandes de secours que l'on a dans nos sacs et dans celui d'Étienne et voir si cela peut stopper l'hémorragie.

— Encore faudrait-il qu'il lui reste du sang à perdre.

— Écoute, tant qu'il respire, c'est qu'il est en vie. Passe-moi tout ce qu'il te reste dans ta trousse de premiers soins. À tous les deux, on devrait trouver assez de bandages.

— On le laisse dans son évanouissement?

— Je n'y connais rien en matière de soins. Je pense qu'il vaudrait mieux le réveiller, mais tant qu'il ne recouvre pas ses esprits, il ne souffrira pas durant le transport. On laissera ensuite faire les infirmiers. Quant à nous, il nous faut réfléchir sur la façon de le transporter pour éviter d'aggraver la situation.

Les premiers soins assurés, Henri et Laurent placèrent leur civière parallèlement au corps d'Étienne puis le glissèrent avec beaucoup de précautions sur le brancard, en conservant sa position initiale sur son côté gauche et les jambes fléchies dont ils accentuèrent l'orientation en angle droit afin de lui assurer une meilleure stabilité. Ils vérifièrent que la bouche du blessé demeure ouverte afin de faciliter l'évacuation de rejets éventuels. Pour le réchauffer, ils le recouvrirent de vestes qu'ils récupérèrent sur des morts pour lesquels elles étaient devenues inutiles. Enfin, ils repartirent vers la tranchée avec leur précieux fardeau. Tout au long de leur chemin, ils furent assaillis de tous côtés par des appels désespérés leur réclamant à boire ou de l'aide. Leur impuissance à soulager le calvaire de leurs camarades souleva en eux une rage intérieure qu'ils ne pouvaient crier. Ils en souffrirent cruellement. En croisant des brancardiers, ils les avertirent de ces appels.

— Mais nous n'arrêtons pas, se défendirent ces derniers. Le combat terminé, nous devrions recevoir des renforts des combattants survivants.

— Mais ils sont épuisés!

— Sans doute autant que nous, ironisa l'un des brancardiers.

Alors qu'il ne leur restait qu'une cinquantaine de mètres à parcourir jusqu'à la tranchée, Étienne poussa un gémissement de douleur. Les cahots du transport l'avaient réveillé, Étienne commença alors à ressentir des souffrances insupportables.

— Par pitié, supplia-t-il, posez cette civière sur le sol. J'ai trop mal. J'ai soif, à boire.

— Étienne, lui répondit Henri, après avoir posé la civière à l'abri d'une déclivité, on ne doit pas te donner à boire avec ce que tu as. Ce sont les consignes de secours.

— Ne vois-tu donc pas que ma vie est arrivée à son terme ? murmura doucement Étienne, privé de toute force. Il est même anormal que je sois encore vivant avec la grave blessure que j'ai. Je me suis vidé de tout mon sang ! Alors donnez-moi à boire et laissez-moi mourir en paix. Je ne veux pas aller plus loin, je ne le peux pas !

— Tu es encore vivant. Il faut garder l'espoir. Ton Dieu te doit bien ça, avec tout le bien que tu fais ici, et on a encore besoin de toi.

Henri se tourna vers Laurent et lui ordonna :

— Laurent, cours vite chercher Anne. Débrouille-toi pour qu'elle vienne, et qu'elle amène sa trousse chirurgicale. Moi je reste ici pour surveiller notre ami et pour lui tenir compagnie.

— Je pensais exactement à la même chose ! J'y cours, je vole, nous revenons !

.37.
« Ego te absolvo a peccatis tuis »

Quant à moi, j'étais présente au dernier souffle de vie d'Étienne. Au front de Jaulgonne, Henri et Laurent ont retrouvé notre aumônier et ami Étienne mortellement blessé. Apparemment, aucun de ceux qui avaient l'habitude d'assister à ses messes n'avait daigné s'arrêter pour le secourir. Henri et Laurent réussirent à le ramener assez près du poste de secours. Il leur restait encore cinquante mètres à faire, mais ils durent s'arrêter et le poser au sol. Impossible d'aller plus loin, ses souffrances étaient devenues insupportables.

Le poste de secours était submergé par les blessés et nombre d'interventions urgentes à assurer sans discontinuer. J'assistais le chirurgien-chef qui opérait depuis des heures tout ce qu'il pouvait traiter avec les moyens du bord, malgré l'épuisement qui envahissait tout son être. Quand Laurent surgit au poste, j'étais en plein travail, mais, sans hésiter, il me confia à l'oreille :

— Nous avons retrouvé Étienne gravement blessé, sur le champ de bataille. S'il a une chance de s'en sortir, il faut absolument que tu interviennes immédiatement. Je t'en supplie. Il mérite tes soins autant que tous ceux qui sont ici, mais on ne peut pas l'amener plus loin que là où on l'a laissé. Sinon, on le tue.

— Est-ce loin ?

— Non, une cinquantaine de mètres.

Je n'aurais pas dû quitter le poste de secours. Mais je sentis monter en moi une sorte d'appel puissant, mystique et irrésistible qui m'ordonna d'aller à la rencontre de l'abbé Étienne pour vivre avec lui ses derniers moments.

Spontanément, je pris ma trousse de secours et quittai le poste sous les yeux étonnés du chirurgien qui demeura sans réaction et me laissa faire !

Quand j'arrivai auprès d'Étienne, ce dernier me reconnut et me dit dans un souffle doux comme le zéphyr :

— Je suis heureux de te revoir, mais que viens-tu faire auprès d'un moribond ? Tu ne peux plus rien pour moi ! Je sais très bien que je vis mes derniers instants. Je peux t'assurer que la fin, quand elle arrive, est une chose que l'on ressent bien nettement.

Sans dire un mot, j'examinai la blessure du prêtre. Aucun viscère n'était sorti de l'abdomen, mais je devinai que le sang avait coulé en abondance non seulement à l'extérieur du corps, mais aussi à l'intérieur et que la blessure allait effectivement s'avérer fatale. Je procédai à une piqûre de morphine pour atténuer les souffrances de l'abbé.

Un grondement soudain provenant de la forêt lointaine attira notre attention. Une escadre de bombardiers de nuit alliés survolait la zone et se dirigeait vers l'arrière des nouvelles lignes ennemies. Un court instant plus tard, le vacarme que provoqua l'explosion d'obus nous parvint sourdement, mais nettement, porté par un vent d'est qui se déplaçait vers nous.

Henri et Laurent se placèrent à genoux de part et d'autre du corps d'Étienne, tout contre lui. Laurent soutenait sa tête de sa main gauche pour l'aider à mieux respirer et à mieux voir.

Je saisis ses mains dans les miennes et me rendis compte qu'elles refroidissaient déjà, je les serrai avec une tendre affection et fixai de mes yeux avec une intense désespérance le regard merveilleusement serein du mourant. Lui aussi avait ses yeux dans les miens et j'éprouvai la sensation qu'il lisait dans mes pensées, qu'il sondait mon âme et en devinait tous ses secrets.

— Anne, murmura Étienne, tu poses sur moi un regard brûlant, et je sens que ton âme, à cette heure, est ardente. Je discerne que tu retiens contre ton gré des paroles que ton cœur voudrait pourtant exprimer. Je t'en supplie, si tu en éprouves le besoin, n'hésite pas à confier au prêtre et à l'ami véritable que je suis les raisons des souffrances qui torturent ton âme, en ce peu de temps de vie qu'il me reste avant de vous quitter. Je suis triste de vous laisser, et pourtant ma joie est grande de savoir que je vais bientôt découvrir le Royaume de Dieu, et de me retrouver face au Créateur.

— Père, répondis-je, je me tais parce que je suis une grande pécheresse indigne d'implorer le pardon du Seigneur. Pourtant, j'aimerais réconcilier mon âme avec Lui.

— Anne, tu es une enfant de Dieu, enchaîna Étienne, dans un souffle léger de souffrance. Tu dois savoir, tu dois être absolument convaincue que rien n'est impossible à Dieu, que son Amour est plus fort que le péché. Et il te connaît bien, toi, personnellement. Si tu as péché contre Lui, il attend avec patience que tu décides librement ton retour vers Lui et ton repentir. Rappelle-toi de l'accueil par son père de celui que l'on appelle le fils prodigue.

Sa voix fut interrompue par des douleurs qui le lançaient à travers son corps, mais comme s'il avait été dans son église, il poursuivit avec une vigueur redoublée :

— Cette parabole nous fait bien comprendre l'accueil que réserve le Père du Ciel à tout enfant repentant. Sais-tu que c'est grande fête dans le ciel quand un pécheur se convertit ? C'est Jésus lui-même qui nous l'a affirmé.

À nos côtés, je sentais Henri et Laurent mal à l'aise devant la tournure que prenait cette ultime conversation et les confidences très intimes qu'elle mettait en présence. Les deux soldats devaient trouver la situation inconvenante, mais comment se retirer sans troubler cet instant crucial ?

Laurent me vit fermer les yeux. Il dut comprendre que j'étais bouleversée. J'éprouvai le besoin de m'isoler, un moment, en moi-même, cherchant à oublier tout ce qui m'entourait. Puis je sentis une force intérieure monter en moi, me pousser et m'inciter irrésistiblement à partager enfin le fardeau qui accablait mon âme.

En effet, c'est à l'oreille de l'abbé que je murmurai ces mots :

— Père, pardonnez-moi, car j'ai péché. Oui, je désire me confier et confesser le mal que j'ai commis.

Henri et Laurent, voulant demeurer discrets, se levèrent pour s'éloigner. Mais je les retins :

— Non, je vous en prie, restez là ! Je veux que vous soyez les témoins humains de mes aveux au Père des Cieux. Ils peuvent rester, n'est-ce pas ? demandai-je à Étienne.

— Je respecte ta volonté, dit-il, ils peuvent rester.

Tous les trois, nous étions à genoux autour d'Étienne, tout près de lui. Je traçai sur moi le signe de la croix, repris dans mes mains celles frigorifiées de mon confesseur que je réchauffai. Je repris la parole :

— Un jour de septembre1917, au début de l'automne, avec Joanis alors en permission, nous nous sommes retrouvés seuls au cœur de notre chère forêt. Sans doute envahis par le pressentiment de vivre là notre dernière rencontre, la fusion de nos cœurs s'est totalement accomplie dans la fusion de nos corps. Nous sommes devenus amants en une étreinte exaltante. De cette union, mon sein a été fécondé. Puis Joanis a été tué tragiquement au Chemin des Dames. Alors par désespoir, que dis-je ?, par lâcheté, j'ai refusé ce don merveilleux et sublime du Ciel. Je n'ai pas assumé l'enfantement. Cet enfant de l'amour, alors que je le condamnais à ne pas connaître la vie, il s'est révélé à moi en songe. Il m'a souri, tendu les bras, il a voulu jouer avec moi dans son éden. Mais moi, je l'ai abandonné, je l'ai vu succomber, seul, faible et innocent, contre les forces du Mal déchaînées. Et il a disparu, brûlé dans l'âtre d'une cheminée, comme sur un bûcher. Depuis, je le revois souvent dans mes rêves. Je voudrais entendre sa colère, son appel à la vengeance et recevoir la sanction juste du Seigneur ! Mais non, au contraire, il me sourit toujours du même sourire d'amour et cherche à se blottir contre moi. J'ai même le sentiment qu'il cherche, lui, la victime, à me consoler. Mon âme souffre, vit dans le tourment de ne pas recevoir le châtiment que je mérite amplement. Que sont mes pauvres actions actuelles au regard du mal terrible que j'ai accompli !

Une pause, un silence, lourd envahit les lieux. Puis je continuai :

— Père, le Seigneur ne pourra jamais pardonner une telle lâcheté de mon âme qui consume mon cœur, mon esprit, et tout mon être ? Mes amis, comme vous devez être déçus par le comportement veule de celle que vous avez pu regarder avec amitié et tendresse ! Vous aussi, veuillez pardonner, je vous en supplie, à la pauvre fille que je suis d'avoir trompé votre si grande bienveillance. Le remords brûle mon âme, le repentir envahit chaque instant de ma vie.

Le visage ravagé, noyé de larmes, je me tus.

Je serrai très fort les mains du prêtre n'osant plus regarder mes amis autour de moi.

Laurent posa une main sur les miennes mais, le cœur bouleversé, il fut incapable de me dire quoi que ce soit.

— Voilà, repris-je, le grand péché de ma vie. Les autres, que sont-ils à côté de celui-ci ? Que le Bon Dieu me punisse comme je le mérite, je suis dorénavant indigne d'être appelée sa fille ! J'ai refusé de lui donner un nouveau fils !

L'abbé Étienne ne répondit pas tout de suite, très certainement surpris par l'aveu qu'il venait d'entendre. Il devait implorer le Seigneur pour l'éclairer sur sa réponse à venir. Quand il commença à parler, ce fut un léger souffle qui passa entre ses lèvres, audible mais faible. Tous les trois, nous nous rapprochâmes de lui au plus près pour ne rien perdre de ce que nous pensions être son ultime message.

— Anne, sois sans crainte, Dieu t'écoute et vit ton désarroi et la souffrance de ton cœur. Il entend ton cri de repentir et ta volonté de conversion. Et Il t'attend, avec amour. Je suis même certain qu'Il est venu te chercher. Bien sûr, Notre Sainte Mère l'Église défend le respect de la Vie en toutes circonstances dès le premier instant de sa conception. Comment pourrait-il en être autrement si l'on veut magnifier au plus haut point la dignité de l'homme et l'œuvre du Créateur ? L'homme doit honorer toute l'œuvre de la Création, à commencer par lui-même, n'est-ce pas ? Mais ce qui éclaire, ce qui doit toujours éclairer notre jugement, ce sont exclusivement les paroles et les actes de Notre Seigneur Jésus-Christ Lui-même. Il nous l'a dit : « *Moi, je suis le Chemin, la Vérité et la Vie* ». Ses paroles et actes nous guident sur le chemin que nous devons suivre par leur exemple et leur enseignement et sur le sens de la compassion et du pardon que nous accorde le Père-Tout-Puissant. Alors, si le Christ avait reçu directement Lui-même l'aveu de ton péché, que te répondrait-il, comment réagirait-il ? Sa propre réponse, nous la trouvons dans ses paroles et actes que nous rapportent les textes d'Évangile. Le drame que tu as vécu et la décision que ta jeune conscience déprimée a cru devoir prendre au détriment d'une vie à venir me rappellent le comportement d'une grande pécheresse venue au-devant de Jésus, tel que l'évangéliste Luc nous l'a raconté :

« *Un jour,* nous dit Luc, *un pharisien du nom de Simon invita Jésus à partager son repas. Jésus vint et se mit à table. Une femme apprit la nouvelle, une pécheresse* » précise Luc, ce qui signifie vraisemblablement dans ce texte une prostituée. Or, les femmes célibataires étaient peu considérées à cette époque, même les veuves, alors tu comprends le mépris dans lequel une prostituée était tenue. Cette femme entra chez le pharisien en ayant apporté avec elle un vase de parfum et elle vint se placer aux pieds de Jésus qui la laissa faire. Alors nous dit Luc « *tout en pleurs, elle se mit à arroser les pieds de Jésus de ses larmes, et elle les essuyait avec ses cheveux, les couvrait de baisers, les oignait de parfum. À cette vue, le pharisien qui avait convié Jésus se dit en lui-même : Si cet homme était prophète, il saurait qui est cette femme qui le touche, et ce qu'elle est : une pécheresse ! Mais Jésus dit à Simon : Tu vois cette femme ? Je suis entré dans ta maison, et tu ne m'as pas versé d'eau sur les pieds ; elle, au contraire, m'a arrosé les pieds de ses larmes et les a essuyés avec ses cheveux. Tu ne m'as pas embrassé ; elle, au contraire, depuis que je suis entré, n'a cessé d'embrasser mes pieds. Tu n'as pas répandu d'huile sur ma tête ; elle, au contraire, a répandu un parfum précieux sur mes pieds. À cause de cela, je te le dis, ses péchés, ses nombreux péchés, lui sont remis parce qu'elle a montré beaucoup d'amour. Puis il dit à la femme : Tes péchés sont pardonnés. Et ceux qui étaient à table avec lui se mirent à dire en eux-mêmes : Qui est-il celui-là qui va jusqu'à pardonner les péchés ? Jésus dit alors à la femme : Ta foi t'a sauvée. Va en paix !* »

Quels ont pu être les nombreux péchés, si lourds, de cette femme ? Nul ne le sait, bien entendu, mais on peut en pressentir la tangibilité préoccupante et angoissante pour elle. Et pourtant, cette femme a montré tellement d'amour que Jésus lui déclara que sa foi l'avait sauvée, qu'elle pouvait partir en paix, que ses péchés lui étaient pardonnés ! Et le Seigneur insista bien auprès de Simon : « *Tu n'as pas fait ceci ni cela. Elle, elle a fait ceci et cela.* » Et ce qu'elle a fait est une révélation manifeste de sa foi en l'amour de Dieu et de l'accueil en elle de l'Esprit du Christ qui entraîne ainsi sa rédemption.

Après une nouvelle pause plus longue pour reprendre son souffle, il reprit :

— Toi, Anne, tu viens de confesser ce que tu as commis de mal. Le pardon de Dieu, ne le rejette pas, accepte-le, au contraire, avec humilité. Il n'enlève nullement ta responsabilité ni les conséquences de ce que tu as fait, car tu ne peux plus le réparer en soi. Mais tu dois pouvoir le réparer autrement, de diverses manières, par des actes d'amour et de charité en faveur de l'enfance souffrante. Je vois tes larmes, je sais ton repentir, je vois combien tes mains chaudes viennent réchauffer les miennes qui ne cessent de se refroidir parce qu'elles se sont vidées du sang qui leur apportait vie et chaleur. J'ai vu ton dévouement sans mesure auprès de ceux qui souffrent et tout le réconfort que tu t'ingénies à leur apporter. Je vois que tu te places sous le regard du Christ et que tu lui cries à ta manière tout ton amour. Tu as en commun avec la pécheresse de l'Évangile cette démarche de repentir et d'amour, tes actions crient ta foi et ton espérance, cette foi qui sauve. Comprends-tu le message que nous a légué le Christ en nous révélant une fois de plus par l'exemple de la pécheresse toute la puissance de l'amour, de la compassion et de la miséricorde du Père, et celle de son pardon ? Le Christ, sur la Croix, est venu racheter toutes nos fautes, et ses bras y sont grands ouverts pour nous accueillir, tous sans exception, sur son cœur, comme il a accueilli le bon larron qui lui déclara toute sa foi en Lui.

— Oui, Père, je me repens de mes fautes et j'implore avec confiance le pardon de Dieu.

— Je vais te prononcer les paroles du pardon. Récite ton acte de contrition. En pénitence, tu réciteras le rosaire. À l'avenir, aide l'enfance, tu dois pouvoir réparer par des actes d'amour et de charité envers d'autres petits êtres qui t'attendent et ont besoin de toi. Le Seigneur pourra t'exaucer, un jour, pour que tu retrouves toute ta fierté de femme.

L'abbé Étienne concentra ses dernières forces pour prononcer l'absolution :

« *Dominus noster Jesus Christus te absolvat : et ego auctoritate ipsius te absolvo ab omni vinculo excommunicationis, et interdicti, in quantum possum, et tu indiges.* DEINDE EGO TE ABSOLVO A PECCATIS TUIS, *in nomine Patris, et Filii, et Spiritus Sancti. Amen*[26]. »

Puis il enchaîna sur quelques prières que je n'ai pas retenues et se tut.

— Merci, mon Père, dit Anne qui baisa les mains de son confesseur.

Étienne nous regarda tous les trois, tour à tour, et nous dit :

— Je viens de remplir ma dernière mission sur cette terre. Peut-être ma plus belle. Avant de vous quitter, j'ai encore quelques mots à vous dire.

Nous lui témoignâmes de notre plus vive attention.

— Toi Laurent, tu es vraiment de ceux qui méritent l'attention de Dieu. De par les actes généreux que je t'ai vu accomplir, de par

26. Que Notre-Seigneur Jésus-Christ vous absolve, et moi, par son autorité, je vous absous de tout lien d'excommunication, et d'interdit, selon l'étendue de mon pouvoir et de vos besoins. Puis je vous absous de vos péchés, au nom du Père, et du Fils, et du Saint-Esprit. Ainsi soit-il.

tes qualités de grande humanité et ta gentillesse hors du commun. Laurent, embrassons-nous ! Je prierai pour toi dans l'au-delà.

Ils s'étreignirent avec émotion.

— Henri, mon plus ancien compagnon de combat, tant de choses auraient pu nous séparer et pourtant quelle belle amitié fut la nôtre. Je suis certain que le Seigneur a entendu tes cris de colère. Je te quitte avec tant de regrets ! Mais je veux que tu saches que je t'emporte, toi aussi, dans mon cœur et que je prierai avec ferveur pour toi auprès du Seigneur pour qu'il t'aide à rester fidèle à tes qualités de générosité et à l'esprit de fraternité qui t'habite toujours. Henri, embrassons-nous.

Puis il se tourna vers moi.

— Nos chemins se sont croisés par tellement de hasards multiples que je pense que c'est le destin qui a décidé qu'il devait en être ainsi. N'oublie surtout pas que ton enfant est tout près de toi, maintenant, avec Joanis, ils sont là en compagnie du Seigneur. Et ils seront toujours avec toi. Aie confiance, n'aie plus peur de la vie. Tu as de grandes choses à accomplir. Embrasse-moi, toi aussi.

Je posai sur son front un baiser d'adieu.

— Le Seigneur nous a dit que lorsque deux ou trois d'entre nous sont réunis en son nom, il est là, parmi nous. Prions ensemble.

Nous avons récité le Notre Père.

Après avoir prié, Étienne dit encore quelques mots en un souffle de murmure :

— J'abandonne mon âme en toute confiance en la bonté et l'infinie miséricorde du Seigneur, sans inquiétude ni ambition. Je tiens mon âme en paix et silence. Mon âme est en moi comme un enfant, comme un petit enfant contre sa mère.

Avec grand peine, il reprit :

— Le Seigneur est tendresse et pitié, lent à la colère et plein d'amour, il n'agit pas envers nous selon nos fautes...

À cet instant l'abbé Étienne ferma les yeux. Son souffle s'épuisa et il n'eut pas le loisir de terminer sa phrase. Sa tête s'inclina sur le côté du cœur et il rendit l'âme.

Je vis chez Henri un puissant torrent qui monta de ses entrailles et de son cœur, jaillissant en sanglots généreux hors de ses yeux. Il découvrit qu'il était encore capable de pleurer. Il ne se souvenait pas du jour où il avait pleuré pour la dernière fois, c'était si loin ! Quant à Laurent, il posa un dernier baiser sur le front encore tiède de son ami et l'arrosa de ses larmes...

Un nouveau bombardement perturba le silence qui régnait. Un nuage d'un rouge vif s'éleva au-dessus des forêts et illumina le ciel, auquel vinrent se mélanger des volutes d'une fumée noir-anthracite que dégageaient les bois incendiés.

Je me remémorai alors ces paroles de l'abbé Salette du Collège Cendrillon avant son départ de la ville de Dax :

« *Je suis sûr qu'un jour le Père des Cieux mettra sur votre chemin celui qu'il vous destine pour guérir votre âme. Soyez attentive. Vous saurez le reconnaître. Je prierai le Seigneur pour que vous retrouviez la sérénité de votre âme.* »

La mort de l'abbé Étienne accablait mon cœur, et pourtant je n'avais jamais senti un tel apaisement, une telle sérénité en mon âme qu'à cet instant précis.

.38.
Jour de deuil pour l'armée allemande

En échec dans les offensives qu'il avait engagées sur la Marne et les secteurs est et ouest de Reims, de surcroît contraint à des replis stratégiques de ses armées depuis le 18 juillet, subissant la maîtrise du ciel que l'aviation alliée s'était assurée malgré la grande qualité des avions allemands et de leurs pilotes, le général Ludendorff comprit qu'il ne pouvait plus gagner la guerre, mais il voulait sauver l'honneur de son armée. Pour ce faire, il disposait toujours de forces militaires importantes et près de cent cinquante divisions d'infanterie en ligne lui permettaient d'opposer une résistance solide et de tenir la plupart des positions conquises. Il comptait pouvoir bloquer ses ennemis sur la ligne Hindenburg, solidement fortifiée. Cette ligne, ainsi dénommée par les Alliés, mais appelée Siegfried par les Allemands, avait été construite en 1916 et 1917. Elle constituait un dispositif de défense gigantesque qui, depuis les bords de la mer du Nord, au sud-ouest de la ville d'Ostende en Belgique, s'étendait sur cinq zones traversant la France de part en part, du nord-ouest jusqu'à l'est. L'objectif était de rendre cette ligne imprenable et de briser tous les assauts ennemis sur place.

Cependant, côté allemand, la situation morale des troupes ne cessait de se dégrader. Depuis leurs premières offensives du mois de mars 1918 en Picardie jusqu'aux combats de la fin juillet, les pertes en hommes s'évaluaient chez eux à près d'un million, et s'aggravaient régulièrement à raison de deux cent mille combattants par mois. Et le renouvellement des troupes n'était plus assuré faute de réserves dans le pays. Les actes de désobéissance, d'indiscipline, de rejet des officiers, de désertion, de mutinerie, et même de reddition sans combattre se multipliaient. En Allemagne, les partisans de la guerre et les partisans de la négociation commencèrent à s'affronter durement. La révolution grondait, des groupes hostiles au pouvoir et à la guerre voulurent s'inspirer de l'exemple russe, des soviets se formèrent et des manifestants exhibèrent des drapeaux rouges. Berlin était au bord de l'insurrection sociale.

Nommé Maréchal, Foch ne laissait aucun répit à l'ennemi, relançant continuellement et quotidiennement les attaques sur tout le front, parfois axées sur des secteurs localisés précis, mais d'une façon générale, sur plusieurs zones en même temps. Les Poilus étaient harassés, mais leur moral tenait solidement grâce aux victoires qui s'enchaînaient, à leur progression lente, mais constante sur le terrain et par l'espoir désormais fondé et sérieux d'une fin prochaine du conflit avec, au bout, la victoire. En outre, ils recevaient en renfort régulier, chaque mois, de nouvelles troupes américaines dont l'effectif s'évaluait à un million cent quarante-cinq mille hommes dès fin juillet.

Le dénouement de la guerre s'annonçait soudainement proche après les longs et durs combats qui sévissaient depuis déjà quatre années. Depuis l'offensive du 18 juillet 1918 victorieuse et décisive que le Maréchal Foch avait orchestrée, mon destin fut dorénavant directement lié à la progression incessante de nos armées, suivant en permanence les pérégrinations de notre centre de secours et de l'équipe du lieutenant-chirurgien que j'assistais selon une mobilité calquée sur l'avancée parfois lente, mais toujours régulière du front.

Imaginons-nous, un instant, au sein du quartier général auprès des membres de l'État-major des Alliés en train de suivre sur une grande carte exposée sous leurs yeux le déroulement des opérations sur le terrain, et la progression de leurs troupes. Tout se déploie dorénavant dans un espace géographique précis. Les troupes franco-britanniques occupent, du Nord au sud, une ligne passant par l'Ouest d'Ostende, Ypres, Arras, Albert, Montdidier, Soissons, Château-Thierry ; et, depuis Château-Thierry, d'ouest en est, les troupes alliées comprenant un fort contingent de forces américaines ont pour base de départ une ligne passant par Dormans, Reims, Suippes, Sainte-Menehould, Verdun, Saint-Mihiel, Pont-à-Mousson. Toutes ces forces poursuivent régulièrement la conquête du terrain en direction de la Belgique.

Premier constat majeur sur la carte des opérations, les Allemands subirent un revers marquant au cours de la journée du 8 août 1918 sur le front de Picardie, entre les villes d'Albert et de Montdidier, où la bataille fut menée par la 4ème armée britannique du général Sir Henry Rawlinson et la 1ère armée française du général Debeney. Cette offensive des troupes franco-britanniques provoqua chez l'ennemi une telle débâcle que le général Ludendorff parla de « *jour de deuil pour l'armée allemande* ». Il proposa, même, sa démission au Kaiser qui la refusa.

Puis ce furent les conquêtes par les Alliés des villes et villages d'Albert le 22 août, Bapaume le 28 août, Noyon le 30 août, Péronne le 1er septembre, Ham le 6 septembre, La Fère le 10 septembre. Le 2 septembre, les troupes britanniques s'emparèrent de Quéant, un des pivots essentiels du système défensif allemand qui fut ainsi disloqué. Le cinq septembre des positions majeures furent occupées au nord de la Vesle par les forces franco-américaines.

Les 12 et 13 septembre, la 1ère armée américaine menée par le général Pershing, secondée par des unités françaises, reprit la poche de Saint-Mihiel qui était occupée par l'armée allemande depuis le mois d'octobre 1914[27]. En conséquence de ces opérations, les Allemands furent chassés des Hauts de Meuse.

Les opérations de reconquête des Flandres, préparées dans le plus grand secret, furent engagées le 27 septembre 1918[28].

---

27. Voir annexe n°4 : « La reconquête du Territoire de Saint-Mihiel par l'armée américaine les 12 et 13 septembre 1918. »

28. Voir annexe n°5 : « La reconquête des Flandres : offensives des Alliés engagées les

Le 19 octobre, le littoral belge fut entièrement libéré, y compris Zeebrugge. Puis ce fut le tour de la ville de Bruges qui était occupée depuis le 14 octobre 1914, et dont la population avait vécu dans un isolement absolu. La Flandre occidentale entièrement libérée et une grande partie de la Belgique délivrée constituèrent une grande victoire pour les Alliés.

Lors de ces opérations, les Alliés délivrèrent également Saint-Quentin le 1er octobre, Lens le 3 octobre, Cambrai le 8 octobre, Lille le 17 octobre, Douai, Roubaix et Tourcoing le 18 octobre.

À la date du 11 novembre 1918, la ligne de front avait dorénavant son point de départ en Belgique et passait par l'est de Gand, puis se poursuivait en France par Rocroi, l'est de la ville de Charleville-Mézières, l'est de Stenay, Étain, l'ouest de Metz, l'ouest de Château-Salins, l'est de Saint-Dié, Altkirch, et jusqu'à la frontière suisse, à l'ouest de la ville de Bâle.

***

Le Président français Poincaré envoya dès le 14 septembre au Président américain Wilson un télégramme enthousiaste dont voici un extrait :

« *Les magnifiques divisions du général Pershing, fraternellement secondées par les troupes françaises, viennent de libérer, avec un admirable entrain, les villes et villages lorrains qui gémissaient depuis quatre ans sous le joug de l'ennemi. J'exprime au peuple des États-Unis les vifs remerciements de la France.* »

Alors que mon équipe médicale s'adaptait aux demandes du front, je me suis toujours efforcée de me renseigner pendant cette longue période de fin de guerre entamée à la mi-juillet 1918, non sans inquiétude, sur la participation de mes amis Laurent et Henri aux combats qui ne connaissaient plus de trêves. Je savais que leur unité reconstituée était régulièrement appelée en renfort de divisions qui avaient besoin de leur concours sans toutefois être mise

27 septembre et 14 octobre 1918. »

en première ligne ni excessivement exposée faute de ressources en hommes suffisantes. Mais nous n'eûmes pas l'occasion de nous revoir après l'épisode de Jaulgonne. Je reçus de Laurent fin septembre une longue lettre par laquelle il me résumait leur parcours :

Le 27 septembre 1918,

« Chère Anne,

Enfin une bonne nouvelle pour moi et pour ma famille. Il vient de m'être accordé une permission de 17 jours que je compte passer à Cette, dans ma famille.

Voilà plus d'un mois et demi que nous n'avons plus l'occasion de nous voir, étant donné que nous avons évolué dans des zones éloignées. Notre unité a fréquemment changé de secteurs, ce qui n'est jamais facile pour nous, car nous perdons chaque fois nos repères, et ceux-ci sont bien utiles au moment des combats. En outre, on a beau côtoyer en permanence la souffrance, le désespoir et la mort, ce qui endurcit notre cœur, je demeure profondément meurtri par le départ d'un être aussi attachant que mon ami Étienne. Je ne peux m'empêcher de penser à lui chaque jour, son visage repasse inévitablement dans ma tête à un moment de la journée. Ses paroles m'ont également marqué, je les ressasse dans mon esprit, je voudrais pourtant les chasser, mais je sais qu'elles auront une influence sur mon avenir, malgré moi, si je ne perds pas la vie dans cette guerre. Le souvenir que j'ai de Joanis est toujours aussi vivace, et ma rencontre avec toi lui a donné un élan nouveau, d'autant qu'à son visage dont je garde bien les traits en mémoire s'accole dorénavant ton sourire lumineux qui m'éclaire chaque fois que je ferme les yeux. Je suis toujours touché par la confiance que tu nous as témoignée, à Henri et à moi, en voulant que nous soyons les témoins de ta confession. Ta franchise dans cet aveu du mal qui te ravageait m'a bouleversé à jamais. Je pense avoir compris par les paroles d'Étienne qu'il existerait bien un amour suprême prêt à nous submerger de sa miséricorde si on lui accorde sa foi en toute humilité, avec un souhait de conversion sincère de notre âme. Mais il me reste beaucoup de chemin à parcourir et de réflexions à mener pour véritablement prendre la mesure de tout ceci. Mais cela, pour l'instant, dépasse ma petite intelligence humaine. Sache, en tout cas, ma chère Anne, que je ne porte aucune espèce de jugement sur la façon dont tu as mené ta vie en des moments si difficiles ni sur les décisions que tu as prises. J'ai trop fait de choses, qui demandent à être pardonnées pour me permettre de juger les autres. Cela n'a fait qu'augmenter l'admiration que j'avais déjà pour toi au regard de l'énergie que tu dispenses sans compter pour venir au secours de ceux qui sont dans la souffrance.

Ici, notre unité est souvent demeurée en réserve, près du front, prête à servir selon les besoins. Alors que lors des journées des 17 au 19 juillet notre rattachement dépendait de la 9ème armée du général de Mitry, à compter du 20 juillet, nous avons été placés sous les ordres du général Berthelot et donc de nouveau rattachés à la 5ème armée qui se bat à l'ouest de Reims. Et depuis le 14 septembre, nous voilà rattachés à la 7ème armée qui dépend du général de Castelnau. Je ne connais pas ce général, mais il semble très apprécié de ses hommes. C'est rassurant. Je fais donc connaissance avec les Vosges où je viens pour la première fois de ma vie. Nous bivouaquons près d'une localité qui s'appelle Corcieux et qui est située au sud de Saint-Dié et à l'est d'Épinal. Lors de nos interventions sur le terrain, j'ai à nouveau été le témoin de visions dantesques. Après avoir franchi la Marne et repris Dormans et toute cette région, nous avons poursuivi en direction de l'Ardre et de la Vesle. Les Boches se sont défendus avec opiniâtreté, mais ont été contraints de reculer. En effet, ils subissent régulièrement des attaques sur l'ensemble du front, depuis le nord et la Belgique, jusque dans les Vosges. Il faut dire que nos forces en hommes, en matériels, sont devenues sensiblement supérieures aux leurs, de sorte que tous les jours nous leur reprenons des villes ainsi que des points stratégiques. Cela nous encourage et nous rend plus forts. Pour autant, les villages que nous traversons sont dévastés, anéantis. Avant de quitter les lieux, les Boches incendient tout, détruisent tout. Les séquelles de la guerre seront longues à disparaître. Même les bêtes de ferme et les chevaux abattus ont été laissés étendus sur le sol, mêlés à leurs excréments, des ossements épars auxquels sont attachés des fragments de chair. Leurs entrailles se répandent sur le sol, se décomposent et pourrissent.

Des tombes de soldats partout ! Et des corps des deux camps qui traînent encore dans la boue sans sépulture. On aperçoit çà et là des brancardiers qui en entassent dans des tombereaux avant d'aller les « balancer » dans des fosses où sans doute ils communieront dans la même désespérance.

Nous traversons sous la pluie des forêts dont les arbres sont dépouillés de leurs parures et dont les troncs cramés et noircis s'élèvent sinistrement vers le ciel. Nous arpentons des plaines trouées d'entonnoirs creusés par obus et mines.

Je présume que tes activités d'infirmière dans nos centres de secours t'amènent à vivre des moments aussi difficiles que les nôtres. Vivement la fin de ces œuvres démentes que les puissants ont voulues et perpétrées !

Dernièrement, nous avons été confrontés à des combats toujours ardemment disputés. Sur la période du 4 septembre au 7 septembre, nos forces françaises, renforcées de troupes américaines, ont franchi la Vesle en de nombreux points, sur un front d'une trentaine de kilomètres. Tout d'abord, nous avons repoussé des velléités de contre-attaques ennemies, puis après une violente bataille, les Boches ont décroché et nous avons pu ainsi franchir la rivière à moins de 10 kilomètres à l'est de Fismes, exactement entre les localités des Venteaux et de Jonchery. Loin d'arrêter là notre effort, nous avons persisté à poursuivre l'ennemi jusqu'aux abords de l'Aisne. Le samedi 7 septembre, nous avons repris Condé-sur-Aisne, le fort de Condé, et Nanteuil-la-Fosse. J'ai été de poste lors d'une nuit. Heureusement que l'artillerie ennemie est restée timide, sans doute les Boches ne disposent-ils plus de moyens suffisants sur tous les points du front, ils doivent recevoir aussi des consignes d'économiser leurs munitions. Je garde cependant un très mauvais souvenir de cette nuit à cause des tirs sporadiques qui tombaient autour de moi régulièrement. J'ai craint pour ma vie à deux reprises, mais comme tu le devines puisque tu reçois ce mot, je m'en suis encore sorti indemne. Le surlendemain, notre assaut n'a pas rencontré une forte résistance, mais le danger demeure permanent. Pour ma part, j'ai été touché par un éclat d'obus à la jambe gauche. J'ai tout abandonné. Mais rien de grave, je n'ai pas été évacué.

Nous faisons tous les jours de nombreux prisonniers. Ils doivent se chiffrer, à mon avis, par dizaines de milliers. J'en ai vu de près un certain nombre. Ce qui me frappe souvent chez eux, c'est ce que reflètent leurs visages décomposés, hâves, livides, et leurs regards perdus, taciturnes, désespérés. Pourtant, je découvre souvent chez eux, du soulagement, une sorte de délivrance d'en avoir enfin terminé avec cette fichue guerre. Chez les plus anciens d'entre eux, écœurés par la tournure des évènements, j'ai même cru percevoir une haine à l'encontre de ceux qui les commandaient et les menaient comme des bêtes vers l'abattoir.

Je me rends compte que ce sont de pauvres gars, comme nous. Ils ont cru aux beaux discours qui leur annonçaient qu'ils étaient les meilleurs et qu'ils partaient pour asservir des sous-hommes. Maintenant, crois-moi, ils ne font pas les *fiers : ils sont vaincus, les yeux hagards, mal nourris, asservis à leur tour. Quant à nos journaux les décrivant comme des hordes sauvages, même s'il est vrai que certains ont opprimé les populations, méprisé tous ceux qui n'étaient pas Prussiens, il n'en reste pas moins qu'en contact direct avec eux, je vois ce qu'ils sont vraiment, ni meilleurs ni pires que nous, et mesure ainsi l'infâme propagande dont nous avons été les objets. Espérons que l'Histoire jugera les coupables de toute cette ignominie !*

Après ces évènements auxquels j'ai participé, et qui se poursuivent, je me suis retrouvé en réserve jusqu'à notre départ dans les Vosges.

Tu dois être étonnée que je ne te parle pas de notre ami Henri. C'est qu'il n'est pas là, actuellement. La grippe que l'on appelle espagnole envahit et attaque nos troupes avec virulence et se pose en ennemi aussi redoutable que le boche durant toutes ces années. Aux dernières nouvelles, Henri se trouverait dans un hôpital à Tarbes. Il va beaucoup mieux et serait en voie de guérison. Tant mieux, j'étais inquiet pour lui car plusieurs Poilus qui ont réussi à passer au travers de dures batailles ont malheureusement succombé à ce mal implacable. Ici, dans les Vosges, beaucoup d'hommes sont atteints. Il paraît que l'hôpital de Saint-Dié est débordé de grippés.

Je crains également pour toi. Tu dois voir passer dans ton service beaucoup de ces malades et les soigner. Ce serait contagieux. Je suppose que les gens compétents qui vous entourent connaissent les précautions élémentaires qu'il faut prendre.

Pour finir, je me rends compte que mes nouvelles ne sont pas gaies. Pourtant mon moral est au beau fixe, car je vis le moment le plus délicieux d'une permission, à savoir celui du départ. Tu peux m'écrire à Cette où je me rends, je t'ai déjà donné l'adresse, car je pense rester dans ma famille durant le temps qui m'est imparti.

Je te redis toute mon amitié et t'embrasse.

Laurent. »

Laurent Castand a conservé dans son carnet de mémoire de guerre une copie manuscrite du discours que le chef de son bataillon avait prononcé lors d'une cérémonie de vœux célébrée le premier janvier 1919, dans lequel il retraçait leur périple. Voici ce discours :

« Officiers, gradés et soldats du 1er Bataillon,

À la fin de cette glorieuse année 1918 qui nous a fait connaître les joies de la victoire, et qui a mis un terme à vos souffrances et à vos sacrifices, je vous adresse pour vous et vos familles mes vœux de bonheur les plus affectueux. En votre nom j'envoie un souvenir ému et plein de reconnaissance à tous les braves du 1er Bataillon qui ont payé de leur vie ou de leur santé le salut et le triomphe de la France.

Que de chemin parcouru depuis le mois de juin, époque angoissante où les renforts accouraient à la Chapelle-Monthodon pour reconstituer le 1er Bataillon.

Avec une ardeur et un dévouement inlassables tous, vous vous êtes préparés à résister à la ruée allemande que l'on savait imminente. Le 15 juillet vous l'avez clouée sur place faisant preuve d'une solidité indestructible. Le 16, avec la plus belle ardeur vous vous êtes lancés à l'assaut de Monthodon et de la Bourdonnerie. Dans ces deux journées, le 1er Bataillon peut être fier d'avoir contribué glorieusement à épingler la fourragère sur notre cher drapeau. Le 4 août nous avons réussi à enlever dans un élan superbe les tranchées intactes de Marichen et de Brownig.

Puis, pendant un mois de poursuite épuisante, vous n'avez

cessé de talonner l'ennemi, vous dépassant sans compter et permettant ainsi sur d'autres fronts des succès plus retentissants qui libéraient le sol sacré de la France.

Le 11 novembre 1918, au moment où la 20 DI s'apprêtait en Lorraine à foncer pour une nouvelle attaque si le boche n'acceptait pas les conditions de l'armistice, les cloches de la victoire résonnèrent joyeuses dans toutes les églises de France, cloches qui étaient muettes depuis un demi-siècle.

Alors nous n'avons connu que des étapes glorieuses entrant les premiers dans l'Alsace libérée, le drapeau du 2ème franchissant le 1er la porte de Schirmeck, le 1er Bataillon étant le premier de France à défiler dans la vieille capitale alsacienne. Même dans ces jours de triomphe, vous avez conservé intacte votre belle discipline. Gardez-la mes chers amis pour la transmettre comme un précieux héritage aux armées de demain. Faites-en passer l'esprit et le goût dans le cœur de vos enfants. Cette discipline qui, avec votre vaillance, a constitué le plus puissant levier de la victoire assurera dans la paix la grandeur et la prospérité de la patrie.

Signé : Bonnamy »

.39.
Guerre et grippe

Pendant cette période favorable à nos soldats, depuis fin juillet nous dûmes combattre dans nos hôpitaux et centres de secours un nouvel ennemi implacable surgissant sournoisement de tous côtés à la fois et s'en prenant aussi bien aux civils qu'aux militaires des deux camps sans sectarisme aucun. Il gagnait partout du terrain, tuant inexorablement chaque jour sans que l'on puisse lui opposer de parades efficaces. Au lieu de s'unir pour le vaincre, les hommes au contraire, continuèrent à se battre sauvagement. Cette fois-ci les hommes étaient dominés par un mal plus puissant qu'eux, invisible et insaisissable, plus subtil. Les savants appelaient ce phénomène : une pandémie, et cherchèrent, se consultèrent, réfléchirent sur les moyens à mettre en œuvre pour la combattre.

Cet ennemi c'était la Grippe, la grippe espagnole ! Cela signifiait-il que la maladie parlait la langue de Cervantès ? Non, bien sûr ! En réalité, ce fut le roi d'Espagne qui la fit connaître, car il tomba gravement malade en juin 1918. Mais le virus ne commit pas de crime de lèse-majesté et consentit à laisser la vie au roi d'Espagne. Les journaux espagnols évoquèrent régulièrement dans leurs colonnes cette épidémie qui fit des ravages dans leur pays. De ce fait, beaucoup pensèrent qu'il s'agissait d'une spécificité espagnole. D'autant que, en France, les journaux demeurèrent discrets sur l'étendue du mal afin de ne pas informer les Allemands sur les problèmes de santé auxquels les soldats français étaient confrontés. En France, la progression de ce mal très contagieux fut rapide dans toutes les régions et couches de la société. L'action du virus intervenait sur les défenses immunitaires du corps qu'il affaiblissait, de sorte que l'organisme, dépourvu de ces défenses, succombait non à la grippe elle-même, mais à de multiples complications qui auraient été certainement vaincues si les sujets avaient été en bonne santé. L'épidémie devint donc une pandémie.

Au début du mois d'octobre 1918, l'ambulance du service de santé dans laquelle je travaillais accompagnait les mouvements des troupes de la 10ème armée du général Mangin qui, après avoir passé l'Ailette prirent position sur une ligne de front passant entre Soissons et Laon. Nous étions implantés au nord de Soissons, dans un espace dévasté par l'ennemi à son départ, au cœur d'une ancienne cour d'école. Deux baraques de chirurgie furent montées, une longue salle de toile de tente levée un peu à l'écart, dans laquelle des soldats, victimes de la grippe, étaient momentanément placés en quarantaine, en attendant de les évacuer vers des hôpitaux mieux équipés et des lieux de repos. Je me portai volontaire pour me mettre à leur service et les assister dans leurs affres qui les rendaient souvent incapables d'un comportement autonome, et arrêtai de ce fait d'aider le chirurgien au cours de ses interventions opératoires afin d'éviter tout risque de propagation du virus auprès des blessés graves.

Dans la journée du 5 octobre, j'éprouvai une grande fatigue et fut saisie d'une violente fièvre. Je n'étais que frisson et mon corps souffrait partout de courbatures. Jusqu'à ce jour, j'étais toujours demeurée solide comme un roc et j'avais traversé sans dommages toutes les épidémies véhiculées par mes patients. Mais je compris que cette fois-ci le virus de la grippe avait vaincu ma résistance et prenait le dessus sur ma vitalité habituelle. Sans forces, je me retirai sous la tente qui me servait de demeure et m'effondrai sur mon lit. Je pensai à ma sœur Juliette puis perdis connaissance.

Peu après, étonnée par l'absence inexpliquée de sa précieuse collaboratrice, la responsable du service vint me rejoindre sous ma tente et, me trouvant inanimée, fit appeler le médecin qui s'occupait des grippés.

— Il faut la sauver, déclara-t-elle au médecin. Elle a trop donné, elle a tant puisé dans ses forces, son organisme a flanché. Depuis quelques jours, j'avais remarqué moins d'allant chez elle. Mais elle dispose d'une telle énergie que je n'ai pas pensé à la grippe. J'ai vérifié, elle a 40.2 de température. Son corps transpire de partout.

— On va la faire revenir à elle, puis on va la rouler dans de grosses couvertures pour qu'elle transpire au maximum et éviter ainsi toute complication pulmonaire. Ce serait bien que l'on veille à ce qu'elle ne se découvre pas.

— Je vais la surveiller moi-même, assura la responsable.

— Mais votre service a besoin de vous.

— Je vais faire en sorte de pourvoir à tout. La vie de cette jeune fille m'est trop précieuse. Personne ne pourra autant se dévouer pour elle qu'elle se dévoue pour les autres !

— Bien. Je vous fais confiance. Je vais en parler au chirurgien qui la tient hautement en estime.

— Mais tous, nous la tenons en estime, autant que cela se peut.

Je luttai contre la maladie pendant plus d'une semaine. Durant les premiers jours, je ne cessai de délirer et de tenir des propos incohérents. Les membres du service de santé défilèrent régulièrement à mon chevet, le chirurgien y passa chaque jour, inquiet et bouleversé. Vers la mi-octobre, la fièvre tomba, je pus m'asseoir dans mon lit et commençai à me réalimenter correctement. Mon visage amaigri et émacié portait les stigmates de la maladie. Mais ce jour du 15 octobre, le médecin qui s'était occupé de moi déclara, après m'avoir ausculté, dans un large sourire : « *Vous êtes sauvée ! Quel soulagement pour nous tous ! Vous auriez été une sainte relique que vous n'auriez bénéficié d'autant de dévotion pendant les dix jours de votre maladie.* »

Avec un grand sourire, je saisis la main du médecin et lui dis simplement : « *Merci, docteur.* »

J'ai vaincu la grippe, mais je subissais une grande faiblesse. Un jour, la responsable de mon service vint me présenter une religieuse que je ne connaissais pas encore.

— Voici ma sœur, elle est religieuse et a pris en religion le nom de Marie-Cécile. Comme vous, elle s'est également engagée depuis plusieurs mois auprès des services de santé aux armées, ce qui lui convient très bien car, avant de répondre à l'appel du Seigneur, elle avait terminé des études de médecine. Toutefois, sa spécialité dans le domaine de l'accouchement ne lui est pas ici d'une grande utilité.

Sœur Marie-Cécile m'accorda un grand sourire spontané et, à ma grande surprise, m'embrassa cordialement :

— Bonjour Anne, me dit-elle, bravo pour votre victoire sur la grippe. Je viens d'en être victime également et m'en suis sortie. Nous voilà convalescentes toutes les deux.

— Bonjour, lui répondis-je, intimidée malgré l'allant de mon interlocutrice.

— La présence de ma sœur auprès de vous maintenant n'est pas fortuite, reprit ma responsable de service. Elle est venue ici sur ma demande expresse. Après sa guérison récente, elle doit partir incessamment pour quelques jours de repos. Elle a une proposition à vous faire.

— Comme vous l'a indiqué ma sœur, indiqua Marie-Cécile, je vais partir en convalescence pour une période de deux à trois semaines. Notre ordre occupe en Aveyron, à Mur-de-Barrez, un monastère, mais ce n'est pas en ce lieu que je vais me rendre. Il est mis à la disposition de la Mère Abbesse de notre Maison, par des amis qui nous soutiennent, un très grand local qui est implanté près de Le Lioran, dans le Cantal. Cette petite localité est située au pied, ou presque, du plomb du Cantal. Notre ordre réserve le bâtiment pour y accueillir nos sœurs qui ont besoin de repos et de bon air, mais aussi des jeunes filles et dames civiles que nous connaissons ou qui nous sont recommandées. Vous aussi, vous venez de vaincre la grippe, vous aussi il vous faut prendre du repos. C'est indispensable. Il n'existe pas d'autre thérapie pour recouvrer toutes ses forces. L'air du Cantal est excellent pour se requinquer et la région propose de multiples chemins de promenades. Depuis quelques années, le train arrive jusqu'au Lioran. Sur les recommandations de ma sœur et sur les conseils du médecin qui a veillé sur vous, je vous suggère de m'accompagner en ces lieux privilégiés.

— Je suis très touchée par cette offre, lui répondis-je, mais je ne peux abandonner mes compagnes qui ont tant de travail pour partir paresser pendant qu'elles croulent sous le labeur.

— Anne, coupa ma responsable, vous devez partir en convalescence. C'est un ordre ! Vous venez de traverser une épreuve qui vous a privée de toutes vos forces, nous avons eu peur de vous perdre, seule votre exceptionnelle vitalité vous a sauvée. Pour guérir totalement de la grippe, il n'existe qu'un remède. De toute façon, on ne peut vous garder dans votre état actuel. Une rechute ne pourrait que vous être fatale. Bien sûr, vous pouvez partir vous ressourcer dans vos Landes, au sein de votre famille. Pourtant, je pense que ce changement d'air complet ne peut que vous être bénéfique. Allez-y quelques jours, vous pourrez ensuite rentrer dans les Landes. Connaissez-vous la région du Cantal ?

— Non, je ne connaissais avant-guerre que mon village et ses alentours. Je me dois de préciser que je n'ai pas de moyens financiers pour me payer un tel séjour.

— Qui vous a parlé d'argent ? me répondit la responsable. Vous êtes actuellement sous la responsabilité des services de santé de l'armée. Je me suis occupée de tout pendant votre maladie. J'ai obtenu toutes les autorisations de nos chefs et leur accord pour vous envoyer sur ce lieu de convalescence. À défaut, vous auriez été évacuée sur un hôpital militaire ou mixte. Je me suis rendu compte que beaucoup d'entre eux vous connaissent, souvent indirectement, et vous apprécient énormément.

— Je n'ai pas l'habitude de tergiverser pour prendre des décisions. Alors, c'est d'accord, je pars avec sœur Marie-Cécile. Et je vous remercie de tout cœur de vous être occupée de moi !

— Très bien. Préparez-vous pour demain midi.

J'essayai de me lever pour pouvoir embrasser mes deux interlocutrices, mais dès que je posai mes pieds sur le sol et voulus me lever, je chancelai, prise de vertiges. Les consœurs m'aidèrent à m'étendre à nouveau sur mon lit. Je compris alors que j'avais vraiment besoin de repos. J'affirmai, malgré cette faiblesse criarde :

— Ne vous inquiétez pas, je serai prête pour partir demain à midi.

.40.
La vocation joyeuse de Marie-Cécile

Le voyage de Soissons au Lioran fut une véritable expédition, une aventure qui prit trois bonnes journées pour parcourir une distance d'environ quatre cent soixante-dix kilomètres à vol d'oiseau. Nous empruntâmes successivement plusieurs moyens de locomotion : marche à pied, ambulances automobiles, camions militaires, taxis parisiens, trains. À chaque changement de convoi, le temps d'attente nécessitait beaucoup de patience. En outre, comme les trains militaires bénéficiaient d'une priorité absolue sur tous les autres, nous nous retrouvâmes à plusieurs reprises coincées sur des voies de garage pour leur libérer le passage ; il en résulta d'innombrables retards, causes de ratages de correspondances. Depuis Paris, notre itinéraire passait par les gares d'Orléans, Vierzon, Châteauroux, Limoges, Brive, Figeac, Aurillac et se terminait à celle du Lioran. Ce long périple s'avéra très fatigant pour Marie-Cécile et moi-même, encore marquées par l'épreuve de notre récente maladie. En fin de parcours, nous nous sentîmes très éprouvées et éreintées physiquement faute d'un sommeil réparateur. De plus l'inconfort des wagons de troisième classe pourvus de dures banquettes de bois ne nous aida pas à nous sentir mieux. Les impressionnantes locomotives à vapeur dégageaient par vents contraires au sens de la marche des volutes de fumée qui nous obligèrent à bien fermer les vitres ; de jeunes enfants imprudents ayant voulu, par jeu, maintenir leur tête au travers de fenêtres ouvertes arborèrent, en revenant à leur place, des visages noircis tels des mineurs remontant de leur puits de mine, ce qui leur valut d'essuyer les moqueries des autres voyageurs. En certains endroits, lors de la traversée de l'Auvergne, la déclivité des rampes qui escaladaient les monts s'avéra telle que deux locomotives durent être attelées l'une derrière l'autre pour pouvoir remorquer la rame des wagons.

Pendant un si long voyage, nous avons vécu dans des conditions de promiscuité permanente, ce qui favorisa la création entre nous de liens étroits empreints de sympathie puis l'éveil naturel d'une amitié sincère. Je fus de suite envoûtée par son sourire charmeur qui ne quittait jamais son visage, et par sa voix douce et chaleureuse régulièrement ponctuée d'éclats de rire communicatifs. L'usage du tutoiement s'instaura spontanément entre nous dès les premiers instants, ainsi que nous en avions, il est vrai, pris l'habitude en ces temps de guerre. Je me montrai, la première, la plus curieuse alors que nous venions de quitter depuis peu la gare d'Austerlitz, à Paris, en direction d'Orléans.

— Sœur Marie-Cécile, es-tu réellement médecin ? lui demandai-je. Cette situation m'intrigue, car je ne connais aucune autre femme médecin, je ne savais même pas que cela existait ! Je croyais que ce type d'étude était réservé aux garçons.

— Tu as raison, les femmes qui font des études de médecine sont très peu nombreuses. Nous, les femmes, cela fait même peu de temps que nous sommes admises, du moins en France, à nous inscrire pour suivre ces études[29]. J'ai dû monter à Paris pour suivre mon cursus. Nous y étions quelques-unes, surtout des filles étrangères. Au demeurant, j'ai subi pas mal de quolibets des garçons, certains allaient même jusqu'à nous huer ! Surtout au cours de la première année. Puis, avec le temps, et en faisant connaissance et en nouant quelques liens d'amitié, beaucoup nous ont pris en

29. En 1868, les femmes sont autorisées à étudier la médecine. Quatre femmes entrent à la Faculté de médecine de Paris à la rentrée scolaire 1868 : Catherine Gontcharov (russe) Mary Corinna Putnam (américaine) et Elizabeth Garrett (anglaise) et Madeleine Brès (française).

considération. Il faut dire que de nombreux articles savants ont par le passé été publiés démontrant que les femmes ne possèdent pas les qualités requises pour devenir médecins. Cela tiendrait à notre nature et à notre sensibilité qui nous bloquerait à la simple vue du sang ! Et puis notre fatigue menstruelle nous éloignerait de notre activité régulièrement pendant toute une semaine. Par nature, nous sommes également belles, délicates, alors comment admettre que nous puissions nous promener accoutrées avec des blouses tachées de sang dans des salles d'hôpitaux infectes ! N'omettons pas, non plus, notre orgueil et notre ambition de vouloir remplacer des hommes. Mais le comble, comment imaginer qu'une femme enceinte puisse approcher des malades avec son gros ventre ? Tout ceci est écrit tel quel, argumenté, écouté, admis, par nos grands savants en médecine, et dit avec le plus grand sérieux.

Me voyant sourire, elle reprit :

— Il est surtout interdit de rire, ma chère. Évidemment, lorsque ce sont les infirmières qui accomplissent toutes ces tâches, rien ne les surprend : elles remontent régulièrement les malades impotents dans leurs lits, elles les approchent pour faire leurs toilettes, elles portent des blouses tachées, elles pansent des plaies béantes après avoir stoppé des hémorragies, elles obéissent humblement à leurs supérieurs médecins même quand les ordres ne paraissent pas opportuns, certaines sont même parfois enceintes et arrivent à assumer leur travail ! La clairvoyance ne me paraît pas la qualité fondamentale des théoriciens qui pérorent sur l'avenir de la femme dans le domaine de la médecine. Crois-tu que pendant cette guerre la femme ne démontre pas chaque jour qu'elle tient un rôle essentiel dans les services de santé ?

— Tu m'as vu sourire en t'écoutant parce que j'ai en tête toutes les interventions que nous avons menées dans les hôpitaux militaires ou mixtes auprès des médecins et chirurgiens qui sont tous des hommes et tous des officiers. Mais les appréciations que tu viens de citer, prononcées ou écrites par de grands noms, je crains que ces derniers croient sincèrement à ce qu'ils disent sur la gent féminine. Les femmes n'ont pas le droit de vote, alors comment espérer qu'elles soient capables de soigner les autres ? Pourtant, les enfants, qu'ils soient filles ou garçons, vers qui se tournent-ils pour se faire soigner au moindre bobo ? Leur maman, n'est-ce pas ? Bah ! Cela veut dire que nous avons encore beaucoup de chemin à parcourir pour faire reconnaître nos capacités. Mais, confiance, cela viendra. Ceci étant, tu ne m'as pas expliqué comment tu as pu faire admettre autour de toi cette décision de monter à Paris pour faire ces études de médecine ?

— La raison est, en effet, bien particulière. J'y ai même été poussée. Mon père, qui est toujours de ce monde, est médecin, et il a toujours compté transmettre son savoir et sa suite à un fils. Il a eu cinq enfants, mais cinq filles ! Je suis la cinquième. Dans sa tête, il a toujours décidé que je n'étais pas une fille, mais bel et bien le garçon qu'il avait toujours désiré avoir ! Et il m'a toujours considérée comme si j'étais un fils. Je ne sais pas si cela a joué sur mon mental, mais j'ai toujours été une enfant terrible et on m'a souvent traitée de garçon manqué ! En tout cas, mon père a tenu à ce que je fasse des études poussées. Je suis allée jusqu'au baccalauréat, puis il m'a obligée à entrer en médecine. Dans ce milieu presque exclusivement masculin, il est difficile d'être vraiment admise et de tenir son rang. Mais j'ai la chance d'être dotée d'une grande aisance pour apprendre, pour comprendre et pour retenir et donc de pouvoir ainsi mener des études à un haut niveau. Cela m'a permis de me faire respecter par les garçons, certains aimaient même venir me rencontrer pour discuter de points qu'ils avaient du mal à saisir. D'autres voulaient aller plus loin, mais de cela il n'en a jamais été question, j'ai toujours su maintenir des distances entre eux et moi. Crois-moi, c'est aussi utile pour garder de l'autorité vis-à-vis d'eux. Bref, ces études m'ont plu, je les ai réussies, mon père a été fier d'assister à ma soutenance de thèse et à mon succès dans cette épreuve. Quand dans notre première discussion je t'ai indiqué que je m'étais spécialisée dans l'accouchement, c'était pour faire simple. Je me suis plus spécialement orientée vers tout ce qui concerne l'enfant et la femme. Ce type d'orientation que choisit une femme plaît de toute façon aux professeurs qui sont tous des hommes et qui s'imaginent que les femmes doivent s'orienter naturellement vers cette voie spécifique. En vérité, j'ai choisi cette option par vocation. Voilà, ma chère, le mystère éludé de ma vocation de médecin.

— Et je découvre que les études de médecine peuvent conduire ensuite à une autre vocation, la vocation religieuse ! enchaînai-je avec un sourire malicieux.

— Ne te moque pas ma chère, le lien entre les deux est plus ténu que tu le crois. L'action des médecins est bien souvent si généreuse envers leurs malades qu'elles ont un caractère évangélique à bien des égards. Mais, pour ma part, il n'existe aucune relation entre ces deux vocations. J'ai reçu clairement un appel un jour, à un moment totalement inattendu pour moi.

Alors Marie-Cécile me raconta combien l'environnement familial dans lequel elle avait grandi n'avait pu que la préparer à recevoir un appel, à l'entendre et à le comprendre. Dès son enfance, elle avait appris la prière et à en ressentir la force. Tous les soirs, avant le coucher, sa petite famille de sept personnes se rassemblait autour d'un crucifix et d'une statue de la Vierge. Son père dirigeait la récitation du chapelet. Elle expliqua que dans les premiers temps cela avait été pour elle une épreuve, mais qu'elle y avait pris goût et c'était devenu un exercice qui avait fortifié son âme et dont elle ne pouvait plus se passer par la suite.

Quelques jours après son succès à la thèse de doctorat en médecine, au repos dans sa famille pour se remettre de l'épreuve, elle expliqua qu'elle se promenait le long d'une petite rivière poissonneuse traversant prairies et bois de sa commune. Elle s'arrêta pour s'asseoir un instant dans ce cadre idyllique qu'elle aimait particulièrement. La rivière y suivait une courbe majestueuse, le courant filait rapidement en cet endroit, qui évoluait dans un écrin boisé enchanteur. Une petite plage de sable blanc bordait la rivière, elle s'y installa, confortablement assise contre le tronc d'un chêne puissant. Là, elle éprouva le besoin de rendre grâce au Seigneur pour ses récents succès universitaires et elle sortit naturellement son chapelet d'une de ses poches. Elle expliqua :

— Je priais déjà depuis un petit moment. J'étais en plein milieu d'un *Ave Maria* quand je ressentis, comme si je rêvais tout éveillée, que la Mère du Seigneur m'approchait et me présentait à son Fils. J'avais l'impression de le voir devant moi, il me souriait et m'ouvrait largement ses bras. Je voyais des plaies dans ses mains. Puis tout disparut aussi soudainement que c'était survenu. Tout mon être fut saisi d'une forte émotion, j'étais bouleversée dans tout mon corps, je sentis mon cœur battre à tout rompre, je me demandai si c'était le moment de ma mort et de la vision d'un monde nouveau. Je respirai fort, recherchai mon souffle. Puis, progressivement, le calme revint, je me sentis enfin apaisée. Mais, au fond de moi, je compris que j'avais reçu un appel du Seigneur et j'étais vraiment prête à le suivre, immédiatement ! J'ai alors pensé à l'appel des Apôtres que nous racontent les Évangiles, passage qui m'a toujours étonné par la spontanéité de la réponse des appelés, ce qui me paraissait incroyable. Marc nous le dit ainsi : « *Comme Jésus passait sur le bord de la mer de Galilée, il vit Simon et André, le frère de Simon, qui jetaient l'épervier dans la mer ; car c'étaient des pêcheurs. Et Jésus leur dit : venez à ma suite et je vous ferai devenir pêcheurs d'hommes. Et aussitôt, laissant les filets, ils le suivirent. Et avançant un peu, il vit Jacques, fils de Zébédée, et Jean son frère, eux aussi dans leur barque en train d'arranger les filets ; et aussitôt il les appela. Et laissant leur père Zébédée dans la barque avec ses employés, ils partirent à sa suite.* »

Je n'ai rien à voir avec ces hommes que Jésus a appelés directement. Mais, sur l'instant, je décidai moi aussi d'abandonner mon diplôme et de laisser tomber les espoirs que mon père avait mis en moi, et de partir chez les sœurs de l'ordre des Pauvres Dames, créé par Sainte-Claire d'Assise.

— Ton père a dû être terriblement déçu ! Que t'a-t-il dit ?

— Je lui ai annoncé ma décision le soir même. Il m'a embrassé et, les larmes aux yeux, il m'a déclaré : « *C'est une immense grâce que le Seigneur fait à notre humble famille en décidant d'appeler l'une d'entre nous à son service.* » Et il s'est tu, trop ému pour en dire plus ce soir-là. Mais j'ai compris qu'il était profondément touché et qu'il était heureux. Pour lui, ce qu'il avait fait de moi avec ses propres objectifs, le Seigneur l'avait détourné pour une cause plus noble, car Il avait pour moi d'autres projets. C'était donc très bien. Ma mère rayonnait de bonheur.

— Ta décision aurait peut-être été plus difficile à prendre si tu avais noué antérieurement des sentiments avec un garçon…

— Mais j'avais un amoureux, à ce moment-là. C'était un garçon de mon âge et de mon village qui me vouait une dévotion qui me gênait parfois tant il ne s'en cachait pas. Je dois dire que je l'aimais bien. J'ai même consenti à l'embrasser un jour, un vrai baiser. Il m'avait proposé une promenade à travers bois, comme cela nous arrivait régulièrement. Sur le retour, je l'ai senti très fébrile à un moment précis. Puis, n'y tenant plus, il m'a proposé que l'on s'embrasse. Un vrai baiser, sur les lèvres. J'ai refusé tout net. Mais il a insisté, insisté, dit des mots si tendres, si amoureux, si persuasifs, que j'ai fini par y consentir. Il m'a pris dans les bras, et il a agi avec tant de douceur que j'avoue y avoir pris beaucoup de plaisir. Pourtant, par la suite, je n'ai jamais accepté de recommencer. Cela a été notre seul baiser, et le seul que je n'ai jamais accordé à quiconque.

Marie-Cécile partit dans un grand éclat de rire joyeux, puis précisa :

— Depuis, j'ai avoué ma turpitude en confession, et je suis tombée sur un confesseur qui m'a tout pardonné. Me pardonnes-tu, toi aussi ? insista-t-elle, en riant encore allègrement.

— Oh, moi, j'ai fait bien pis, et je ne suis pas un confesseur.

— Bien pis ? Est-ce possible ? La pureté de ton regard n'est pas en harmonie avec ta parole. Je ne puis te croire.

— Il m'a fallu plusieurs mois pour trouver le courage d'avouer mes fautes en confession et en présence d'amis qui en furent les témoins. Je n'ai pas du tout envie de recommencer et de revenir là-dessus. Il est possible que, plus tard, je me décide à t'en parler, mais là, je ne suis pas prête à accomplir une telle démarche malgré la réelle confiance que j'ai en toi. Il s'agit d'une affaire trop douloureuse qui est directement liée à la mort de celui que j'aimais.

Un silence s'installa quelques instants puis Marie-Cécile reprit la conversation.

— Je suis désolée de mon indiscrétion. Tu as raison de me dire clairement les choses et de demeurer mystérieuse. Ma curiosité féminine a été intriguée, car je te donnerais sans hésiter la communion sans te faire passer par un confessionnal.

— Je crains de te décevoir, mais parfois la vie réserve des épreuves que l'on ne sait pas surmonter ou que l'on n'a pas le courage d'assumer.

— Bon, oublions tout cela. J'ai toujours pour toi autant de tendresse, je te l'assure. Où en étais-je ?

— Tu en étais sans doute au moment où tu devais annoncer ta décision à ton amoureux.

— Ah ! Oui ! Le jour où je lui ai annoncé ma vocation et que je partais en religion, son regard sur moi a été pathétique, j'ai vraiment eu pitié pour lui. Il n'empêche, le jour où j'ai prononcé mes vœux, il s'est déplacé pour être présent à la cérémonie. Après, il est venu me saluer et m'a fait cet aveu : « *Je m'incline, car je n'avais aucune chance contre Celui que tu as choisi à mes dépens, car Il est l'essence même de l'Amour. Tu resteras toujours la femme de ma vie. Il n'y en aura jamais d'autres.* » C'était très touchant, n'est-ce pas ? Comment ne pas être bouleversée par la proclamation d'une telle flamme ! J'ai pleuré et je l'ai embrassé. Sur la joue.

— Et a-t-il tenu parole ? Ne s'est-il jamais marié ?

— Il a tenu parole.

— Sera-t-il capable de la tenir toute une vie ?

— Hélas pour lui, oui…

— Dois-je comprendre par ce hélas…

— Oui, il ne pourra plus jamais trahir son serment. Il a perdu la vie pendant cette guerre, en 1916, à Verdun, lors d'une attaque ennemie sur le Mort-Homme. Il avait confié à un de ses amis une lettre à mon attention. Il l'avait chargé de me la faire parvenir dans le cas où il serait tué. Le contenu est trop personnel. Je ne puis le révéler. Mais il dévoile la grandeur d'un amour que je ne soupçonnais même pas. Je garde depuis cette lettre en permanence sur moi. Et je prie tous les jours pour le repos de l'âme de ce jeune homme que j'ai aimé tendrement.

Nous descendîmes du train en gare du Lioran en fin d'après-midi du samedi 18 octobre 1918. Le temps était couvert et la température fort fraîche. Un monsieur entre deux âges vint nous accueillir avec une voiture attelée et nous conduisit jusqu'à notre lieu d'hébergement. La maison était toute proche de la gare, dans un hameau sur le chemin menant à Saint-Jacques-de-Blats. En arrivant, je découvris une grande et vieille bâtisse en pierre comportant un étage. Tout le bas était réservé à la vie commune des habitants de cette maison, avec cuisine, grand réfectoire, une vaste salle réservée aux réunions, une infirmerie et une pièce transformée en chapelle avec un autel et quelques bancs et chaises ainsi que des commodités. L'étage était occupé par des chambres pouvant recevoir plusieurs lits. L'une d'elles nous fut attribuée ainsi qu'à une religieuse arrivée également en convalescence depuis peu.

De la fenêtre de ma chambre, j'aperçus sur les hauteurs une sorte de pic harmonieux qui dominait l'horizon :

— C'est le Puy Griou, m'informa Marie-Cécile, en habituée des lieux. Il est censé se situer au centre de l'ancien grand volcan du Cantal qui existait il y a plusieurs millénaires et qui devait atteindre une altitude de trois mille mètres. Nous irons l'escalader ensemble. Là-haut, le point de vue est magnifique, ça vaut le déplacement.

.41.
Séjour d'octobre 1918 dans le Cantal

La maison était une annexe de monastère dirigée par une Mère supérieure âgée d'une soixantaine d'années, Mère Marie-Claire, et occupée à ce moment-là par douze personnes, exclusivement des femmes, dont dix religieuses. Parmi ces dix religieuses, huit demeuraient sur place en permanence. En dehors de moi-même, une autre civile était présente, prénommée Marie-Laure, également infirmière en convalescence à la suite d'une blessure provoquée par une balle perdue venue se loger dans son épaule droite.

La vie du petit monastère était ponctuée par les cinq prières canoniques quotidiennes, depuis les laudes du matin jusqu'aux complies du soir, auxquelles je tins à participer accompagnée par Marie-Laure. Je contribuai également au bon fonctionnement ménager de la maisonnée et aidai avec plaisir aux travaux culinaires en confectionnant quelques plats délicieux appris de ma mère et de ma grand-mère. La Mère supérieure me sermonna gentiment un jour : *« Attention, Anne, ne nous faites pas pécher par gourmandise ! »*

Avec Marie-Cécile, nous assistâmes, en outre, la sœur infirmière qui recevait régulièrement des visites de malades de la région proche, faute de médecins installés à proximité.

Il nous restait, cependant, un temps de repos largement suffisant pour nous remettre des épreuves récentes, et réaliser, avec Marie-Cécile, de longues promenades dans les monts du Cantal. Les chemins de balade étaient nombreux, variés, exigeants. Ils escaladaient les versants des puys jusqu'à leurs sommets, bordés de riches forêts de conifères et passaient à travers d'immenses pâturages sauvages parcourus par des troupeaux de vaches laitières affamées.

Dès la première semaine, Marie-Cécile organisa une première balade jusqu'au sommet du plomb du Cantal, et, deux jours plus tard, elle prit la direction du Puy Griou. Pour atteindre celui-ci, nous suivîmes un chemin qui partait aux abords du hameau des Chazes. La pente était assez rude et le tracé du parcours s'insinuait au sein d'une épaisse forêt de sapins. La promenade en forêt me plut tout particulièrement, et s'aventurer sur de telles montées fut pour moi, une landaise ayant toujours habité un plat pays, une découverte qui m'enchanta. Mes jambes n'étaient pas accoutumées à ce genre d'effort, mais j'avançais sans difficulté après un bon échauffement au cours du premier quart d'heure de montée.

— Je ne deviendrai pas une championne de l'escalade, déclarai-je. Mais je pense qu'après avoir renouvelé pendant quelques jours ces exercices de grimpette, je ne serai plus ridicule. C'est dur quand on n'est pas habituée, mais cela fait du bien. Et quelle merveilleuse forêt !

La grimpette dura trois bons quarts d'heure. Le sentier de montagne sortit soudainement de son abri forestier comme d'un tunnel et déboucha sur des pâturages qui s'étalaient à perte de vue. Il contournait, quelques dizaines de mètres plus loin, un pic pyramidal harmonieux qui dominait de toute sa majesté le plateau qui s'ouvrait devant nous.

— Le puy Griou, m'annonça solennellement Marie-Cécile. Nous nous trouvons au centre de cet ancien volcan dont je t'ai déjà parlé et dont l'érosion a réduit depuis des millénaires sa hauteur de moitié. Espérons qu'il ne va pas se réveiller pendant notre visite ! Nous allons grimper jusqu'à son sommet. Il va falloir nous montrer d'une grande prudence, car le sol y est souvent instable, friable. Il est recouvert de pierres et de plaques faites d'andésites et de phonolites souvent mobiles parce qu'elles ne sont pas vraiment scellées entre elles et qu'elles n'adhèrent pas très bien au sol. Enfin, tu verras sur place. Ce sont ces andésites et phonolites qui donnent cette couleur noire au versant du puy que tu aperçois, ce sont des restes de magma volcanique. Est-ce que tu es sujette au vertige ?

— Je ne crois pas.

— Bon, allons-y. Le point de vue de là-haut sera notre récompense pour l'effort consenti.

Nous ne pûmes échapper à tour de rôle à quelques glissades sans gravité lors de l'escalade de ce pic qui demeurait accessible à tout néophyte de la montagne. Arrivées au sommet, nous nous recouvrîmes l'une et l'autre d'un bon chandail emporté par précaution et qui s'avéra fort utile pour protéger nos corps en sueur, car nous y prenions de plein fouet les effets d'un vent froid et pénétrant. Des rocs volumineux nous servirent de sièges appréciés malgré leur dureté.

— Comme je me sens bien, ici ! m'écriai-je, émerveillée. L'air pénètre au plus profond de mes poumons et je le goûte avec un délice inégalé. Je n'ai même jamais respiré de ma vie avec autant de plaisir. Ô que je respire bien ! Pourtant, je me régale dans mes Landes. Mais, ici, c'est unique. Mon Dieu, que tes œuvres sont belles ! Marie-Cécile décris-moi et explique-moi tout ce que l'on voit, que sont tous ces sommets qui pointent au loin ?

— On ne voit pas que des sommets. Appelons notre imagination à la rescousse, me dit-elle. Revenons deux à trois millions d'années en arrière. Nous serions ici en grand danger, au sommet d'un immense volcan en activité, à près de trois mille mètres d'altitude. Des jets de laves incandescentes surgiraient du sein de la terre et bondiraient très haut dans le ciel puis retomberaient sur le sol sous forme de cendres et de pierres brûlantes, avant de dévaler le long de pentes formant un immense cône circulaire dont le centre se trouvait quelque part par ici et dont le diamètre s'étendait sur soixante-dix kilomètres. Puis, bien plus tard, toute l'Europe à venir serait saisie par un froid glaciaire. Des glaciers gigantesques recouvriraient tout cet espace, l'éroderaient et le raseraient en grande partie, poursuivant leur œuvre destructrice pendant des milliers de siècles. Quand la nature se débarrasserait enfin de ce carcan de glace, grâce à un réchauffement général, se dévoilerait alors le magnifique paysage qui se présente à l'instant sous nos yeux et que nous admirons, fait de pics qui émergent et de vallées profondes, et de plateaux étendus couverts d'herbages plantureux.

— Je vois bien ces pics et ces vallées. Heureusement, le temps est clair et le ciel est pur aujourd'hui. Notre vue porte très loin.

— En face de nous, c'est le sud. Passons en revue, tout d'abord, les sommets qui émergent au-dessus des plateaux et vallées. Vois, sur notre gauche, on aperçoit le plus élevé de l'endroit que l'on appelle le Plomb du Cantal, à près de mille neuf cents mètres d'altitude, plus haut que le Puy Griou où nous sommes de presque deux cents mètres. Tous les autres pics, sur notre droite, sont appelés des puys dans la région. Ainsi les deux plus proches que je te montre sont le Puy Bataillouze et le Puy Mary. Un peu en arrière, au nord du Puy Mary, on aperçoit le Puy de Peyre-Arse. D'autres puys que l'on ne voit pas d'ici continuent cette chaîne plus loin au nord-ouest.

— Sont-ils bien tous endormis ?

— Ils le sont depuis plusieurs millénaires. Des spécialistes des volcans prétendent que ceux-ci peuvent toujours se réveiller un jour. Cela est arrivé au Vésuve à une époque où les gens ne s'y attendaient pas. Si les volcans d'Auvergne reprenaient un jour leur activité, ce serait dramatique car la région est dorénavant bien peuplée.

— En tout cas, c'est pour moi la découverte d'un paysage d'une beauté sublime.

— Ton enthousiasme fait plaisir à voir ! Mais notre tour d'horizon n'est pas terminé. Suis le guide et observons les vallées taillées dans cet immense espace. Rappelle-toi, quand nous sommes arrivés à la gare du Lioran, nous avons traversé dès la sortie un lieu que l'on appelle le col de Cère. Il s'agit bien d'un col et cet endroit constitue une ligne de partage des eaux entre deux grands bassins fluviaux, au sud celui de la Dordogne, au nord celui de la Loire. Regarde, devant nous. On découvre assez nettement sur notre gauche une vallée assez large et dégagée qui descend vers le sud. Elle est creusée par une rivière, la Cère, qui prend sa source près d'ici, à Font de Cère. Toujours en direction du sud, sur notre droite, une autre rivière, la Jordanne, prend sa source pas loin des pentes du Puy de Peyre-Arse, descend par la vallée de la Mandailles, que l'on devine le long du versant sud, jusqu'à la ville d'Aurillac, et se jette un peu après Aurillac dans la Cère. La Cère, elle, continue son chemin au-delà par les départements du Cantal, de la Corrèze et du Lot et rejoint la Dordogne près de Bretenoux, dans la superbe région de Figeac. Donc ce côté que nous observons s'ouvre sur le grand bassin de la Dordogne.

— Mais c'est une véritable leçon de géographie que tu me donnes !

— Mais non, c'est la géographie qui s'offre directement à nous en spectacle. J'aime, de la même manière, découvrir la nuit les étoiles dans le ciel et retrouver leurs noms.

— Je ne suis pas certaine de tout retenir.

— Il te faudra prendre des notes à notre retour à la Maison, me répondit Marie-Cécile en rigolant. Et ce n'est pas terminé, mais j'en laisse de côté pour te permettre de découvrir des choses par toi-même.

— Tu aiguises ma curiosité au plus haut point. Regarde sur le plateau, en direction du Puy Mary, ça grouille de vie, on dirait des troupeaux de vaches !

— Exact, ce sont bien des vaches ! Et ces granges que l'on aperçoit, ce sont des burons, on y fabrique un fameux fromage de montagne, tu dois connaître le plus célèbre qui s'appelle tout naturellement le Cantal.

— Oui, bien sûr, nous en avons mangé hier au soir à table. Quel régal ! Quelle gourmandise ! Et des moutons, y en a-t-il ?

— Non, ici il n'y en a pratiquement pas. Il faut descendre un peu plus dans le sud pour en trouver, dans l'Aubrac. Bon, le soir approche, la nuit ne va pas tarder à tomber, il va falloir rentrer.

— Oh, je t'en supplie, Marie-Cécile, accorde-moi encore un court instant. Cet endroit est magique, le panorama féérique, je me sens si bien, je ne m'en lasse pas, j'y resterais encore des heures ! Et mes poumons s'emplissent d'un bien-être souverain !

Puis, dans un léger soupir, je murmurai :

— Comme la guerre si hideuse, œuvre des hommes, me paraît bien loin devant l'harmonie de ce paysage façonné par le Créateur !

Ce que je ne savais pas à cet instant, c'est que nous allions devoir repasser par ces chemins trois jours plus tard, de très bon matin, pour assumer une mission imprévue.

.42.
Histoire d'une naissance

Un matin d'octobre, toutes les occupantes de la maison, hormis la religieuse chargée de l'accueil, se rassemblèrent dans la chapelle pour la première prière du jour. L'heure du lever était relativement tardive pour permettre aux personnes hébergées de mieux récupérer de leurs maladies et fatigues récentes. Le lever n'était fixé qu'à six heures du matin et non à cinq heures, ainsi qu'il en était de coutume dans les autres monastères. Les onze participantes aux laudes se retrouvèrent dans la pièce qui sert de chapelle à six heures trente. Sur une table servant d'autel, recouverte d'une belle nappe remarquablement brodée, était installé un ostensoir avec hostie consacrée dans une custode. La Mère supérieure, à la première place pour diriger la prière, religieuses et civiles se placèrent debout face au Saint-Sacrement, deux par deux, sur deux rangées parallèles, et s'inclinèrent avec grand respect et adoration. À peine la Mère venait-elle d'ouvrir la cérémonie par le signe de la croix, le rituel des heures en main, que la sœur de l'accueil entra subrepticement dans la chapelle et lui fit un signe discret, mais impératif. La Mère laissa à sa voisine le soin de conduire la suite de la prière et vint à la rencontre de la religieuse qui l'appelait. Après un bref conciliabule, elle fit venir à elle successivement la sœur infirmière puis sœur Marie-Cécile. Peu après, cette dernière vint devant moi et me dit simplement :

— Viens et suis-moi !

Intriguée par un message aussi lapidaire, je quittai la chapelle et suivis docilement Marie-Cécile jusqu'à l'infirmerie. Dans cette pièce, la Mère et la sœur infirmière étaient en train de discuter avec un homme d'une trentaine d'années.

— Ma femme a déjà perdu les eaux, disait ce dernier. Je suis venu à grands pas jusqu'ici pour qu'on monte l'accoucher, comme pour les fois précédentes.

— Vous avez d'autres enfants ? demanda la Mère.

— Oui, j'en ai trois, qui ont huit, cinq et deux ans, deux garçons et une fille. Mais je les ai confiés dès hier à mes parents qui habitent à Laveissière. On savait que la naissance était pour bientôt.

— Bon, reprit la Mère, nous allons intervenir étant donné l'urgence. Je vous envoie sœur Marie-Cécile qui est médecin et compétente dans le domaine de l'accouchement.

Puis, elle se retourna vers moi et me dit :

— Anne, normalement notre sœur infirmière devrait accompagner sœur Marie-Cécile, car elle a l'expérience de ce genre d'intervention. Mais, actuellement, ce serait imprudent, elle couve sans doute un début de grippe. C'est dangereux pour la mère et l'enfant à venir. Vous avez certainement compris que la femme de ce monsieur est arrivée au terme de sa grossesse et le travail de la naissance semble commencé. Votre expérience d'infirmière, de plus auprès de chirurgiens, nous incite à vous solliciter pour accompagner et aider sœur Marie-Cécile. Puis-je compter sur vous ?

— Oui, bien sûr, répondis-je, mais je ne pus cacher sur mon visage une expression de forte appréhension, en me remémorant les épreuves passées. La Mère perçut mon hésitation par le ton de ma voix, sans deviner la raison de cet émoi. Elle insista :

— Anne, je ne vous impose rien, êtes-vous vraiment sûre d'accepter en toute sérénité ?

— Oui, ma Mère, confirmai-je, ayant eu le temps de dominer mon bref instant de désarroi. Avec sœur Marie-Cécile, je ne peux y aller qu'en toute confiance.

— Bon, allez vous préparer, couvrez-vous chaudement et

prenez de bons souliers de montagne. Il fait un très grand froid dehors, les chemins peuvent être verglacés, vous allez grimper au-delà du Puy Griou, vous aurez une bonne heure de marche. Prenez un passe-montagne. Pendant ce temps, nous vérifions le contenu de la trousse d'accouchement.

J'enfilai sous ma robe d'infirmière le pantalon militaire que j'avais fait suivre et me couvris d'un épais tricot de laine que j'avais emporté en prévision de l'hiver. Je disposai sur mes épaules une cape épaisse et chaude que les sœurs me prêtèrent, qui enveloppa amplement mon corps jusqu'au bas des chevilles. Puis je passai sur ma tête un passe-montagne qui ne laissa entrevoir que mes yeux, mon nez et ma bouche. En route. Notre troupe de trois personnes se retrouva dehors et partit sans tarder.

— Je m'appelle Anthoine, nous dit l'homme, tout en marchant, avec un h après le t, précisa-t-il, peut-être pour faire comprendre qu'il savait écrire. Je prends la valise qui contient les instruments et je marche devant vous pour vous montrer le chemin. La pente est rude et parfois glissante. La journée s'annonce très froide, sans doute une température bien en dessous de zéro. Le ciel est couvert et noir, je pense qu'il va neiger avant la fin de la journée. Cela arrive, parfois, dès cette époque de l'année.

Il ne nous dit plus un seul mot jusqu'à l'arrivée chez lui. Il marchait d'un pas régulier et cadencé. Je fus presque obligée de courir pour le suivre. Pourtant, il ne donnait pas l'impression de marcher très vite. Dans la pénombre du matin, la forêt de sapins traversée ajoutait de l'obscurité à l'obscurité. Les souliers de montagne que j'avais chaussés adhéraient bien au sol, mais chassaient de temps en temps sur des roches prises dans des poches de glace. Cela m'incita à redoubler de vigilance dans mes gestes. Je reconnus sur ma gauche, après un long moment de marche, le profil du Puy Griou qui tranchait nettement sur le fond du ciel pourtant encore bien sombre. Notre petite colonne obliqua en cet endroit vers la droite et contourna un massif qui me parut long. On ne faisait que deviner, au loin, sur la gauche, la forme du Puy Mary. « *Nous devons suivre le chemin qui mène au col de la Rombière* », pensai-je. Je découvris, enfin, sur ma gauche, une sorte de petite ferme, une maison sans lumière apparente, entourée d'un enclos et, tout à côté, un buron et une étable. Je repérai, quelques mètres devant la maison, la nacelle d'un puits équipé d'une pompe manuelle. Un abreuvoir pour animaux d'une grande longueur y était attenant et pouvait ainsi être facilement alimenté en eau. Venant du côté nord, en altitude, j'entendis nettement le bourdonnement vif d'un torrent qui devait descendre des hauteurs environnantes pour aller se jeter plus loin dans l'impétueux Alagnon naissant. Trois beaux chiens sortirent d'une grange et coururent vers leur maître en jappant de bonheur et vinrent recevoir une caresse de récompense sur leur encolure, tout en jetant un regard plein de curiosité, mais sans animosité sur Marie-Cécile et moi-même.

— Nous voici arrivés, annonça Anthoine. Ma femme, Catherine, est installée dans la pièce principale, pour être au chaud, en compagnie de sa mère.

Il ouvrit la porte de la chaumière et nous fit entrer.

Je fus saisie d'une forte émotion en découvrant l'intérieur, assez sombre. Il n'était éclairé que par une lampe à pétrole accrochée à une poutre grossière qui traversait toute la pièce, et par une grosse bougie posée sur un meuble imposant, sans doute fabriqué en bois de sapin, qui occupait une grande partie du mur du fond. Sur la droite, un feu ardent flambait dans la cheminée, un lourd chaudron empli d'eau accroché au-dessus des flammes. Un vieux chat ronronnait au pied de l'âtre et ne daigna même pas s'intéresser à nous. Une belle et haute horloge en bois occupait le principal pan de mur. Une table longue, aménagée en lit, était placée au centre de la pièce, recouverte d'un drap et de couvertures, avec deux chaises juste au-devant. Sur une table plus petite, accolée à la table principale, un monceau de linges propres était déjà posé et une grande cuvette encore vide était également là avec savon et serviettes comme accessoires. En entrant, je n'entendis que le tic-tac de la pendule, le crépitement du feu et le sifflement du vent dans le conduit de la cheminée.

Il me sembla revivre un évènement passé douloureux, je fus prise d'un vertige ; je le cachai en me tenant au branle de la porte, le temps de récupérer. Deux femmes étaient assises devant le feu, et se levèrent à notre entrée. L'une d'elles, la future mère, habillée d'une chemise de nuit en coton, devait avoir trente ans, l'autre environ cinquante. Anthoine les présenta :

— Voici ma femme, Catherine, et ma belle-mère, Louise.

— Bonjour ma sœur, me dirent les deux femmes à tour de rôle.

Je ne démentis pas le titre, pensant mieux me présenter plus tard. Louise nous débarrassa de nos vêtements lourds, puis nous couvrîmes nos têtes de coiffes d'infirmière protectrices. Nous fîmes remplir la cuvette d'eau chaude pour laver nos mains et bras avec beaucoup de soin. Puis Marie-Cécile passa en revue les préparatifs déjà faits par nos hôtes, fit allonger la jeune femme sur la couche et la mit en position pour pouvoir vérifier le pouls et procéder à des examens de palpations préliminaires.

— Est-ce que mon mari peut rester ? demanda la jeune femme, d'emblée.

— Si vous me le demandez, c'est que vous le souhaitez, répondit Marie-Cécile.

— Oui, sa présence me rassure et me rend plus forte.

— Et vous, monsieur, voulez-vous assister votre femme pendant l'accouchement ? Les hommes sont rarement volontaires pour rester, la demande est inhabituelle.

— J'ai été présent pour les trois naissances précédentes. Cela s'était bien passé. Je tiens à soutenir ma femme et à revivre ces moments inoubliables.

— Alors, vous êtes le bienvenu, lui répondit Marie-Cécile. Toutefois, si j'estime pour des raisons que je ne peux prévoir que votre présence puisse devenir une gêne, il faudra accepter de vous retirer.

— Si cela doit arriver, je vous obéirai.

— Bon. Faisons un premier point, dit Marie-Cécile, en se tournant vers la jeune femme. Avez-vous des contractions ? demanda-t-elle.

— Oui, mais elles sont espacées et ne sont pas encore douloureuses. Elles reviennent environ toutes les dix minutes, peut-être un petit peu plus, me semble-t-il.

— Depuis combien de temps avez-vous perdu les eaux ?

— Je dirais deux heures.

— Bien, le travail a commencé.

Marie-Cécile enfila des gants propres et, après un premier examen intime de la jeune femme, déclara :

— Le col est peu dilaté. Il va falloir patienter. Le travail semble se faire lentement. Mais tout peut rapidement s'accélérer. Je referai le point dans un quart d'heure.

Marie-Cécile se retira dans un coin de la pièce où elle ouvrit la trousse d'accouchement et donna l'impression d'en faire un inventaire minutieux. Je la suivis et vis un pli soucieux qui barrait son front.

— Que se passe-t-il ? demandai-je, doucement.

Sans interrompre ce qu'elle était en train de faire, Marie-Cécile murmura entre ses dents.

— À la palpation, il me semble avoir senti des pieds. L'enfant doit se présenter par le siège. Catherine a un bassin très large, mais il faudrait que son col s'ouvre vite et largement pour que le fœtus puisse passer sans trop souffrir et sans mettre la vie de la maman en danger. Cela m'ennuierait de devoir faire une césarienne ici. Je ne suis pas assez bien équipée. Ce serait risqué. Même si j'ai vu pire sur les champs de bataille. Restons sereines. Il ne faut pas inquiéter Catherine ni son mari et sa maman.

Les douze coups de midi avaient sonné depuis un bon moment à la pendule, puis treize heures et quatorze heures passèrent. Le temps de travail s'éternisait pour Catherine. Les contractions de l'abdomen devenaient de plus en plus fréquentes et douloureuses. Catherine prit appui sur ses coudes et observa attentivement Marie-Cécile qui, devant elle, était en cours d'observation. Elle lui demanda, à la fin d'une contraction :

— Ma sœur, que se passe-t-il ? Vous me paraissez soucieuse. Je préfère savoir si le travail n'évolue pas normalement. Cela m'aiderait, j'en suis sûre, à surmonter ce qui doit l'être. C'est dans ma mentalité.

— Non, ce n'est pas du souci de ma part que vous lisez sur mon visage, lui cacha bien Marie-Cécile, mais un gros effort d'attention et de concentration. Je suis maintenant certaine que le bébé se présente par le siège. J'ai senti au toucher des pieds et non une tête. Quand il va s'engager pour sortir, il va falloir aller vite, vous devrez pousser le plus fort possible malgré vos souffrances. Le col de l'utérus tarde à s'ouvrir au maximum, je souhaite qu'il s'ouvre beaucoup plus.

— Pour mes précédents accouchements, il était largement ouvert.

— Les enfants s'étaient-ils présentés normalement ?

— Oui, par la tête.

— Si la tête appuie bien sur la sortie de l'utérus, son poids peut favoriser l'ouverture du col. En cet instant, les pieds ne jouent sans doute pas le même rôle.

Une nouvelle contraction forte et douloureuse entraîna des gémissements bruyants de Catherine. Marie-Cécile annonça :

— Une bonne nouvelle. Le col s'efface bien, enfin. Oui, je sens que la dilatation est presque complète. On va rapidement entrer dans la dernière phase, celle de l'expulsion. Dès que je vous le dis, il va falloir accompagner les prochaines contractions de poussées très puissantes. Vous avez un ventre remarquablement musclé. Vous allez y arriver.

La respiration de la jeune femme avait tendance à s'affoler

chaque fois qu'elle subissait de terribles douleurs provoquées par les fortes contractions qui se succédaient en vagues déferlantes sur son corps.

— Accompagnez sa respiration, dit Marie-Cécile au mari.

— Comment ?

— Prenez-lui la main et placez votre visage près du sien. Donnez-lui le rythme d'une respiration vive, mais régulière. Dites-lui de suivre votre rythme.

— D'accord. Compris.

Puis Marie-Cécile s'adressa à moi :

— Attrape-moi le bistouri. Passe-le dans les flammes du feu, puis tiens-toi prête à me le transmettre si je te le demande.

Et, en effet, tout s'enchaîna rapidement. Marie-Cécile aperçut un petit pied puis le second qui s'engagèrent en premier hors du col totalement dilaté et le siège qui se présenta lors de la poussée suivante extrêmement puissante de la maman, coordonnée avec une contraction.

— Allez-y, c'est le moment de jeter toutes vos forces dans la poussée, encouragea Marie-Cécile, encore, encore, oui, c'est bien, encore.

Marie-Cécile fut obligée de procéder à une légère incision du périnée pour favoriser l'expulsion du siège. Elle saisit l'enfant dont les bras sortaient à leur tour et bascula le tout petit corps sur le ventre de sa mère pour faciliter en dernier la sortie de la tête. Ce fut fait. Elle clampa de suite le cordon ombilical.

Le bébé poussa alors un violent cri de désappointement, sans doute mécontent de devoir quitter le paradis maternel où il se sentait tellement bien.

— Tout s'est merveilleusement passé, déclara Marie-Cécile. Vous avez un beau petit garçon, il doit bien peser huit livres.

Elle me chargea de recoudre l'incision du périnée – ayant travaillé régulièrement en assistance des chirurgiens sur le front, j'avais en effet réalisé des interventions allant au-delà du rôle de la simple infirmière que j'étais – pendant ce temps, elle nettoya minutieusement le bébé. Après l'avoir enveloppé dans une chaude couverture, elle le confia dans les bras d'une maman très fatiguée, mais émerveillée et soulagée. En admirant son enfant, celle-ci pleura doucement de joie. Son mari, ému, posa ses lèvres sur son front, et toucha avec délicatesse le linge qui enserrait le bébé.

Je compris à cet instant-là que pour la future mère, découvrir le visage et l'odeur de l'enfant, constituait l'acmé sublime et parfaite, le couronnement somptueux, exceptionnel, le plus incroyable, et la transcendance suprême et souveraine de la femme accomplie. C'est le parangon féminin qui conduit à l'exaltation et au bonheur d'accomplir sur terre l'acte humain le plus généreux et le plus noble. Ainsi me rendis-je compte que ce mystère de la fécondité consacrait véritablement la femme comme la précellence de toute la création. Puis le nouveau-né, dans son berceau, rassemblant autour de lui tous les membres de la famille, émerveillés, apaisés, souriants, en admiration, mettait en joie et enchantait le cœur de chacun.

Une demi-heure plus tard, Marie-Cécile constata que la délivrance ne se faisait pas encore. Elle prit la décision de l'accélérer. Elle mit de nouveaux gants spécifiques et introduisit sa main jusqu'à l'utérus et réussit à aider au décollement du placenta puis à ramener ce dernier en entier. Elle contrôla, enfin, que tout soit bien extrait de l'utérus et que toute l'intimité de la jeune femme fut bien propre.

Une fois l'enfant posé dans un petit lit placé près de la table de travail de sa maman, celle-ci ferma les yeux et s'endormit.

— Comment allez-vous l'appeler ? demanda Marie-Cécile.

— Son prénom principal sera Benoît comme son grand-père paternel, répondit Anthoine. Dites, ma sœur, est-ce que le curé vient chez vous dimanche prochain dire la messe ? C'est pour baptiser l'enfant, sans attendre.

— Oui, le curé de Laveissière vient tous les dimanches soirs. Mais pourquoi ne pas aller directement à la paroisse ?

— On ne veut pas tarder. On ne sait jamais, s'il arrivait quelque chose à l'enfant…

— Je vous rassure, je l'ai examiné, il est bien bâti et solide ce garçon. Mais, à Laveissière, vous aurez Monsieur le curé dès dimanche matin.

— Ah oui, c'est vrai ! Je vais aller le voir dès demain pour lui en parler. Bon, maintenant, nous allons manger, vous devez avoir faim.

— Vous avez raison, prises par l'accouchement, nous n'avons pas vu le temps passer. Nous allons manger puis rentrer avant l'arrivée de la nuit.

— Il vaudrait mieux que vous passiez la nuit ici. Il a neigé et les chemins ne sont pas très visibles pour ceux qui ne connaissent pas.

— Nous avons nos prières du soir, je souhaite rentrer pour l'heure des complies.

— Bon, je préfère vous accompagner, alors.

— Mais non, il vaut mieux que vous restiez auprès de votre femme et de votre fils.

— Ma belle-mère est là.

— Oui, mais elle peut ne pas être en mesure de faire ce qui nécessite la force d'un homme. Et puis vous devez avoir la traite des vaches.

— Nous n'en avons qu'une dizaine ici à l'étable.

— Ne vous inquiétez pas. Je suis déjà venue plusieurs fois par ici, je connais bien le coin.

Marie-Cécile était convaincue de sa capacité à bien reconnaître le chemin du retour. Mais la montagne, camouflée sous une légère couche de neige et prise dans les nuages, allait nous jouer un tour pendable. Au moment du départ, après effusions et remerciements, à cinq heures de l'après-midi, une légère pellicule de neige recouvrait le sentier. Le ciel était bas et sombre, les nuages masquaient les sommets des puys et autres hauteurs.

— Vous êtes imprudentes de partir maintenant, rappela Anthoine.

— Nous y allons, confirma Marie-Cécile, têtue.

— Partez alors, puisque vous en avez ainsi décidé, et dépêchez-vous, avec prudence. Et à nouveau un grand merci. Je passerai dès demain à votre monastère voir la Mère supérieure.

Nous partîmes, chargées de quelques produits de la ferme, pain maison et fromage de montagne.

.43.
Retour périlleux

Cela faisait près d'une demi-heure que nous nous étions engagées sur le chemin du retour. La neige tombait toujours. Je me contentais de suivre silencieusement sœur Marie-Cécile, mon esprit continuant à revivre en pensée les évènements de la journée. J'étais restée une assistante relativement passive, mais j'avais vécu intensément l'évènement de la naissance de Benoît. Captivée par les péripéties de l'accouchement, j'étais restée concentrée sur la lutte courageuse que livrait Catherine contre la souffrance afin de donner vie à son enfant dans les meilleures conditions possible.

Mon esprit me restituait encore le sourire radieux de la mère quand son enfant avait été posé sur son ventre et qu'elle avait découvert sa petite merveille. Elle irradiait de félicité et d'amour. J'étais profondément impressionnée par ce souvenir et n'arrivais pas à m'en détacher. La mère, qui m'avait parue bien quelconque tant ses traits peu gracieux étaient marqués par sa rude vie de montagnarde, s'était métamorphosée comme un papillon après la naissance. Quel bonheur se lisait maintenant sur les visages des membres de cette petite famille penchés sur le berceau ! Dire que je pourrais avoir un enfant, moi aussi, et que j'aurais pu alors connaître le même bonheur...

J'ouvris à nouveau les yeux pour regarder autour de moi et capter de nouvelles images afin de chasser des idées qui allaient déprimer mon âme.

— C'est bizarre, déclara alors Marie-Cécile, qui interrompit le déroulement de mes réflexions, ces hauteurs qui sont sur notre droite, ce n'est pas normal. On devrait les avoir sur notre gauche.

— En es-tu certaine ?

— Oui, et je vois que ces monts qui arrivent de notre droite bouchent l'horizon et confluent avec un précipice sur notre gauche, de sorte que notre chemin semble se terminer en cet endroit, là, juste devant nous.

— Regarde, un sentier se profile entre la montagne et le précipice, au bout, lui fis-je remarquer. Il doit conduire au chemin du Puy Griou.

Nous nous avançâmes jusqu'à l'entrée de ce sentier.

— Oui, il doit bien mener vers le Puy Griou, dit Marie-Cécile, mais il est extrêmement étroit et déjà enneigé. Il est probable qu'il soit verglacé par endroits. Si l'on perd l'équilibre, il se peut que nous tombions dans le ravin. Je pense connaître ce coin. La pente ne descend pas régulièrement. Elle comporte des chutes abruptes et profondes. C'est trop dangereux, il faut passer ailleurs.

— Rebrousser chemin et demander refuge à la ferme ?

— Ce serait le mieux, mais j'ai perdu mes repères pour y revenir. La neige a effacé nos traces. Je pense à autre chose. Normalement, en longeant le ravin, en sens inverse, cela devrait nous mener au col de Rombière. Là, un chemin assez large et bordé de part et d'autre par la forêt sera facile à repérer et à suivre. Allons-y !

Nous repartîmes donc en longeant le précipice, mais, très vite, nous tombâmes sur une situation embarrassante. Devant nous, le ravin obliquait sur notre gauche, nous laissant face à un effondrement abrupt de plusieurs mètres qui s'enfonçait dans une forêt touffue et sombre. Et, sur notre gauche, le vaste espace de prairies où nous avancions cédait la place également à une forêt dense et mystérieuse. Marie-Cécile pensa qu'en traversant ces espaces boisés soit par le bas, soit par le haut, on devait pouvoir accéder au col de Rombière.

— Sincèrement, cela me paraît très risqué, lui assurai-je. Si on s'aventure dans cette descente qui paraît très dangereuse sans se blesser, on ne pourra plus remonter et nous serons bloquées ici. Et je ne devine aucun chemin sous la neige qui traverse l'autre bois sur notre gauche. Dans ma forêt landaise, je sais toujours me repérer, je ne m'y perdrai jamais. Mais ici, si l'on se perd, je ne suis pas certaine de savoir revenir en arrière.

— Franchement, moi non plus. Bon. La solution la plus pertinente demeure que nous revenions à notre point de départ. Je suis certaine que nous allons trouver une solution.

Une fois revenues au confluent de la montagne et du précipice, la nuit était proche et la visibilité limitée. Marie-Cécile examina les lieux.

— Vois-tu, me dit-elle, en me montrant la direction du ravin, on devine par là quelques lumières. C'est la vallée qui est habitée. Je sais que la pente qui est devant nous est dangereuse parce qu'irrégulière et entrecoupée de chutes raides par endroits. Je suis passée à plusieurs reprises par le chemin, tout en bas, qui longe cette hauteur. Une grange occupe un enclos au bord de ce chemin. Le bois que nous voyons ici, en dessous de nous, occupe tout le haut, sur la partie la plus inclinée, mais ensuite, au bois succède une prairie en pente douce et sans danger. Les problèmes à résoudre pour nous consistent donc à pouvoir atteindre sans nous blesser les premiers arbres qui sont bien implantés à une vingtaine de mètres par cette descente plutôt raide, puis à repérer les chutes pour les contourner.

— Oui, mais comment ? Et ensuite ?

— Je sais comment faire. Es-tu prête à me suivre ou crains-tu l'épreuve ?

— À la guerre comme à la guerre. Poilus, à l'assaut !

— D'accord ? Alors je montre l'exemple.

Marie-Cécile s'approcha du précipice. Son inclinaison ne permettait pas de s'y aventurer en position debout. C'est pourquoi elle s'assit sur le rebord puis se laissa glisser sur son postérieur en direction des arbres, comme une descente en luge, mais sans luge.

Elle prit vite de la vitesse. Cependant, elle arriva à se bloquer sans mal sur le premier sapin rencontré. Elle se releva en prenant appui sur l'arbre et m'annonça :

— C'est bon, Anne. Première étape réussie. Je suis arrivée à la lisière du bois. Vas-y. Fais comme moi. Sois prudente, mais c'est sans danger.

Je la rejoignis en adoptant la même méthode.

— Maintenant, les arbres sont très rapprochés les uns des autres. Il faut obliquer vers la gauche où se trouve la prairie.

Marie-Cécile prit un petit rocher et le lança dans la pente. On entendit distinctement le bruit continu qu'il produisit en roulant, hors une petite interruption qui signalait clairement qu'il était passé au-dessus d'un ravin abrupt. Elle recommença régulièrement cette expérience afin de repérer les chutes et de les contourner.

— On peut y aller. La prochaine chute est encore loin.

D'arbre en arbre, nous débouchâmes sur un vaste espace que nous devinions dans la pénombre de la nuit envahissante. Nous aperçûmes au loin la silhouette d'une grange.

— Maintenant, dit Marie-Cécile, nous pouvons avancer sans risque, la pente doit être douce et régulière. Mais allons-y en posant délicatement nos pas, en direction de la grange.

La nuit était définitivement tombée sur toute la zone. Nous sortîmes du bois et retrouvâmes un sol enneigé, car, sous les arbres, la neige n'avait pu arriver jusqu'au sol, retenue par les cimes resserrées des résineux qui formaient un rempart difficilement franchissable. En terrain découvert, nous nous arrêtâmes un instant pour contempler ce panorama nocturne que nous scrutâmes avec curiosité, rendu insolite par cette luminosité blanchie du sol, troublée par d'étranges silhouettes éparses sans doute d'arbustes sauvages. Un murmure régulier nous apprit qu'un petit torrent proche devait traverser le large espace qui s'ouvrait devant nous. Au loin, nous devinions la grande masse du Plomb du Cantal qui se perdait dans des nuages épais, noirs et bas.

Arrivées auprès de la grange à pas prudents, nous remarquâmes une cheminée sur le toit.

— Je suis sûre que de la fumée sort de cette cheminée, constatai-je. Comment cela se fait-il ? Ce n'est ni une ferme, ni un buron, encore moins une maison d'habitation.

— Rien de tel, me confirma Marie-Cécile, cette grange doit essentiellement servir à y entasser les foins qui proviennent de la prairie que l'on vient de traverser. Si la cheminée fume maintenant, cela veut dire que quelqu'un y loge. Comme je ne sais plus comment retrouver le chemin qui doit passer plus bas et qui mène aux Chazes, on va frapper à la porte. Si quelqu'un est là, il pourra nous renseigner.

L'entrée de la grange se trouvait en contrebas de notre position actuelle, et l'espace de l'entrée qui couvrait toute la largeur du bâtiment était entouré d'une sorte de murette de soutènement.

— Il va falloir sauter sur ce terre-plein, me dit Marie-Cécile. La hauteur est difficile à apprécier dans le noir. Cela doit faire un bon mètre. Je saute, puis tu me suis.

— Pas question, cette fois-ci, c'est moi qui donne l'exemple.

Et, aussitôt, je me lançai dans le vide, en estimant mon envol pour une chute d'un mètre. Surprise ! Je touchai le sol plus vite que je ne le pensais, coupée dans mon élan sans m'y attendre. Amusée, j'éclatai de rire.

— Le saut, dis-je, ne fait que cinquante centimètres au maximum. Donne-moi ta main, je te reçois dans mes bras.

La porte de la grange était constituée de deux énormes battants couvrant presque toute la largeur. Au milieu, une porte plus petite y était intégrée pour permettre le passage d'un seul individu. Marie-Cécile frappa vigoureusement sur l'un des battants de la petite porte et cria.

— Quelqu'un est-il là ? Je suis sœur Marie-Cécile du monastère.

Elle frappa à nouveau et secoua la porte. Un bruit finit par se faire entendre à l'intérieur de la grange, puis la porte s'entrouvrit légèrement. Par l'entrebâillement apparut le visage d'un homme d'une quarantaine d'années tellement surpris d'apercevoir devant lui deux femmes à cette heure de la soirée et en un tel endroit qu'il nous présenta un air totalement ahuri.

— Qui êtes-vous ? demanda-t-il.

— Sœur Marie-Cécile, du petit monastère, et une accompagnante. Nous venons réclamer l'hospitalité, nous nous sommes égarées.

L'homme ouvrit la porte en grand et nous fit entrer.

— Que faites-vous donc en pareil endroit si tard et par un tel temps ?

— Nous arrivons de la ferme du haut, où nous sommes allées pour donner naissance à un enfant dans la famille d'Anthoine.

— Ah ! Je dois y monter demain matin, tôt, pour l'aider dans son travail. Mais, pour vous, ce n'est pas le bon chemin, d'où arrivez-vous donc ?

— Nous venons de descendre directement des hauteurs, en passant à travers le bois du dessus.

— Mais, il n'existe pas de chemin par là, et c'est dangereux, surtout de nuit, et quand on ne connaît pas, constata l'homme, de plus en plus étonné. Comment avez-vous fait ?

— Ne me demandez pas comment nous avons fait, car je n'en sais rien, et je serais sans doute incapable de retrouver par où nous sommes arrivées. Nous avons réussi, voilà tout. Maintenant, il nous faut retrouver le chemin qui mène aux Chazes, après nous saurons revenir au monastère.

— Voilà ce que je vous propose, ma sœur. Moi, j'arrive de Vic-sur-Cère, et je comptais repartir demain matin par le col de Rombière. Mais je connais bien aussi le sentier du Puy Griou. Je pourrai ainsi vous guider jusqu'aux premières maisons de Chazes en arrivant d'ici, c'est sur mon chemin. Ne repartez pas dans la nuit. Ce serait dangereux. En quittant la prairie, il faut franchir un torrent grâce à un ponceau qu'il n'est pas facile de repérer dans la nuit. Puis vous pourriez vous tromper encore de route, même si elle n'est pas trop difficile à trouver. Ici, il n'y a pas de lit, mais le foin est accueillant et, si vous n'y êtes pas allergique, il reçoit confortablement. De plus, il nous tient dans une douce chaleur.

— Mais, comment se fait-il qu'une cheminée soit installée dans cette grange et que vous ayez allumé un feu, n'est-ce pas dangereux ?

— Oui, c'est dangereux, mais je ne vais pas le laisser allumé pendant la nuit. Il faisait très froid à l'intérieur. J'ai donc allumé le feu pour me réchauffer.

— Nous avons des provisions avec nous, dit Marie-Cécile, changeant de sujet de conversation. Puis-je vous inviter à partager notre frugal repas ?

— Moi, je viens de manger, je ne pars jamais sans approvisionnement. J'ai aussi du vin et de l'eau, ils sont à votre disposition. Alors, que faites-vous, allez-vous passer la nuit ici ?

— Cela me paraît, en effet, une sage décision. Anne, qu'en penses-tu ? À mon avis, nous n'avons plus le choix.

— Dormir dans une grange et dans le foin, je connais. Moi, je suis d'accord.

Nous nous défîmes de nos capes trempées sous la neige et les étendîmes devant le foyer de l'âtre pour les faire sécher. Puis, nous nous restaurâmes avec le pain et le fromage offerts à la ferme. Ensuite, nous aménageâmes un emplacement confortable dans le foin et nous allongeâmes l'une contre l'autre pour nous tenir chaud mutuellement. Nous nous couvrîmes de nos capes séchées, remontées jusqu'au niveau de notre cou. Une douce tiédeur corporelle nous fit du bien. On entendit au-dessus de nos têtes des craquements de la nature, sans doute provoqués par les effets du froid et de la neige, et par un vent léger qui sifflait doucement. Très vite, un léger ronflement, celui de l'homme, se fit entendre depuis le fond de la grange. La nuit s'écoula dans cette profonde quiétude. La période des rêves que l'on mémorise arriva. En tout cas, je me suis toujours souvenue de celui qui précéda mon réveil. Je me voyais dans un environnement étonnant. Située au sommet d'une sorte de dune, j'apercevais devant moi, à perte de vue, une immense étendue d'un sable blond. Le murmure d'un zéphyr berçait agréablement mes oreilles. Dans la nudité absolue de cette nature sauvage, je suivis une apparition minuscule et nébuleuse qui grossissait en progressant vers moi. Je scrutais avec beaucoup de curiosité cette forme incertaine pour essayer d'en deviner la nature. Quand les contours devinrent plus précis, je crus reconnaître un animal, un petit cheval, ou même un âne, portant une personne, mené par un compagnon qui marchait auprès d'eux. Simultanément, un chant doux et émouvant s'éleva, interprété par une voix très pure. Était-ce la personne transportée sur l'âne qui chantait si agréablement ? Vint l'instant où je vis enfin très bien cette personne. Il s'agissait d'une jeune fille très belle, la tête couverte d'un voile blanc, sans doute pour se protéger des rayons brûlants du soleil qui tombaient sur le désert, et tenant quelque chose dans ses bras, bien serrée contre son corps. Oui, je reconnus la mélodie et les paroles, c'était l'*Ave Maria* de Schubert. Quand le couple de voyageurs passa devant moi, la dame me regarda avec une grande affection, me sourit et leva très haut l'enfant qu'elle tenait dans ses bras, comme une offrande qu'elle me destinait. Au moment où le couple poursuivait son chemin et disparut à l'horizon, le chant se termina. Je me réveillai en sursaut, et regardai autour de moi, à la recherche du couple en fuite. Je rencontrai les yeux de Marie-Cécile qui m'observait d'un air amusé.

— À quoi rêvais-tu ? me demanda-t-elle.

— Je viens de faire un rêve étrange, qui me bouleverse. Que peut-il signifier ? J'étais perdue en plein désert et je voyais venir vers moi un homme à pied et une femme juchée sur un âne serrant très fort un enfant dans ses bras et le couvant de son amour. Leur marche était accompagnée de la mélodie d'un *Ave Maria.* En passant devant moi, la jeune dame posa sur moi un regard plein de tendresse qui m'a profondément remuée, puis elle m'a présenté son enfant en le tenant bien haut au bout de ses bras comme si elle voulait me l'offrir ! Pourquoi cette offrande ? Faisait-elle référence à mon passé ? Et ce sourire, cherchait-il à me témoigner du réconfort ? Oui, je suis émue, parce que j'éprouve le sentiment d'avoir reçu un message fort, et ce message, je ne le comprends pas.

Marie-Cécile ne répondit pas immédiatement à mon propos. Elle réfléchit. Puis me dit :

— Le chant de l'*Ave Maria* ne présente aucun mystère. Je viens d'être en prière et c'est moi qui l'ai interprété, comme cela m'arrive souvent. J'ai des raisons personnelles pour le faire. L'image que tu as perçue dans ton rêve me fait penser à la fuite en Égypte à travers le désert de Marie, Joseph et l'Enfant Jésus lorsqu'ils quittèrent Bethléem pour échapper au massacre perpétré par le roi Hérode. Mais j'ignore si ce rêve a une signification et pourquoi il en aurait une. Peut-être est-ce lié à un désir d'enfant de ta part ?

Marie-Cécile perçut dans mes yeux une expression de désarroi et un réfrènement forcé de larmes qui m'empêchèrent de répondre.

— Aurais-tu un grand désir d'enfant ? me demanda Marie-Cécile après un temps d'attente.

— J'ai toujours ardemment désiré un enfant de celui que j'ai tant aimé et qu'un jour notre amour se manifeste par ce don du ciel, mais ma fidélité envers celui qui n'est plus demeurera indestructible jusqu'à la fin de ma vie. Je n'aurai plus jamais d'enfant né de mon sein.

— Seul le Seigneur connaît ton cœur, ta pensée. Et peut-être que la dame qui t'a souri a voulu par ce geste, et en te montrant son enfant, t'annoncer l'arrivée prochaine d'un enfant, pour toi.

— Mais, c'est impossible, je te l'ai expliqué.

— Souviens-toi toujours de ce que je viens de pressentir.

Au petit matin, très tôt, encore dans la nuit, notre petite troupe guidée par l'homme partit pour les Chazes et, de là, Marie-Cécile et moi-même regagnâmes le petit monastère.

Le 10 novembre 1918, dans la matinée, enfin rétablie, je pris le train du Lioran. L'au-revoir à la communauté fut chaleureux, et la séparation avec Marie-Cécile particulièrement émouvante. Tant de liens forts s'étaient tissés entre nous en si peu de temps !

Au bout du voyage, j'allais retrouver Pissos, mon village, après être passée par Aurillac, Brive, Périgueux, Libourne, Bordeaux, Facture, et la gare d'Ychoux où je descendis.

Le 11 novembre 1918, j'arrivai enfin dans mon village.

.44.
Lumière vive d'Automne

J'arrivai à Pissos précisément le 11 novembre 1918, au début de l'après-midi après avoir parcouru à pied les douze kilomètres qui séparaient la gare d'Ychoux de mon village, tout en évitant soigneusement les chemins les plus empruntés afin de n'être ni vue ni reconnue. Et ce pour me rendre en toute discrétion au plus haut de la dune de Testarouman. De ce point d'observation, j'embrassai du regard le val de Leyre qui s'étendait à mes pieds. Entourée de pins maritimes, je caressai l'un d'eux, son écorce brune et lisse, comme s'il s'agissait d'un être cher que j'étais heureuse de retrouver après une si longue séparation. J'admirai la prestance de l'arbre dont le tronc s'élevait très haut et droit vers le ciel. Au fond de la vallée, l'onde sauvage du fleuve glissait allègrement sur son lit de sable doré et me berça de son ruissellement musical monocorde. Sous les frondaisons qui m'abritaient et où se fondaient les multiples couleurs de l'automne, la Grande Leyre traçait son chemin et fonçait vers l'océan.

Je descendis la dune en suivant le sentier menant à la plage de sable blanc qui bordait le fleuve, et m'y m'installai. L'eau était abondante en cette saison, mais ne débordait pas encore au-delà de son lit habituel. Elle écumait par endroits en luttant contre des troncs que des vents de tempêtes passées avaient transportés là et abandonnés en travers du flux. Machinalement, je me baissai pour ramasser une poignée de sable dans ma main : « *Qu'il est froid !* » pensai-je.

Il est vrai que l'automne était bien avancé.

Je me perdis un instant dans un rêve puis j'entrai en méditation. La grande aventure que je venais de vivre avait commencé près d'ici au début de l'automne précédent, dans un bonheur indescriptible d'amour. Je ne pouvais alors imaginer que ce bref instant magique serait suivi de tant de chagrins et de souffrances. Pourtant, ce ne furent que des souvenirs heureux qui me revinrent. Moments partagés avec mes amis d'enfance, nos promenades en barque, les pêches au brochet, la cueillette des champignons, les jeux dans les bois, ou encore les bains dans l'eau froide, mais aussi quelques gentils baisers avec mon amoureux à l'abri des regards.

Mon attention se porta à nouveau sur le sable que je tenais.

« *Il est aussi blanc et froid que de la neige* » pensai-je. Comme cette neige que j'avais dû affronter au mois de février de cette même année. Que tout ceci me parut si lointain !

Puis les images défilèrent dans mon esprit avec une telle limpidité que j'eus soudain la sensation que toute ma vie s'était déroulée en une seule journée.

Sur la plage de Testarouman, après avoir revécu en pensée les épisodes marquants de ma jeunesse et célébré mes retrouvailles avec ma chère grande Lande, je repensai d'une manière fugace à l'avant-veille de mon retour au pays. Ce jour-là, j'avais fait une dernière balade dans les monts du Cantal en compagnie de mon amie sœur Marie-Cécile. La neige habillait toute la nature d'une grande pureté et le froid saisissant transformait notre haleine de promeneuses en un petit nuage opalin qui s'échappait de nos bouches et des muqueuses de nos narines. Je me revis aspirant à pleins poumons l'air frais et délicieux descendu des montagnes et porté par un vent léger qui virevoltait autour de nous selon son humeur.

Ici, dans mes Landes, au cœur de cette forêt lumineuse et odoriférante, je me sentis pleinement chez moi. Le petit fleuve coulait en un bruissement que je connaissais parfaitement, et ici, ce coin de verdure isolé et cerné de pins hiératiques, avait été le jardin exclusif de mes amours.

La journée était fraîche, mais belle. Le soleil accomplissait son périple dans un ciel clair et pur. Quand il eut franchi le zénith et pris la direction de l'océan, je me décidai enfin à rentrer au village, pour y retrouver mes parents auxquels je n'avais pas précisé la date de mon retour, voulant leur réserver la surprise.

Je me lançai alors sur ce sentier maintes fois parcouru main dans la main avec Joanis, jonché d'aiguilles de pin teintées aujourd'hui d'un brun foncé. De petits chênes se mêlaient, en début de parcours, aux pins, maîtres des lieux, abritant sous le couvert de leurs feuilles rougies par l'automne les derniers bolets de la saison. Des fougères en partie ternies résistaient encore au flétrissement qui les guettait irrémédiablement. Des senteurs de résine persistaient toujours malgré la fin prochaine de la campagne de gemmage.

À l'instant même où j'entrai dans une boucle du chemin rompant ainsi la monotonie de la longue ligne droite que je suivais jusqu'alors, je découvris arrivant en face de moi un jeune enfant d'environ sept ans.

Me reconnaissant, ce dernier éclata d'un grand rire, trépigna de joie sur place, puis accourut vers moi de ses petites jambes et vint se jeter dans mes bras en criant :

— Maman ! Maman !

Je m'accroupis et reçus contre moi l'enfant qui se blottit sur mon sein et entoura de ses bras mon cou qu'il serra très fort. Il m'embrassa fougueusement sur les joues et s'écria :

— Maman, je savais que tu rentrerais chez nous, alors que grand-père me racontait que tu étais partie pour un si long voyage, qu'il ne savait pas si tu en reviendrais, et qu'il pourrait me l'expliquer plus tard, quand je serai plus grand. Mais moi, tous les soirs, je faisais une prière au Bon Dieu, sans grand-père, pour lui dire que je voulais que tu reviennes. Grand-mère m'a toujours dit que le Bon

Dieu écoutait les petits enfants.

Retrouvant mes esprits, je réalisai que cet enfant que je n'avais pas reconnu tant il avait changé en quelques mois était Jean, mon neveu, le fils de ma sœur tant aimée. Par contre, lui, et cela m'étonna, me confondit avec sa maman. Il est vrai qu'avec ma sœur nous nous ressemblions tant... Et le temps devait lui aussi faire son œuvre sur le cher bambin qui peinait à se souvenir véritablement des traits de sa mère.

— Mais oui, mon chéri, lui dis-je, bien sûr que je suis revenue. Tu sais, j'étais à la guerre, j'aurais pu ne pas revenir.

— Comme papa ?

— Comme ton cher papa.

— Maman, pourquoi tu n'as plus la même odeur ?

— Ah ! Vois-tu, j'ai ramené avec moi l'odeur de la guerre ! Elle n'est pas bonne, cette odeur. Je te raconterai, j'ai été au contact de terres bouleversées et imprégnées de choses malodorantes, j'ai rencontré aussi beaucoup de blessés, de malades qui sentaient la guerre. Alors, j'en suis certainement marquée profondément et tout cela a changé beaucoup de choses en moi.

— Mais tu es enfin là, je suis tellement content parce que tu es là ! Pourquoi es-tu sur ce chemin ?

— J'allais te poser la même question. Tu es bien jeune pour partir ainsi seul, loin de la maison. Grand-père est-il au courant ?

— Je pars souvent me promener tout seul en forêt. Bien sûr que grand-père et grand-mère le savent. Avant de partir, ils veulent que je leur dise toujours où je vais.

— Je ne les ai pas encore vus depuis mon retour. Je ne suis arrivée qu'aujourd'hui. Si tu veux, on va repartir ensemble et on va aller les retrouver.

— Bien-sûr que je le veux.

Je me relevai, pris mon petit Jean par la main et tous les deux nous repartîmes en direction du village.

En passant la lisière de la forêt, nous tenant main dans la main, nous débouchâmes sur le vaste espace nu et herbeux qui se déroulait jusqu'au pied de l'église du village. Je fus heureuse de revoir le haut clocher qui servait si souvent de repère à ceux qui s'égaraient en campagne tel le phare vient au secours du marin en perdition. À cet endroit, le sentier forestier se transformait en un chemin suffisamment large pour accueillir la circulation de charrettes tirées par deux mules attelées de front.

Au même instant, les cloches se mirent à sonner à toute volée, leur carillon manifestement gai, enthousiaste même et conquérant, donnant envie de danser de joie. On entendit faiblement, mais clairement, venant du village, des cris d'appels mutuels, des voix exaltées, la rumeur d'une manifestation bruyante spontanée ressemblant à de l'euphorie festive collective, des chants du pays se firent entendre ainsi qu'un tintamarre indéchiffrable sans doute produit par tous instruments sonores.

— Maman, tu entends ? me demanda petit Jean, intrigué. Qu'est-ce qui se passe ?

Simultanément, une belle tourterelle blanche nous survola et vint se poser près de nous sur la branche encore agrémentée de verdure d'un arbuste. Un rayon de soleil tombant sur l'oiseau charmant illumina son magnifique plumage. Alors la tourterelle se mit à roucouler joyeusement son bonheur de vivre tandis qu'au-dessus du clocher apparut haut dans l'azur un arc-en-ciel aux couleurs éclatantes. Ce phénomène était étonnant en l'absence de pluie ou d'orage, et avec la seule présence d'un soleil qui resplendissait encore dans un ciel radieux.

— Que se passe-t-il? répondis-je. Il se passe, mon petit Jean, un évènement extraordinaire. On entend l'homme et la nature qui célèbrent enfin le retour à la sagesse de l'humanité, nous allons fêter la paix revenue.

Je pris alors chaleureusement l'enfant dans mes bras et posai sur ses joues deux baisers fougueux. Ce geste provoqua un instant en moi un trouble de la vue par un éblouissement luminescent dans lequel il me sembla deviner comme l'émergence d'un visage angélique riant aux éclats, aux yeux malicieux me regardant avec une immense tendresse.

Après cette manifestation d'amour que je lui avais témoignée, je vis l'enfant m'observer attentivement. Il essayait de comprendre pourquoi mon visage éclairé d'un sourire lumineux était également noyé de larmes coulant abondamment sur mes joues.

— Maman, me demanda-t-il, pourquoi pleures-tu de grosses larmes ? Et pourquoi ris-tu sous tes larmes ? Tu es triste ?

— Au contraire, mon cœur est submergé d'un très grand bonheur enflammé par tout ce que je vis depuis quelques jours, et, surtout, à cet instant même, sublime, où j'ai retrouvé mon enfant. Mon âme est envahie par une émotion si forte qu'elle m'arrache des larmes délicieuses par lesquelles mon corps rejette hors de lui tout le mal dont j'ai tant souffert. Mon enfant, je pleure de joie parce que j'ai vécu de longs mois dans la nuit et que je vois à nouveau le jour, j'étais dans les ténèbres, et je retrouve enfin la lumière.

J'ajoutai autant pour moi que pour l'enfant :

— Oui, j'ai enfin retrouvé la lumière en ce si bel automne, et c'est l'annonce de la paix à tous les hommes qui resplendit en ce moment dans le ciel.

J'embrassai encore l'enfant avec passion, puis je repris sa main, et nous repartîmes d'un pas alerte en direction de l'église et de la maison familiale toute proche.

Les cloches continuaient leur joyeuse sarabande.

À l'horizon, vers l'ouest, bien au-delà du clocher de l'église, Jean s'émerveilla en y découvrant un ciel flamboyant comme un immense incendie.

— Maman, regarde le ciel, vers l'océan, il est rouge feu. Grand-père dit que quand le ciel est tout rouge en fin d'après-midi, quand le soleil part se coucher, cela veut dire qu'il fera beau, demain.

Demain ? À cette évocation du lendemain, je ressentis nettement que je laissais derrière moi un passé terrible dont certes la trace demeurerait à jamais indélébile, mais, surtout, qu'une nouvelle vie s'ouvrait devant moi, que je me sentais prête à affronter, poussée par une volonté farouche d'agir utilement. J'étais consciente que l'œuvre à accomplir pour aider l'enfance malheureuse sur notre terre s'annonçait démesurée. J'eus envie de crier, présomptueusement : « *A nous deux, le Monde de l'enfance, j'arrive !* »

Je serrai alors avec toute ma tendresse la main de petit Jean, comme un prélude à toute chose et lui répondit :

— Oui mon enfant, il fera beau demain, très beau...

FIN

Note de l'auteur : Aux temps d'après la Grande-Guerre, Anne consacra la plus grande partie de sa vie au service de l'enfance souffrante, surtout en Afrique mais aussi en Asie.

Annexes

Carte des 3 fronts successifs à compter du 15.07.1918 englobant l'ensemble du front ouest en France et Belgique de la Grande-Guerre.

ANNEXE N° 1 : LA BATAILLE DE LA MARNE DU 5 AU 12 SEPTEMBRE 1914 SUR LES PRINCIPAUX SECTEURS.

Après leurs affrontements en Belgique face aux forces allemandes, les forces alliées s'étaient repliées au sud de la Marne. Elles ne pouvaient plus reculer. L'heure d'engager un combat décisif entre les deux armées ennemies était arrivée. La totalité des forces des deux camps se trouvait enfin face à face sur une ligne allant de Paris à Verdun, et même au-delà. L'objectif des armées allemandes était d'encercler les armées françaises par l'est et par l'ouest, et de pouvoir ainsi prendre Paris à revers. L'instant était crucial. Le général Joffre, quand le moment d'exécuter le plan de bataille minutieusement préparé survint enfin, propagea à toutes les unités un ordre ferme :

« *Une troupe qui ne peut plus avancer devra, coûte que coûte, garder le terrain conquis et se faire tuer sur place plutôt que de reculer. Dans les circonstances actuelles, aucune défaillance ne peut être tolérée.* »

La bataille allait durer du cinq au douze septembre 1914.

Deux secteurs précis du front furent tout particulièrement le théâtre de combats acharnés et décisifs.

Le premier secteur où les combats furent décisifs se situa dans la région de l'ouest de l'Ourcq, localisé sur la plaine s'étendant au nord de Meaux, entre le canal de l'Ourcq et la ligne Dammartin - Nanteuil-le-Haudouin - Betz, et mettant aux prises du 5 au 10 septembre la sixième armée française, nouvellement créée et placée sous les ordres du général Maunoury et la première armée allemande commandée par le général von Kluck. Les assauts successifs des troupes alliées demeurèrent sans résultats tangibles face au redoutable feu allemand composé d'une artillerie lourde puissante et de nombreuses mitrailleuses. Mais les combats acharnés engagés obligèrent von Kluck à mettre en place une défense adaptée, à transformer en une véritable forteresse les positions allemandes sur près de vingt kilomètres et à fortifier plusieurs villages.

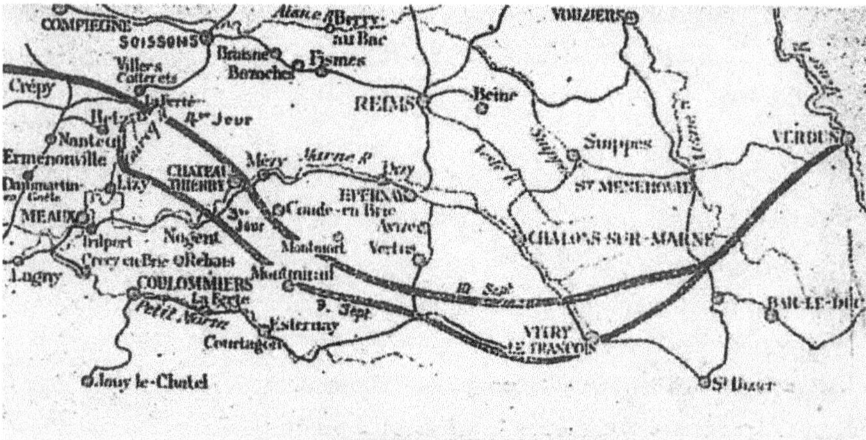

BATAILLE DE LA MARNE du 5 au 12 septembre 1914 :
—ci-dessus : situation des armées sur la Marne à la date du 9 et 10 septembre 1914.
—ci-dessous : carte de la région de Meaux où se livra la bataille de l'Ourcq.

Mais, surtout, il fut contraint de faire revenir dans ce secteur plusieurs unités, ce qui provoquera un déséquilibre sur le terrain du dispositif ennemi.

Alors que dans la journée du 9 septembre la situation devenait critique pour son armée, sous la menace de débordement par des forces supérieures en nombre et en équipement, des colonnes ennemies débouchant de tous côtés, et qu'un début de retraite s'amorçait, le général Maunoury envoya l'ordre de ne plus faire un pas en arrière, de marcher au contraire en avant et de se faire tuer sur place, s'il le faut, jusqu'au dernier. Les 4ème et 7ème corps français reçurent l'ordre de reprendre l'offensive de la façon la plus vigoureuse.

Surprise au matin du 10 septembre, les Allemands étaient en pleine retraite. Les Allemands en retraite, alors qu'ils étaient proches d'une victoire certaine sur la sixième armée française ? Un tel renversement s'expliquait par l'évolution de la bataille sur le reste du front.

Le deuxième secteur où les combats furent décisifs se situa dans les marais de Saint-Gond. Ces marais couvraient une région au sud d'Épernay, à l'est de Montmirail et au nord de Sézanne et occupaient une dépression formée par la vallée supérieure du Petit Morin. Ils étaient dominés par la butte de Mondement d'une altitude de 223 mètres.

Le général von Bülow, à la tête de la deuxième armée, lança massivement dans la bataille l'élite des troupes allemandes constituée des régiments de fer de Saxe et de la garde prussienne considérée comme invincible. En face, le général Foch commandait une armée nouvelle, la neuvième, et avait pour ordre de contenir l'ennemi et de contrecarrer l'objectif de von Bülow de couper en deux le dispositif français, car ce dernier visait de rejeter une partie des troupes françaises sur la droite, c'est-à-dire sur la Meuse, et l'autre partie sur la gauche, c'est-à-dire sur la Seine, et comptait ensuite prendre Paris et Verdun à revers.

Les troupes alliées offrirent une résistance acharnée et, dans la journée du neuf septembre, Foch et ses hommes lancèrent des offensives virulentes dans le nord du marais avec le concours de renforts de cavalerie, et y rejetèrent l'ennemi. Ainsi, après ces journées de combat, la neuvième armée française réussit non seulement à contenir l'ennemi, mais aussi à le repousser au nord de ce secteur et vers la Marne.

Ces dures batailles disputées dans les deux secteurs obligèrent le général von Kluck à faire revenir plusieurs divisions au nord de la Marne et à dégarnir ses positions au sud de la rivière, et le général von Bülow à

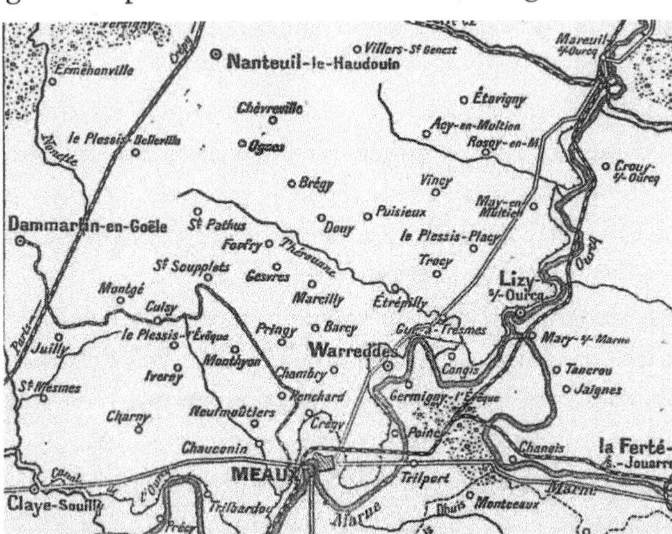

concentrer la deuxième armée qu'il commandait dans les marais de Saint-Gond. Ces mouvements divergents des troupes allemandes créèrent progressivement entre ces deux armées une brèche de près de cinquante kilomètres. Dans cet espace, la cinquième armée française commandée dorénavant par le général Franchet d'Esperey en remplacement du général Lanrezac, et le Corps expéditionnaire britannique qui était replié à l'est de Paris s'y engouffrèrent et mirent sous la menace d'enveloppement la deuxième armée allemande. L'objectif fut alors d'obtenir une victoire totale et définitive.

Les Allemands perçurent bien cette menace et décidèrent dès le neuf septembre d'organiser une retraite en bon ordre sur des positions arrêtées et préparées d'avance sur l'Aisne. Le chef de la Direction suprême des armées allemandes, le général von Moltke, délégua un jeune colonel prussien du nom de Hentsh pour transmettre l'ordre de repli.

L'armée française n'exploita pas cette situation, si favorable pour elle, en engageant la poursuite de l'ennemi en vue de l'anéantir. Ils ne réalisèrent que tardivement, dans la journée du dix septembre, le départ des troupes allemandes et tous les combattants étaient dans un état de profond épuisement. En outre, la logistique était à la traîne et n'arrivait plus à suivre et à accompagner le mouvement.

Pendant ce temps, les forces françaises qui combattaient plus à l'est, commandées par les généraux Sarrail (région de Verdun) et de Langle de Cary, résistèrent remarquablement à l'ennemi. Et le général Castelnau ne lâcha rien sur Nancy et s'opposa au contournement des armées françaises sur leur droite.

Les armées allemandes se replièrent au nord de l'Aisne. Quand les armées françaises arrivèrent au pied des crêtes du Chemin des Dames, elles ne purent plus déloger l'ennemi qui, bien installé au nord du plateau, avait réussi à mettre en place une défense efficace.

Après cette dure bataille des environs de la Marne, le général Foch déclara : « *C'est une victoire incontestable.* »

Le chef suprême de l'armée allemande annonça au Kaiser le soir de la défaite : « *Votre Majesté, nous avons perdu la guerre.* »

Les armées françaises et allemandes étaient, en effet, dans un état de fatigue et d'épuisement extrêmes. Pourtant, de nouveaux plans de guerre allaient être élaborés après le constat d'échec du plan allemand « Schlieffen » qui prévoyait d'en terminer en six semaines. La lutte allait se poursuivre pendant quatre longues années. Von Moltke fut remplacé au grade de Chef suprême de l'armée allemande par Erich von Falkenhayn.

Le général von Kluck dira au sujet des soldats français : « *Que des hommes ayant reculé pendant quinze jours, que des hommes couchés par terre et à demi-morts de fatigue puissent reprendre le fusil et attaquer au son du clairon, c'est une chose avec laquelle nous autres Allemands n'avions jamais appris à compter : c'est là une possibilité dont il n'a jamais été question dans nos écoles de guerre.* »

ANNEXE N°2 : BATAILLES DE VERDUN DU 21 FÉVRIER AU 15 DÉCEMBRE 1916 ET DE LA SOMME DU 1er JUILLET AU 18 NOVEMBRE 1916.

L'année 1916 a été profondément marquée par deux grandes batailles meurtrières engagées dans la région de Verdun et dans la Somme.

La bataille de Verdun restera une tragédie gravée à jamais dans la mémoire de l'Histoire des hommes.

La région de Verdun fait partie du plateau lorrain, rattaché dans son ensemble au bassin parisien. Se trouvant dans une situation hautement stratégique, elle a régulièrement subi tout au long de l'histoire les méfaits des invasions venant du nord de l'Europe et a été le théâtre de conflits nombreux qui opposèrent France et Germanie. C'est au seizième siècle que la France a annexé l'évêché de Verdun ainsi que ceux de Toul, et Metz. Le roi Henri II conquit la ville le 12 juin 1552. Verdun fut encore l'objet de luttes âpres entre la France impériale de Napoléon III et la Prusse pendant la guerre de 1870.

La ville de Verdun elle-même a été édifiée sur un éperon rocheux, ainsi que l'indique le terme dun de son nom qui est d'origine gauloise et signifie colline ou hauteur fortifiée. Son altitude varie de 194 mètres en partie basse à 330 mètres dans sa partie la plus élevée. La présence humaine à Verdun et ses alentours remonte à des temps immémoriaux, on en retrouve des traces et vestiges depuis l'époque paléolithique, soit de 300 000 à 400 000 ans avant notre ère

En 1916, le site de Verdun était entouré et protégé de tous côtés par un ensemble de fortifications construites et rénovées pour la plupart au cours du 19ème siècle. Côté rive droite de la Meuse, seize forts étaient implantés sur les hauteurs de 295 à 393 mètres du sud au nord de la ville. Le fort de Douaumont (altitude 390 mètres), construit à un peu moins de 10 kilomètres au nord de Verdun était l'un des plus vastes avec une superficie de trois hectares et protégé par une carapace bétonnée de six mètres. Prévu pour accueillir une garnison de huit cents hommes, il en reçut plus de trois mille ; au début de l'année 1916, il était en grande partie désarmé de ses canons alors transférés vers la Somme. De même, le fort de Vaux avait été désarmé en 1915.

En vis-à-vis, sur la rive gauche de la Meuse, et donc à l'ouest de Verdun, onze fortifications étaient également disposées sur les hauteurs, de 290 à 320 mètres, selon un arc de cercle qui ceignait la ville. Toutefois, les points névralgiques servant de pivot à la défense du secteur nord-ouest de Verdun au cours des futurs et violents combats allaient être la crête du Mort-Homme, d'une altitude de 295 mètres, localisée à un peu moins de quinze kilomètres de Verdun et à près de deux kilomètres d'un méandre du fleuve, et la Cote 304, légèrement au sud-ouest du Mort-Homme.

La ville elle-même, placée au centre du système, se trouvait défendue par une citadelle construite en 1625 et modernisée en 1887.

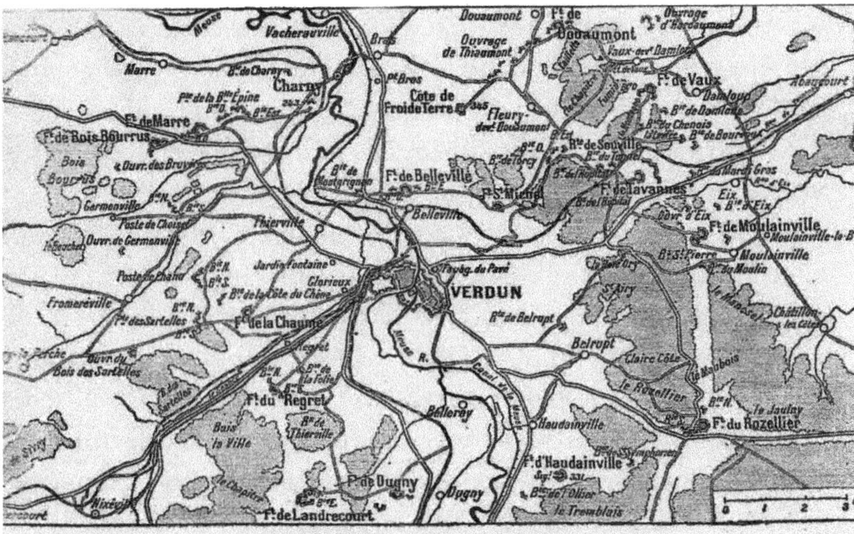

CARTE DÉTAILLÉE DU CAMP RETRANCHÉ DE VERDUN.

Elle est traversée par la Meuse dont la vallée est défendue par les ouvrages de défense mentionnés ci-dessus.

Le choix du secteur de Verdun fait par le commandement allemand tenait à l'objectif fondamental du général Falkenhayn d'obliger le commandement français à concentrer en un lieu relativement réduit un maximum d'hommes pour « en faire une saignée » telle que les forces alliées en sortiraient fortement amoindries de manière durable, et donc dans l'incapacité de poursuivre, à l'avenir, une lutte devenue, espérait-il, inégale et en sa faveur. Et, dans la foulée, il voulait, comme suite naturelle une fois le premier objectif atteint, réussir une percée des lignes françaises à Verdun.

En outre, les Allemands connaissaient les déficiences défensives du moment dans ce secteur. Cette région étant restée assez calme depuis plusieurs mois, les forces françaises présentes sur place avaient été réduites et plusieurs forts avaient été partiellement désarmés par transfert de leurs équipements vers la Somme où les alliés préparaient une offensive. Même, sur le terrain, un laisser-aller transparaissait, les tranchées étaient peu nombreuses et mal entretenues, les barbelés en mauvais état et non renouvelés. En outre, dans le domaine de la logistique, une seule voie de chemin de fer desservait la région, et une seule voie routière quelconque, parallèle à la ligne de chemin de fer, reliait les villes de Bar-le-Duc et de Verdun. Enfin, les Allemands étaient arrivés jusqu'à Saint-Mihiel, au sud-est de Verdun, et créaient ainsi une menace permanente sur les arrières de cette ville.

La bataille de Verdun, baptisée opération GERICHT (Tribunal), fut déclenchée sur la rive droite de la Meuse le lundi 21 février 1916, à sept heures du matin, sous le commandement du Kronprinz, fils de l'empereur Guillaume II. Deux millions d'obus de tous calibres furent déversés sur le camp français au cours des deux premiers jours. Les défenses françaises furent écrasées, le terrain se transforma en crevasses lunaires d'où toute végétation disparut, les bois furent rasés. Le fort de Douaumont fut enlevé par les troupes allemandes dès le 25 février, en soirée, évènement salué par la presse allemande par des titres dithyrambiques.

Toutefois, la progression allemande fut ralentie assez rapidement car la présence de poches françaises demeurant encore occupées et offrant une résistance acharnée surprit l'ennemi qui imaginait que le bombardement massif, continu et dévastateur de leur artillerie, avait effacé toute trace de vie et mis fin à toute opposition, et les gaz vésicants propagés lors des bombardements demeurant en suspension au ras des terres à conquérir, ainsi que la succession de trous d'obus vastes et profonds, constituèrent in fine des obstacles et un danger contre ceux qui en étaient à l'origine. Par ailleurs, l'artillerie française s'avéra redoutable et ne cessa de défendre âprement tous les secteurs qui lui étaient accessibles. Et deux divisions françaises envoyées immédiatement en renfort sur le front devinrent rapidement opérationnelles défensivement.

En effet, dès le 25 février 1916, Joffre envoya à Verdun la deuxième armée et nomma le général Philippe Pétain en qualité de commandant en chef du secteur.

Le général Pétain réorganisa immédiatement la défense sur les deux rives de la Meuse. L'artillerie fut renforcée, regroupée et placée directement sous ses ordres, disposée pour couvrir correctement les unités militaires en ligne. Il imposa une rotation régulière et rapide de la plupart des régiments sur le front, ce que l'on appela « le tourniquet », de sorte qu'en juillet, soixante-dix divisions françaises sur quatre-vingt-quinze avaient combattu à Verdun. Il consolida la lo-

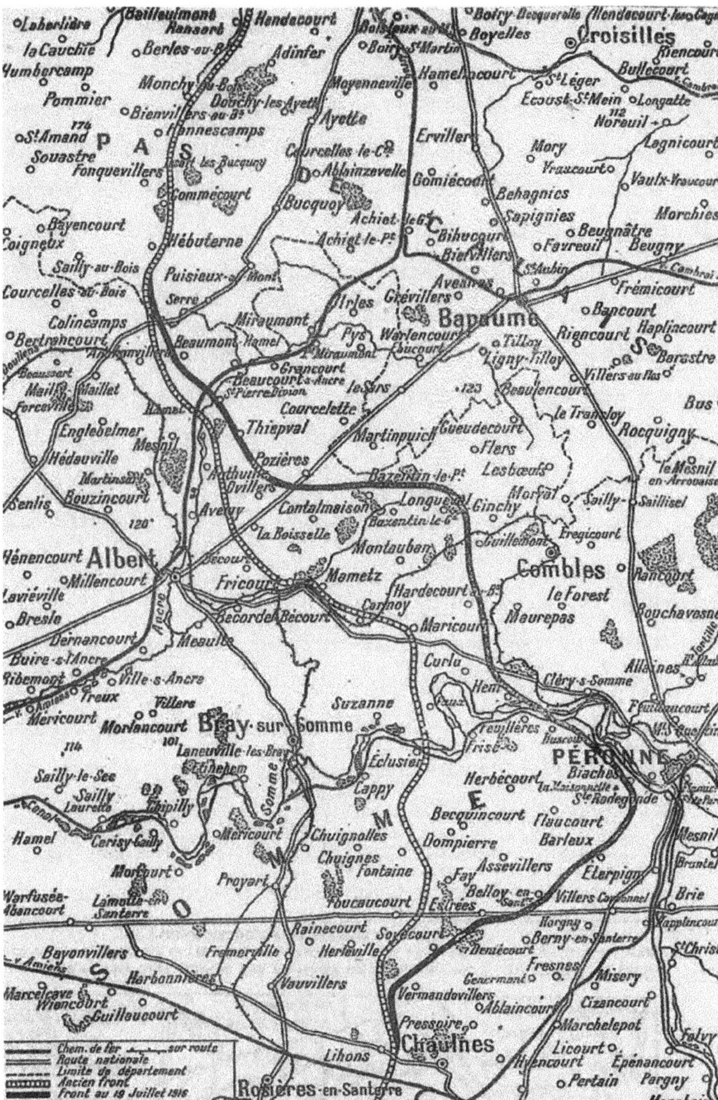

CARTE DE L'AVANCE FRANCO-BRITANNIQUE SUR LE FRONT DE LA SOMME, DU 1er AU 15 JUILLET 1916.

gistique déficiente en imposant sur la route Bar-le-Duc-Verdun, que Maurice Barrès appela « la voie sacrée », la présence de territoriaux chargés en permanence de travaux destinés à l'empierrer, l'élargir, la renforcer, l'entretenir, la réparer, et en intensifiant une circulation, ininterrompue jour et nuit, de camions roulant les uns derrière les autres pour transporter hommes, matériels, armes, munitions et ravitaillement. Les forts furent réarmés. Il fit appel à l'aviation et créa une unité de chasse qui parvint à repousser les avions allemands hors du champ de bataille et mit en place une observation aérienne afin de renseigner le commandement sur les mouvements des troupes françaises et ennemies sur le terrain.

Le général Pétain obtint une grande confiance de ses hommes car il se montra fort économe de leurs vies.

Au lendemain du 9 avril et de l'échec de l'offensive générale allemande sur le front de Verdun, le général Pétain proclama le lendemain à ses soldats : « *Le 9 avril est une journée glorieuse pour nos armes. Les assauts furieux des soldats de Kronprinz ont été partout brisés. Fantassins, artilleurs, sapeurs, aviateurs ont rivalisé d'héroïsme. Les Allemands attaqueront sans doute encore. Que chacun travaille et veille pour obtenir le même succès qu'hier. Courage, on les aura !* »

Cette dernière phrase : « *Courage, on les aura !* » devint célèbre dans tout le pays, galvanisa tous les soldats français et fut constamment reprise pour des encouragements mutuels au cours des combats.

Les Allemands avaient engagé les 21 février, 10 avril et 25 mai sur la rive droite de la Meuse des attaques massives et envoyé leurs meilleures troupes à l'assaut, constituées des corps alpins, des troupes bavaroises appuyées d'unités fraîches et reposées ramenées de Serbie. Avant l'assaut, la préparation par l'artillerie s'avéra chaque fois comme un vrai déluge de feux et de gaz tombant du ciel. Progressivement, les Allemands s'emparèrent de la côte du Poivre et des Chambrettes, du fort de Douaumont, du fort de Vaux sur la rive droite de la Meuse, et arrivèrent sur les pentes Est de la grande crête proche de l'ouvrage de Thiaumont, sur les ruines du village de Fleury et très près du fort de Souville.

L'enjeu devint vital. En effet, si les Allemands s'emparaient de cette crête dominant la ville, Verdun et les ponts sur la Meuse s'exposeraient à portée de leurs canons et à leur vue directe. En conséquence, toute l'organisation défensive française se trouverait alors sous la menace de destruction. En revanche, si les Français réussissaient à se maintenir sur la crête, toute leur défense mise en place sur cette rive droite du fleuve serait en mesure de tenir le choc par la suite, et des contre-attaques incisives pourraient être déclenchées en vue de réinvestir les forts de Vaux et de Douaumont grâce à la sauvegarde de telles positions.

Pour ces raisons, les Allemands engagèrent sur ce secteur une bataille minutieusement préparée qu'ils voulaient décisive afin de s'emparer de la crête Thiaumont-Fleury-Souville, et conquérir sans coup férir la ville de Verdun, avec des moyens en hommes et en matériels tellement considérables que le kaiser Guillaume II, convaincu d'un succès futur imparable, vint en personne accompagné des drapeaux des régiments, prêt à défiler en vainqueur dans la ville enfin prise. Vingt divisions montèrent en ligne. Les Allemands engagèrent donc leur « invincible armada » dès le 17 juin, approchant le village de Fleury et la fortification de Froideterre. Du 21 au 23 juin, leur artillerie procéda à une préparation sans précédent avant l'assaut projeté contre le fort de Souville. Cette attaque allemande, la plus violente depuis le début des combats dans cette région de Verdun, commença le 23 juin à 7H35 du matin avec des troupes d'élite. Côté français, le général Nivelle, qui avait succédé au général Pétain le 19 avril 1916, proclama son ordre du jour : « *L'heure est décisive. Se sentant traqués de toutes parts, les Allemands lancent sur notre front des attaques furieuses et désespérées, dans l'espoir d'arriver à Verdun avant d'être attaqués eux-mêmes par les forces réunies des armées alliées. Vous ne les laisserez pas passer, mes Camarades !* »

Les troupes françaises, écrasées de fatigue, victimes de la faim et de la soif dans leur isolement, mal ou pas du tout ravitaillées, résistèrent pourtant avec fermeté et acharnement, les artilleurs répliquèrent sans interruption à l'ennemi et empêchèrent leurs réserves de venir à l'appui des assaillants. Aucune unité allemande n'arriva à maintenir ses positions. La poussée ennemie fut stoppée.

Le 11 juillet, les forces allemandes déferlèrent à nouveau pour ce qu'elles considéraient comme l'attaque de la dernière chance sur le fort de Souville, dès l'aube, et recommencèrent le 12 juillet. Mais elles échouèrent à une courte distance de leur objectif, perdirent beaucoup de soldats faits prisonniers, et le fort leur échappa définitivement.

Pour l'armée allemande, la bataille de Verdun était désormais perdue.

Le 27 août 1916, le Kaiser remplaça von Falkenhayn par Hindenburg au commandement des armées du front de l'ouest. Le général Nivelle et le général Mangin firent la reconquête des terrains perdus, reprenant notamment les forts de Vaux et de Douaumont et repoussant l'ennemi sur la ligne que celui-ci tenait le 22 février 1916.

Depuis le mois de mars 1916, les hommes se battirent sur deux fronts, à savoir sur les deux rives de la Meuse. En effet, pour le commandement allemand, il s'avéra nécessaire de s'emparer, sur la rive gauche de la Meuse, des positions stratégiques du Mort-Homme et de Cumières d'où l'action de l'artillerie française contrariait l'avancée de leurs troupes sur la rive droite. Les Allemands adoptèrent un schéma tactique similaire à celui qu'ils suivaient depuis le 21 février partout ailleurs. Ils bombardèrent avec leur grosse artillerie tous les centres de résistance afin de les écraser, ils cherchèrent à détruire tous les ouvrages de défense avancés, ils arrosèrent tous les carrefours et toutes les voies de communication d'une pluie d'obus. Les attaques allemandes en direction du bois des Corbeaux, du Mort-Homme et de la cote 304 contraignirent le commandement français à envoyer dans ces secteurs des renforts en effectifs complémentaires et en matériels. Les troupes françaises luttèrent avec un acharnement tel qu'elles brisèrent régulièrement les offensives de l'ennemi. Ce dernier fut contraint d'engager de plus en plus de moyens et d'hommes mais pour peu de gains de terrains et pour ne réussir à occuper la butte du

Mort-Homme qu'en juillet, après avoir subi des pertes considérables en tués et blessés, et en armements.

La bataille de Verdun dura dix mois, du 21 février au 15 décembre 1916, et fut tout particulièrement meurtrière. Cent soixante-trois mille soldats français sont morts sur ce champ de bataille et cent quarante-trois mille soldats allemands y ont perdu la vie. Les combats se déroulèrent dans des conditions de souffrance et d'atrocité extrêmes. La nature elle-même fut dévastée, les collines furent partiellement arasées, bois et forêts détruits, le terrain prit l'aspect d'un astre mort.

Elle fut un échec pour le commandement allemand, du fait de gains de terrain quasiment nuls et de pertes en hommes très importantes, au demeurant pour les deux armées combattantes.

Cette épopée apocalyptique captiva, bouleversa et consterna le monde entier.

Alors que la bataille de Verdun se poursuivait depuis plus de quatre mois, le généralissime Joffre déclencha une offensive sur la Somme le premier juillet 1916. Il la préparait de longue date avec ses alliés, ayant pour objectifs de reprendre à l'ennemi les villes de Bapaume et de Péronne, ainsi que de reconquérir tout le secteur situé entre l'ouest de ces deux villes et l'est de la ville d'Albert. Dès le quatre juin, le général russe Alexeï Broussilov, commandant en chef du front de l'est, avait déjà lancé une grande offensive en Pologne et en Autriche-Hongrie contre les armées allemandes et austro-hongroises.

L'ouverture de ce nouveau front en Picardie contraignit von Falkenhayn à transférer plusieurs divisions allemandes de Verdun vers la Somme, ce qui soulagea les Français d'une partie de la pression qu'ils subissaient sur les bords de la Meuse.

Les Alliés avaient pris dès le mois de décembre 1915 la décision d'engager vers le milieu de l'année 1916 une offensive générale sur tout le front occidental avec pour objectif de percer en plusieurs secteurs les lignes ennemies. Malgré l'attaque allemande sur Verdun lancée en février 1916, non prévue, cette résolution fut maintenue, mais limitée au front de Picardie, ou front de la Somme.

Le front de Picardie était resté relativement calme en 1915 et début 1916. Les Allemands en avaient profité pour transformer les alentours de la ville d'Albert en un véritable camp fortifié. Trois lignes et, parfois, quatre lignes de tranchées bétonnées et dotées d'abris creusés en sous-sol furent construites en profondeur les unes par rapport aux autres, reliées entre elles par d'autres tranchées secondaires et tunnels, et équipées de protections sophistiquées et de diverses armes puissantes.

Les armées alliées et allemandes qui allaient s'affronter rassemblaient des soldats de près de vingt-cinq nations différentes, provenant de France, bien entendu, du Royaume Uni, d'Australie, du Canada, de Nouvelle-Zélande, d'Union d'Afrique du Sud, et de bien d'autres pays, du côté allié, et de tout l'Empire allemand de l'autre côté.

Les Alliés se positionnèrent sur une ligne passant par la ville d'Albert, dans le sens nord-sud, de part et d'autre de cette ville.

Le groupement des armées britanniques, commandé par le général Douglas Haig, successeur du Maréchal French, était constitué de la quatrième armée du général Rawlinson, destinée à monter en ligne, et de la cinquième armée du général Gough, placée en réserve. Les Britanniques occupaient un secteur s'étendant du sud d'Albert, face à la commune de Carnoy, au nord de cette ville en direction de Thiepval, Beaumont-Hamel et Serre, et avaient pour mission de libérer la ville de Bapaume.

Le groupement des armées françaises, commandé par le général Foch, était constitué de la sixième armée du général Fayolle, destinée à monter en ligne, et de la dixième armée du général Micheler, placée en réserve. Les Français se positionnèrent dans le prolongement du groupement des armées britanniques au sud d'Albert, avec pour mission de libérer la ville de Péronne.

L'armée française était coupée en deux par la Somme, qui traverse Péronne et Amiens et coule à environ dix kilomètres au sud d'Albert, et allait progresser à contre-courant sur les deux rives du fleuve. L'ensemble du front s'étendait sur environ vingt-cinq kilomètres.

La bataille de la Somme dura du premier juillet au dix-huit novembre 1916. Elle fut la plus meurtrière de toute la guerre, nettement au-delà de ce que fut Verdun, au même moment. Près d'un million soixante mille hommes y ont été victimes des combats, dont quatre cent vingt mille Britanniques, deux cent trois mille français et au moins quatre cent trente-huit mille allemands.

Les Britanniques connurent une première journée désastreuse, celle du premier juillet 1916, malgré une préparation d'artillerie par les Alliés particulièrement intense de cinq jours, commencée le vingt-quatre juin, qui devait anéantir sans coup férir les défenses fortifiées allemandes. Ils partirent confiants à l'assaut des lignes ennemies selon une tactique dépassée, avançant en ligne et au pas, officiers en tête. Mais les solides ouvrages défensifs allemands, souvent enterrés, avaient résisté efficacement au déluge de feu subi, et les hommes, bien protégés, ressortirent saufs de leurs abris prêts à combattre. Ainsi, au moment de l'attaque des Britanniques, les mitrailleuses allemandes intactes purent être réinstallées en position défensive et leurs tirs meurtriers fauchèrent comme des blés mûrs les assaillants qui avançaient sans protection. Le no-mans land qui se trouvait entre les deux lignes ennemies se remplit alors de cadavres d'hommes qui versèrent leur sang sans avoir vraiment combattu. Sur cent mille soldats britanniques engagés dans cette première bataille, près de soixante mille furent mis hors de combat dès ce premier jour, dont un nombre important d'officiers, et près de vingt mille y périrent. De ce fait, toute la gauche de l'armée anglaise qui avait ce jour-là l'objectif de s'emparer de Gommécourt, Serre, Beaumont-Hamel et Thiepval échoua dans cette conquête et ne put progresser sur le terrain.

Plusieurs facteurs expliquent cet échec. L'armée britannique se trouva en face des forces ennemies les plus redoutables, les mieux protégées et expérimentées. Par contre, l'armée de métier britannique du début de la guerre n'existait plus et avait été renouvelée par une armée d'appelés et de volontaires, de sorte que l'inexpérience tant des soldats combattants que celle des nouveaux officiers qui découvrirent à cette occasion les techniques et tactiques modernes de conduite d'une guerre et, ici, d'une bataille, se traduisit par un effroyable massacre d'une jeunesse insuffisamment formée. Mais, également, les combattants se lancèrent avec une confiance innocente, convaincus que l'ennemi gisait, écrasé, sous la masse des obus déversée pendant cinq journées.

Pendant ce temps, sur l'aile extrême sud, le premier corps d'armée colonial français et une division du trente-cinquième corps d'armée s'emparèrent de la première position allemande en occupant Fay, Dompierre, Becquincourt, et le plateau de Flaucourt, et poursuivirent l'assaut sur la deuxième position ennemie, sur Assevillers, Herbécourt et Feuillères. Ils firent de nombreux prisonniers allemands. Ces derniers furent d'autant plus surpris par cette offensive imprévue d'une armée française que des communiqués leur avaient annoncé la prise imminente de Verdun par leurs troupes et leur assuraient que les Français n'étaient plus en mesure de se battre sur d'autres points du front.

Toutefois, l'échec anglais dans les premières heures de la bataille contraignit l'ensemble de l'offensive à un ralentissement, et, ce, afin d'éviter toute rupture du front. Par la suite, la bataille de la Somme devint une guerre d'usure, par des progressions régulières, mais ponctuelles. Le vingt juillet, l'armée du général Gough s'empara de l'importante position de Pozières. Le 26 septembre, les armées alliées prirent ensemble la position stratégique de Combles, entre Bapaume et Péronne. Le quinze septembre les chars d'assaut firent leur apparition. De septembre à mi-novembre, de fortes pluies transformèrent les champs de bataille et les tranchées en terrains boueux.

À la fin de la bataille, le dix-huit novembre, les alliés n'avaient réussi qu'une progression de douze kilomètres au nord de la Somme et de huit kilomètres au sud. Les deux objectifs qui visaient la prise des villes de Bapaume et de Péronne n'étaient pas atteints. En revanche, la réduction sensible des effectifs allemands sur la Meuse, par transfert de trente-cinq divisions sur ce nouveau front, contribua fortement à la victoire française de Verdun.

Cette victoire de la Somme engendra des retombées, pour certaines inattendues. Elle fut en partie une cause de la décision du Haut Commandement allemand d'étendre la guerre sous-marine à outrance, qui débuta le 31 janvier 1917. Cette mesure allait inciter l'entrée en guerre des États-Unis. Il en résultera à terme l'inversion du rapport des forces, qui était alors à l'avantage des Allemands. En outre, les Allemands furent impressionnés par la force de frappe de l'artillerie alliée lors des opérations préparatoires préalables aux premiers assauts.

Après la bataille de la Somme, les Allemands se replièrent et commencèrent à établir une nouvelle ligne de défense plus à l'est, appelée par les Anglais « ligne Hindenburg ». À partir du vingt-quatre février 1917, les Alliés constatèrent l'abandon par les Allemands des tranchées qu'ils avaient installées auparavant sur la Somme et leur recul devant les forces britanniques.

ANNEXE N° 3 : ÉQUIPEMENT EN MATÉRIEL VOLANT DE LA DIVISION AÉRIENNE COMMANDÉE PAR LE GÉNÉRAL DUVAL EN MAI 1918.

Soutenu par le Grand Quartier, le général Duval créa en mai 1918 la Division aérienne, la DAe, qui devint une unité permanente rassemblant près de six cents avions. Elle était composée depuis la mi-juin de deux brigades qui correspondaient aux groupements antérieurs et furent désignées sous les noms de leurs chefs respectifs, à savoir le commandant de Goÿs pour la première, et le commandant Féquant pour la deuxième. Chacune de ces brigades comprenait deux escadres, l'une de bombardement de jour et l'autre de chasse.

La priorité du rôle de l'aviation française fut nettement donnée à une présence active sur les champs de bataille, et non à l'accomplissement de missions de bombardements stratégiques visant à la destruction des centres industriels allemands. De leur côté, les Anglais firent un autre choix et privilégièrent le bombardement de sites stratégiques et de villes en Allemagne.

Aucune autre armée, tant chez les Alliés que chez les Allemands, n'avait mis en place une organisation similaire et d'une telle ampleur. Cette Division aérienne s'avéra d'une puissance inégalée. Elle était prête à s'envoler au combat dès la veille du quinze juillet 1918.

Pour la bataille qui s'annonçait à la mi-juillet 1918, les escadrilles françaises étaient essentiellement équipées d'avions de chasse SPAD XIII et CAUDRON R 11, et de l'avion de bombardement BREGUET 14.

L'avion de chasse SPAD XIII était un biplan monoplace mis en service dans sa première version en mai 1917. Ses deux cent vingt chevaux de puissance, sa vitesse maximale de 220 kilomètres à l'heure et son armement moderne le rendirent redoutable. En effet, il disposait de deux mitrailleuses Vickers synchronisées de calibre 7.7mm, approvisionnées chacune de cinq cents cartouches ; ce type de mitrailleuse, d'origine américaine et adopté depuis 1912 par l'armée britannique, produisait une grande puissance de feu d'une portée de mille mètres à une cadence de cinq cents coups minutes, et, ce, en continu pendant plusieurs heures. Grâce à sa robustesse, le SPAD XIII pouvait atteindre des altitudes supérieures à celles des autres modèles d'avions et accomplir des manœuvres dangereuses en piqué à des vitesses de quatre cent cinquante kilomètres/heure. Il possédait des qualités opérationnelles exceptionnelles. Cependant, les pilotes critiquèrent un champ de vision pour eux estimé trop réduit et son absence de maniabilité à faible vitesse. De plus, son rayon d'action de trois cent cinquante kilomètres ne lui donnant qu'une autonomie de deux heures et demie constitua une lacune l'empêchant d'assumer un rôle de protection et d'accompagnement efficaces auprès des bombardiers.

C'est pourquoi cette mission de protection des bombardiers français BREGUET 14 fut dévolue à l'avion de chasse CAUDRON R11, dont la version la plus récente entra en service en avril 1918. Cet avion détenait tout un potentiel de performances qui s'avéraient requises pour pouvoir assurer l'escorte des bombardiers. Il bénéficiait d'une grande autonomie de trois heures, proche de celle du BREGUET 14, et, surtout, son armement le rendait efficient. En effet, il était doté de cinq mitrailleuses, à savoir deux mitrailleuses mobiles Lewis de calibre 7.7mm à l'avant, mais aussi de deux autres à l'arrière, montées sur tourelles, et d'une mitrailleuse ventrale également de calibre 7.7mm à grand champ de tir. La très grande mobilité de cet armement, contrairement aux autres chasseurs, notamment allemands, qui ne pouvaient tirer que dans une seule direction, libérait le pilote de l'avion de manœuvres lourdes en vue de rechercher la position idéale de tir et lui permettait ainsi de demeurer en permanence au contact des bombardiers, les protégeant donc efficacement, sans rupture. En outre, tout CAUDRON 11 disposait d'une capacité d'embarquement de cent vingt kilos de bombes. Ce chasseur biplan, triplace, bimoteur, était capable d'atteindre un plafond de 5950 mètres et une vitesse maximale de 183 kilomètres/heure.

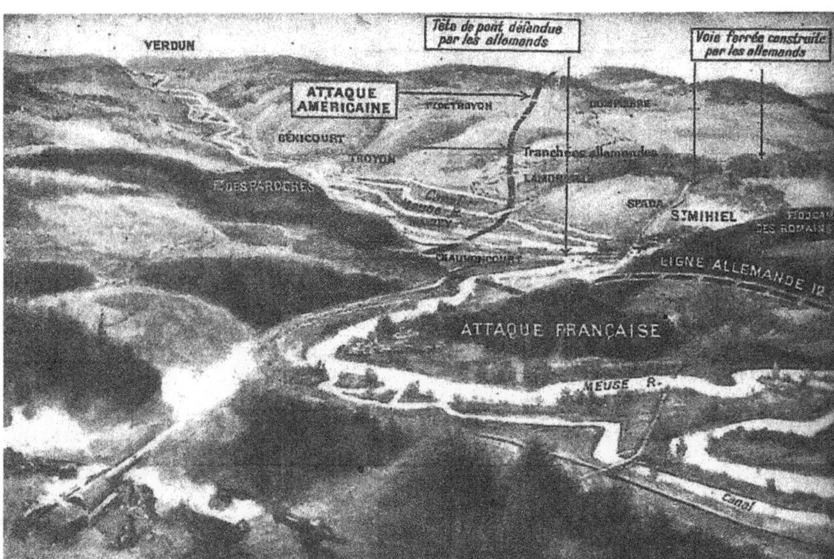

Vue panoramique du saillant de Saint-Mihiel réduit, du 12 au 16 septembre 1918, a la suite

Sous cette protection sécurisante, les bombardiers français BREGUET 14 B-2, biplans menés par des équipages de deux personnes, purent entreprendre directement sur les champs de bataille des actions efficaces et meurtrières contre les troupes ennemies au sol. Leurs qualités de solidité grâce à leur structure métallique et de puissance de leurs 300 chevaux, leur grande vitesse de 185 kilomètres/heure et leur rayon d'action de 700 kilomètres les firent choisir pour en doter soixante et onze escadrilles. Ils pouvaient porter jusqu'à 300 kilos d'obus grâce aux supports de bombes placés sous les ailes inférieures. En outre, ils étaient dotés d'un armement de défense et d'attaque de trois mitrailleuses avec, à l'avant, une Vickers de calibre 7mm à la disposition du pilote et, à l'arrière, deux Lewis jumelées montées sur tourelles.

De leur côté, les Allemands possédaient l'appareil FOKKER D VII, avion de chasse biplan monoplace, considéré alors comme le meilleur de tous pour l'ensemble des performances remarquables qu'il était en mesure d'assurer. Le prototype de cet appareil ne sortit qu'en janvier 1918, mais il fut rapidement décidé de sa construction en série, attribuée non seulement aux usines Fokker, celles de l'inventeur, mais aussi à celles de son rival, la société Albatros, qui équipait, pour l'essentiel, l'aviation allemande. Il servit dès le mois d'avril 1918. D'une puissance de 180 chevaux, il était capable d'atteindre une vitesse de pointe de 187 kilomètres/heure, un plafond de 6000 mètres et son rayon d'action s'évaluait à 350 kilomètres. Son armement se composait de deux mitrailleuses LMG 08/15 de calibre 7.7mm. Son exceptionnelle maniabilité lui permettait, en basse vitesse, de se positionner favorablement pour abattre les avions biplaces de reconnaissance des Alliés.

D'autres appareils de qualité survolèrent les champs de bataille, tels les chasseurs ALBATROS et les bombardiers GOTHA et ZEPPELIN STRAKEN chez les Allemands, les chasseurs SOPWITH CAMEL et S.E.5a chez les Britanniques, les bombardiers CAPRONI chez les Italiens.

ANNEXE N° 4 : LA RECONQUÊTE DU TERRITOIRE DE SAINT-MIHIEL PAR L'ARMÉE AMÉRICAINE LES 12 ET 13 SEPTEMBRE 1918.

La poche de Saint-Mihiel, située entre Verdun et Pont-à-Mousson, d'une profondeur de dix-huit à vingt kilomètres selon les endroits, était occupée par l'armée allemande depuis le mois d'octobre 1914.et constituait un solide bastion de la ligne Hindenburg.

La reconquête de ce territoire fut entreprise et réussie par la 1ère armée américaine commandée par le général Pershing, que des unités françaises avaient secondée.

L'assaut fut engagé le jeudi douze septembre 1918 à cinq heures du matin après une solide préparation d'artillerie commencée à une heure du matin. L'offensive, soutenue par des tanks, dirigée sur Saint-Mihiel et l'ensemble de la poche fut orientée sur trois côtés de ce secteur. Au sud, les 1er et 4ème corps d'armée américains commandés respectivement par les généraux Liggett et Dicman attaquèrent la zone Thiaucourt-Montsec ; au nord, le 5ème corps d'armée du général Cameron devait libérer les côtes de Meuse en direction de Vigneulles ; à l'ouest, le 2ème corps d'armée colonial français du général Blondlat attaqua le secteur Saint-Mihiel, un régiment entra dans la ville dans l'après-midi de cette même journée et la localité voisine de Chauvoncourt fut également enlevée. Dans la journée du 13 septembre, tous les objectifs furent atteints, et même dépassés, et tout le saillant de Saint-Mihiel enfin libéré. Le nouveau front s'était ainsi déplacé plus au nord sur une ligne les Eparges-Pont-à-Mousson.

Le choix de la date de l'offensive du douze septembre s'avéra d'autant plus judicieux que les Allemands, subodorant un prochain assaut qu'ils redoutaient, avaient retiré leur artillerie de ces lieux le onze septembre pour mieux la positionner sur une ligne plus reculée ; par contre, l'infanterie n'avait pas encore eu le temps d'amorcer son mouvement de retrait, de sorte qu'elle se trouva en situation de devoir affronter un assaut violent et structuré en l'absence de la protection et du soutien de sa propre artillerie. Il en résulta pour les fantassins allemands une lutte dans laquelle ils succombèrent à la force envahissante supérieure en équipement, quinze milles d'entre eux environ furent faits prisonniers ; en revanche, bien entendu, peu de leurs canons furent saisis.

En conséquence de ces opérations, les Allemands furent chassés de toute la zone géographique des Hauts de Meuse. Les Américains du général Pershing poursuivirent ensuite un mouvement d'ensemble vers l'Argonne en coordination avec l'armée du général Gouraud qui se situait sur leur gauche

Le Président français Poincaré envoya dès le quatorze septembre au Président américain Wilson un télégramme enthousiaste dont voici un extrait :

« *Les magnifiques divisions du général Pershing, fraternellement secondées par les troupes françaises, viennent de libérer, avec un admirable entrain, les villes et villages lorrains qui gémissaient depuis quatre ans sous le joug de l'ennemi. J'exprime au peuple des États-Unis les vifs remerciements de la France.* »

ANNEXE N° 5 : LA RECONQUÊTE DES FLANDRES : OFFENSIVES DES ALLIES ENGAGÉES LES 27 SEPTEMBRE ET 14 OCTOBRE 1918.

Les opérations de reconquête des Flandres furent engagées le vingt-sept septembre 1918 par des troupes qui regroupaient la totalité de l'armée belge, la 2ème armée britannique du général Plumer et d'importantes forces françaises d'artillerie, d'infanterie et de cavalerie, l'ensemble placé sous le commandement du Roi de Belgique Albert 1er. Le maréchal Foch chargea le général Degoutte de coordonner l'effort de ce groupe d'armées alliées en vue de réussir la délivrance de tout ou partie de la Belgique. L'opération ayant été préparée dans le plus grand secret, la surprise fut totale pour les Allemands.

Les terres du théâtre des opérations étaient dans un état épouvantable, transformées en véritables bourbiers lors des combats antérieurs, trouées de multiples et énormes entonnoirs d'obus emplis d'eau, infestées de marécages à la suite de récentes inondations de l'Yser, parcourues de routes défoncées, et aux herbages ravagés.

Simultanément, le maréchal Foch avait programmé une attaque franco-américaine en Champagne et des assauts de la 1ère armée du général Debeney assistée de troupes britanniques dans le Cambrésis afin de retenir des forces ennemies sur ces deux fronts.

Précédée d'une préparation d'artillerie de trois heures, la bataille fut déclenchée le vingt-huit septembre à cinq heures trente du matin par l'armée belge et la 2ème armée britannique, dans une zone qui s'étendait du sud de Dixmude au sud d'Ypres. La lutte fut acharnée, sous une pluie battante. La première ligne de défense ennemie fut enlevée et l'attaque se poursuivit sur la deuxième position. Les forces alliées pénétrèrent sur six kilomètres à l'intérieur de secteurs fortifiés et occupés depuis quatre ans et firent prisonniers environ six mille allemands. Le lendemain, les mêmes troupes alliées renforcées d'une division d'infanterie française s'emparèrent de Dixmude et de cinq autres villes. Les troupes britanniques prirent aussi la crête de Massines-Wytschaete et avancèrent au-delà. Le nombre de prisonniers ennemis se chiffrait à neuf mille !

Un adjoint du général Degoutte déclara : « *Les Belges ont été parfaits. Ils ont montré, états-majors et soldats, qu'ils savaient travailler. Leur artillerie s'est déplacée alertement selon les meilleures règles, leur infanterie a été pleine d'allant.* »

Le trente septembre, l'ennemi se ressaisit mais les Anglais brisèrent leurs contre-attaques et arrivèrent devant Menin et sur les bords de la Lys dans le secteur Warneton-Comines-Wervicq. Les Allemands protégèrent leur retraite par des groupes de mitrailleuses efficaces. Trois divisions françaises intervinrent cette fois-ci au centre de l'armée belge et non plus incorporées à elle. Une attaque fut simulée vers Nieuport pour feindre une marche sur le front de l'Yser. La flotte britannique participa à son tour à l'offensive et canonna sur le secteur.

L'artillerie lourde se manifesta, également. En plein désarroi, les Allemands abandonnèrent Ostende, mais allaient y revenir pour quelques jours encore. En effet, le commandement allié considéra, le premier octobre, qu'il s'avérait nécessaire de prendre le temps de préparer une nouvelle offensive afin de réapprovisionner les armées en tous moyens matériels et munitions, et remettre en état les voies de communication. La reprise des opérations fut fixée au quatorze octobre.

Entre ces deux dates, des escarmouches eurent lieu. Les Britanniques franchirent la Lys entre Wervicq et Comines. Les villes d'Ypres et de Dixmude furent entièrement dégagées. Les Allemands continuèrent à se replier sur de nouvelles bases. Cette fois-ci, ils étaient dans l'attente d'une nouvelle attaque et sur le qui-vive. Ils firent revenir cinq divisions de Cambrai où elles venaient de livrer une bataille et de céder face aux Canadiens et aux Britanniques.

Pour l'attaque du quatorze octobre, le centre du dispositif fut occupé par les troupes françaises postées en première ligne, le côté gauche, côté mer, par le groupe-nord belge, et le côté droit par le groupe-sud belge et l'armée anglaise du général Plumer. Le choc se déroula sur une ligne Thourout-Lichtervelde-Roulers-Ingelmunster-Courtrai sur laquelle les Allemands étaient solidement établis. Les chars d'assaut participèrent à cette bataille, ce qui n'avait pas été le cas lors de la première phase. L'assaut fut ordonné à cinq heures trente du matin. Le brouillard était épais. L'artillerie allemande concentra ses tirs sur le centre de la première ligne. Cependant, l'ennemi fléchit partout et au centre, à Roulers, les Français enfoncèrent complètement sa ligne. À huit heures, le premier objectif de conquérir Hooglede et l'est de Wervicq fut atteint. Les Britanniques dépassèrent Moorseele, arrivèrent à Gullegem et dans les faubourgs de Menin. L'armée belge était aux portes de Thourout. Près de neuf mille soldats allemands furent faits prisonniers. Le quinze, les Belges prirent Lendelede, débordèrent Thourout et continuèrent à avancer ; les Britanniques enlevèrent Menin et Courtrai et passèrent la Lys. Le seize, Thourout,

Carte des FLANDRES occidentales :
Batailles de reconquête des Flandres engagées par les Alliés
le 27 septembre puis le 14 octobre 1918.

Lichtervelde, Ardoye tombèrent ; les Belges franchirent l'Yser au sud-est de Nieuport ; la 2ème armée britannique entra dans Courtrai et progressa en direction de Lille. Le dix-sept octobre, le front franco-anglo-belge avança de vingt kilomètres ; les Belges entrèrent dans Ostende qui chuta définitivement, occupèrent Ingelmunster et arrivèrent aux portes de Bruges ; les Français s'emparèrent de trois villes et les Britanniques atteignirent les abords de Tourcoing. Pendant ce temps, la 5ème armée britannique du général Birdwood encercla Lille et entra dans la ville. Douai fut abandonnée par les Allemands. Le dix-huit octobre, le groupe d'armées du roi Albert 1er se trouva confronté à une forte résistance ennemie sur une ligne de front Bruges-Oostcamp-Wynghens-Thielt-Oostrobeke ; l'armée du général Plumer conquit Roubaix et Tourcoing.

Le dix-neuf octobre 1918, le littoral belge était entièrement libéré, y compris Zeebrugge que l'armée belge envahit, et les soldats du roi Albert 1er progressèrent jusqu'à la frontière commune avec la Hollande. Sur leur droite, deux régiments français s'emparèrent de Thielt et des hauteurs voisines. Sur la Lys, les Britanniques chassèrent de Courtrai toute présence de l'ancien occupant, et dépassèrent Roubaix et Tourcoing.

Et la ville de Bruges, qui était occupée depuis quatre années, exactement depuis le quatorze octobre 1914, fut enfin libérée. Cette ville sortit ainsi d'un isolement pratiquement absolu, la population étant même tenue dans l'ignorance des activités de son port de Zeebrugge situé à seulement une douzaine de kilomètres, et soumise à une forme de tyrannie suspicieuse par les autorités de l'occupation. La ville pavoisa, chanta le Te-Deum, sortit des drapeaux aux couleurs nationales noir-jaune-rouge qui flottèrent un peu partout et accueillit chaleureusement ses libérateurs. Les uns et les autres ne ménagèrent pas les louanges qu'ils s'envoyèrent mutuellement. Les officiers français avaient loué la bravoure et l'intelligence des soldats belges comme nous l'avons déjà cité. Les soldats belges déclarèrent spontanément à leurs compatriotes émerveillés : « Vous devez votre bonheur aux Français. Ce sont les premiers soldats du monde. » Il est vrai qu'après quatre années d'une guerre exigeante et sans cesse soumise à des tactiques et techniques nouvelles, tous les combattants de tous les pays belligérants avaient acquis une expérience extraordinaire dans cet art terrible de se comporter au feu et devant et contre l'ennemi !

La Flandre occidentale fut entièrement libérée et une grande partie de la Belgique délivrée. Cette bataille des Flandres fut une grande victoire pour les Alliés.

REMERCIEMENTS

Plusieurs relations, proches et amis ont contribué, directement ou indirectement, par des apports multiples à l'élaboration du roman.

Je remercie Benjamin Jugieau, mon éditeur, dont la compétence et le talent d'écrivain ont eu une influence décisive sur la structure formelle, voire sur le fond, de l'ouvrage.

Ma gratitude va également à Michel Fauré, un ami loyal, qui a bien voulu consacrer beaucoup de temps à lire attentivement le premier manuscrit, sorte de brouillon, que je lui ai confié. Il m'a apporté son expérience de producteur exécutif, et de membre permanent de l'Académie des César et de l'Académie des arts et techniques du cinéma. J'ai tenu compte de ses critiques pertinentes et conseils éclairés exprimés sans concession.

Ma reconnaissance à François-Michel Lormeau, un ami cher, pour m'avoir offert généreusement une documentation rare et riche, sous la forme de quatre volumes reliés d'environ 4000 pages de textes et illustrations, publiés au cours de l'année 1924 et des années suivantes sous forme, à l'origine, de revues mensuelles, narrant la Grande-Guerre au jour le jour sous les signatures multiples de témoins majeurs.

Un grand merci à mon épouse Marie-Bernadette qui a lu et relu le texte pour apporter un regard incisif et redoutable sur bien des défauts et à ma sœur Anne-Marie pour son soutien constant et indéfectible. Merci également à mon copain et ami d'enfance Jean Rincon, et à mon fils Laurent pour leur lecture du roman alors en pleine construction.

Je me garderais d'oublier cette amie tant chérie, la Forêt landaise des Landes de Gascogne, qui m'offrit un vaste terrain pour mes jeux de jeunesse, et fut une grande inspiratrice lors de mes longues promenades en solitaire grâce au calme de cette belle nature, à l'air si pur emplissant les poumons, à son art d'aider l'imagination à vagabonder sans retenue. Puis elle est devenue un partenaire économique lorsque j'ai œuvré au sein de la Maison de la Forêt, auprès du Syndicat des sylviculteurs du Sud-ouest et des organismes économiques et associatifs qui en émanaient. Cette forêt a étonnamment généré en son sein des hommes remarquables par leur personnalité forte et leurs talents diversifiés. Je citerai un enfant de Pissos, que je n'ai pas connu personnellement: Roger Sargos, président du Syndicat des Propriétaires Forestiers du Sud-Ouest de 1932 à 1934, pour son ouvrage « incontournable » sur la forêt landaise : « *Contribution à l'histoire du boisement des Landes de Gascogne* » (Editions Delmas, 1949). Je citerai également tous ces grands présidents successifs du Syndicat des Sylviculteurs du Sud-Ouest auprès desquels j'ai eu le plaisir et l'honneur d'œuvrer pendant de nombreuses années : Dominique Dorlanne, Jacques Lescouzères, Claude Cuvreau, Jean-Louis Martres et Bruno Lafon. Je n'oublierai pas ces grands serviteurs de la forêt que j'ai côtoyés : Jean-Claude Bussy, un des plus grands chefs d'entreprise que j'ai rencontrés, Claude Gaston, président du conseil d'administration de la SICASSO, d'une intelligence fine et discrète, Henry Matray, François Dumas, et ceux qui furent, d'une certaine manière des collègues, dans d'autres domaines que le mien, recrutés avec beaucoup de discernement pour leurs hautes formations et leurs talents : Yves Lesgourgues, ingénieur ; Xavier Cailleau, ingénieur ; Patrick Soulard, ingénieur chimiste ; Christian Pinaudeau. Enfin, un grand merci à deux collaborateurs proches, fidèles, efficaces et compétents, toujours dans les activités forestières : Michèle Lamothe, née Gelloz, et Jean-Pierre Lamothe.

Enfin un grand merci à mon oncle Laurent Castandet, à la personnalité attachante et généreuse, pour ses écrits sur le front de la Grande-Guerre, qui ont inspiré bien des pages du roman, ont permis de faire vivre avec fidélité, réalisme et sincérité la férocité aveugle de toute guerre.

Éditions Terres de l'Ouest

ISBN : 979-10-97150-15-0

Dépôt légal juillet 2018
Achevé d'imprimer sur les presses numériques
de ULZAMA DIGITAL en Navarre (Espagne)
en juillet 2018